Akte X

Die unheimlichen Fälle des FBI

Im Höllenfeuer

Kevin J. Anderson

AKTE X

DIE UNHEIMLICHEN FÄLLE DES FBI

Im Höllenfeuer

Roman

Aus dem Amerikanischen von
Winfried Czech und Susanne Lück

vgs

Erstveröffentlichung bei:
HarperPrism – *A Division of* HarperCollins*Publishers*
10 East 53rd Street, New York, N.Y. 10022
Titel der amerikanischen Originalausgabe:
The X-Files – Ground Zero
A novel by Kevin J. Anderson. Based on the characters created
by Chris Carter

Die Deutsche Bibliothek – CIP-Einheitsaufnahme

Akte X – die unheimlichen Fälle des FBI. – Köln : vgs

Im Höllenfeuer : Roman / Kevin J. Anderson. Aus dem Amerikan.
von Winfried Czech und Susanne Lück. – 1. Aufl. – 1996
ISBN 3-8025-2380-6

1. Auflage 1996

Lektorat: Annekatrin Klaus
Umschlagfoto: © 1995 Michael Grecco
Umschlagdesign: © 1995 Richard Hasselberger
Umschlaggestaltung: Papen Werbeagentur, Köln
© des Titel-Logos mit freundlicher Genehmigung
von PRO SIEBEN
Satz: Typo Forum Gröger, Singhofen
Druck: Clausen & Bosse, Leck
Printed in Germany
ISBN 3-8025-2380-6

Für Katie Tyree, deren Beharrlichkeit und Begeisterung mich dazu brachten, mir **Akte X** *anzusehen – und ich war natürlich gefesselt. Ohne ihre Ermutigung hätte ich dieses Buch niemals schreiben können.*

Danksagung

Mein aufrichtiger Dank gilt den engagierten Leuten von Fox Television – Mary Astadourian, Jennifer Sebree, Frank Spotnitz, Alexandra Mack, Cindy Irwin und vor allen Dingen Chris Carter – vielen Dank für den Vertrauensvorschuß! Chris Fusco lieferte mir eine Menge Hintergrundinformationen zu einzelnen Folgen und Figuren der Serie, die sich als unbezahlbar für die Arbeit an diesem Buch erwiesen haben. Die umfangreiche Videosammlung von Skip und Cheryl Shayotovich half mir, die Lücken zwischen verpaßten Folgen zu schließen.

Besonders erwähnen möchte ich auch Christopher Schelling, Caitlin Deinard Blasdell, John Silbersack von HarperPrism und meinen Agenten Richard Curtis, ohne den dieses Projekt niemals zustande gekommen wäre. Mein weiterer Dank gilt Lisa Clancy, Betsy Mitchell, Greg Bear und Erwin Bush, die mir hervorragende Informationen und Anregungen geliefert haben, Lil Mitchell für die vielen Arbeitsstunden, in denen sie die von mir besprochenen Bänder zu Papier gebracht hat, Mark Budz und Marina Fitch für ihre hilfreichen Vorschläge und Rebecca Moesta für die regelmäßige Versorgung mit Liebe und Aufmunterung.

1

Teller Nuclear Research Facility,
Pleasanton, Kalifornien
Montag, 16:03 Uhr

Selbst durch die dicken Fensterscheiben des Laborgebäudes konnte der alte Mann den Lärm der Anti-Atom-Demonstranten hören. Sie sangen, skandierten und schrien in ihrem unablässigen, trotzigen Kampf gegen den Fortschritt. Es verwirrte ihn mehr, als daß es ihn wütend machte. Die Slogans hatten sich über die Jahrzehnte nicht verändert – und er bezweifelte, daß diese Radikalen jemals dazulernen würden.

Seine Finger tasteten über das beschichtete Namensschildchen, das an seinem Laborkittel baumelte. Er wußte, daß das fünf Jahre alte Foto ihm alles andere als schmeichelte. Leider weigerte sich die Abteilung, die für die Schildchen zuständig war, einmal gemachte Aufnahmen zu wiederholen. Andererseits hatten Ausweisfotos mit ihren Besitzern nie viel Ähnlichkeit. Ein Sachverhalt, der auf seine Person und die zurückliegenden fünf Jahrzehnte ganz besonders zutraf. Er erinnerte sich noch gut an den Tag, an dem er als unbedeutender Techniker zum Manhattan Projekt gestoßen war. Nach einem halben Jahrhundert der Arbeit war sein Gesicht hager und faltig geworden, vor allem die letzten Jahre hatten ihm zugesetzt. Das ehemals stahlgraue Haar hatte dort, wo es noch nicht in ganzen Büscheln ausgefallen war, einen ungesunden gelblichweißen Farbton angenommen. Doch die Augen des Mannes, die noch immer klar und neugierig waren, verrieten seine Passion: die Faszination jener Geheimnisse, die das Universum noch immer barg.

Das Namensschildchen identifizierte den Mann als Emil Gregory. Im Gegensatz zu vielen seiner jüngeren Kollegen hatte er nie Wert auf Titel gelegt; *Dr.* Emil Gregory oder Emil Gregory, *Ph.D.* oder gar Emil Gregory, *Project Director.* Er hatte zu lange in New Mexico und Kalifornien gelebt, wo man es mit diesen Dingen nicht allzu genau nahm. Nur Wissenschaftler, die sich ihrer Jobs nicht sicher waren, sorgten sich um solche Formalitäten. Dr. Gregory dagegen stand vor dem Ende einer langen und äußerst erfolgreichen Karriere. In seinen Kreisen wußte man sehr genau, wer er war.

Da der Großteil seiner Arbeit der Geheimhaltung unterlag, konnte er kaum mit einem Platz in den Geschichtsbüchern rechnen. Dennoch hatte er zweifellos seinen Beitrag zur Geschichte der Menschheit geleistet, ob nun jemand davon erfuhr oder nicht.

Seine ehemalige Assistentin und Musterschülerin Miriel Bremen war mit seinen Forschungen am besten vertraut gewesen, doch sie hatte sich von ihm abgewandt. Vermutlich war sie gerade jetzt sogar dort draußen, schwenkte Schilder und skandierte zusammen mit den anderen Demonstranten Parolen. Immerhin hatte sie den ganzen Haufen organisiert – Miriel hatte es von jeher verstanden, chaotische Gruppierungen zu leiten und anarchische Energien zu bündeln.

Vor dem Gebäude fuhren drei weitere Autos des Sicherheitsdienstes vor, um die Demonstranten in Schach zu halten, die vor dem Eingangstor auf und ab marschierten und den Verkehr blockierten. Die uniformierten Wachen bauten sich breitschultrig vor den Protestierenden auf in dem Versuch, möglichst bedrohlich auszusehen. Tatsächlich waren ihnen jedoch die Hände gebunden, da die Teilnehmer an dieser Kundgebung sorgsam darauf achteten, sich innerhalb der legalen Grenzen zu bewegen. Im Fond eines der weißen Wagen geiferte ein Deutscher Schäferhund durch den Maschendraht vor dem Fenster – ein auf Drogen und Sprengstoff, nicht auf Angriff abgerichtetes Tier, doch sein lautes Gebell schien die Demonstranten zweifellos nervös zu machen.

Dr. Gregory beschloß, den Tumult vor dem Laboratorium zu ignorieren, und kehrte mit schleppenden Schritten – die Garantie für seinen 72jährigen Körper war kürzlich abgelaufen, wie er gern sagte – zu seiner Computersimulation zurück. Soweit es ihn betraf, konnten die Demonstranten und Sicherheitsleute den ganzen Nachmittag und bis in die Nacht hinein mit diesem Theater weitermachen. Er schaltete das Radio ein, um den Lärm von draußen zu übertönen und um sich konzentrieren zu können. Doch im Grunde brauchte er sich wegen der Richtigkeit seiner Berechnungen keine Sorgen zu machen – die eigentliche Arbeit erledigten die Supercomputer von allein.

Trotz der Behelfsantenne aus Büroklammern, die er an dem metallenen Fensterrahmen festgeklemmt hatte, konnte das zwischen Büchern und technischen Unterlagen verstaute Radio durch die dicken Betonmauern nur eine Station empfangen. Gott sei Dank spielte der einsame Mittelwellensender hauptsächlich Oldies – Songs, die Gregory mit glücklicheren Zeiten verband. Gerade besangen Simon & Garfunkel ihre Mrs. Robinson, und der Wissenschaftler summte mit.

Die Farbmonitore seiner vier Hochleistungsrechner zeigten den Verlauf seiner synchron ablaufenden Hydrocode-Simulationen. Die Computer arbeiteten sich durch zahllose virtuelle Experimente in einer ebensolchen Umgebung, führten Milliarden von Berechnungen durch, ohne daß Gregory einen einzigen Schalter betätigen mußte.

Trotz des eher sterilen Ambientes hatte Gregory stets Wert darauf gelegt, seinen Laborkittel zu tragen. In legerer Straßenkleidung den ganzen Tag auf einer Computertastatur herumhämmern, das konnte auch ein Buchhalter – er hingegen war ein renommierter Wissenschaftler auf dem Gebiet der Waffentechnologie in einem der größten Nuklearforschungslaboratorien des Landes.

In einem anderen Gebäude des eingezäunten Laborkomplexes verarbeiteten hochleistungsfähige Cray-III-Computer Daten für die komplexen Simulationen eines größeren bevorstehenden Nukleartests. Hierbei handelte es sich um komplizierte nukleare hydrodynamische Modelle – imaginäre atomare Eplosionen – eines neuen Gefechtssprengkopfes, dessen Entwicklung Gregory die letzten vier Jahre seiner Karriere gewidmet hatte.

Bright Anvil – Strahlender Amboß.

Aufgrund der Kosten und der immer wieder wechselnden politischen Abkommen über Atomwaffenversuche boten diese Simulationen mittlerweile die einzige Möglichkeit, bestimmte Sekundäreffekte zu untersuchen, Schockfrontformationen und Fallout-Muster zu analysieren. Da die Durchführung realer überirdischer Nukleartests seit 1963 durch internationale Vereinbarungen verboten war, glaubten Gregory und seine Vorgesetzten, mit dem *Bright Anvil*-Projekt einen durchschlagenden Erfolg erzielen zu können – wenn sich alle Voraussetzungen erfüllt hatten.

Und dem DOE, dem Department of Energy der Vereinigten Staaten von Amerika, lag sehr daran, daß sie sich erfüllten ...

Er ging zum nächsten Monitor und beobachtete den Tanz der Linien, Druckwellen und Temperaturenanzeigen in einer Nanosekundenskala. Schon jetzt war zu erkennen, daß es eine wunderschöne Explosion werden würde ...

Gregorys Schreibtisch quoll über von Top-Secret-Berichten, Memos und den unzähligen Ausdrucken aus dem Laserdrucker am Ende des Ganges, den er sich mit dem Rest des Teams teilte. »Bear« Dooley, sein Stellvertreter, ließ ihm regelmäßig Wetterprognosen und Satellitenfotos zukommen, auf denen er die interessantesten Gebiete mit einem roten Filzstift einkreiste. Das aktuellste Bild zeigte ein kreisförmiges Tiefdruckgebiet über dem Zentralpazifik – verschüttete Milch, die einen Abfluß hinunterwirbelte –, was Dooley in helle Aufregung versetzt hatte.

»Ein Sturm braut sich zusammen!« hatte der Mitarbeiter auf einen Haftzettel gekritzelt, der an dem Foto klebte. »Bis jetzt unser bester Kandidat!«

Dr. Gregory war derselben Meinung. Aber sie konnten den nächsten Schritt nicht unternehmen, bevor er den letzten Simulationsdurchlauf nicht beendet hatte. *Bright Anvil* war zwar bis auf das Herzstück, das das spaltbare Material enthielt, bereits fertig, doch Gregory hatte etwas gegen leichtfertige Eile. Wenn man eine derartige Macht in Händen hielt, war Vorsicht das oberste Gebot.

Er pfiff die Melodie von »Georgie Girl« mit, während seine Computer die Wellen der Massenvernichtung simulierten.

Draußen ließ jemand eine Autohupe plärren, entweder um die Demonstranten zu unterstützen oder um sie aufzufordern, den Weg freizumachen. Da Gregory ohnehin vorhatte, heute länger zu bleiben, würden die Protestler – müde und zufrieden, ob ihres erneut bewiesenen Engagements – längst verschwunden sein, bevor er selbst sein Auto bestieg.

Es war ihm egal, wie viele Stunden er noch im Labor zubrachte, denn die Forschung war alles, was ihm von seinem Leben geblieben war. Wäre er jetzt schon gegangen, hätte er wahrscheinlich in seinem viel zu stillen und zu großen Haus weitergearbeitet, umgeben von alten Fotos der Wasserstoffbombenexplosionen auf den Inseln oder der Atomblitze über dem Testgelände in Nevada. Hier im Labor standen ihm die besseren Computer zur Verfügung, weshalb er ebensogut noch bis zum Abendessen bleiben konnte. Er hatte ein Sandwich im Kühlschrank am Ende des Ganges deponiert, doch in den letzten Jahren war sein Appetit sehr unbeständig geworden.

Früher hätte Miriel Bremen mit ihm ausgeharrt. Sie war eine intelligente und einfallsreiche junge Physikerin, die mit

Ehrfurcht zu den älteren Wissenschaftlern aufgeblickt hatte. Miriel hatte eine Menge Talent und ein Gespür für Kalkulationen und Sekundäreffekte an den Tag gelegt. Ihre Hingabe und ihr Ehrgeiz hatten sie zur perfekten Forschungspartnerin gemacht – unglücklicherweise hatte sie darüber hinaus ihr Gewissen entdeckt und war von Zweifeln heimgesucht worden.

Miriel Bremen persönlich war die treibende Kraft hinter der neuen rührigen Aktivistengruppe *Stop Nuclear Madness!* mit Hauptquartier in Berkeley. Sie hatte ihre Arbeit in der Forschungseinrichtung aufgegeben, verschreckt durch gewisse unerklärliche Aspekte bezüglich des *Bright Anvil*-Gefechtskopfes. Miriel hatte die Seiten mit einem Eifer gewechselt, der dem von Rauchern ähnelte, die von Tabakfreunden zu radikalen Nikotingegnern werden.

Gregory dachte an Miriel, die jetzt vielleicht dort draußen auf der anderen Seite des Zauns stand, ein Schild schwenkte und die Wachen provozierte, sie zu verhaften, und ihre Meinung laut und deutlich kundtat, ob ihr nun jemand zuhörte oder nicht.

Er zwang sich, hinter der Workstation sitzen zu bleiben, und nicht wieder zum Fenster zu gehen, um nach ihr Ausschau zu halten. Er empfand keinen Groll gegen sie, er verspürte nur … Verwirrung. Es erstaunte ihn, wie sehr er sich in ihr getäuscht, wie gründlich er seine ehemalige Stellvertreterin verkannt hatte.

Immerhin brauchte er sich keine Sorgen wegen ihres Nachfolgers, Bear Dooley, zu machen. Dooley war ein Bulldozer von einem Mann, mit einem ausgesprochenen Mangel an Taktgefühl und Geduld, aber einer einzigartigen Hingabe an seine Aufgabe. Dieser Mann dachte geradlinig.

An der nur halb geschlossenen Tür zu seinem Büro klopfte es. Seine Sekretärin Patty – er hatte sich immer noch nicht daran gewöhnen können, sie in Gedanken als seine »Verwaltungsassistentin« zu bezeichnen – schaute zu ihm herein.

»Die Nachmittagspost, Dr. Gregory. Da ist ein Päckchen für Sie gekommen, und ich habe mir gedacht, daß Sie es vielleicht gleich sehen wollen. Spezialzustellung.« Sie wedelte mit einem gefütterten Umschlag. Gregory machte Anstalten, seinen schmerzenden Körper aus dem Bürostuhl zu hieven, aber sie kam ihm zuvor. »Bemühen Sie sich nicht. Bleiben Sie sitzen.«

»Danke, Patty.« Er nahm den Umschlag entgegen und holte seine Lesebrille aus der Laborkitteltasche, um sich den Poststempel anzusehen. *Honolulu, Hawaii.* Kein Absender.

Patty blieb in der Tür stehen und trat von einem Fuß auf den anderen. Sie räusperte sich. »Es ist kurz nach vier, Dr. Gregory. Hätten Sie etwas dagegen, wenn ich heute früher gehe?« Ihre Stimme wurde schneller, als müsse sie sich rechtfertigen. »Ich weiß, daß ich morgen früh diese Memos abtippen muß, aber ich werde Ihnen einen Schritt voraus bleiben.«

»Das tun Sie doch immer, Patty«, sagte er, den Blick noch immer auf den mysteriösen Umschlag gerichtet. Er drehte ihn hin und her. »Ein Arzttermin?«

»Nein, aber ich möchte kein Theater mit den Demonstranten bekommen. Die werden wahrscheinlich versuchen, zum Feierabend die Einfahrt zu blockieren ... Ich möchte lieber vorher weg sein.« Sie betrachtete ihre rosa glänzenden Fingernägel. Ihr Gesicht wirkte erwartungsvoll und angespannt.

Dr. Gregory mußte über ihre Nervosität lächeln. »Gehen Sie ruhig. Ich werde aus den gleichen Gründen etwas länger bleiben.«

Sie bedankte sich und zog die Tür hinter sich zu, damit er ungestört weiterarbeiten konnte.

Die Computerberechnungen liefen noch. Das Zentrum der simulierten Explosion hatte sich ausgebreitet, die Schockwellen liefen nun bis zum Rand des Monitors aus, gefolgt von Sekundär- und Tertiäreffekten, die nicht genau definierte

Richtungen durch das nach der Detonation übriggebliebene Plasma einschlugen.

Dr. Gregory fummelte an dem gefütterten Umschlag herum und zwängte einen Finger unter die fest verklebte Lasche. Er ließ den Inhalt auf seinen Schreibtisch fallen und blinzelte verblüfft.

Der Papierfetzen war nicht gerade ein Brief – kein Absender, keine Unterschrift –, nur ein paar sorgfältig mit schwarzer Tinte geschriebene Worte:

»Für Ihren Anteil an der Vergangenheit – und an der Zukunft.«

Ein kleines Plastiktütchen purzelte neben die Notiz. Es war nur wenige Zentimeter lang, durchsichtig und enthielt eine schwarze, pudrige Substanz. Gregory schüttelte den Umschlag, doch er war leer.

Er nahm das Plastikpäckchen und betrachtete es aus zusammengekniffenen Augen, während er den Inhalt zwischen den Fingern drückte. Die Substanz war leicht und hatte die Konsistenz von Asche. Er schnupperte daran und nahm einen schwachen säuerlichen, holzkohleartigen Geruch wahr.

Für Ihren Anteil an der Vergangenheit – und an der Zukunft.

Dr. Gregory runzelte die Stirn und fragte sich verärgert, ob die Sendung ein dummer Scherz der Demonstranten war. Während früherer Aktionen hatten sie Kübel mit Tierblut vor den Sicherheitstoren der Anlage ausgekippt und Blumen entlang der Zufahrtswege gepflanzt.

Schwarze Asche schien der neuste Einfall irgendeines Aktivisten zu sein – vielleicht stammte er sogar von Miriel. »O Gott!« Gregory verdrehte die Augen. »Ihr könnt nicht die Welt verändern, indem ihr die Köpfe in den Sand steckt«, murmelte er ungehalten. Sein Blick wanderte zum Fenster hinüber.

In den Workstations näherten sich die redundanten Simulationen ihrem Ende, nachdem sie Stunden an Rechenzeit verschlungen hatten, um die schrittweise Analyse einer einzigen Sekunde darzustellen, jenes flüchtigen Augenblicks, in dem ein Produkt aus Menschenhand Energien entfesselte, wie sie nur im Kern einer Sonne herrschen.

Bisher stimmten die Computerergebnisse mit seinen kühnsten Erwartungen überein.

Selbst ihm, dem Leiter des Programms, waren bestimmte Aspekte von *Bright Anvil* unerklärlich geblieben, diesem Projekt, das auf verblüffenden theoretischen Überlegungen basierte, dessen Auswirkungen jedoch allem widersprachen, was er auf dem Gebiet der Physik gelernt und beobachtet hatte. Aber die Simulationen *funktionierten*, und er war klug genug, seinen Auftraggebern, die ihm die wissenschaftlichen und technischen Grundlagen für dieses neue Konzept zur Verfügung gestellt hatten, keine Fragen zu stellen.

Nach einem 51jährigen Berufsleben empfand es Dr. Gregory als erfrischend, einen Bereich seiner erwählten Disziplin zu entdecken, den er nicht erklären konnte. Erneut öffnete sich ihm eine weitere Tür in die Welt wissenschaftlicher Wunder.

Er warf das Päckchen mit der schwarzen Asche auf seinen Schreibtisch zurück und wandte sich wieder seiner Arbeit zu.

Plötzlich begannen die Neonröhren an der Decke zu flakkern. Ein intensives Summen erfüllte die Luft, wie von einem Bienenschwarm, der in einem dünnen Glasrohr gefangen ist. Dann hörte Gregory den trockenen Knall einer elektrischen Entladung. Die Lampen glühten kurz auf und erloschen.

Das Radio gab mitten in »Hang on, Sloopy« ein quäkendes Knistern von sich und verstummte.

Ein schmerzhafter Stich durchfuhr Dr. Gregorys schlaffe Muskeln, als er herumwirbelte und entsetzt feststellte, daß sich auch seine Workstations verabschiedeten. Die Rechner stürzten ab.

»Oh, nein!« ächzte er. Die Systeme sollten eigentlich über eine absolut sichere Notstromversorgung verfügen. Er hatte soeben Abermilliarden von Supercomputeroperationen verloren!

Gregory schlug mit seiner knotigen Faust auf den Schreibtisch, stemmte sich hoch und stolperte schneller, als sein unsicheres Gleichgewicht und sein gesunder Menschenverstand es erlaubten, hinüber zum Fenster. Ratlos starrte er auf die anderen Gebäude des Komplexes hinaus. Alle Lichter im angrenzenden Flügel des Forschungslabors brannten noch. Merkwürdig. Sehr merkwürdig.

Es sah aus, als sei die Stromversorgung für sein Büro gezielt unterbrochen worden ...

Mit einem flauen Gefühl in der Magengegend überlegte er, ob und wie die Demonstranten einen Sabotageakt verübt haben könnten. Konnte Miriel derart übergeschnappt sein? Immerhin würde sie wissen, wie man einen solchen Schaden verursacht. Ihre Zugangsberechtigung war zwar aufgehoben worden, als sie gekündigt und *Stop Nuclear Madness!* gegründet hatte, aber vielleicht hatte sie es geschafft, sich irgendwie hereinzumogeln, um die Simulationen zu sabotieren ... Nur sie konnte wissen, daß ihr ehemaliger Mentor daran arbeitete.

Er wollte sich nicht vorstellen, daß sie zu einer derartigen Tat fähig sein könnte ... doch er wußte, daß sie es ohne Skrupel immerhin in Erwägung ziehen würde.

Ein hartnäckiges Summen drang an sein Ohr, und Gregory schlug danach, als wollte er eine lästige Mücke verscheuchen. Dann registrierte er das Geräusch bewußt. Nachdem die Stromzufuhr versiegt war und alle Geräte stillstanden, hätte in seinem Büro eigentlich völlige Stille herrschen müssen ...

Statt dessen lag ein Flüstern in der Luft.

Er unterdrückte das aufkommende Gefühl der Beklemmung und ging zur Tür, um nach Bear Dooley oder einem der anderen Techniker zu rufen. Aus irgendeinem Grund verspürte er plötzlich das dringende Bedürfnis nach Gesellschaft.

Doch der Türknauf war unerträglich heiß. *Unnatürlich heiß.*

Zischend stieß Gregory die Luft aus und riß die Hand zurück. Er taumelte rückwärts und starrte erschrocken auf die Brandblasen, die sich in Sekundenschnelle auf seiner Handfläche bildeten. Den Schmerz spürte er kaum.

Um den Knauf der Sicherheitstür herum wallte Rauch auf, quoll langsam und bedrohlich aus dem Schlüsselloch hervor.

»Hey, was ist hier los? Hallo!« Er wedelte mit der Hand durch die Luft, um sie zu kühlen. »Patty? Sind Sie noch da?«

Die in den massiven Betonwänden des Büros gefangene Luft geriet in Bewegung und knisterte elektrostatisch. Eine übelriechende Hitzewelle wirbelte Papiere auf. Das Plastiktütchen mit dem schwarzen Pulver sprang auf und versprühte dunkle Asche.

Dr. Gregory zerrte sein Hemd aus der Hose und wickelte einen Zipfel um seine Hand, um sie vor der Hitze zu schützen. Er eilte zur Tür zurück und wollte den Griff betätigen, doch der Knauf glühte bereits hellrot – so grell, daß es ihn in den Augen schmerzte.

»Patty, ich brauche Hilfe! Bear! Hilfe!« Seine Stimme war jetzt schrill vor Angst.

Gleich einem Sonnenaufgang im Zeitraffer wurde das Licht im Zimmer plötzlich heller und *heller*, schien aus den Wänden zu quellen und steigerte sich zu einem alles versengenden Gleißen.

Langsam wich Dr. Gregory zurück und hob die Hände vor das Gesicht, um sich vor der unbekannten Kraft zu schützen. Die flüsternden Stimmen wurden lauter und *lauter* und steigerten sich zu einem Crescendo aus Schreien und Anklagen.

Bis sie den Siedepunkt erreichten.

Eine Schockwelle aus Hitze und Feuer traf den Wissenschaftler und schleuderte ihn gegen die Wand. Milliarden und Abermilliarden Röntgenstrahlen brachten jede einzelne Zelle seines Körpers zum Kochen. Dann folgte ein Ausbruch absoluten Lichts, der Blitz im Kern einer atomaren Explosion.

Und Dr. Emil Gregory stand genau in ihrem Epizentrum.

2

Teller Nuclear Research Facility
Dienstag, 10:13 Uhr

Der Sicherheitsposten trat aus seinem Wachhäuschen vor dem Maschendrahtzaun, der die große Forschungseinrichtung umgab. Er warf einen kurzen Blick auf Fox Mulders Papiere und den FBI-Ausweis und gab ihm dann Zeichen, seinen Mietwagen zu dem Büro am Eingangstor zu fahren, wo die Ausweisschildchen angefertigt wurden.

Dana Scully setzte sich auf dem Beifahrersitz auf und beschwor die Energiereserven ihres Körper, sie endlich richtig wach werden zu lassen. Sie haßte Nachtflüge, besonders die von Osten nach Westen. An diesem Tag hatte sie bereits mehrere Stunden in einem Flugzeug und eine weitere in diesem Auto zugebracht, das ihr Partner vom San Francisco Airport hierher gefahren hatte. Im Flugzeug war es ihr lediglich gelungen, hin und wieder einzunicken.

»Ich wünschte, wir würden öfter an unserem Heimatort zum Einsatz kommen«, sagte sie unwillig.

Mulder schenkte ihr ein kurzes mitfühlendes Lächeln. »Sehen Sie es positiv, Scully. Ich kenne eine Menge Schreibtischagenten, die uns um unser abwechslungsreiches Leben beneiden. Wir lernen die Welt kennen, sie nur ihre Büros.«

»Ich schätze, man sehnt sich immer nach dem, was man gerade nicht hat ...«, erwiderte seine Partnerin. »Trotzdem, sollte ich mir jemals einen Urlaub gönnen, werde ich ihn wohl auf dem heimischen Sofa mit einem guten Buch verbringen.«

Scully hatte das Schicksal vieler Navy-Kinder geteilt, da sie wie ihre beiden Brüder und ihre Schwester von klein auf gezwungen gewesen war, immer dann umzuziehen, wenn ihr Vater auf einen anderen Stützpunkt oder ein anderes Schiff abkommandiert wurde. Sie hatte sich nie beschwert und sich in das Unvermeidliche gefügt. Als es jedoch an der Zeit war, ihre Berufswahl zu treffen, hatte sie eigentlich nicht erwartet, daß mit ihrem Job beim FBI derart häufige Reisen verbunden sein würden.

Mulder steuerte den Wagen vor einen kleinen weißen Bürobau, der abseits der ausgedehnten Gebäude-Ansammlung jenseits des Zauns stand. Er wirkte ziemlich neu und präsentierte sich in der sachlichen, aber nichtssagenden Architektur, die Scully an Modellbaukästen für Kinder erinnerte.

Mulder parkte den Wagen und nahm seine leichte Aktentasche vom Rücksitz. Scully klappte die Sonnenblende mit dem Schminkspiegel herunter, überprüfte rasch den Lippenstift, das Augen-Make-up und glättete ihr Haar. Trotz ihrer Müdigkeit schien alles seine Ordnung zu haben ... Immerhin hatten FBI-Agenten ihre Professionalität auch stets nach außen zu tragen, weshalb sich Mulder beim Aussteigen sorgfältig die Falten aus dem Anzug strich und mit gerecktem Kinn die Krawatte zurechtrückte.

»Ich brauche unbedingt noch eine Tasse Kaffee«, sagte Scully, während sie aus dem Wagen stieg und sich kurz streckte. »Ich möchte hundertprozentig sicher sein, daß ich mich voll auf alle Details eines Falls konzentrieren kann, der ungewöhnlich genug ist, um eine 3000 Meilen weite Reise zu rechtfertigen.«

Mulder hielt ihr die Glastür des Anmeldebüros auf. »Wollen Sie damit andeuten, das Gourmet-Gebräu im Flugzeug wäre Ihren Ansprüchen nicht gerecht geworden?«

Sie zog die Nase kraus. »Ich möchte es einmal so ausdrükken, Mulder, ich habe noch nicht von allzu vielen Stewardessen gehört, die ihren Beruf aufgegeben haben, um ihr eigenes Café zu eröffnen.«

Mulder fuhr mit der Hand durch sein widerspenstiges dunkles Haar und sorgte so dafür, daß seine Frisur wieder halbwegs korrekt saß. Er folgte Scully in das Gebäude, in dem eine Klimaanlage für kühle Luft sorgte. Das Innere des Baus bestand aus einem großzügig bemessenen freien Raum, einem langen Schaltertresen vor mehreren Büros und einigen kleinen Sitznischen mit Fernsehern und Videogeräten.

Eine Reihe blauer Polsterstühle stand vor einer Wand mit getönten Fenstern, die das grelle kalifornische Sonnenlicht dämpfen sollten – was aber nicht verhindert hatte, daß der rostbraune Tweedteppich bereits an einigen Stellen verschossen war. Vor einem der Schalter standen Bauarbeiter in Overalls an, die Schutzhelme unter die Arme geklemmt. Jeder der Männer hielt ein gefaltetes rosafarbenes Formular in Händen, das dem Schalterpersonal gegen eine befristete Arbeitsgenehmigung auszuhändigen war.

Ein Schild an der Wand führte all die Dinge auf, die in der Teller Nuclear Research Facility nicht erlaubt waren: Kameras, Schußwaffen, Drogen, Alkohol, Diktiergeräte, Ferngläser. Scully überflog die Liste, sie war ihr aus dem FBI-Hauptquartier vertraut.

»Ich werde uns anmelden«, sagte sie, zog einen kleinen Notizblock aus der Tasche ihres laubgrünen Jacketts und stellte sich hinter einer Reihe Männer in farbverschmierten Overalls an. Sie kam sich viel zu elegant vor. Am Ende des gesprenkelten Tresens öffnete eine Angestellte einen anderen Schalter und winkte Scully zu sich.

»Ich schätze, ich wirke hier ziemlich deplaziert«, murmelte Scully und zeigte ihre Dienstmarke vor. »Ich bin Special Agent Dana Scully, das ist mein Partner Fox Mulder. Wir haben einen Termin mit einer...«, sie warf einen Blick in ihren Notizblock, »... mit einer Vertreterin des DOE, einer Miss Rosabeth Carrera. Sie erwartet uns.«

Die Angestellte rückte ihre Goldrandbrille zurecht, blätterte durch einen Stoß Papiere und tippte Scullys Namen in ihr Computerterminal. »Ja, da habe ich Sie... Bevorzugte Sicherheitsfreigabe beantragt. Trotzdem werden Sie überall auf dem Gelände eine Eskorte benötigen, bis Sie eine offizielle Genehmigung erhalten. Wir können Ihnen aber schon einmal Ausweise ausstellen, die Ihnen bis dahin den Zugang zu bestimmten Regionen ermöglichen.«

Scully hob die Augenbrauen und setzte ihre für den Umgang mit der Öffentlichkeit reservierte Miene auf. »Ist das wirklich nötig? Agent Mulder und ich haben bereits die volle Sicherheitsfreigabe des FBI. Sie können...«

»Ihre FBI-Sicherheitsfreigabe hat hier nichts zu bedeuten, Miss Scully«, fiel ihr die Frau ins Wort. »Dies ist eine Einrichtung des DOE. Wir erkennen nicht einmal die Sicherheitsfreigabe des Verteidigungsministeriums an. Alle Abteilungen haben ihre eigenen Vorgehensweisen. Keiner von uns redet mit den anderen.«

»Regierungsamtliche Effizienz?« stichelte Scully.

»Ihre Steuergelder bei der Arbeit«, erwiderte die Frau achselzuckend. »Seien Sie froh, daß Sie nicht für den Postdienst tätig sind, wer weiß, welche Nachforschungen dort üblich sind.«

Mulder tauchte neben Scully auf und reichte ihr einen Styroporbecher mit öligem, bitter riechendem Kaffee aus einer Kanne, die auf einem der Ecktischchen stand. Neben der Kaffeekanne stapelten sich Broschüren und technische Berichte über die wunderbare Arbeit, die das Forschungs- und Entwicklungslabor für die Menschheit leistete.

»Ich habe zehn Cent dafür gezahlt«, sagte er und deutete auf den Becher, »und ich wette, er ist jeden Penny wert. Sahne, kein Zucker.«

Scully nippte daran. »Das Zeug schmeckt, als würde es seit dem Manhattan Projekt auf der Warmhalteplatte stehen«, stellte sie fest, trank aber tapfer einen weiteren Schluck, um Mulder zu zeigen, daß sie seine Geste zu schätzen wußte.

»Wie bei einem guten Wein, Scully... über die Jahre perfekt gereift.«

Die Schalterangestellte händigte Mulder und Scully ihre Besucherausweise aus. »Tragen Sie die Ausweise ständig bei sich. Achten Sie darauf, daß sie immer sichtbar sind. Und das hier ebenfalls.« Sie reichte ihnen zwei blaue Plastikkarten, in die etwas eingeschweißt war, das wie ein Filmstreifen und ein Computerchip aussah. »Das sind Ihre Strahlungsdosimeter. Befestigen Sie sie an ihren Ausweiskarten. Tragen Sie sie immer am Körper.«

»Strahlungsdosimeter?« Scullys Stimme klang gelassen. »Gibt es hier Anlaß zur Besorgnis?«

»Eine reine Vorsichtsmaßnahme, Agent Scully. Wie Sie wissen, sind wir eine *nukleare* Forschungseinrichtung. Unser Übersichtsvideo sollte alle Ihre Fragen beantworten. Wenn Sie mir bitte folgen würden.«

Sie führte Scully und Mulder zu einer der kleinen Fernsehnischen, legte eine Videokassette ein und ging zu ihrem Schalter zurück, um Rosabeth Carrera anzurufen. Mulder beugte sich vor und betrachtete das Flimmern auf dem Bildschirm, bevor der Film anlief. »Was, glauben Sie, bekommen wir nun geboten?« erkundigte er sich. »Einen Cartoon oder Previews?«

»Glauben Sie, ein von der Regierung produzierter Cartoon wäre lustig?«

Mulder hob die Schultern. »Manche Leute halten Jerry Lewis für lustig.«

Das Video war nur vier Minuten lang und bestand aus einer äußerst sachlichen Beschreibung der Teller Nuclear Research Facility, in der ein Sprecher mit forscher Stimme knapp erläuterte, was Strahlung ist und welchen Segen oder Schaden sie bewirken kann. Der Film wies auch auf den medizinischen Nutzen und die Anwendung exotischer Isotope für die Forschung hin, betonte immer wieder die Sicherheitsvorkehrungen der Einrichtung und stellte Vergleiche zur natürlichen Hintergrundstrahlung an, der man bei einem Flug quer über den Kontinent oder während eines einjährigen Aufenthalts in einer hochgelegenen Stadt wie beispielsweise Denver ausgesetzt war. Nach einem abschließenden farbenfrohen Diagramm wünschte die fröhliche Stimme den Besuchern einen schönen und gefahrlosen Aufenthalt in der Teller Nuclear Research Facility.

Mulder spulte das Band zurück. »Ich bin ganz hin und weg.«

Sie kehrten an den Schalter zurück. In der Zwischenzeit hatten die meisten Bauarbeiter den Maschendrahtzaun bereits passiert und ihre Arbeitsplätze aufgesucht.

Kurz darauf eilte eine zierliche Hispanierin durch die Glastür und auf die FBI-Agenten zu. Sie wirkte dynamisch und in Eile. Scully taxierte sie prüfend, wie sie es in Quantico gelernt hatte, um sich auf den ersten Blick ein Bild von ihr zu machen.

Die Frau begüßte sie schnell mit Handschlag. »Ich bin Rosabeth Carrera, eine der Bevollmächtigten des DOE. Ich bin sehr froh, daß Sie so schnell kommen konnten. Wir haben so etwas wie einen Notfall.«

Rosabeth Carrera trug einen knielangen Rock und eine scharlachrote Bluse, die ihre dunkle Haut wirkungsvoll betonte. Ihre vollen Lippen waren in einem unaufdringlichen Rotton geschminkt. Das dichte, schokoladenbraune Haar wurde von mehreren goldenen Spangen im Nacken zusammengehalten und fiel ihr in lockigen Kaskaden tief in den Rücken. Sie hatte eine sportliche Figur, sprühte vor Leben und war überhaupt nicht der Typ der spröden Bürokratin, die Scully erwartet hatte.

Scully bemerkte Mulders Gesichtsausdruck, als dieser in die dunklen Augen der Frau blickte. Carrera lachte. »Ich habe Sie sofort erkannt. Wir sind hier in Kalifornien. Leute von der Ostküste und ein paar wenige aus dem höheren Management sind die einzigen, die hier in solchen Affenkostümen rumlaufen.«

»Affenkostüme?« fragte Scully blinzelnd.

»Formell gekleidet. In der Teller Facility gibt man sich ziemlich lässig. Die meisten unserer Forscher sind Kalifornier oder kommen aus Los Alamos, New Mexico. Anzüge und Krawatten sind hier selten.«

»Ich hab schon immer gewußt, daß ich was Besonderes bin.« Mulder strich sich genüßlich über den Schlips. »Ich hätte meine Surfing-Krawatte tragen sollen.«

»Wenn Sie mir bitte folgen würden«, sagte Carrera. »Ich werde Sie in die Einrichtung und zum Schauplatz des... Unfalls bringen. Wir haben in den letzten 18 Stunden alles unverändert gelassen, damit Sie sich selbst ein Bild machen können. Wir nehmen meinen Wagen.«

Sie verließ das Gebäude mit Mulder und Scully im Schlepptau und steuerte auf einen blaßblauen Ford Fairmont mit Regierungskennzeichen zu. Mulder fing den Blick seiner Partnerin auf, grinste – und kratzte sich mit einer schimpansenartigen Bewegung unter der Achsel. Affenkostüme...

»Wir schließen unsere Wagen hier nicht ab.« Carrera machte Konversation, während sie die Fahrertür öffnete und hinter das Lenkrad glitt. »Niemand kann sich vorstellen, daß irgend jemand einen Regierungswagen stehlen würde.« Mulder stieg hinten ein, Scully nahm auf dem Beifahrersitz Platz.

»Könnten Sie uns irgend etwas über diesen Fall sagen, Miss Carrera?« fragte Scully. »Wir sind mitten in der Nacht aus dem Bett geholt und buchstäblich ohne irgendwelche Informationen hierhergeschickt worden. Man hat uns lediglich mitgeteilt, daß ein bedeutender Nuklearforscher durch eine Art Unfall in seinem Labor ums Leben gekommen ist.«

Carrera steuerte den Ford zum Eingangstor, zeigte ihren Dienstausweis vor und reichte der Wache die Papiere, die Mulder und Scully den Zutritt auf das umzäunte Gelände gestatteten. Sie erhielt die gegengezeichneten Unterlagen zurück und fuhr weiter, wobei sie an ihren Lippen nagte. Offensichtlich suchte sie nach einer ausreichend nichtssagenden Antwort. »Das ist die Version, die wir an die Presse gegeben haben, auch wenn wir die nicht mehr lange aufrechterhalten können«, sagte sie schließlich. »Es gibt noch viel zu viele offene Fragen, aber ich möchte Sie nicht beeinflussen, bevor Sie sich die Sache selbst angesehen haben.«

»Jedenfalls wissen Sie, wie man es spannend macht«, meldete sich Mulder aus dem Fond zu Wort.

Rosabeth Carrera hielt den Blick auf die Straße gerichtet, während sie an Bürowohnwagen, Behelfsgebäuden und einer Ansammlung verfallener Häuser mit Holzverkleidung vorbeifuhren, die aussahen, als hätten sie einmal zu einer Militäreinrichtung gehört. Schließlich erreichten sie die neueren Gebäude, die in der Ära der großzügigen Verteidigungsetats während der Reagan-Administration errichtet worden waren.

»Wir haben vorschriftsmäßig das FBI angefordert«, fuhr Carrera fort. »Hier liegt möglicherweise ein Verbrechen – vielleicht sogar ein Mord – in einer Einrichtung der Regierung vor. Also ist das Büro für die Ermittlungen zuständig.«

»Sie hätten sich auch an unsere örtliche Filiale wenden können«, sagte Scully.

»Das haben wir getan«, erwiderte Carrera. »Einer der hiesigen Agenten, ein gewisser Craig Kreident, ist gestern abend hier erschienen, um sich ein erstes Bild zu machen. Kennen Sie ihn?«

Mulder legte einen Finger auf die Lippen, während er in seinem brillanten Gedächtnis kramte. »Agent Kreident... Ich glaube, er hat sich auf High-Tech-Verbrechen in dieser Gegend spezialisiert.«

»Genau«, sagte Carrera. »Aber Kreident hat nur einen einzigen Blick auf ... die Angelegenheit geworfen und gesagt, das wäre nicht sein Gebiet. Er meinte, die Sache sähe eher nach einer ›X-Akte‹ aus – er hat genau diesen Begriff benutzt – und wäre wahrscheinlich ein Fall für Sie, Agent Mulder. Ich habe keine Ahnung, was eine X-Akte ist.«

»Erstaunlich, was man durch seinen Ruf erreichen kann«, murmelte Mulder.

»›X-Akten‹ ist der Sammelbegriff für nicht abgeschlossene Ermittlungen, die mit ungeklärten Phänomenen in Zusammenhang stehen könnten«, beantwortete Scully die Frage. »Das Büro besitzt zahlreiche Aufzeichnungen über ungelöste Fälle, die bis in die frühen Tage von J. Edgar Hoover zurückreichen. Wir beide haben schon eine Menge ... Erfahrung mit solchen Fällen.«

Carrera parkte vor dem großen Laborkomplex und stieg aus. »Ich nehme an, dann wird dieser Fall genau auf Ihrem Gebiet liegen.«

In zügigem Tempo führte sie die beiden Agenten durch das Gebäude in den zweiten Stock. Die durch Neonlicht erhellten Gänge, in denen ihre Schritte leise widerhallten, erinnerten Scully an die Flure einer High-School. Eine der Röhren war defekt und flackerte gespenstisch.

Die Betonwände waren mit Kork getäfelt, auf denen farbige Sicherheitshinweise und Wegweiser zu regelmäßig stattfindenden Konferenzen angebracht waren. Auf handbeschriebenen Karteikärtchen wurden Mietwohnungen, Ferienhäuser auf Hawaii und Autos angeboten. »Kaum gebrauchte Bergsteigerausrüstung« war auf einer der Karten zu lesen. Die allgegenwärtigen Plakate, die zur Beachtung der Geheimhaltungsvorschriften aufriefen, schienen noch aus dem Zweiten Weltkrieg zu stammen, auch wenn Scully vergeblich nach dem damals beliebten Slogan »Ein loser Mund schickt Schiffe auf Grund« suchte.

Einige Meter weiter war ein Korridor mit gelbem Signalband abgesperrt worden. Da die Teller Nuclear Research Facility verständlicherweise nicht über Bänder mit der Aufschrift »Tatort« verfügte, hatte man sich mit »Achtung Baustelle« beholfen. Zwei Wachleute des Labors hatten mit offensichtlichem Unbehagen auf beiden Seiten des Korridors Posten bezogen.

Carrera mußte nicht ein Wort verlieren. Einer der Männer trat zur Seite, um sie vorbeizulassen. »Machen Sie sich keine Sorgen«, beruhigte sie ihn. »Sie haben nur eine kurze Schicht. Die Ablösung kommt in wenigen Minuten.« Sie schlüpfte unter der Absperrung hindurch und winkte Mulder und Scully, ihr zu folgen.

Scully fragte sich, weshalb die Wachposten so verunsichert aussahen. Lag es einfach nur an der Vorstellung, dem Schauplatz eines möglichen Mordes so nahe zu sein? Wahrscheinlich hatten diese Männer kaum mit richtigen Verbrechen zu tun, geschweige denn mit Gewaltverbrechen. Sie vermutete, daß man die Leiche noch nicht fortgeschafft hatte, um den eventuellen Tatort auch wirklich unberührt zu lassen.

Die anderen Büros jenseits des gelben Absperrbandes waren unbesetzt, aber die noch immer laufenden Computer und die vollen Bücherregale zeigten, daß sie noch vor kurzem benutzt worden waren. Von Dr. Emil Gregorys Arbeitskollegen? Wenn ja, würden sie befragt werden müssen. Zweifellos hatte man alle Mitarbeiter für die Dauer der Untersuchung des vermeintlichen Unfalls umquartiert.

Nur eine Bürotür war fest verschlossen und mit weiteren Streifen des Absperrbandes versiegelt. Rosabeth Carrera blieb stehen und nahm ihren beschichteten Ausweis mit ihrem Foto ab, an dem ein Strahlungsdosimeter und mehrere Schlüssel baumelten. Sie suchte den Schlüssel mit der richtigen Kennziffer und schob ihn in das einschüchternd wirkende Schloß im Türknauf.

»Werfen Sie einen kurzen Blick hinein«, sagte sie, drückte die Tür auf und wandte gleichzeitig das Gesicht ab. »Dies soll

Ihnen lediglich eine erste Übersicht verschaffen. Sie haben zwei Minuten Zeit.«

Scully und Mulder traten auf die Türschwelle und spähten in das Büro... Es sah aus, als wäre eine Brandbombe darin explodiert.

Der Raum mußte von einem Hitzeschwall versengt worden sein, der so intensiv, aber auch so kurz gewesen sein mußte, daß er die Papiere an Dr. Gregorys Pinntafel verbrannt und gekräuselt hatte – *ohne sie zu entzünden.* Alle vier Computerterminals waren an den Rändern geschmolzen und in sich zusammengesackt. Die schweren Glaskathodenröhren der Monitore hatten sich geneigt und schielten wie die Augen eines Toten. Selbst die metallenen Schreibtische hatten für einen kurzen Moment ihre Stabilität verloren und waren unter ihrem eigenen Gewicht eingesunken.

Eine ehemals weiße Wandtafel war schwarz, die Emaillebeschichtung dunkel und blasig. Trotzdem waren die farbigen Konturen hingekritzelter Gleichungen unter der Rußschicht noch deutlich zu erkennen.

Scully entdeckte Gregorys Leiche vor der gegenüberliegenden Wand. Das, was von dem renommierten Waffensystemforscher übriggeblieben war, glich einer entsetzlich ausgedörrten Vogelscheuche. Durch die Kontraktion der Muskeln während der großen Hitze hatten sich seine Gliedmaßen aufgerichtet... wie bei einem Insekt, das sich im Tode zusammenkrümmt. Die Haut und das aufgeplatzte Gewebe seines Gesichts erweckten den Eindruck eines Napalmangriffes.

Mulder betrachtete den verwüsteten Raum, während sich Scully auf den Toten konzentrierte. Ihr Mund stand leicht offen, und sie verspürte jene seltsame Mischung aus menschlichem Entsetzen und abgeklärter Analyse, die sie immer empfand, wenn sie den Tatort eines Verbrechens inspizierte. Die einzige Möglichkeit, ihre Abscheu zu überwinden, bestand darin, nach Antworten zu suchen. Und zwar sofort. Sie tat einen Schritt nach vorn.

Bevor sie jedoch den Raum betreten konnte, hielt Carrera sie mit einem festen Griff an der Schulter zurück. »Nein«, warnte sie. »Sie können dort noch nicht hinein.«

Mulder warf der Frau einen scharfen Blick zu. »Wie sollen wir den Schauplatz eines Verbrechens untersuchen, wenn wir ihn nicht betreten dürfen?«

Scully erkannte, daß die Neugier ihres Partners bereits geweckt war. Nach dem, was sie auf den ersten Blick gesehen hatte, fiel es schwer, eine einfache und rationale Erklärung für die Ereignisse in diesem Labor zu finden.

»Zu viel Reststrahlung«, erklärte Carrera. »Sie können das Labor nur in einem speziellen Schutzanzug betreten.«

Scully berührte automatisch ihren Strahlungsdosimeter, als sie und Mulder gleichzeitig von der Tür zurückwichen. »Aber laut Ihrem Einführungsvideo dürfte in keinem Ihrer Laboratorien eine gefährlich hohe Strahlung herrschen. War das lediglich Regierungspropaganda?«

Carrera zog die Tür wieder ins Schloß und bedachte Scully mit einem nachsichtigen Lächeln. »Nein, das ist die Wahrheit – unter normalen Umständen. Aber wie Sie sehen, sind die Dinge in Dr. Gregorys Labor alles andere als normal. Niemand von uns kann das verstehen… zumindest jetzt noch nicht. Eigentlich dürfte es hier überhaupt kein radioaktives Material geben, und trotzdem haben wir eine hohe Reststrahlung in der Wand und im Mobiliar gemessen. Aber Sie brauchen sich keine Sorgen zu machen. Hier draußen im Gang werden wir von den dicken Betonwänden abgeschirmt. Kein Grund zur Panik, solange Sie Abstand halten. Andererseits… werden Sie sich die Sache wohl doch sehr viel näher ansehen müssen. Wir lassen Sie deshalb Ihre Ermittlungen fortführen. Kommen Sie.«

Sie drehte sich um. Mulder und Scully folgten ihr den Korridor entlang.

»Besorgen wir Ihnen erst einmal Strahlenschutzanzüge«, sagte Carrera.

3

Teller Nuclear Research Facility
Dienstag, 11:21 Uhr

In dem dicken Schutzanzug sah Mulder aus wie ein Astronaut. Er hatte Mühe, sich zu bewegen, aber er nahm die Unannehmlichkeiten gern in Kauf, denn er brannte mittlerweile darauf, die mysteriösen Umstände zu untersuchen, die zu Dr. Emil Gregorys Tod geführt hatten.

Techniker der Sicherheits- und Gesundheitsabteilung fügten die Verschlüsse seines Antikontaminationsanzugs zusammen, stülpten ihm die Helmkapuze über den Kopf, zogen den Reißverschluß auf der Rückseite zu und versiegelten die Naht mit einem Klebestreifen, der das Eindringen chemischer oder radioaktiver Rückstände verhindern sollte.

Die Plexiglasscheibe des Helms gestattete ihm freie Sicht, doch an ihrer Innenseite bildete sich sofort eine Kondensschicht, und Mulder versuchte, seine Atmung zu regulieren. Von den Druckluftbehältern auf seinem Rücken führten Schläuche zu einem Atemgerät im Helm, das jeden Atemzug erschwerte und akustisch verstärkte. Als er zu gehen versuchte, blähten sich die Gelenkverbindungen an den Knien und Ellenbogen auf.

Mulder fühlte sich von der Außenwelt abgeschnitten und bestens gegen die unsichtbare Strahlung gewappnet. »Ich dachte, bleigefütterte Unterwäsche wäre mit den Schlaghosen aus der Mode gekommen ...«

Rosabeth Carrera neben ihm schien ein wenig unschlüssig, was sie tun sollte. Sie hatte es abgelehnt, ebenfalls in einen Antikontaminationsanzug zu schlüpfen und die Agenten in Gregorys Büro zu begleiten.

»Sie können sich frei bewegen und sich alles ansehen, was Sie wollen«, sagte sie. »Ich werde in der Zwischenzeit den Papierkram erledigen, der Ihnen ungehinderten Zugang zu allen Bereichen der Einrichtung gestatten wird. Sie werden eine auf diesen Fall beschränkte Sicherheitsfreigabe erhalten. Dem DOE und den Teller Laboratorien liegt viel daran, daß Sie herausfinden, was Dr. Gregorys Tod verursacht hat.«

»Was, wenn Ihnen die Antwort nicht gefällt?« erkundigte sich Mulder.

Scully, die ebenfalls in einem Antikontaminationsanzug steckte, warf ihm einen warnenden Blick zu – einen von der Sorte, mit der sie ihn gewöhnlich bedachte, wenn er sich zu weit aus dem Fenster lehnte.

»Jede Antwort ist besser als gar keine. Bisher haben wir nichts als einen Haufen beunruhigender Fragen.« Carrera deutete in beide Richtungen des Flurs, in dem die mittlerweile versiegelten Büros von Gregorys Forscherkollegen lagen. »Die Hintergrundstrahlung im Rest des Gebäudes ist völlig normal, von Dr. Gregorys Büro einmal abgesehen. Sie müssen unbedingt herausfinden, was passiert ist.«

»Soweit ich weiß, ist dies ein Waffenforschungslabor«, meldete sich Scully zu Wort. »Hat Dr. Gregory an irgend etwas gearbeitet, das auf ihn zurückgeschlagen haben könnte? Vielleicht an dem Prototyp eines neuen Waffensystems?«

Carrera verschränkte die Arme vor der Brust. Sie machte einen zuversichtlichen Eindruck. »Dr. Gregory hat an Computersimulationen gearbeitet. Er hatte keinerlei spaltbares Material in seinem Labor ... nichts, was auch nur annähernd das Zerstörungspotential hätte entfalten können, das wir hier sehen. Überhaupt nichts Tödliches. Die Instrumente, mit denen er gearbeitet hat, waren nicht gefährlicher als ein Videospiel.«

»Ah, Videospiele.« Mulder grinste. »Das könnte der Clou unseres Räsels sein.«

Rosabeth Carrera händigte den beiden Agenten tragbare Strahlungsdetektoren aus. Die Geräte sahen denen erschreckend ähnlich, die Mulder in Dutzenden B-Movies aus den 50ern über unkontrollierte Atomversuche gesehen hatte – Versuche, bei denen versehentlich Mutationen erzeugt wurden, die so bizarr waren, wie es die damals noch kargen Special-Effects-Etats eben zugelassen hatten.

Einer der Sicherheitstechniker erklärte ihnen kurz die Handhabung der Detektoren, indem er das Gerät mit der Sensoröffnung durch den Gang schwenkte und eine Probemessung der natürlichen Hintergrundstrahlung durchführte. »Scheint ordnungsgemäß zu funktionieren«, stellte er fest. »Ich habe die Kalibrierung erst vor ein paar Stunden überprüft.«

»Lassen Sie uns reingehen, Mulder.« Scully stand direkt vor der Tür und wartete ungeduldig darauf, endlich mit der Arbeit beginnen zu können.

Carrera benutzte erneut den Schlüssel an ihrer Ausweiskarte und stieß die Tür auf. Mulder und Scully betraten Dr. Gregorys Labor – und die Strahlungsdetektoren spielten verrückt.

Mulder sah, wie die Nadel im oberen Bereich der Meßskala herumhüpfte. Er hörte zwar nicht das prasselnde Geigerzähler-Knacken, das er intuitiv erwartet hatte – doch der stumme Tanz der Nadel war beängstigend genug.

In diesem von Betonblockwänden umgebenen Büro hatte ein derart intensiver Strahlungsausbruch stattgefunden, daß sämtliche Oberflächen Blasen geworfen hatten, der Beton angesengt und die Einrichtung geschmolzen war. Der Blitz hatte eine beträchtliche Reststrahlung und sekundäre Radioaktivität zurückgelassen, die noch immer brodelte und nur allmählich abklang.

Rosabeth Carrera schloß die Tür hinter ihnen.

Mulders luftdichter Schutzanzug verstärkte jeden seiner Atemzüge. Es klang, als würde irgend etwas in seinem Nakken keuchen, ein Zähne fletschendes Monster, das auf seiner Schulter hockte ... aber es war nur das Echo in seinem Helm. Er schluckte die aufkommende Klaustrophobie hinunter, und drang tiefer in das Büro vor. Der Anblick der geschmolzenen und innerhalb eines Sekundenbruchteils verschmorten Gegenstände jagte ihm eine Gänsehaut über den Rücken und gab seiner lang gehegten Abneigung gegen Feuer neue Nahrung.

Scully näherte sich zielstrebig dem Toten, während Mulder stehenblieb, um die durch die Hitze zusammengesackten Computerterminals, die geschmolzenen Schreibtische und die verkohlten Papiere an der Pinnwand und auf den Arbeitstischen genauer zu betrachten. »Kein Anhaltspunkt, von welchem Punkt die Explosion ausgegangen sein könnte«, stellte er fest und stocherte in den Überresten herum.

Die Wände waren mit Bildern pazifischer Inseln, Luftaufnahmen und meteorologischen Computergrafiken ozeanischer Windströmungen gespickt. Dazwischen hingen unzählige Schwarzweiß-Satellitenfotos, die kaum mehr als solche zu erkennen waren, da sie Blasen geworfen hatten. Alle Abbildungen konzentrierten sich auf den westlichen Pazifik kurz hinter der internationalen Datumsgrenze.

»Ich hätte nicht gedacht, daß sich ein Atomwaffenforscher so etwas an die Bürowände heftet.« Mulders Stimme klang gedämpft.

Scully beugte sich über die verbrannte Leiche von Dr. Gregory. »Wenn wir herausfinden können, woran er gearbeitet hat, und ein paar Details über die Verteidigungssysteme oder etwaige Tests hätten, die er durchführen wollte, könnten wir zu einer klarer umrissenen Erklärung gelangen.«

»Klar umrissen, Scully? Sie überraschen mich.«

»Bemühen Sie Ihren Verstand, Mulder. Trotz allem, was Miss Carrera gesagt hat – Dr. Gregory war Waffensystemforscher. Was, wenn er an irgendeiner neuen Hochenergieexplosionswaffe gearbeitet hat? Es wäre möglich, daß er einen Prototyp hier drinnen hatte und ihn versehentlich ausgelöst hat. Das Ding könnte alles, was Sie hier sehen, Gregory eingeschlossen, blitzartig geröstet haben... Wenn es nur ein kleines Testmodell war, war seine Wirkung begrenzt, und es hat nicht das gesamte Gebäude zerstört.«

»Gut für uns«, gab Mulder zurück. »Aber schauen Sie sich um. Ich sehe keine Überreste irgendeiner Waffe – Sie vielleicht? Selbst wenn sie explodiert wäre, müßten ein paar Spuren zurückgeblieben sein.«

»Wir sollten diese Möglichkeit trotzdem im Auge behalten«, erwiderte Scully. »Ich muß die Leiche mitnehmen, um eine Autopsie durchzuführen. Ich werde verlangen, daß Miss Carrera eine medizinische Einrichtung in der Nähe ausfindig macht, wo ich arbeiten kann.«

Mulder, der noch immer mit Dr. Gregorys Pinnwand beschäftigt war, streckte eine Hand aus, um eins der zerknitterten Papiere zu berühren, das von einer halb geschmolzenen Reißzwecke auf der verkohlten Korktafel festgehalten wurde. Als er mit den Fingerspitzen darüberstrich, zerfiel es zu Asche und rieselte in kleinen Staubwolken zu Boden. In der Hoffnung, auf intaktere Überreste zu stoßen, suchte er in den dikken Papierstößen nach technischen Berichten oder Zeitungsartikeln, fand aber nichts. Dann bemerkte er die unversehrten Bereiche auf der ansonsten verkohlten Schreibtischplatte.

»Hey, Scully, sehen Sie sich das an!« Er deutete auf die blassen, rechteckigen Schemen. »Ich denke, hier müssen Dokumente gelegen haben, technische Unterlagen, aber man hat sie entfernt.«

»Warum sollte jemand so etwas tun?« fragte Scully. »Die Unterlagen würden wahrscheinlich eine erhebliche Reststrahlung abgeben...«

Mulder begegnete ihrem Blick durch die dünnen Sichtscheiben der Helmkapuzen. »Ich schätze, man wollte uns einen Gefallen tun und hat den Schauplatz des Mordes für uns gesäubert, um uns vor bösen, bösen Geheiminformationen zu schützen, die wir besser nicht zu Gesicht bekommen sollten. Natürlich nur zu unserem eigenen Besten.«

»Mulder, wie sollen wir diese Aufgabe denn lösen, wenn am Tatort herummanipuliert worden ist?«

»Ganz meine Meinung ...«

Er ging in die Knie, um sich Dr. Gregorys metallenen Bücherschrank anzusehen, der mit Physikbüchern, Computercodeanleitungen, einem Exemplar von *Lagrangian-Eulerian Hydrocode Dynamics* und allgemeinen geographischen und physikalischen Werken angefüllt war. Die Schutzumschläge waren verkohlt, die Bücher selbst aber waren intakt.

Sein nächster Blick galt den Brandspuren auf den Böden der Regale. Wie er nicht anders erwartet hatte, waren mehrere Bücher nachträglich entfernt worden. »Man möchte eine schnelle Antwort auf diesen Vorfall, Scully ... Eine einfache Antwort. Eine, für die es nicht erforderlich ist, daß wir alle Informationen erhalten.«

Er musterte die geschlossene Labortür. »Ich glaube, wir sollten uns auch die anderen Zimmer auf diesem Flur ansehen. Vielleicht handelt es sich um die Büros von Dr. Gregorys Projektteam. Und vielleicht hat man vergessen, dort die Informationen verschwinden zu lassen, die man hier so sorgfältig beseitigt hat.«

Mulder kehrte zu der Pinnwand zurück und berührte ein weiteres krümeliges Blatt Papier. Doch bevor es zu Staub zerfiel und sich vollständig auflöste, konnte er noch zwei Wörter erkennen.

Bright Anvil.

4

Veteran's Memorial Hospital,
Oakland, Kalifornien
Dienstag, 15:27 Uhr

Die Sicherheitstechniker und Strahlungsspezialisten der Teller Nuclear Research Facility hatten Scully versichert, daß die Reststrahlung in Dr. Gregorys Leiche zu gering sei, um irgendein nennenswertes Risiko darzustellen. Um so belustigter hatte sie reagiert, als sich trotzdem keiner der anderen Ärzte zusammen mit ihr in dem speziell für sie vorbereiteten Autopsieraum aufhalten wollte.

Sie war Medizinerin und hatte bereits eine Menge Autopsien durchgeführt, aber sie zog es vor, allein zu arbeiten – vor allem bei heiklen Fällen.

Sie hatte häufig genug vor ihren Studenten in der FBI-Ausbildungsakademie in Quantico Leichen seziert. Doch der Zustand von Dr. Gregorys Körper – die kläglichen Überreste einer radioaktiven Katastrophe – verursachte ihr ein derart unwohles Gefühl in der Magengegend, daß sie froh war, ungestört ihren Gedanken nachhängen zu können und nicht durch Fragen oder durch die derben Späße neuer Studenten abgelenkt zu werden.

Anstatt einer regulären Autopsieeinrichtung hatte ihr das Veteran's Memorial Hospital einen Isolationsraum zur Verfügung gestellt, der für besonders ansteckende und gefährliche Krankheiten reserviert war. Doch er enthielt alles, was sie benötigte. Scully starrte auf Dr. Gregorys Überreste und versuchte zu schlucken, aber ihre Kehle war zu trocken. Es wurde Zeit, mit der Arbeit zu beginnen.

Sie hatte schon Leichen obduziert, die weitaus schlimmer zugerichtet gewesen waren als diese verkohlte Hülle eines alten Mannes. Trotzdem rief der Gedanke an die Umstände von Dr. Gregorys Tod wieder die Alpträume in ihr wach, unter denen sie während des ersten Jahrs auf dem College in Berkeley gelitten hatte: die grausamen und deprimierenden Bilder einer nuklearen Apokalypse. Diese entsetzlichen Visionen hatten sie damals oft mitten in der Nacht aus dem Schlaf gerissen, nachdem sie tagsüber die plakativen Schilderungen in einer der Anti-Atom-Broschüren gelesen hatte.

Um sich auf die Autopsie vorzubereiten, hatte sie im Geiste medizinische Aufsätze überflogen – allesamt präzise und analytische Abhandlungen, die auf mitleidige Beschreibungen postnuklearer Hautverbrennungen verzichteten. Sie war bereit.

Scully atmete langsam und tief durch die Atemmaske ein. Die beiden Luftfilterpatronen baumelten wie die Zangen eines Insekts rechts und links neben ihrem Gesicht. Zusätzlich trug sie eine Schutzbrille, die verhindern sollte, daß ihr irgendwelche Körpersäfte in die Augen spritzten. Diese einfache Schutzkleidung soll gegen die niedrigen Strahlungswerte von Dr. Gregorys Leiche *ausreichen*, rief sie sich noch einmal energisch in Erinnerung ... doch ihr war, als könne sie die unsichtbare Kontamination wie Stechmücken auf der Haut spüren. Sie wollte sich beeilen, um die Sache zu Ende zu bringen, aber es fiel ihr schwer, überhaupt mit der Arbeit zu beginnen.

Die Inspektion der chirurgischen Instrumente auf dem Tablett neben dem Autopsietisch war nur eine weitere Verzögerungstaktik. Scully verfluchte sich selbst für ihre Unentschlossenheit. Je eher ich mich mit der Leiche befasse, desto früher kann ich hier raus ...

In diesem Moment wäre sie lieber bei Mulder gewesen

und hätte Dr. Gregorys Kollegen befragt, aber dies hier war nun einmal ihre Aufgabe, ihr Spezialgebiet. Sie riß sich zusammen und schaltete das Tonbandgerät ein. Sie fragte sich, ob die aus dem Körper entweichende Radioaktivität irgendwelche Auswirkungen auf das Magnetband haben könnte. Hoffentlich nicht.

»Objekt: Emil Gregory«, diktierte sie. »Weißer, männlich, Alter: 72 Jahre.« Gewölbte Spiegel reflektierten das harte weiße Licht der Neonröhren an der Decke und vertrieben zusammen mit den Operationslampen sämtliche Schatten. Jeder Winkel war ausgeleuchtet, nichts blieb verborgen.

Gregorys Haut war schwarz und schälte sich vom Fleisch, sein Gesicht war zu einer verbrannten Maske über den Schädelknochen zusammengeschrumpft. Die Zähne lugten weiß zwischen den gesprungenen und verkohlten Lippen hervor. Aufgrund der hohen Temperatur, der sein Körper offenbar ausgesetzt gewesen war, hatten sich Muskeln und Sehnen zusammengezogen, so daß Gregorys Arme und Beine auf groteske Weise in die Höhe ragten. Scully berührte ihn mit einem von dicken Handschuhen geschützten Finger. Flokken verbrannten Fleisches lösten sich. Sie schluckte.

»Die offensichtliche Todesursache ist das plötzliche Auftreten extremer Hitze. Doch abgesehen von mehreren verbrannten äußeren Gewebeschichten ...«, sie schob die verkohlten Partien beiseite, die sich leicht lösen ließen und unter denen feuchtes rotes Fleisch zum Vorschein kam, »... scheinen Muskulatur und innere Organe relativ unversehrt zu sein.

Es gibt einige Anzeichen für Versehrungen, wie sie gewöhnlich bei Brandopfern vorkommen, doch andere Anzeichen fehlen. Bei normaler Feuereinwirkung steigt die Temperatur im ganzen Körper kontinuierlich und führt zu extremen Schädigungen der inneren Organe, massiven Traumata der gesamten Körperstruktur und Brüchen des weichen Gewebes. In dem vorliegenden Fall scheint die

Hitze jedoch so intensiv und kurzfristig gewesen zu sein, daß sie das Objekt nur äußerlich verbrennen konnte.«

Nach dieser Vorbemerkung musterte sie das Instrumententablett und wählte ein langes Skalpell, das sie wegen der dicken Handschuhe ungeschickt in den Fingern hielt. Als sie den ersten Schnitt an Dr. Gregorys Bauchdecke ausführte, hatte sie das Gefühl, als zerteile sie ein gut durchgebratenes Steak.

Die im Hintergrund tickenden Geigerzähler zeigten einen plötzlichen Ausbruch schwacher Radioaktivität an – ein Geräusch, als würden spitze Fingernägel gegen eine Fensterscheibe trommeln. Scully erstarrte und wartete, bis die Meßgeräte wieder verstummten.

Sie justierte die über ihr hängende Lampe, nahm ihre Arbeit wieder auf und suchte nach irgendwelchen Spuren, die in der Leiche des alten Mannes zurückgeblieben waren, nach Hinweisen auf die Umstände seines Todes. Sie entnahm die intakten inneren Organe, wog sie und diktierte ihre Eindrücke detailliert und ausführlich. Und je länger sich die Autopsie hinzog, desto klarer wurde ihr, daß hier etwas nicht stimmte. Ganz und gar nicht stimmte.

Schließlich ging sie zu dem an der Wand befestigten Sprechgerät und warf einen Blick über die Schulter, zurück zu Dr. Gregorys sterblichen Überresten. Ohne die Handschuhe auszuziehen, wählte sie die Nummer der onkologischen Abteilung.

»Hier ist Special Agent Dana Scully in Autopsieraum ...«, sie sah zur Tür hinüber, »... 2112. Ich benötige einen Onkologieexperten. Er soll in Schutzkleidung zu mir kommen. Es wird nicht lange dauern. Ich brauche die Bestätigung für einen Befund.« Sie verlangte nur vorsichtshalber nach einem Spezialisten ... sie war sich bereits völlig sicher, was der Kollege diagnostizieren würde.

Die Stimme am anderen Ende der Leitung bestätigte widerwillig. Scully fragte sich, wie viele der Spezialisten plötzlich zu einer verspäteten Mittagspause verschwinden oder zu einer Partie Golf eilen würden, die sie *seit langem* geplant hatten. Die wenigen Zurückbleibenden würden vermutlich Streichhölzer ziehen, wer zu ihr in den Autopsieraum gehen und sich die verbrannte Leiche ansehen mußte.

Sie kehrte zu dem Körper auf dem auf Hochglanz polierten Metalltisch zurück und betrachtete ihn, wobei sie sorgfältig Abstand hielt. Durch die Maske klangen ihre Atemzüge wie das Fauchen eines Drachen.

Dr. Emil Gregorys gesamter Körper war schon lange vor seinem Tod durch den fatalen Hitzeblitz verwüstet worden. Überall in seinem Innern wucherten Tumore, die die Funktion seiner Organe bereits stark beeinträchtigt hatten.

Auch ohne dieses bizarre Unglück wäre Dr. Emil Gregory innerhalb der nächsten Wochen gestorben. An Krebs im Endstadium.

5

Vandenberg Luftwaffen-
stützpunkt, Kalifornien
Unterirdischer Minuteman
Missile-Kontrollbunker
Dienstag, 15:45 Uhr

X Was für ein Job! Langweilige Routine in einer verbuddelten Mülltonne, die irgendwer für ein Büro hielt.

Früher einmal hatte Captain Franklin Mesta geglaubt, es wäre aufregend, Raketenschütze zu sein, sicher in einer unterirdischen Festung zu sitzen und die nukleare Entscheidungsschlacht zu kontrollieren. Er hatte gedacht, man müßte nur die Koordinaten eingeben, die Schlüssel umdrehen und auf den Abschußbefehl warten – das Schicksal der ganzen Welt in Händen haltend.

Doch die Wirklichkeit glich eher einer Einzelhaft... nur daß hier die Privatsphäre fehlte.

So saß er nun in einer kleinen Zelle zusammen mit einem nach dem Zufallsprinzip ausgewählten Partner fest, mit dem ihm kaum etwas verband. Achtundvierzig Stunden Dauerschicht, ohne das Tageslicht zu sehen, ohne den Wind oder das Meer zu hören, ohne sich vernünftig strecken oder bewegen zu können. Was hatte er davon, an der atemberaubenden Küste Mittelkaliforniens stationiert zu sein, wenn er hier, in diesem Loch unter massivem Felsgestein, Dienst schieben mußte? Genausogut hätte er sich in Minot, North Dakota, befinden können. Ein unterirdischer Kontrollbunker sah wie der andere aus – vermutlich ausgerüstet von einem billigen Vertragsunternehmen der Regierung.

Vielleicht hätte er sich lieber dem EOD zuteilen lassen sollen. Denn bei der Entsorgungseinheit für Artilleriesprengkörper bestand wenigstens die *Möglichkeit* eines aufregenden heldenhaften Einsatzes.

Er drehte sich auf seinem Stuhl herum und sah zu seinem Partner, Greg Louis, der außerhalb seiner Reichweite auf einem ebensolchen abgewetzten, roten Naugahydestuhl saß. Die Dinger waren auf in den Boden eingelassene Stahlschienen montiert, die dafür sorgten, daß die beiden Raketenschützen immer rechtwinklig zueinander saßen. Die Vorschrift verlangte, daß die Männer ständig auf ihren Plätzen angeschnallt blieben.

Der runde Spiegel im toten Winkel zwischen ihnen ermöglichte zwar Blickkontakte, gestattete jedoch keine körperliche Berührung. Captain Mesta konnte sich gut vorstellen, daß in den Zeiten vor dieser Maßnahme so mancher Raketenschütze am Ende einer langen, geisttötenden Schicht durchgedreht und seinem Partner an die Gurgel gegangen war.

»Wie, glaubst du, ist das Wetter oben?« fragte er.

Sein Partner, Captain Louis, kritzelte konzentriert auf einem Notizblock herum und stellte Berechnungen an. Irritiert hob er den Kopf und blinzelte Mesta über den Spiegel an. Louis' ausdrucksloses Gesicht mit den großen Augen und den breiten Lippen verlieh ihm ein stumpfsinniges Aussehen, aber Mesta wußte, daß dieser Mann ein mathematisches Genie war.

»Soll ich oben anrufen?« fragte Louis. »Wir können uns einen kompletten Wetterbericht runterfaxen lassen.«

Mesta schüttelte den Kopf und ließ den Blick ziellos über die alten metallenen Instrumentenkonsolen wandern. Alle Apparaturen waren schlachtschiffgrau oder, schlimmer noch, meerschaumgrün gestrichen, mit klobigen schwarzen Zifferblättern und analogen Anzeigen – Technologie aus den frühen Tagen des Kalten Krieges.

»Nein, hab' nur so nachgedacht«, seufzte er. Manchmal nahm Louis die Dinge zu wörtlich. »Was rechnest du jetzt wieder aus?«

Louis ließ seinen Stift sinken. »Mit Hilfe der projizierten Grundfläche unserer Kammer und unserer Tiefe unter der Erdoberfläche kann ich den Inhalt des Zylinders über uns grob bestimmen. Dann lege ich die durchschnittliche Felsdichte zugrunde, um die Masse zu berechnen. Wenn ich das getan habe, wissen wir genau, wieviel Gestein auf uns lastet.«

Mesta stöhnte. »Du mußt verrückt sein, Mann! Du bist ein Psychopath!«

»Ich beschäftige nur meinen Verstand. Bist du nicht neugierig?«

»Nicht darauf.«

Mesta glitt mit seinem Stuhl auf der Metallschiene entlang, bis er einen anderen Abschnitt der Kontrollinstrumente überprüfen konnte, den er erst vor fünf Minuten inspiziert hatte. Keine Veränderungen.

Er betrachtete das große schwarze Telefon an seinem Pult. »Ich glaube, ich rufe mal oben an und bitte um Erlaubnis, aufs Klo gehen zu dürfen...« Eigentlich verspürte er kein Bedürfnis danach, aber es gab ihm zumindest etwas zu tun. Außerdem war es durchaus möglich, daß seine Blase voll sein würde, bis die Wachhunde da oben über seine Bitte entschieden hatten.

»Nur zu«, erwiderte Louis, schon wieder in seine Berechnungen vertieft.

Hinter einem dicken roten Vorhang stand ein einzelnes Feldbett, das eine minimale Privatsphäre bot – und gerade so viel Platz, um sich auszustrecken –, aber jeder Mann durfte es nur einmal während der Schicht benutzen. Auch eine Möglichkeit, sich zu beschäftigen... Mesta hörte in sich hinein und kam zu dem Schluß, daß er noch eine Weile wach bleiben konnte.

In diesem Moment klingelte das rote Telefon.

Augenblicklich verwandelten sich beide Männer in Vollprofis, hellwach, konzentriert und einsatzbereit, wie es ihnen eingehämmert worden war. Sie kannten den Ablauf und nahmen jeden Alarm ernst.

Mesta nahm den Hörer ab. »Hier Captain Franklin Mesta. Bereit für Codeverifizierung.« Er griff nach dem schwarzen Ringordner, blätterte durch die beschichteten Seiten, bis er die richtige Autorisierungssequenz für den entsprechenden Zeitpunkt gefunden hatte.

Die Stimme aus dem Telefon – tonlos, hell und merkwürdig geschlechtslos – rasselte in präzisem Stakkato Buchstaben und Zahlen herunter. »Tango-Zulu-Zehn-Dreizehn-Alpha-X-ray.«

Mesta folgte den Ziffern mit dem Finger und wiederholte die Durchsage. »Tango-Zulu-Eins-Null-Eins-Drei-Alpha-X-ray. Verifiziert. Nummer Zwei, bestätigen Sie?«

Captain Louis überprüfte seinen eigenen Ringordner an einem identischen Telefon. »Bestätigt!« meldete er. »Bereit zum Empfang von Zielinformationen!«

»Bereit für Eingabe der Koordinaten!« sagte Mesta in die Sprechmuschel.

Er spürte, wie sein Herz heftig pochte und Adrenalin durch seine Adern strömte, obwohl er annahm, daß dies lediglich eine Übung war – *die* militärische Strategie, um zu verhindern, daß die Männer vor Langeweile verrückt wurden. Die Teams wurden regelmäßig Routineübungen unterzogen, erhielten turnusmäßig die Gelegenheit, ihre Raketen auszurichten, die an anderer Stelle, in einem Silo auf dem Stützpunkt Vandenberg, stationiert waren.

Mesta wußte, daß der ständige und erbarmungslose Drill nicht nur zu Übungs- und Aufmunterungszwecken durchgeführt wurde, sondern auch dazu diente, die Raketenschützen darauf zu drillen, Befehle ohne Zögern auszuführen. Unter Tonnen von Felsgestein begraben, waren die beiden Partner derart von der Außenwelt isoliert, daß sie nie wissen konnten, ob sie einen echten Abschuß vorbereiteten oder nur einen Test durchführten. Und genau das lag in der Absicht ihrer Vorgesetzten.

Nachdem die Koordinaten übermittelt worden waren und beide Offiziere sie mit Hilfe analoger numerischer Wählscheiben eingegeben hatten, wußte Mesta, daß dieser Abschuß nicht real sein konnte. »Das ist draußen im Westpazifik … irgendwo in der Marshallkette«, sagte er und betrachtete kurz die an die Metallwand geklebte Weltkarte, deren Ecken sich nach all den Jahren bereits einrollten. »Jagen wir jetzt Gilligans Insel in die Luft, oder was?«

»Wahrscheinlich steht das im Zusammenhang mit dem neuerdings friedfertigen Auftreten unserer Regierung«, erwiderte Captain Louis humorlos. »Die Russen mögen es eben nicht, wenn wir nur so tun, als würden wir unsere Vögel auf sie richten.«

Mesta gab die Bestätigungssequenz für die Zielerfassung ein und schüttelte den Kopf. »Klingt, als wäre irgendwer scharf auf ein paar radioaktive Kokosnüsse.«

Trotzdem, dachte er, reicht allein die Vorstellung eines realen Abschusses, die nicht mehr rückgängig zu machende Anzettlung eines Atomkriegs, aus, einem den kalten Schweiß ausbrechen zu lassen – Übung hin oder her.

»Bereit für Einführung des Schlüssels!« meldete Louis.

Mesta beeilte sich, seinen eigenen Umschlag aufzureißen und den an einer Plastikkette hängenden Metallschlüssel herauszuziehen. »Bereit für Einführung des Schlüssels!« wiederholte er. »Auf mein Kommando: Drei, zwei, *eins*. Reinstecken!«

Gleichzeitig wurden die Metallschlüssel von den beiden Männern in die Schlitze gerammt, gefolgt von einem erleichterten Seufzen. »Aufregend, was?« fragte Mesta und durchbrach damit für einen Augenblick die Anspannung. Louis blinzelte irritiert.

Jetzt hing alles weitere von der Kommandostation ab, wo andere Männer in anderen Uniformen die Rakete bewaffnen und die Gefechtsköpfe entsichern würden, das kleine konische Arsenal von Atombomben. Jede Komponente der MIRV, der ballistischen selbstlenkenden Mehrfachsprengkörperraketen, vereinte das vielhunderfache Zerstörungspotential der Hiroshima- oder Nagasakibomben.

»Fortfahren mit Schlüsselumdrehen!« befahl die Telefonstimme.

Mesta packte das runde Ende seines Schlüssels, das sich unter seinen schwitzigen Fingerkuppen glitschig anfühlte. Er blickte zum Beobachtungsspiegel auf und sah, daß Captain Louis seinem Beispiel gefolgt war und auf den Befehl seines Partners wartete. Alles war bereit, und Mesta begann mit dem Countdown ...

Bei »eins« drehten sie die Schlüssel um.

Die Lichter erloschen ...

Funken sprühten aus den alten Kontrollkonsolen, Transistoren und Kondensatoren – vielleicht sogar veraltete Vakuumröhren – knisterten überladen.

»Hey!« rief Mesta. »Soll das ein Witz sein?«

Plötzlich verspürte er Angst. Panische Angst, in absoluter Finsternis gefangen, tief unter der Erde in einem Metallbunker begraben zu sein, der erfüllt war von teerartiger Schwärze. Er glaubte, jedes Gramm der von Captain Louis berechneten Felsmassen, die sich über ihren Köpfen auftürmten, auf sich zu spüren und war froh, daß sein Partner sein Gesicht nicht sehen konnte.

»Suche die Notfallkontrollen.« In der Dunkelheit klang Louis' Stimme unheimlich körperlos. Sie vermittelte den Eindruck von Ruhe und Professionalität, aber der rauhe Unterton strafte seine scheinbare Gelassenheit Lügen.

»Wo bleiben die Notfallkontrollen?« blaffte Mesta. »Schalt den Strom wieder ein!«

Die Vorstellung, lebendig begraben zu sein und langsam

zu ersticken, lähmte ihn für einen endlosen Augenblick. Ohne Strom hatten sie keine Luftversorgung, konnten sie keine Verbindung zur Außenwelt aufnehmen, um eine Notfallevakuierung zu verlangen.

Was, wenn dies ein realer Abschuß gewesen war? Was, wenn die Vereinigten Staaten gerade in einer nuklearen Feuersbrunst ausgelöscht worden waren? Unmöglich!

»Schalte das verdammte Licht wieder an!« schrie er.

»Sofort«, meldete Louis. »Keine Zeit für eine Selbstdiagnose...« Dann ertönte ein Schmerzensschrei. »Aaaah! Die Kontrollen sind heiß! Ich hab mir die Hand verbrannt!«

In der Dunkelheit konnte Mesta die Umrisse der Instrumentenkonsole erkennen, weil die Metallstreben in einem bräunlichen Rot zu glühen begannen. Ein weiterer Funkenschauer stob über die elektronischen Elemente und ein anderes, helleres Glühen sickerte durch die Wandverkleidungen.

»Was ist hier los?« flüsterte Mesta.

»Das Telefon ist tot«, erwiderte Louis, jetzt wieder aufreizend ruhig.

Mesta schwang in seinem Stuhl vor und zurück. Er schwitzte. »Das ist wie in einem gigantischen Mikrowellenherd! So heiß!«

Die Schweißnähte der Stahlwände platzten auf. Nieten schossen wie Gewehrkugeln durch den Raum, schlugen in die gegenüberliegenden Wände, prallten als Querschläger ab und zerschmetterten die Glasscheiben der Kontrollanzeigen. Die beiden Männer schrien auf. Gleißendes Licht ergoß sich in den Raum.

»Aber wir sind tief unter der Erde!« Louis schnappte nach Luft. »Um uns herum ist nur Felsen!«

Mesta wollte aufspringen und zur Notleiter oder wenigstens zum geschützten Fahrstuhl laufen, aber die Gurte fesselten ihn unbarmherzig an seinen Stuhl. Aus dem Polsterüberzug begann Rauch aufzusteigen.

»Was ist das für ein Geräusch?« keuchte Louis. »Hörst du die Stimmen da draußen?«

Ein Schwall aus Licht und Hitze fuhr durch die Risse der Wände, einem blendenden Sturm aus dem Herzen der Sonne gleich. Das letzte, was Captain Mesta hörte, war ein wütendes Brüllen, ein Wirbelsturm rachsüchtiger Stimmen.

Dann zerbarst die stählerne Wandverkleidung, und eine gleißende Woge radioaktiver Glut spülte über die Männer hinweg – und füllte die Kammer mit brodelndem Tod.

6

Teller Nuclear Research Facility
Dienstag, 15:50 Uhr

Mit dem fest an seinen Kragen geklemmten Besucherausweis kam sich Mulder wie ein reisender Versicherungsvertreter vor. Er folgte seiner Karte des Teller-Instituts, auf der Rosabeth Carrera die Nummer des Gebäudes eingekreist hatte, in dem Dr. Gregorys Projektteam vorübergehend untergebracht worden war.

Er fand das Gebäude, eine heruntergekommene Kaserne, zwei Stockwerke hoch. Die Fensterscheiben waren so alt, daß sie Wellen warfen. Türen und Fensterrahmen waren in einem scheußlichen Gelb gestrichen, das ihn an die Farbe der Nummer-Zwei-Bleistifte erinnerte, die für die Prüfungen an Internaten ausgegeben wurden. Die Außenwände waren mit flexiblen Asphaltplatten verkleidet, die einander überlappten und ein regelmäßiges Muster bildeten. Sie sahen aus wie die Flügel einer monströsen mutierten Motte.

»Nette Bude«, murmelte Mulder vor sich hin.

Aus einer Broschüre des Anmeldungsbüros hatte er erfahren, daß die Teller Nuclear Research Facility auf dem Gelände eines alten Waffenlagers der U.S.-Navy lag. Er vermutete, daß die Kaserne eins der wenigen Überbleibsel aus dieser Zeit war – während die anderen Einrichtungen abgerissen und durch Gebäude in Fertigbauweise ersetzt worden waren.

Er fragte sich, wer um alles in der Welt in dieser schäbigen

Kaserne untergebracht war. Fatalistisch gestimmte Arbeitsgruppen, die an auslaufenden Projekten saßen, nachdem sie den Kampf um die Geldtöpfe verloren hatten? Vielleicht auch neue Angestellte, die noch auf ihre Sicherheitsfreigabe warteten, oder Verwaltungskräfte, die in den hochtechnisierten Labors der gehätschelten Nuklearforscher nicht gebraucht wurden?

War es möglich, daß auch Dr. Gregorys Projekt etwas von seinem Prestige eingebüßt hatte?

Mulder stieg die alte Holztreppe hinauf und zerrte an der Eingangstür, die im Rahmen klemmte. Er trat ein, bereit, sofort seinen Besucherausweis und seine FBI-Dienstmarke zu zücken, obwohl Rosabeth Carrera ihm versichert hatte, daß *dieser* Bereich der Forschungseinrichtung legitimierten Besuchern offenstand. Das Gebäude befand sich zwar innerhalb des Schutzzauns und war deshalb der allgemeinen Öffentlichkeit nicht zugänglich, aber in diesen Büros konnte unmöglich eine Arbeit geleistet werden, die der Geheimhaltung unterlag.

Der Vorraum war überraschend leer. Mulder entdeckte nur eine Kochnische mit einer Kaffeemaschine und einem Trinkautomaten auf einer Kühlvorrichtung. Ein lachsfarbenes Blatt Papier war an die Wand geheftet, und Mulder sah noch weitere Kopien an Türen und Anschlagbrettern.

Achtung! Asbestverseuchte Region!
Das Sanierungsteam arbeitet
an den folgenden Tagen: ______________

Natürlich handelte es sich bei den handschriftlich eingetragenen Terminen genau um jene Tage, an denen Mulder und Scully sich auf dem Gelände aufhalten wollten. Anscheinend hatte irgendwer Gefallen daran gefunden, die verschiedenen Fonts seines Textverarbeitungsprogramms auszuprobieren, denn unter der Ankündigung stand in einer Brush-Stroke-Schrift:

»Bitte haben Sie Verständnis für die Unannehmlichkeiten«

Haha. Mulder durchquerte den Vorraum mit der Kochnische und steuerte den Hauptkorridor an, in dem die Büros lagen. Die Decke über ihm knarrte. Er hob den Kopf und erblickte wasserfleckige Schallschutzplatten, die sich beinahe aus ihren Rahmen lösten. Die Schritte im zweiten Stockwerk setzten sich fort, und die altersschwachen Stützpfeiler ächzten bedrohlich unter der Belastung.

Am Ende des Ganges blieb Mulder stehen. Die gesamte linke Seite war mit Plastikplanen verhängt. Arbeiter in Overalls, die schwere Atemschutzmasken trugen, hantierten hinter dem milchigen Vorhang mit Brecheisen und hebelten die Wandverkleidung ab. Andere entfernten den herausrieselnden Staub mit Hochleistungsstaubsaugern und veranstalteten einen ohrenbetäubenden Lärm. Der Rest des Korridors war mit einem gelben Band notdürftig abgesperrt, an dem ein weiteres Warnhinweis befestigt war:

Asbest-Entsorgungsarbeiten.
GEFAHR!
BETRETEN VERBOTEN.

Mulder warf einen Blick auf den kleinen gelben Notizzettel, auf den er die Nummer von Bear Dooleys Ausweichbüro geschrieben hatte. »Hoffentlich ist es nicht da hinten«, murmelte er und beäugte die Asbestbaustelle. Dann wandte er sich nach rechts und überprüfte die Türen, die größtenteils geschlossen waren.

Er folgte den Zimmernummern den Gang entlang, begleitet vom Lärm der Bauarbeiter. Die alten asbestverseuchten Wandverkleidungen wurden abgerissen, um durch neue, geeignetere Materialien ersetzt zu werden. Noch vor einigen Jahrzehnten hatte man Asbestisolierungen für völlig sicher gehalten, doch heute war man klüger… Im Moment allerdings schütteten die Arbeiter das Kind mit dem Bade aus – die Entfernung der Innenverkleidung schleuderte mehr gefährlichen Staub und Asbestfasern in die Luft, als die alte Kaserne während ihrer gesamten restlichen Lebensdauer bei normaler Nutzung freigesetzt hätte.

Und wenn man nun im Laufe der nächsten ein bis zwei Jahrzehnte feststellen würde, daß die *neuen* Materialien ebenfalls gefährlich waren? Dann ging das ganze Theater von vorne los. Mulder schüttelte den Kopf. Ihm fiel ein Witz aus einer alten *Saturday Night Live*-Show ein, den er damals, bequem auf seinem Sofa ausgestreckt, ungeheuer amüsant gefunden hatte. Der *Weekend Update*-Kommentator hatte bekanntgegeben, Wissenschaftler hätten endlich herausgefunden, daß Krebs ... (Trommelwirbel) ... *von weißen Laborratten verursacht wurde!*

Hier und jetzt erschien ihm der Witz allerdings nicht mehr so lustig. Er fragte sich in einer unfreiwilligen Assoziation von Tod und Sterben, wie Scully mit der Autopsie von Dr. Gregorys Leiche vorankam.

Schließlich fand er die nur halb geschlossene Tür zu Bear Dooleys Büro, die mit mehreren dicken Schichten brauner Farbe überpinselt worden war. Im Inneren des schummrig beleuchteten Raumes stapelte ein Mann in Baumwolljacke, Flanellhemd und Jeans Kartons auf schwarze Aktenschränke.

Mulder klopfte an die Tür und schob sie weiter auf. »Entschuldigung. Dr. Dooley?«

Der breitschultrige Mann drehte sich um. Er hatte langes rötlichbraunes Haar und einen struppigen Bart, der aussah, als bestünde er aus Kupferdraht – abgesehen von einem hellen Streifen Grau, der sich über seine linke Wange zum Kinn hinabzog. Nase und Mund waren hinter einer weißen Filtermaske verborgen.

»Setzen Sie sich eine Maske auf«, sagte er, »oder sind Sie verrückt?« Wie ein Quarterback eilte er zu einem zerkratzten

Schreibtisch, öffnete die oberste rechte Schublade und kramte ein Paket Filtermasken hervor. In Windeseile riß er die Plastikhülle mit seinen fleischigen Händen auf und warf Mulder die Maske zu. »Ihr FBI-Leute seid doch angeblich so klug. Ich finde, dann sollten Sie auch ein paar einfache Sicherheitsvorkehrungen beachten.«

Peinlich berührt befestigte Mulder die Maske mit einem langen elastischen Band vor seinem Gesicht und atmete durch das nach Papier riechende Schutzvlies. Er hielt seinen Besucherausweis und die FBI-Dienstmarke mit seinem Foto und Abzeichen hoch. »Bear Dooley, nehme ich an. Woher wußten Sie, daß ich vom FBI komme?«

Der Mann stieß ein lautes Lachen aus. »Machen Sie Witze? Ein Anzug und eine Krawatte bedeuten, daß Sie entweder vom DOE oder vom FBI sind, und nach Dr. Gregorys unheimlichem Tod habe ich auf letzteres getippt. Man hat uns gesagt, daß Sie kommen würden und daß wir mit Ihnen kooperieren sollen.«

»Danke«, erwiderte Mulder, trat ein und setzte sich unaufgefordert auf einen Stuhl neben dem überladenen Schreibtisch. »Vorerst habe ich nur ein paar Fragen an Sie. Ich werde mich bemühen, Sie nicht lange aufzuhalten. Wir stehen noch am Anfang unserer Ermittlungen.«

Unbeirrt fuhr Dooley damit fort, seine in Pappkartons verstauten Habseligkeiten auszupacken, räumte Ordner und Hängemappen in die Aktenschränke ein und deponierte diverse Büroutensilien in der mittleren Schublade seines Schreibtischs.

»Zuerst einmal«, begann Mulder, »können Sie mir etwas über das Projekt erzählen, an dem Sie und Dr. Gregory gearbeitet haben?«

»Nein«, erwiderte Bear Dooley und bückte sich, um gerahmte Fotos und einige Papierbögen aus den Kisten zu kramen, bei denen es sich um Ausdrucke von Wettersatellitenaufnahmen, technische Berichte und Meerestemperaturkarten zu handeln schien.

»Ich verstehe... Könnten Sie sich vielleicht eine *nicht geheime* Möglichkeit vorstellen, wie irgendein Teil des Projekts Dr. Gregory getötet haben könnte?«

»Wieder nein.«

Mulder vermutete, daß sich Bear Dooley Fremden gegenüber zwar generell schroff und abweisend verhielt – offensichtlich störten ihn lästige Fragen –, doch in diesem Augenblick war er anscheinend besonders gereizt. Vielleicht fühlte er sich mehr als nur ein bißchen überfordert, weil plötzlich das gesamte Projekt auf seinen Schultern lastete. Im Geiste analysierte Mulder das Verhalten des Ingenieurs und seine knappen Antworten genauer. Er versuchte, sich ein Szenario vorzustellen, in dem Dooley den Tod des Projektleiters herbeiführte, um dessen Nachfolge anzutreten und selbst ein großes Tier zu werden...

Es erschien ihm unwahrscheinlich. Dooley fühlte sich offensichtlich nicht sehr wohl in seiner Haut.

»Vielleicht sollten wir es mit einem weniger brisanten Thema versuchen«, schlug Mulder vor. »Wie lange arbeiten Sie schon für Dr. Gregory?«

Dooley verharrte und kratzte sich am Kopf. »Vier oder fünf Jahre, schätze ich. Die meiste Zeit als Techniker. Ich habe schon *damals* hart gearbeitet, aber jetzt hat er mir ziemlich große Fußstapfen hinterlassen, die ich ausfüllen muß.«

»Seit wann sind Sie sein stellvertretender Projektleiter?«

Diese Frage beantwortete Dooley schneller. »Seit elf Monaten, seit Miriel uns im Stich gelassen hat.«

Draußen im Flur verursachte eine Kreissäge einen Höllenlärm, der jäh in ein schrilles Jaulen überging. Dem scheppernden Geräusch von umstürzendem Metall, Leitungsrohren und Wandverkleidungen folgte ein kurzes Fluchen und hektische Betriebsamkeit, als die Männer versuchten, das gefährliche Asbest unter Kontrolle zu bekommen. Mulder mußte an einen Zahnarzt denken, der tief im Backenzahn eines Patienten herumbohrt und plötzlich ein leises »Upps!« von sich gibt. Sein Magen zog sich leicht zusammen.

»Was hat all dieses Zeug über Südseeinseln zu bedeuten?« fragte er und deutete auf die Fotos. »Die Luftaufnahmen und Wetterkarten?«

Dooley zuckte die Achseln und zögerte einen Moment lang. »Vielleicht plane ich eine Urlaubsreise – einmal Abstand von allem hier gewinnen, Sie wissen schon. Übrigens ist das der Westpazifik und nicht die Südsee.«

»Merkwürdig. In Dr. Gregorys Büro hingen ganz ähnliche Fotos.«

»Vielleicht haben wir das gleiche Reisebüro ...«

Mulder beugte sich in seinem Stuhl vor. Es fiel ihm schwer, eine ernsthafte Befragung durchzuführen, während sie beide diese lächerlichen Filtermasken vor dem Gesicht trugen. Sein Atem ließ Lippen und Wangen heiß werden, seine Stimme klang gedämpft und undeutlich. »Erzählen Sie mir etwas über *Bright Anvil.*«

»Nie davon gehört«, gab Dooley knapp zurück.

»Doch, haben Sie.«

»Sie haben keine Befugnis, solche Dinge zu erfahren«, konterte Dooley.

»Ich habe eine Sicherheitsfreigabe.«

»Ihre FBI-Sicherheitseinstufung ist mir scheißegal, Agent Mulder. Ich habe Papiere unterschrieben. Ich bin über die Sicherheitsbestimmungen unterrichtet worden. Ich kenne die Geheimhaltungsstufe meiner Arbeit. Im Gegensatz zu gewissen anderen Mitarbeitern von Dr. Gregory nehme ich meinen Eid ernst.«

Er zielte mit einem plumpen Finger auf Mulder. »Es ist Ihnen vielleicht nicht klar, Mr. FBI, aber Sie und ich stehen auf derselben Seite. Ich kämpfe für unser Land und tue, was unserer Regierung notwendig erscheint. Wenn Sie ein Plappermaul suchen, warum fragen Sie dann nicht Miriel Bremen im Hauptquartier ihrer *Stop Nuclear Madness!*-Bewegung?

Sie finden die Anschrift auf jedem der Tausende von Flugblättern, die ihre Leute gestern in den Straßengräben und entlang der Zäune zurückgelassen haben. Gehen Sie zu ihr, stellen Sie ihr Ihre Fragen, und dann verhaften Sie sie dafür, Informationen ausgeplaudert zu haben, die die nationale Sicherheit gefährden.

Und wenn Sie schon mal dabei sind, warum stellen Sie ihr nicht gleich eine *ganze Menge* Fragen? Sie war nämlich hier, als Dr. Gregory gestorben ist, und sie hat genug Motive, um unser Projekt zu sabotieren.«

Mulder blickte ihn scharf an. »Was wollen Sie damit sagen?«

Bear Dooleys Gesicht nahm einen dunkleren Farbton an – eine offensichtlich lang unterdrückte Wut machte sich Luft. »Diese Frau und ihre Leute waren die ganze Zeit über hier. Sie haben gedroht, vor nichts zurückzuschrecken – vor *nichts*, wenn Sie die Bedeutung des Wortes verstehen –, um unsere Arbeit zu sabotieren. Miriel weiß, wie sie es anstellen müßte, denn sie hat hier lange genug gearbeitet. Vielleicht war sie es, die irgend etwas in Dr. Gregorys Labor deponiert hat. Vielleicht steckt sie hinter allem.«

»Wir werden das überprüfen«, sagte Mulder.

Dooley knallte einen Karton mit Bürozubehör auf den Schreibtisch. Bleistifte und Kugelschreiber hüpften neben einem Hefter und einer Klebebandrolle auf und nieder.

»Und jetzt liegt noch ein harter Nachmittag vor mir, Agent Mulder. Ich hab vorher schon bis zum Hals in Arbeit gesteckt, aber jetzt ist es nur noch schlimmer geworden. Und dann hat man mich auch noch aus meinem Büro geworfen und in dieses gottverdammte Loch gesteckt, wo ich selbst sehen muß, wie ich zurechtkomme. Ich habe keine Ahnung, wie ich in dieser Baracke, in der ich nicht einmal *eine* meiner geheimen Unterlagen zur Hand nehmen kann, an diesem Projekt weiterarbeiten soll.«

Als Mulder zur Tür ging, fiel ihm noch etwas ein. »Ich habe bemerkt, daß einige von Dr. Gregorys Berichten aus seinem

Büro entfernt worden sind. An einem Tatort Beweismittel anzurühren, ist ein ernsthaftes Vergehen. Sie hatten nichts damit zu tun, oder?«

Bear Dooley leerte einen Pappkarton aus, stellte ihn umgekehrt auf den Boden und trat ihn mit unverkennbarem Vergnügen platt. »Alle unsere Projektberichte sind vertraulich, Agent Mulder, numeriert und werden nur an bestimmte Mitarbeiter ausgegeben. Einige von Dr. Gregorys Berichten existieren nur in einmaliger Ausfertigung. Vielleicht hat es sich um Unterlagen gehandelt, die wir für unsere Arbeit benötigen. Unser Projekt hat Vorrang.«

»Vor der Ermittlung in einem Mordfall? Wer hat Ihnen das gesagt?«

»Wenden Sie sich an das DOE. Man wird Ihnen vielleicht nicht viel über das Projekt erzählen, aber zumindest das wird man Ihnen bestätigen.«

»Sie klingen ziemlich selbstbewußt«, stellte Mulder fest.

»Wie meine ehemalige Freundin zu sagen pflegte, gehört mangelnde Souveränität nicht unbedingt zu meinen Schwachpunkten«, erwiderte Dooley grimmig.

»Könnte ich eine Aufstellung der Dokumente bekommen, die Sie aus Dr. Gregorys Büro entfernt haben?« hakte Mulder nach.

»Nein.« Dooley schüttelte demonstrativ den Kopf. »Die Inhalte unterliegen der Geheimhaltung.«

Mulder blieb ruhig, griff in seine Tasche und zog eine seiner Karten hervor. »Das ist die Nummer der Hauptstelle des Büros. Sie können mich über das Bundesfernsprechnetz von Ihrem Telefon aus erreichen oder meine Handynummer wählen – falls Ihnen noch etwas einfallen sollte, das Sie mir erzählen wollen.«

»Klar.« Dooley nahm die Karte, zog die mittlere Schublade seines Schreibtisches auf, die bereits mit Stiften, Heftklammern und anderem Kram vollgestopft war, und warf sie auf Nimmerwiedersehen hinein.

»Vielen Dank für Ihre Zeit, Dr. Dooley«, sagte Mulder langsam.

»Die richtige Anrede ist *Mister* Dooley«, korrigierte der Ingenieur und senkte die Stimme. »Hab' nie meinen Ph.D. gemacht. War zu sehr mit der Arbeit beschäftigt, um mich um solche Dinge zu kümmern.«

»Dann überlasse ich Sie jetzt wieder Ihrem Projekt«, sagte Mulder. Er kehrte in den Gang zurück, wo die Bauarbeiter hinter den dünnen Plastikplanen noch immer damit beschäftigt waren, die asbestverseuchten Platten von der Wand zu reißen.

7

Dr. Gregorys Haus,
Pleasanton, Kalifornien
Mittwoch, 10:28 Uhr

Der Schlüssel paßte ins Schloß, aber Mulder klopfte trotzdem laut an die Tür, bevor er sie einen Spalt weit aufdrückte und den Kopf hineinsteckte. »Ding, dong, hier ist die Avonberaterin!«

Emil Gregorys Haus empfing ihn mit Dunkelheit und Stille.

Scully schürzte die Lippen. »Hier dürfte niemand sein, Mulder. Dr. Gregory hat allein gelebt.« Sie schlug den Aktenordner auf, indem sie ihn auf dem Unterarm balancierte. »In diesem Bericht steht, daß seine Frau vor sechs Jahren gestorben ist. An Leukämie.«

Mulder schüttelte den Kopf und runzelte die Stirn. Er dachte an den Krebs im Endstadium, den Scully gestern nachmittag während der Autopsie bei Dr. Gregory diagnostiziert hatte. »Stirbt heutzutage denn niemand mehr friedlich im Schlaf – an Altersschwäche?«

Unschlüssig standen die beiden Agenten vor dem kühlen staubigen Haus, das abseits am Ende einer Sackgasse stand. Seine Architektur paßte nicht zu der der Nachbarhäuser, die abgerundeten Ecken und gewölbten Fensterbögen erinnerten an ein aus Luftziegeln gemauertes Anwesen, wie es typisch für den Südwesten war. Die Eingangstür war mit bunten Emailfliesen eingefaßt, Weinranken schlängelten sich über einen Laubengang, der der Veranda Schatten spendete.

Nach einigen Sekunden stieß Mulder die Tür auf, und sie durchquerten den mit großen Terrakottafliesen ausgelegten Vorraum, bis sie zum eigentlichen Wohnbereich gelangten.

Obwohl Gregory erst vor eineinhalb Tagen gestorben war, wirkte das Haus bereits verwaist. »Erstaunlich, wie schnell sich so eine deprimierende Atmosphäre breitmachen kann.« Mulder zog fröstelnd die Schultern hoch.

»Es ist nicht zu übersehen, daß Dr. Gregory nach dem Tod seiner Frau Junggeselle geblieben ist«, bemerkte Scully.

Mulder sah sich um, konnte jedoch keine nennenswerte Unordnung erkennen. Tatsächlich erinnerte ihn die Atmosphäre des Hauses sogar ein wenig an seine eigenen vier Wände. Wollte Scully ihn aufziehen?

Das Wohnzimmer enthielt die übliche Einrichtung: ein Sofa, ein Fernsehgerät und eine Stereoanlage, doch es machte nicht den Eindruck, allzu häufig benutzt worden zu sein. Auf dem Kaffeetischchen vor dem Sofa lag ein Stapel Magazine, halb vergraben unter Dutzenden von technischen Berichten, die mit dem Logo der Teller Nuclear Research Facility versehen waren, und etlichen weiteren Unterlagen aus Los Alamos und den Lawrence Livermore National Laboratories.

Die blaß gestrichenen Wände wirkten weich und butterartig. Die Nischen um den Kamin herum waren mit allerlei Krimskrams dekoriert. Auf kleinen Regalen stand bemalte Anasazi-Keramik, und die Wände waren mit farbfrohen Geisterfallen geschmückt. Über dem Kaminsims hing eine Girlande aus getrockneten roten Chilischoten.

Das gesamte Haus war im authentischen Santa-Fe-Stil gehalten. Mulder vermutete, daß die Dekorationen von Dr. Gregorys längst verstorbener Frau sorgfältig arrangiert worden waren und daß dem alten Wissenschaftler nach ihrem Tod dann einfach die Kraft gefehlt hatte, die Einrichtung nach seinem Geschmack umzugestalten.

»Nach dem Tod seiner Frau scheint Dr. Gregory keine

anderen Interessen außer seiner Arbeit verfolgt zu haben«, bestätigte Scully seine Vermutung und blätterte weiter in dem Aktenordner. »Laut diesem Bericht hat er sich zwei Monate freigenommen, um die Beerdigung zu arrangieren und sich wieder zu fangen, aber anscheinend wußte er nicht, was er mit sich anfangen sollte. Ab dem Zeitpunkt seiner Rückkehr an die Teller Nuclear Research Facility ist seine Akte mit Belobigungen gepflastert. Wie es scheint, hat er sich mit Feuereifer in seine Forschungen gestürzt. Sie waren sein Leben.«

»Ist irgendein Bericht dabei, aus dem hervorgeht, woran er wirklich gearbeitet hat?« erkundigte sich Mulder.

»Da sein Projekt als streng geheim eingestuft wurde, gibt es keine genauen Angaben.«

»Die alte Geschichte«, nickte Mulder.

In der Küche entdeckte Scully mehrere Fläschchen mit verschreibungspflichtigen Schmerzmitteln. Sie schüttelte sie und las die Etiketten. Einige der Fläschchen waren zur Hälfte leer.

»Er hat ziemlich starke Medikamente eingenommen... Analgetika und Narkotika«, sagte sie. »Die Schmerzen durch den Krebs müssen unvorstellbar gewesen sein. Ich habe sein persönliches medizinisches Dossier noch nicht bekommen, aber Dr. Gregory hat zweifellos gewußt, daß ihm nur noch ein paar Monate bleiben würden.«

»Und trotzdem ist er jeden Tag zur Arbeit gegangen«, stellte Mulder fest. »Also, das nenne ich Hingabe.«

Er schlenderte durch das leere Haus, ohne so recht zu wissen, wonach er eigentlich suchte. Von der anderen Seite des Wohnzimmers aus führte ein Flur zu den Schlafzimmern und einem Arbeitszimmer – und dieser private Bereich Dr. Gregorys hinterließ einen völlig anderen Eindruck als der Rest des Hauses.

Wahllos angebrachte, gerahmte Fotos bedeckten die Wände – Gregory hatte sich offensichtlich energisch mit

Hammer und Nägeln an ihnen zu schaffen gemacht, doch weder einen Zollstock noch eine Wasserwaage benutzt. Scheinbar hatte er die Fotos über Jahre hinweg gesammelt und nach und nach dort aufgehängt, wo sich gerade eine freie Stelle zeigte.

Jedes Bild war anders, aber alle wiesen eine auffällige Ähnlichkeit auf: sie zeigten riesige Atompilze, nukleare Detonationen in unterschiedlichen Größen. Hinter einigen Explosionen entdeckte Mulder eine Wüstenlandschaft, während auf den meisten anderen der Ozean und Zerstörer der Navy zu sehen waren. Wissenschaftler, an ihren Baumwollhemden und schwarzgerahmten Brillen erkennbar, lächelten neben Offizieren und anderen uniformierten Männern in die Kameras.

»Wenn man sich vorstellt, daß andere Leute Gemälde von Elvis auf schwarzem Samt sammeln ...«, murmelte Mulder vor sich hin, während er die Atompilze betrachtete.

Scully tauchte neben ihm auf. »Ich erkenne einige dieser Bilder wieder«, sagte sie. »Klassische Fotos. Das da sind die Explosionen von Wasserstoffbomben auf den Marshallinseln Mitte der 50er Jahre. Diese anderen ... ich glaube, das sind überirdische Detonationen auf dem Nevada-Testgelände, ein paar Zündungen aus dem Projekt Plowshare.« Sie starrte die Aufnahmen an. Mulder musterte sie – ihre besorgte Miene überraschte ihn.

»Irgend etwas nicht in Ordnung?«

Sie schüttelte den Kopf und klemmte eine Strähne ihres nußblonden Haars hinter dem linken Ohr fest. »Nein ... nein, das ist es nicht. Ich habe mich nur daran erinnert, daß Dr. Gregory laut seiner Akte seit dem Manhattan Projekt an Atomwaffen gearbeitet hat. Er war beim Trinity Test dabei und danach in Los Alamos tätig. Er war an vielen Zündungen von Wasserstoffbomben in den 50ern beteiligt.«

Mulder betrachtete die offenbar größte Pilzwolke, eine gewaltige Eruption aus Wasser, Feuer und Rauch mitten im

Ozean. Es sah aus, als wäre eine kleine Insel vollständig verdampft. Auf den unteren Rand des Hochglanzfotos hatte jemand mit der Hand *Castle Bravo* geschrieben.

»Das muß ein ziemlich spektakulärer Anblick gewesen sein«, sagte er beiläufig.

Scully warf ihm einen kurzen Blick zu. »Nichts, was ich mir jemals ansehen möchte«, erwiderte sie.

Mulder fuhr sich schnell mit einer Hand durchs Haar. »Das war nur ein rhetorischer Ausdruck.« Er las die seltsamen Namen, die auf den anderen Fotos standen – sie waren jedesmal mit einem anderen Kugelschreiber, aber offensichtlich immer in der gleichen Handschrift notiert worden. Einige Fotos waren mit der Zeit verblaßt, bei anderen waren die Farben und Kontraste besser erhalten geblieben.

Sawtooth

Mike

Bikini Baker

Greenhouse

Ivy

Sandstone X-ray

»Was ist das ... eine Art Code?« Mulder sah Scully von der Seite an.

Scully schüttelte den Kopf. »Nein, das waren die Namen der Versuchstests unterschiedlicher Bombentypen. Jede erhielt einen Phantasie-Namen. Die Tests selbst wurden nicht sonderlich geheimgehalten, nur die Details über Bauart, Zeitpunkt, die erwartete Explosionsstärke und Zusammensetzung des Bombenkerns. Eine ganze Serie unterirdischer Zündungen in Nevada trug die Namen kalifornischer Geisterstädte. Eine andere Serie wurde nach verschiedenen Käsesorten benannt.«

»Sehr witzig ...«

Mulder kehrte der Fotogalerie den Rücken zu und betrat ein geräumiges unordentliches Büro, in dem Gregory anscheinend gearbeitet hatte, wenn er zu Hause war. Trotz des Durcheinanders von Papieren, Notizen und überall im Zimmer aufragender Bücherstapel vermutete er, daß Dr. Gregory sofort gewußt hatte, was wo zu finden war. Das heimische Büro oder der Hobbyraum waren das Heiligtum eines jeden Mannes, und auch wenn scheinbar alles ungeordnet herumlag, mußte der alte Wissenschaftler über die Jahre sein Arbeitsmaterial so arrangiert haben, wie es ihm am meisten zusagte.

Als Mulder die unvollendeten Gedanken betrachtete, die in gelbe Notizblöcke oder gebundene Laborkladden zu Papier gebracht worden waren, wurde ihm eindringlich bewußt, daß hier ein erfülltes Leben sein abruptes Ende gefunden hatte. Es war, als hätte jemand seine Videokamera auf Pause gestellt, nachdem Dr. Emil Gregory von der Bühne abgetreten war und alle Kulissen unberührt zurückgelassen hatte.

Mulder sah sich die Notizen, Papiere und technischen Berichte sorgfältig an. Er entdeckte einen Stapel farbiger Reisebroschüren über verschiedene kleine Pazifikinseln. Einige waren schick und professionell aufgemacht, andere lieblos und stümperhaft zusammengeschrieben.

»Sie erwarten doch nicht, hier irgend etwas zu finden, oder?« fragte Scully. »Es ist äußerst unwahrscheinlich, daß Dr. Gregory jemals geheime Arbeitsunterlagen nach Hause mitgenommen hat.«

»Wahrscheinlich nicht«, gab Mulder zu, »aber er war seit der Zeit des Manhattan Projekts dabei. Damals wurden die Sicherheitsvorkehrungen etwas lässiger gehandhabt, da alle im Team gegen den gleichen Feind arbeiteten.«

»Und jetzt bauen wir immer noch Bomben«, murmelte Scully, und es klang fast automatisch, »obwohl wir gar nicht mehr so genau wissen, wer der Feind eigentlich ist.«

Mulder hob die Augenbrauen und warf ihr einen Seitenblick zu. »War das ein druckreifer Kommentar, Agent Scully?«

Sie gab keine Antwort und hob statt dessen eine gerahmte Urkunde auf, die von der Wand genommen und auf eins der niedrigen Bücherregale gelegt worden war. Mulder konnte den einsamen Nagel aus der Wand herausragen sehen, an dem die Urkunde früher einmal gehangen hatte.

»Ich frage mich, warum er das abgenommen hat ...« Scully drehte die Auszeichnung so, daß er sie betrachten konnte.

Die Urkunde bestand aus einem professionellen Laserausdruck und trug ein mit einem Computerprogramm angefertigtes Logo. Es war kein echtes Dokument, aber es war offensichtlich mit viel Zeit und Mühe zusammengestellt worden. Das Symbol in der Mitte des Dokuments zeigte eine stilisierte Glocke mit heraushängendem Klöppel. Darüber war ein durchgestrichener Kreis gedruckt, das universelle Symbol für ein »Nein«. Der Text darunter lautete: »Dieser renommierte *No-Bell*-Preis wurde Dr. Emil Gregory vom *Bright Anvil*-Stab verliehen.«

»No-Bell-Preis«, ächzte Mulder. »Das Komische daran ist allerdings, daß Bear Dooley – Dr. Gregorys Nummer Eins – mir gegenüber gestern noch hartnäckig versichert hat, es gäbe kein *Bright Anvil*-Projekt. Wer hat die Urkunde unterzeichnet?«

»Miriel Bremen«, entzifferte Scully, »die Frau, die für Gregory gearbeitet hat, aber dann ausgestiegen ist, um die Seiten zu wechseln.«

»Aha ... Nach dieser Sache und dem, was Bear Dooley mir gestern erzählt hat, glaube ich, es ist an der Zeit, daß wir uns einmal mit Miriel Bremen unterhalten. Die Büros der Protestbewegung sind in Berkeley, nicht wahr? Das ist nicht weit von hier.«

Scully nickte gedankenversunken. Ihre Antwort überraschte ihn. »Ich möchte allein mit ihr sprechen, Mulder.«

»Irgendein besonderer Grund, warum Sie mir den Nachmittag freigeben?«

Sie schüttelte noch immer leicht abwesend den Kopf.

»Eine alte Geschichte, Mulder. Hat nichts mit diesem Fall zu tun.«

Mulder hob zustimmend die Schultern. Er kannte seine Partnerin gut genug, um sie nicht zu bedrängen. Er wußte, sie würde ihm sagen, was ihr Sorgen machte – sobald sie den richtigen Zeitpunkt für gekommen hielt.

8

Teller Nuclear
Research Facility
Mittwoch, 12:08 Uhr

Zwei Tage hektischer Sanierungsarbeiten hatten einen besorgniserregenden weißen Film auf Bear Dooleys Schreibtisch hinterlassen, auf seinen Notizbüchern, dem Computerterminal und dem Telefon.

Während er alle Oberflächen mit einem dicken Papiertuch abwischte, redete er sich ein, daß es sich vermutlich nur um Gipsstaub handele ... Alle losen Asbestfibern waren bestimmt mit äußerster Sorgfalt entfernt worden. Schließlich waren die Kontraktarbeiter Regierungsangestellte.

So oder so – der Staub machte ihn nervös.

Er wollte sein altes Büro zurückhaben. Er verspürte einen ausgeprägten Widerwillen gegen derart provisorische Unterkünfte. Es kam ihm vor, als campiere er an seinem eigenen Arbeitsplatz.

Die Behinderungen machten ihn wütend. Das *Bright Anvil*-Projekt war viel zu wichtig für ihn und seine Kollegen, und er war nicht bereit zu improvisieren – allein schon dieses Wort: improvisieren! –, solange die Ermittlungen zu Dr. Gregorys Tod andauerten. Was hatte das mit der Fortführung des Tests zu tun? Wer legte hier denn überhaupt die Prioritäten fest? Es stand nur ein sehr begrenzter Zeitraum für die Durchführung des Projekts zu Verfügung, und die Voraussetzungen mußten hundertprozentig stimmen. Die Ermittlungen in einem Mordfall konnten sich endlos hinziehen, ohne auf die Jahreszeit und die Wetterbedingungen Rücksicht zu nehmen.

Lassen wir *Bright Anvil* doch einfach ohne Vorankündigung losgehen, dachte er, dann können sich die FBI-Agenten so viel Zeit nehmen, wie sie wollen.

Er sah auf seine Uhr. Die neuen Satellitenbilder waren schon zehn Minuten überfällig. Dooley griff nach dem Telefon und stieß ein ärgerliches Seufzen aus. Er brauchte seinen eigenen Apparat aus seinem alten Büro mit den abgespeicherten Nummern! Nun mußte er erst in den Schubladen nach dem internen Telefonverzeichnis der Einrichtung kramen und die Seiten durchblättern, bis er Victor Ogilvys Durchwahl gefunden hatte. Als er sie eintippte, fühlte er den feinen weißen Staub an seinen Fingerkuppen. Mit einem angewiderten Gesichtsausdruck wischte er sie an seiner Jeans ab.

Das Telefon am anderen Ende klingelte zweimal, bevor sich eine dünne Stimme meldete.

»Victor, wo bleibt der Wetterbericht?« bellte Dooley, ohne Zeit für eine Begrüßung oder ein paar freundliche Worte zu verlieren. Der junge Assistent sollte seine markante Stimme mittlerweile kennen.

»Wir haben ihn hier, Bear«, antwortete der Forscher mit nasaler Stimme. »Ich habe die meteorologischen Projektionen gerade ein zweites und drittes Mal überprüft. Also, ich denke, diesmal werden sie Ihnen gefallen.«

»Schön, dann schaffen Sie sie her«, verlangte Dooley, »damit ich sie ein viertes Mal überprüfen kann. Die Voraussetzungen müssen exakt stimmen.«

»Schon unterwegs!« Victor beendete das Gespräch.

Dooley lehnte sich in dem knarrenden alten Stuhl zurück und versuchte, es sich bequem zu machen. Die Klimaanlage in der alten Kaserne lief auf Hochtouren, weshalb er noch immer die Baumwolljacke über seinem roten Flanellhemd trug. Die Kleidung, das lange Haar und der buschige Bart verliehen ihm das Aussehen eines Bergbewohners.

Viele Leute ließen sich durch sein Benehmen einschüchtern, besonders diejenigen, die nicht für ihn arbeiteten. Bear Dooley hielt sich nicht für einen besonders schwierigen Vorgesetzten ... nicht solange jeder das tat, was von ihm erwartet wurde. Victor und die anderen Techniker, die seit Jahren in Dooleys Team waren, wußten, daß man wunderbar mit ihm auskommen konnte, daß er sich auf sie und ihre Fähigkeiten verließ – doch sie wußten ebenfalls, daß es besser war, in Deckung zu gehen, sollten sie ihn jemals enttäuschen.

Draußen im Flur klopften und hämmerten noch immer die Bauarbeiter und rissen die Zwischenwände in einem anderen Flügel des Gebäudes ein. Überall hingen die unvermeidlichen Plastikplanen.

Die Eingangstür der Kaserne flog auf, Victor Ogilvy sprang die Holztreppe hinauf und eilte zu Dooleys provisorischem Büro. Er platzte mit leuchtendem Gesicht herein, wobei er grinste wie der Reporter Jimmy Olsen aus den Superman-Comics, wenn dieser heiß auf eine Story war. Die Nickelbrille rutschte ihm fast von der Nase.

»Hier sind die Satellitenausdrucke«, sagte er. »Und hier das Koordinatenraster.« Er breitete die Karten auf Dooleys mittlerweile aufgeräumtem Schreibtisch aus und beschwerte die Ecken mit einem Bürohefter und einer Schere.

»Sehen Sie die Sturmwolken hier, Bear? 95 Prozent Wahrscheinlichkeit, daß sie den Weg einschlagen werden, den ich mit roten Strichen markiert habe.« Er folgte mit dem Finger einer Linie in den Westpazifik bis kurz hinter die internationale Datumsgrenze zu den Marshallinseln. »Ich habe nach Land gesucht, und es scheint ein absolut perfektes Ziel zu existieren ... genau hier.« Sein Finger bedeckte einen kleinen Fleck, der wie ein Druckfehler mitten im Ozean aussah. »Bingo!«

Dooley sah genauer hin. »Enika Atoll.«

»Es ist in den Ephemeriden verzeichnet«, sagte Victor und deutete mit dem Kinn auf Dooleys Bücherregal.

Dooley lehnte sich in seinem Stuhl zurück, zog das dicke Buch hervor und blies den weißen Staub von seinem Rücken. Er blätterte durch die Seiten, überflog die nautischen Koordinaten und fand einen kurzen Eintrag zum Enika Atoll.

»Oooh, aufregend«, stellte er fest, nachdem er die knappe Beschreibung gelesen hatte. »Ein großer flacher Felsen mitten im Nichts. Keine neueren Fotos, aber er scheint für unsere Zwecke wie maßgeschneidert zu sein. Keine Ansiedlungen, geschweige denn eine Historie.«

»Das perfekte Niemandsland«, stimmte ihm Victor zu.

»Lassen Sie mich noch einmal diese Wetterberichte sehen.« Dooley beugte sich vor und trieb Victor mit einem ungeduldigen Fingerschnippen zur Eile an. Der breitete die Karten wieder aus und deutete auf den bösartig aussehenden Wolkenwirbel, der sich wie eine geschlossene Faust über dem Ozean drehte.

»An alle benachbarten Inseln sind Hurrikanwarnungen ausgegeben worden. Die ganze Gegend besteht fast vollständig aus Wasser, es gibt nur ein paar dünn besiedelte Inseln wie Kwajalein und Truk. Das Gebiet liegt sogar in Gewässern, die der Verwaltung der Vereinigten Staaten unterstehen.«

»Und Sie sind sich sicher, daß der Sturm dort ankommen wird?« vergewisserte sich Dooley. Er war bereits überzeugt, aber er wollte es noch einmal von jemand anderem hören.

Victor seufzte gereizt. »Sehen Sie sich die Größe dieses Sturms an, Bear! Wie sollte er sein Ziel verfehlen? Uns bleibt eine Woche bis zu seiner voraussichtlichen Ankunft – das ist nach den Maßstäben der Wettervorhersage eine Ewigkeit, aber nicht viel Zeit für uns, um unsere Vorbereitungen zu treffen ... das heißt, falls wir uns entscheiden ... loszulegen.« Der spindeldürre Techniker trat einen Schritt zurück und scharrte unruhig mit den Füßen – ein Pennäler, der dringend zur Toilette muß.

Dooley bedachte ihn mit einem scharfen Blick: Junge, verarsch mich nicht. »Was meinen Sie damit, *falls* wir uns entscheiden loszulegen? Spricht irgend etwas dagegen? Spucken Sie es aus!«

Victor zuckte die Achseln. »Nichts, soweit ich es beurteilen kann, aber die Entscheidung liegt bei Ihnen, Bear. Nach Dr. Gregory sind Sie derjenige, der die Fäden in der Hand hält.«

Dooley nickte. Er wußte ganz genau, wann er seinen Leuten vertrauen konnte, und das war einer dieser Momente. »In Ordnung, fangen wir damit an, ein paar Telefonate zu führen ... Hiermit aktiviere ich das *Bright Anvil*-Projekt. Die Uhr läuft. Sorgen wir dafür, daß die Pioniereinheit nach Enika geflogen wird und sich unser Zerstörer in der Coronado Naval Base bereithält. Er muß in See stechen können, sobald wir dort eintreffen.«

Victor nickte eifrig. »Wir haben bereits den Papierkram mit der Transportbehörde für den SST erledigt. Die *Bright Anvil*-Ausrüstung, die Meßgeräte und der Apparat selbst werden auf schnellstem Weg nach San Diego verfrachtet. Die Coronado Base erwartet die Lieferung.«

Dooley neigte den Kopf. Den SST zu schicken, den Sicherheitsschutztransport, war keine Kleinigkeit und erforderte die Genehmigung verschiedener Verwaltungsbezirke sowie etlicher Städte.

»Besorgen Sie sämtliche Reisedokumente«, ordnete er an. »Wir müssen die Sache beschleunigen. Ich werde mit der ersten Gruppe nach Enika reisen. Team B – das sind Sie, Victor – hält sich bereit, mit einem Transportflugzeug zu den Inseln zu fliegen, sobald dort alles eingerichtet ist.«

Victor machte sich ausführliche Notizen in einer Handschrift, die Dooley nur einmal zu entziffern versucht hatte – vergeblich. Der Techniker war atemlos, seine Wangen waren hektisch gerötet.

»Auf geht's«, dröhnte Dooley. »Wir haben keine Zeit zu verlieren.«

Der junge Assistent eilte zur Tür, aber Dooley hielt ihn noch einmal zurück. »Ach, Victor?« Der andere drehte sich um, blinzelte eulenhaft hinter seinen Brillengläsern, den Mund leicht geöffnet. »Vergessen Sie nicht, Ihre Badehose einzupacken.«

Victor kicherte und verschwand im Flur.

Dooley starrte erneut auf die Land- und Wetterkarten. Ein Lächeln kroch über sein Gesicht. Nach all der Zeit unternahmen sie nun endlich den nächsten Schritt. Und wenn die Sache erst einmal lief, würde es kein Zurück mehr geben.

Außerdem tat es ihm nicht gerade leid, diese aufdringlichen FBI-Ermittler loszuwerden ... Er reckte die Schultern – es gab noch verdammt viel zu tun.

9

Stop Nuclear Madness!–Zentrale,
Berkeley, Kalifornien
Mittwoch, 12:36 Uhr

Scully fuhr allein nach Berkeley. Sie folgte den einstmals so vertrauten Highways – doch jetzt kam sie sich dort, wo sie früher einmal zu Hause gewesen war, wie eine Fremde vor.

Während sie über die Telegraph Avenue in Richtung Campus fuhr, bemerkte sie, daß sich das Universitätsviertel im Grunde nicht verändert hatte. Es war eine Insel einer radikal eigenständigen Kultur geblieben – die »Volksrepublik Berkeley«, wie sie es immer genannt hatten –, während der Rest der Welt im Takt von Leistung und Fortschritt tanzte. Die endlose Reihe von Pizzabuden, studentischen Kunstgalerien, Falafelständen und Secondhandläden erfüllte sie mit einem warmen nostalgischen Gefühl. Hier hatte sie ihr erstes Collegejahr verbracht, zum ersten Mal den Geschmack der Unabhängigkeit gekostet, tagtäglich ihre eigenen Entscheidungen getroffen.

Scully beobachtete die Studenten, einige kreuzten auf alten Fahrrädern die Straße, andere joggten oder liefen Rollerblades. Die jungen Männer und Frauen trugen Sachen, die haarscharf neben der aktuellen Mode lagen und bewegten sich auf eine Art, die jede ihrer Gesten bedeutsam machte. Scully fühlte sich deplaziert – das neue Auto, ihre konservative Jacke ... paßten eindeutig nicht hierher. Sie schüttelte verlegen den Kopf. Früher habe ich mit meinen Freunden über solche Leute gelacht, dachte sie. Früher. Und jetzt gehöre ich selbst zum Establishment.

Sie stellte den Wagen auf einem öffentlichen Parkplatz ab, trat in die Sonne hinaus und warf einen Blick in die Runde. Dann machte sie sich auf den Weg, vorbei an Kiosken, an denen bunte Plakate klebten, die auf Studentenfilmfestivals, Versammlungen und eine Vielzahl anderer Veranstaltungen hinwiesen.

Ein schwarzer Hund lag hechelnd neben einem Baum. Daneben saß eine langhaarige Frau auf einer Decke, vor der eine Auswahl an handgefertigtem Schmuck zum Verkauf auslag – sie schien aber mehr daran interessiert zu sein, auf ihrer Gitarre herumzuklimpern, als potentielle Kunden anzusprechen. Vor der Eingangstür eines alten Wohnhauses stand ein Pappkarton mit zerlesenen Taschenbüchern. »Jedes Buch für 50 Cents!« verkündete ein handgeschriebenes Schild über der Kaffeebüchse für das Geld.

Scully folgte den Hausnummern und fand die Zentrale von *Stop Nuclear Madness!* schließlich in einem hohen alten Haus. Ein Imbiß teilte sich das Erdgeschoß mit einer großen Buchhandlung, in der Studenten gebrauchte Lehrbücher kaufen und verkaufen oder sich Lesefutter für die freie Zeit zwischen den Prüfungen besorgen konnten. Eine kurze Betontreppe führte vom Gehweg ins Souterraingeschoß hinab. Auf einer Staffelei stand ein großes Plakatschild, das mit Schablonenschrift auf den Sitz der Protestorganisation und eine Institution mit dem Namen »Museum des nuklearen Horrors« hinwies.

Scully stieg die Stufen hinab. Die Absätze ihrer Schuhe klapperten laut auf dem Beton. Ein typisches Gebäude für ein provisorisches Hauptquartier, dachte sie, typisch für ein klassisches Universitätsviertel. Die Besitzer dieser alten Häuser hatten sich darauf spezialisiert, Büroräume preiswert und für kurze Zeit zu vermieten. Die restlichen Räume stellten sie Aktivistengruppen für ihre politischen Kampagnen zur Verfügung – oder Steuerberatungsbüros, die vornehmlich im April, der Zeit der Steuererklärungen, wie Pilze aus dem Boden schossen.

An der Außenwand des Gebäudes entdeckte Scully das verblaßte Symbol der Zivilverteidigung, drei kreisförmig angebrachte schwarze Keile auf dunkelgelbem Grund: das Zeichen für Radioaktivität. Die Kellergeschosse hatten also einmal als Luftschutzbunker für einen atomaren Notfall gedient. Für einen Augenblick starrte sie auf das Zeichen, dachte über die Ironie des Ganzen nach... und verspürte gleichzeitig ein Gefühl der Vertrautheit. Während ihrer Studentenzeit hatte sie sich oft an solchen Orten aufgehalten.

Sie stieß die Tür auf, betrat die Zentrale von *Stop Nuclear Madness!* ... und fühlte sich noch intensiver als zuvor in die Vergangenheit zurückversetzt. In eine Zeit, als sie jünger gewesen war, voller Enthusiasmus und ungebrochenem Mut, die Welt zu verändern.

Schon in ihrem ersten Jahr war sie eine gute Studentin gewesen, hatte voller Hingabe gelernt und die Physikvorlesungen besucht. Sie wußte, wieviel Geld ihre Eltern investierten, um ihr die Möglichkeit zu geben, an einer der großen Universitäten zu studieren.

Doch die Andersartigkeit einer Kultur, die sich so sehr von dem militärischen Umfeld unterschied, in dem sie aufgewachsen war, hatte sie überwältigt und ihr Interesse für den politischen Aktivismus der studentischen Szene geweckt, vor allem für die Anti-Atom-Kampagnen: Sie las die Pamphlete, hing an den Lippen ihrer Kommilitonen, die bis spät in die Nacht hinein diskutierten – und was sie erfuhr, verstörte sie mehr und mehr. Tief beeindruckt von dem, was sie las und hörte, lag sie lange Nächte hindurch wach und überlegte verzweifelt, was sie tun konnte, *um etwas zu verändern.* Eine Zeitlang hatte sie sogar mit dem Gedanken gespielt, an einer Demonstration draußen vor der Teller Nuclear Research Facility teilzunehmen, doch letztendlich siegte ihr Hang zum Pragmatismus.

Trotzdem hatte ihre Beschäftigung mit diesem Thema zu langen und hitzigen Diskussionen – nein, sie beschloß, sich selbst gegenüber ehrlich zu sein: es waren richtige *Auseinandersetzungen* gewesen – mit ihrem Vater geführt, einem konservativen und würdevollen Captain der Navy, der seinen Dienst in der nahegelegenen Alameda Naval Air Station versah. Zum ersten Mal hatten sie sich in einem entscheidenden Punkt nicht einigen können ... Das war, noch bevor sie sich dazu entschlossen hatte, zum FBI zu gehen. Eine Entscheidung, die ihre Eltern ebenfalls mißbilligt hatten.

Captain Scully ... Sie hatte ihren Vater sehr geliebt, und sein Tod kurz nach den Weihnachtsfeiertagen hatte sie tief getroffen. Er hatte sie Starbuck genannt, sie ihn Ahab ... doch das gehörte der Vergangenheit an. Er war tot. Sie würde ihn nie mehr wiedersehen.

Schon nach ihrem ersten Jahr in Berkeley hatte die Navy ihren Vater versetzt, und Scully hatte ihr Studium an der University of Maryland fortgeführt. Die Differenzen zwischen ihr und ihm konnten bereits vorher wieder bereinigt werden ... ihre kurze Berührung mit der Protestbewegung waren für ihn nichts anderes gewesen als das typische Aufbegehren der Jugend, ein Phänomen, das mit der Zeit von allein vergehen würde.

Scully biß sich auf die Lippen. Ihr Vater hatte sich getäuscht. Hier und jetzt, auf der Türschwelle der Zentrale von *Stop Nuclear Madness!*, wurden die alten Gefühle wieder wach. Doch diesmal war sie nicht gekommen, um die Pamphlete der Protestbewegung zu lesen oder mit ihren Mitgliedern zu diskutieren. Sie war gekommen, um Ermittlungen in einem Todesfall anzustellen.

Als sie die Ansammlung kleiner Büroräume betrat, drehte sich die Frau hinter dem Empfangstisch um und schenkte ihr ein automatisches Lächeln, das jedoch gefror und einer mißtrauischen Miene wich, als sie die formelle Kleidung ihrer Besucherin bemerkte. Scully verspürte ein hohles Gefühl in der Magengegend.

Die Frau war Anfang Zwanzig, ihre Haut hatte die Farbe von hellem Milchkaffee, das krause Haar war zu einem verschlungenen Gebilde herabbaumelnder Dreadlocks geflochten. Sie trug eine Halskette aus riesigen emailbeschichteten Metallplättchen und hatte ein weites Gewand mit einem verwirrenden geometrischen Muster um ihren Körper geschlungen, ein traditionelles Suaheli-Gewand, wie Scully vermutete.

Sie warf einen Blick auf das Namensschildchen auf dem einfachen Tisch, der als Empfangsschalter diente. »Becka Thorne.« Daneben standen ein Telefon und eine alte Schreibmaschine sowie ein Telefonbuch und ein paar vorgedruckte Faltblätter.

Scully zog ihren Dienstausweis hervor. »Ich bin Special Agent Dana Scully vom FBI. Ich möchte mit Miss Miriel Bremen sprechen.«

Becka Thorne hob die Augenbrauen. »Ich... ich werde nachsehen, ob sie da ist«, sagte sie. Sie wirkte wachsam, ihre Stimme klang kalt und abweisend. Wieder verspürte Scully einen schmerzhaften Stich der Enttäuschung.

Offensichtlich überlegte Becka Thorne einen Moment, ob sie lügen sollte. Doch schließlich stand sie auf und zog sich in den hinteren Bereich der Büroräume zurück. Ihr farbenprächtiges Wickelkleid raschelte bei jeder Bewegung. Irgendwo hinter einem der verstellbaren Raumteiler aus Stoffplanen gab ein altersschwacher Fotokopierer keuchend sein Bestes.

Während sie wartete, betrachtete Scully die Plakate und vergrößerten Fotos an den Wänden – vermutlich das »Museum des nuklearen Horrors«, wie es auf dem Schild draußen vor der Tür gestanden hatte. Ein computerbedrucktes Spruchband unter der Decke verkündete in großen Lettern: *»Wir hatten bereits einen Atomkrieg – Wir müssen den* *nächsten verhindern!«* Die getünchten Ziegelsteinwände waren mit grobkörnigen Vergrößerungen furchteinflößender Atompilzwolken dekoriert, die Scully an die Bilder in Dr. Gregorys Haus erinnerten. Dort waren die Fotos jedoch Trophäen gewesen und voller Stolz aufgehängt worden. Hier waren es Anklagen.

Auf einem Plakat waren alle bekannten Atombombentests und die Strahlungsmengen aufgelistet, die jede Explosion in die Atmosphäre freigesetzt hatte. Scully sah ein Balkendiagramm mit kontinuierlich wachsenden Säulen. Sie standen für die Zunahme von Krebserkrankungen in den Vereinigten Staaten, die diesen radioaktiven Rückständen zugeschrieben wurden. Besonders Strontium 90 belastete das Gras auf den Weiden, das von Kühen gefressen wurde, wanderte weiter in die Milch und von dort in den Organismus von Kindern, die diese Milch ahnungslos über ihre Frühstücksflocken gossen. Die Balken wurden von Jahr zu Jahr länger ... die Zahl der Krebserkrankungen wuchs ins Uferlose.

Eine andere Schautafel gab Auskunft über die Inseln im Pazifischen Ozean, die durch Atombombentests verwüstet worden waren. Anrührende Fotos von Eingeborenen des Bikini und Eniwetok Atolls – vom U.S.-Militär zwangsevakuiert – rückten die dürren Zahlen ins richtige Licht. Damals waren gewaltige Summen in die Umsiedlungen gesteckt worden. Später hatten die Insulaner den Vereinigten Staaten und der UNO wieder und immer wieder Petitionen übergeben, in denen sie um die Erlaubnis baten, in ihre Heimat zurückkehren zu dürfen ... allerdings erst, *nachdem* die Vereinigten Staaten die enormen Kosten einer gründlichen Dekontamination der Korallenriffe, Strände und Urwälder übernommen hätten.

Scully mußte an die Inselfotos in Dr. Gregorys Haus denken, an die Satellitenbilder und Wetterkarten in seinem Bürolabor. Sie betrachtete die Ausstellung mit wachsendem Interesse.

1971 war das Bikini Atoll für gesundheitlich unbedenklich erklärt worden, und die Insulaner waren zurückgekehrt. 1977 durchgeführte Untersuchungen ergaben jedoch, daß die Strahlenbelastung des Atolls noch immer gefährlich hoch war – und die Bewohner wurden ein zweites Mal zwangsevakuiert. Die Einwohner des Eniwetok Atolls, das für eine umfangreiche Serie von Wasserstoffbombentests benutzt worden war, kehrten 1976 in ihre Heimat zurück, um zu erfahren, daß eine nukleare Müllkippe auf ihren Inseln noch jahrtausendelang radioaktiv verseucht bleiben würde. Anfang 1980 fand man heraus, daß auch die Bewohner von Inseln, die 120 Kilometer von den Testgebieten entfernt lagen, eine außergewöhnlich hohe Rate an Schilddrüsenkrebs entwickelt hatten.

Kopfschüttelnd wanderte Scully zum schlimmsten Teil der Ausstellung weiter – dem Herzstück des Museums –, einer Fotogalerie, die die verwüsteten Ruinen von Hiroshima und Nagasaki zeigte ... und die Leichen, die vor einem halben Jahrhundert in den apokalyptischen Feuerbällen verbrannt waren. Einige Opfer waren so vollständig ausgelöscht worden, daß von ihnen lediglich verwischte Silhouetten schwarzer Asche übriggeblieben waren. Schlimmer noch als die Leichen waren die Bilder von Überlebenden, auf deren Haut sich eiternde Blasen gebildet hatten.

Während Scully die Fotos betrachtete, entdeckte sie eine beunruhigende Ähnlichkeit zwischen diesen Leichen und den Überresten von Dr. Emil Gregory in seinem radioaktiv verstrahlten Labor.

»Ja, Agent Scully?« Eine ungehaltene Frauenstimme riß sie aus ihren Gedanken.

Scully drehte sich um und erblickte Miriel Bremen, eine hochgewachsene Frau mit kurzem mausbraunen Haar, das auf eine altmodische Art unvorteilhaft frisiert war. Sie hatte ein langes Kinn, eine spitze Nase und graue Augen, die Scully feindselig musterten. Miriel Bremen war keine attraktive Frau, doch ihr Auftreten und ihr Tonfall verrieten, daß sie intelligent war und sich nichts vormachen ließ.

»Was haben wir denn jetzt schon wieder verbrochen?« erkundigte sie sich ungeduldig, ohne Scully zu Wort kommen zu lassen. »Ich habe diese ständigen Schikanen allmählich satt. Wir haben die erforderlichen Anträge ausgefüllt, die verlangten Auskünfte gegeben und eine ordnungsgemäße Genehmigung erhalten. Was, um Himmels willen, hat meine Gruppe angestellt, daß sie die Aufmerksamkeit des FBI erregt?«

»Ich ermittle nicht gegen Ihre Gruppe, Miss Bremen«, erwiderte Scully gelassen. »Ich untersuche den Tod von Dr. Emil Gregory, der vor zwei Tagen in der Teller Nuclear Research Facility ums Leben gekommen ist.«

Miriel Bremens kalte Maske fiel in sich zusammen, ihr gesamter Körper erschlaffte. »Oh«, sagte sie leise. »Emil ... das ist etwas anderes.«

Sie verstummte, hielt sich mit einer Hand am Rezeptionstisch fest und atmete tief durch. Becka Thorne betrachtete sie eine Weile besorgt, um zu sehen, ob sie ihr irgendwie helfen konnte. Dann verschwand sie unter dem Vorwand, sich um den Fotokopierer kümmern zu müssen, aus dem Vorraum. Miriel hob mühsam den Kopf und sah sich um, als müsse sie aus dem Anblick der Plakate mit den Nagasaki-Opfern und den hilflosen Einwohnern des Bikini Atolls neue Kraft schöpfen.

»Natürlich, unterhalten wir uns, Agent Scully«, sagte sie tonlos. »Aber nicht hier.«

10

Triple Rock Brewery and Cafe,
Berkeley, Kalifornien
Mittwoch, 13:06 Uhr

Miriel Bremen führte Scully zu einem kleinen Restaurant mit einer winzigen Brauerei für den Eigenbedarf, das nur ein paar Straßen weiter in Richtung City lag. Sie traten durch eine holzgerahmte Glastür in einen Raum voller Sitznischen mit rustikalen Tischen. Vor einem langen Tresen stand eine Reihe leerer Barhocker. Die aufdringlichen Geräusche einer lebendigen Innenstadt wurden gedämpft, als sich die Tür hinter ihnen schloß.

Die Wände waren mit Metallschildern dekoriert, die für Biermarken aus den 40er und 50er Jahren warben. Über dem kunstvoll verzierten Tresen hing eine Kreidetafel mit den Namen der vier selbstgebrauten Faßbiersorten. Eine große grüne Schiefertafel an der Rückwand diente als Speisekarte und führte die Gerichte auf: Sandwiches, Hot Dogs, Nachos oder Salate.

»Das Essen wird dort drüben bestellt«, sagte Miriel und deutete auf einen kleineren Tresen. »Die Spezialität des Hauses ist ein vegetarisches Chili, aber die Suppen sind auch ziemlich gut, und die Sandwiches ... nun, ein Sandwich ist ein Sandwich ist ein Sandwich. Die Leute kommen in erster Linie wegen des Biers hierher. Das beste, was Sie finden können.«

Sie legte ihre Aktentasche in eine Sitznische weit von der Tür entfernt und deutete auf die Kreidetafel. »Welches wollen Sie?« fragte sie. »Für das Stout könnte man sterben.«

»Ich werde nur einen Eistee nehmen«, sagte Scully. »Ich bin im Dienst.«

Miriel sah sie mit gerunzelter Stirn an. »Hören Sie, Agent Scully, der einzige Grund, in eine Hausbrauerei zu gehen, besteht darin, ein anständiges Bier zu trinken. Das ist kein Budweiser Light, klar? Man würde uns wahrscheinlich an den Ohren rausschleifen, wenn wir Eistee bestellten.«

Scully lächelte zweifelnd ... doch die Kneipe erinnerte sie an ihre Studentenzeit, und sie verspürte erneut einen leichten Anflug von Sehnsucht nach vergangenen Tagen. Sie war keine große Biertrinkerin, konnte es sich aber auch nicht leisten, Miriels freundschaftliche Geste zurückzuweisen – sie wollte schließlich Antworten auf ihre Fragen.

»In Ordnung, dann probiere ich ein Stout. Aber ein kleines – und nur eins.«

Ein flüchtiges Lächeln huschte über Miriels hartes Gesicht. »Das liegt ganz bei Ihnen.« Sie ging zur Bar, während Scully die Liste mit den Sandwiches überflog. »Bestellen Sie mir einen Hot Dog und eine Portion Chili«, rief Miriel über die Schulter zurück. »Ich nehme doch an, daß Uncle Sam die Rechnung übernimmt!«

Nachdem sie vom Tresen an ihren Tisch zurückgekehrt waren, ergriff Scully ihr Glas mit dunklem malzigen Bier. »Sieht aus, als würde ein Löffel darin stehenbleiben ...« Sie trank einen kleinen Schluck und war überrascht, wie intensiv es schmeckte. Der Geschmack war überwältigend, fast schokoladenartig, nicht wie das leichte säuerliche Zeug, das sie gelegentlich auf einem Picknick oder einer Geburtstagsparty aus der Dose trank. Sie hob die Augenbrauen und nickte Miriel Bremen anerkennend zu.

Scully überlegte, wie sie das Gespräch beginnen sollte – doch Miriel kam ihr zuvor. Sie gehörte offensichtlich zu jenen Menschen, die gleich, ohne zeitraubendes Wortgeplänkel und belanglose Konversation, zum Thema kommen.

»Lassen Sie mich Ihnen zuerst einmal sagen, aus welchem

Grund Sie meiner Meinung nach hier sind«, begann sie. »Es gibt zwei Möglichkeiten. Entweder glauben Sie, daß ich irgendwie für den Tod von Emil Gregory verantwortlich bin ... oder aber Sie sind durch Ihre Eskorte in der Teller Facility, durch eine fehlende Sicherheitsfreigabe oder durch die sture Weigerung des Instituts, Sie an geheime Dokumente heranzulassen, in Ihrer Arbeit behindert worden. Niemand ist bereit, Ihnen irgendwelche Auskünfte zu geben, und Sie sind zu mir gekommen, weil Sie glauben, daß ich ein paar Antworten für Sie habe.«

»Ein bißchen von beidem, Miss Bremen«, antwortete Scully langsam. »Ich habe die Autopsie an Dr. Gregory abgeschlossen. Es besteht kein Zweifel daran, welche Verletzungen zu seinem Tod geführt haben, aber ich konnte noch nicht feststellen, wie es dazu gekommen ist ... Womit war Dr. Gregory beschäftigt, bevor er starb? Er arbeitete – und Sie waren lange genug dabei, um das zu wissen – an einem geheimen Waffenprojekt, ein Projekt mit dem Namen *Bright Anvil*. Doch bei Teller Facility denkt niemand auch nur im Traum daran, uns in diesem Punkt weiterzuhelfen.

Und dann ... Ihre Protestbewegung hatte ein hinreichendes Motiv, Dr. Gregory aus dem Weg zu schaffen, und deshalb muß ich dem nachgehen. Es liegt also auf der Hand: Sie, Miss Bremen, befinden sich genau an der Schnittstelle der beiden Fährten, die ich verfolge.«

»Also gut, dann werde ich Ihnen jetzt etwas sagen«, erwiderte Miriel Bremen, legte beide Hände um das Bierglas und nahm einen tiefen Schluck. »Es klingt abgedroschen, wenn ich Ihnen versichere, daß ich nichts zu verheimlichen habe, aber in diesem Punkt ist das wirklich die Wahrheit. Es nützt meiner Sache, möglichst vielen Leuten zu erzählen, was an der Teller Nuclear Research Facility tatsächlich vor sich geht. Seit einem Jahr versuche ich, auf die Sache aufmerksam zu machen. Hier, ich habe Ihnen ein paar Broschüren über unsere Gruppe mitgebracht.« Sie zog zwei der handgefalteten fotokopierten Pamphlete aus der Tasche, die zweifellos ein Freiwilliger auf seinem PC entworfen hatte.

»Damals, als ich noch für die Teller Facility gearbeitet habe, war ich eine ziemlich engagierte Assistentin von Emil Gregory«, fuhr sie fort und stützte ihr langes Kinn in die Hand. »Er war viele Jahre lang mein Mentor, hat mir durch die interne Bürokratie, den Papierkram und die Entwicklungsberichte geholfen, so daß ich mich der eigentlichen Arbeit widmen konnte

Ihre Phantasie wird wahrscheinlich ganz andere Zusammenhänge herstellen ... Sie werden denken, wir hätten ein Verhältnis oder so etwas gehabt, aber das ist falsch. Emil war alt genug, um mein Großvater zu sein, und er hat sich nur für mich interessiert, weil er erkannt hat, daß ich das Talent und die Begeisterung für eine gute Partnerin hatte. Er hat mich gefördert, und wir haben gut zusammengearbeitet.«

»Aber Sie hatten eine Art Zerwürfnis?« fragte Scully.

»In gewisser Weise ... aber nicht in der Art, wie Sie sich das vielleicht vorstellen«, gab Miriel zurück und wich der Frage aus, indem sie das Thema wechselte. »Sie wollen wissen, was *Bright Anvil* ist? Es ist eine Art anormale atomare Explosion. Obwohl der Kalte Krieg vorbei ist und wir die Entwicklung von weiteren Atomwaffen-Generationen angeblich stark zurückgefahren haben, konzipieren wir auch heute noch neue. *Bright Anvil* ist eine ganz spezielle Art von Gefechtskopf und benutzt eine Technologie, die ...« Sie unterbrach sich und starrte blicklos auf die Wand.

»Eine Technologie, die ...?« hakte Scully nach.

Miriel seufzte und begegnete ihrem Blick. »Es ist eine Technologie, die jenseits der physikalischen Gesetzmäßigkeiten, wie ich sie kenne, zu funktionieren scheint – und ich kenne mich in Physik aus, Agent Scully! Ich weiß nicht, wieviel Physik man Ihnen während Ihrer FBI-Ausbildung eingetrichtert hat, aber ...«

»Ich habe meinen Universitätsabschluß in Physik gemacht«, fiel ihr Scully ins Wort. »Ich war ein Jahr hier in Berkeley und dann an der University of Maryland. Ich habe meine Diplomarbeit über Einsteins Zwillingsparadoxon geschrieben.«

Miriels Augen weiteten sich. »Ich denke, ich könnte die Arbeit gelesen haben.« Sie dachte nach. »*Dana* Scully, richtig?«

Scully nickte überrascht. Miriel richtete sich auf und musterte sie mit größerem Respekt. »Das war ein interessanter Stoff. Okay, jetzt weiß ich, daß ich keine Kindergartensprache zu benutzen brauche... obwohl ich das in diesem Fall am liebsten tun würde, denn ich verstehe die Sache selbst nicht mehr.

Das ganze *Bright Anvil*-Projekt wurde nicht auf die traditionelle Weise finanziert. Es taucht nicht in den Etatabrechnungen auf – das Geld für neue Versuche wird von anderen Projekten abgezweigt, durch Einsparungen in anderen Forschungsbereichen. *Bright Anvil* erscheint auf keinem dem Kongreß vorgelegten Budgetplan... Sie werden nirgendwo eine Spur davon entdecken können.

Emil hatte jahrzehntelang in der Atomwaffenindustrie gearbeitet. Er war sogar beim Trinity Test dabei, damals 1945.« Sie lächelte schwach. »Er hat uns immer Geschichten erzählt...« Einen Moment lang zitterten ihre Lippen, doch sie fing sich wieder. »Jetzt aber stand er vor dem Ende seiner Karriere. Er hat geglaubt, er könnte es vertuschen, aber ich glaube nicht, daß er allzu gesund war.«

»Nein, das war er ganz und gar nicht...«

Miriel nickte, verzichtete aber auf eine Nachfrage. »Emil wollte etwas Wichtiges leisten, seine Laufbahn mit einem bedeutenden Werk beenden. Er wollte ein Vermächtnis hinterlassen. Seine gesamte Arbeit während der letzten zehn Jahre hatte nur aus der Verfeinerung bereits bestehender Konzepte bestanden.

Dann fiel ihm *Bright Anvil* in den Schoß. Die physikalische

Grundlagenforschung war bereits von jemand anderem geleistet worden, und wir bekamen Pläne für exotische, hochenergetische Kraftquellen. Die Sache war perfekt, die Komponenten funktionierten. Ich habe nie begriffen, *wie* oder *warum* ... aber darüber hat sich Emil keine Sorgen gemacht. Es hat ihn vollends gepackt, als er erkannte, wie man diese Technologie benutzen konnte, um eine völlig neue Art von Gefechtskopf zu entwickeln. Also übernahm er die Sache und legte los.

Ich hatte bereits von Anfang an meine Zweifel, aber ich habe mich selbst belogen. Ich habe mitgemacht, weil Emil so viel für mich getan hatte. Es wurde unser neues Projekt. Ich habe ihm geholfen, die Simulationen durchzuführen, Szenarien, bei denen es äußerst unwahrscheinlich war, daß sie jemals in die Realität umgesetzt werden würden. Aber je länger ich daran mitgearbeitet habe, desto unheimlicher wurde es. *Bright Anvil* liegt einfach viel zu sehr jenseits der Normalität. Es folgt keinem einzigen der herkömmlichen physikalischen Gesetze. Keine mir bekannte Technologie kann das bewirken, was *Bright Anvil* tut ... Einige Komponenten des Apparats wurden an anderer Stelle angefertigt. Wir haben nie erfahren, wo und wie – wir haben sie einfach von den Entwicklungsbüros in Washington *erhalten.*«

Miriel trank ihr Bier aus und sah zum Tresen hinüber, als wolle sie noch eins bestellen, verzichtete dann aber darauf und wandte sich wieder Scully zu, die ihr mit äußerster Konzentration zuhörte. Miriel stützte die Ellbogen auf die polierte Tischplatte und beugte sich vor.

»Ich bin ausgebildete Wissenschaftlerin, aber um etwas verstehen zu können, brauche ich eine wissenschaftliche Grundlage, und *Bright Anvil* verstößt gegen jede Regel der Wissenschaft. Es ist so exotisch ... ich hatte nicht die leiseste Hoffnung, es jemals zu begreifen. Also bin ich davor zurückgeschreckt, habe zu viele Einwände erhoben und mir dadurch eine Menge Feinde gemacht.

Wie der Zufall es wollte, bin ich kurz darauf zu einer Konferenz nach Japan gereist. Aus reiner Neugier habe ich einen Abstecher nach Nagasaki und Hiroshima unternommen – Sie wissen schon, eine Pilgerstätte für jeden Waffensystemforscher. Beide Städte sind wieder aufgebaut worden, aber es ist, als hätte man eine Narbe mit Make-up kaschiert. Ich begann, Nachforschungen anzustellen. Ich las endlich die Veröffentlichungen, die ich früher so beharrlich ignoriert hatte, weil ich mich nicht mit meinem schlechten Gewissen auseinandersetzen wollte...

Wissen Sie, was man den Marshallinseln mit den Atombombentests in den 50ern angetan hat? Wissen Sie über die furchtbaren überirdischen Versuche in Nevada Bescheid, bei denen man in unterschiedlichen Entfernungen vom Epizentrum Tiere angeleint hat – nur um untersuchen zu können, welche Auswirkungen Hitze und Strahlung auf lebendes Gewebe haben? Wissen Sie, wie viele Insulaner im Pazifik aus ihrer Heimat vertrieben und wie viele friedliche Existenzen auf den idyllischen Inseln zerstört worden sind, nur damit unsere Regierung eine große Bombe in die Luft jagen konnte?«

»Ja«, sagte Scully leise. »Das weiß ich.«

Miriel Bremen stellte ihren fast geleerten Teller beiseite und schob die *Stop Nuclear Madness!*-Broschüren über den Tisch in Scullys Richtung. »Entschuldigen Sie, ich habe Ihnen eine Predigt gehalten. Lesen Sie das, wenn Sie mehr darüber und über unsere Gruppe erfahren wollen. Ich werde Ihre Zeit jetzt nicht länger in Anspruch nehmen.« Sie stand auf und ging.

Scully bemerkte, daß sie erst die Hälfte ihres Sandwiches gegessen hatten. Miriel Bremen war bereits durch die Tür verschwunden, bevor Scully auch nur eine halbwegs intelligente Frage einfiel, mit der sie die Frau hätte aufhalten können.

Während sie langsam ihr Sandwich zu Ende aß, ließ sie

sich das Gehörte noch einmal durch den Kopf gehen. Schließlich klemmte sie sich die Broschüren unter den Arm, verließ das Restaurant und machte sich auf den Weg zum Parkplatz. Mulder würde sich für die Aussagen Miriel Bremens brennend interessieren ... Vor einem Abfallkorb aus Drahtgeflecht blieb sie stehen. Ein großer Stadtbus schnaufte die Straße entlang und stieß einen Schwall blaugrauer Auspuffgase aus. Ein Skateboardfahrer flitzte an ihr vorbei und umkurvte die Passanten mit leichtsinniger Lässigkeit.

Scully stand mit den Flugblättern in der Hand da und wollte sie schon fortwerfen, als ihr Blick auf die Überschrift fiel: »Stoppt den nuklearen Wahnsinn.«

Sie schob die Pamphlete in ihre Tasche. Es war immerhin möglich, daß sie noch als Beweismittel dienen könnten ...

11

Coronado Flottenstützpunkt,
San Diego, Kalifornien
Donnerstag, 10:15 Uhr

X Im frühen Morgenlicht funkelte der Ozean tiefblau. Die majestätische Kulisse erstreckte sich, so weit das Auge reichte: von den Coronada-Schiffswerften westwärts bis zum Horizont. Jenseits der schmalen Bucht von San Diego ragten die weißen Wolkenkratzer des Stadtzentrums in den azurnen Himmel. Ausflugsdampfer lagen wie bunte Seeungeheuer an den öffentlichen Docks, an den verschachtelten Anlegestellen des Yachthafens wippten die Masten unzähliger Segelboote.

Bear Dooley war über das milde Wetter überrascht. Die Sonne schien warm, doch eine frische Brise brachte Kühlung, so daß er mit seinem Flanellhemd und der Baumwolljacke genau richtig gekleidet war. Während der Taxifahrt vom Flughafen hierher hatte er den Anblick der farbenfrohen und sauberen Stadt genossen, die trotz ihrer Größe die Atmosphäre eines Feriendorfes heraufbeschwor. Nur der Marinestützpunkt auf der schmalen Halbinsel sah aus … wie ein Marinestützpunkt, und die Schiffe, die an den für die Öffentlichkeit gesperrten Docks lagen, lieferten auf den ersten Blick den Beweis dafür, warum ihre Farbe Schlachtschiffgrau genannt wurde.

Ein junger Offizier in strahlend weißer Uniform kam ihm an den Docks entgegen. Dooley hatte keine Ahnung von den Vorschriften der Marine, doch er vermutete, daß dieser gestriegelte Marineangehörige eine relativ hohe Position bekleidete.

Der Matrose – Dooley korrigierte sich in Gedanken, wahrscheinlich zogen diese Leute die Bezeichung »Seemann« vor – salutierte zackig. Dooley nahm an, daß ihm diese formelle Ehrenbezeugung gemäß dem militärischen Protokoll gar nicht zustand, und schmunzelte in sich hinein. Er erwiderte den Gruß unbeholfen und garantiert völlig unvorschriftsmäßig.

»Mr. Dooley, Sir«, sagte der Mann. »Ich bin Commander Lee Klantze, Erster Offizier der USS *Dallas*, und ich habe den Auftrag, Sie an Bord Ihres Schiffes zu begleiten. Wenn Sie mir bitte folgen würden, Sir, Captain Ives erwartet Sie. Wir haben die gesamte Mannschaft zurückbeordert und Vorkehrungen zum Auslaufen getroffen. Wir können ablegen, sobald Sie an Bord gegangen sind.«

Dooleys Garderobe bildete einen auffälligen Kontrast zu den rasiermesserscharfen Bügelfalten und der makellos weißen Uniform des Marineoffiziers, doch das ließ den Wissenschaftler völlig kalt: Er hatte seinen Posten aufgrund seiner Fähigkeiten bekommen und nicht aufgrund eines erhöhten modischen Bewußtseins.

Bevor er heute morgen zum San Francisco Airport gefahren war, hatte er sich immerhin seinen Bart gestutzt und die Wangen rasiert. Nach einem zweistündigen Flug war er mit einem Taxi quer durch die Stadt zu dem Landzipfel gefahren, auf dem die Coronado Naval Base lag. Dort hatte er sich eine halbe Stunde lang durch einen Wust von Papieren, Antrags- und Sicherheitsformularen kämpfen müssen, obwohl bereits alles in die Wege geleitet worden war. Dooley malte sich aus, was passiert wäre, wenn *nicht* alles in Ordnung gewesen wäre. Das Militär hatte seine eigene Art, die Dinge zu regeln … wahrscheinlich mußte erst ein neuer Weltkrieg ausbrechen, bevor es seine Verwaltungswege verkürzte.

»Wie war Ihre Reise?« erkundigte sich Klantze, als könne

er Dooleys Gedanken lesen. »Hatten Sie durch die strengen Sicherheitskontrollen irgendwelche Schwierigkeiten, hier reinzukommen?«

»Nein, der Flug war in Ordnung«, sagte Dooley, »aber niemand ist bereit, mir eine klare Antwort auf meine Fragen zu geben. Ist das SST ohne Probleme angekommen? Ist die Ausrüstung sicher an Bord gebracht worden?«

»Soweit ich weiß, ja, Sir«, erwiderte Klantze. »Irgendwann gestern nacht. Entschuldigen Sie die zusätzlichen Sicherheitsvorkehrungen.« Er schob seine Brille hoch. Die selbsttönenden Gläser waren nachgedunkelt, so daß Dooley ihm nicht direkt in die Augen sehen konnte.

Der getarnte und gepanzerte Kleinlaster des Sicherheitsschutztransports war am Tag zuvor bei Sonnenuntergang aufgebrochen und die Nacht hindurch südlich über die kalifornischen Freeways nach San Diego gefahren. Er war von einer Eskorte unauffälliger, aber bewaffneter Lieferwagen begleitet worden, die die Vor- und Nachhut bildeten: Die Begleitpersonen hatten Befehl, ohne Vorwarnung und scharf zu schießen, sollte die nukleare Fracht bedroht werden. Der Kolonne war es untersagt worden anzuhalten – keine Zigarettenpause, kein Stop für das menschlichste aller Bedürfnisse.

Dooley war froh, daß er sich um dieses Problem nicht auch noch kümmern mußte. Er hätte es vorgezogen, wenn der Korso von der Alameda Naval Air Station aus aufgebrochen wäre, die nur ein kurzes Stück von der Teller Nuclear Research Facility entfernt lag. Doch der Navy-Zerstörer, der Befehl hatte, sie zu den Marshallinseln zu bringen, lag in San Diego vor Anker. Es war einfacher und weniger auffällig, *Bright Anvil* und die dazugehörige Ausrüstung ein Stück über Land zu transportieren, als dazu einen Zerstörer in Bewegung zu setzen.

Klantze marschierte los, hielt dann aber inne und sah mit plötzlicher Verlegenheit über die Schulter zurück. »Oh, verzeihen Sie, Sir, dürfte ich Ihnen Ihren Seesack oder den Aktenkoffer abnehmen?«

»Sicher.« Dooley reichte ihm die vollgestopfte Reisetasche. »Das hier trage ich selbst.« Der Aktenkoffer war zwar nicht wie im klassischen Spionagethriller mit einer Handschelle an sein Handgelenk gekettet, doch er enthielt Geheimdokumente, die unverzichtbar für das *Bright Anvil*-Projekt waren. Er war fest verschlossen, und Dooley hatte nicht vor, ihn aus der Hand zu geben.

»Wie Sie wünschen, Sir.«

Sie passierten mehrere Maschendrahtzäune und Tore, die von bewaffneten Militärpolizisten bewacht wurden. Das Dock war mit dunklen, imprägnierten Planken gesäumt, in der Mitte verlief eine schmale gepflasterte Straße. Klantze hielt sich auf dem Steinweg, wobei er auf Regierungsfahrzeuge und Transportkarren achtete, die auf dem Dock herumfuhren.

Dann erblickte Dooley den großen Navy-Zerstörer, der für sein Projekt abkommandiert worden war. Das gewaltige schlanke Schiff ragte mit seinen Geschützbatterien und Kontrolltürmen, Radarantennen und etlichen anderen Aufbauten, die Dooley nicht sofort identifizieren konnte, wie ein Wolkenkratzer aus dem Wasser.

Um die Reling herum verliefen aus Tauen geknüpfte Netze, die so gefärbt waren, daß sie Maschendraht bemerkenswert ähnlich sahen. Alles war im gleichen Grauton gehalten – Geländer, Masten, Treppen ... und die langen Geschützrohre. Nur die leuchtend orangen Schwimmwesten, die in regelmäßigen Abständen an den Schiffswänden hingen, sorgten für ein paar Farbtupfer. An Bug und Heck flatterten Sternenbanner und Navy-Flaggen.

Dooley blieb stehen und ließ den Blick langsam über die gesamte Länge des riesigen Zerstörers wandern. Er war normalerweise nicht so schnell aus der Fassung zu bringen – doch dieses Schiff beeindruckte ihn zutiefst.

»Das ist sie, Mr. Dooley«, sagte Klantze. Er nahm Haltung an und begann, die Daten des Schiffes herunterzurasseln. Die Flut der Informationen war jedoch keine auswendig gelernte Rede – die Stimme des Ersten Offiziers war von aufrichtigem Stolz erfüllt.

»Die *Dallas*, Spruance-Klasse, gebaut 1971. 172 Meter Gesamtlänge, angetrieben von vier GE-Turbineneinheiten. Sie verfügt über ein kleines Gigboot für schnelle Landeunternehmen und eine Boden-Luft-Raketenbatterie, Anti-U-Bootwaffen und Torpedogeschützrohre. Diese Zerstörerklasse wurde in erster Linie für die U-Bootbekämpfung gebaut, aber die *Dallas* ist nur leicht bewaffnet und hat eine kleine Besatzung. Sie ist das beste Schiff ihrer Klasse, wenn Sie mich fragen, Sir. Sie wird uns sicher auf die Inseln bringen, egal bei welchen Wetterbedingungen.«

Dooley sah den Ersten Offizier scharf an. »Dann kennen Sie also bereits die Einzelheiten unserer Mission?« Er war davon ausgegangen, daß nur einige wenige Besatzungsmitglieder über den Zweck ihrer Reise zum Enika Atoll unterrichtet sein würden.

»Captain Ives hat es mir erklärt«, erwiderte Klantze mit einem sparsamen Lächeln. »Ich bin der Erste Offizier, falls Sie das vergessen haben sollten. Wenn meine Informationen korrekt sind und Ihre Apparatur funktioniert, wird der Test niemandem an Bord verborgen bleiben.«

Dooley mußte ihm recht geben. »Ich nehme an, es ist schwierig, an Bord eines Schiffes ein Geheimnis zu bewahren.«

»Es ist ebenfalls schwer, einen gigantischen Explosionspilz zu übersehen, Mr. Dooley.«

Der Erste Offizier führte ihn über ein breites Fallreep an Bord, quer über das Deck und dann mehrere Metalltreppen zur Kommandobrücke hinauf, wo er dem Kapitän der *Dallas* vorgestellt wurde.

»Captain Ives, Sir, das ist Mr. Dooley«, sagte Klantze,

nachdem er und der Kapitän die obligatorischen militärischen Grüße ausgetauscht hatten. Er nickte Dooley zu. »Ich bringe Ihren Seesack in Ihre Einzelkabine, Sir. Ich bin mir sicher, daß Captain Ives sich mit Ihnen unter vier Augen unterhalten möchte.«

»So ist es«, bestätigte der Kapitän. Klantze vollführte eine zackige Kehrtwendung und marschierte davon.

»Erfreut, Sie kennenzulernen«, sagte Dooley. »Vielen Dank für Ihre Hilfe.« Er streckte eine Hand aus, die der Kapitän mit eisernem Griff schüttelte. Unter seiner eleganten Uniformjacke schien der Mann Muskeln aus Stahl zu besitzen ... Dooley war sich sicher, daß Ives mit bloßen Händen Walnüsse knacken konnte.

Der Kapitän war ein schlanker Mann Ende Fünfzig, so groß wie Dooley, aber – wie dieser zugeben mußte – nicht so stämmig. Sein Bauch war flach wie ein Brett, seine Bewegungen geschmeidig und so sparsam, als würde er seine Energie für wichtigere Dinge zurückhalten. Er hatte ein schmales Kinn und schiefergraue Augen unter dichten silbermelierten Brauen. Ein borstiger Schnurrbart zierte seine Oberlippe, sein stahlgraues Haar unter der weißen Kapitänsmütze war makellos frisiert. Trotz der Hitze schien er nicht zu schwitzen – vermutlich verhinderte er derartiges mit purer Willensstärke.

»Mr. Dooley, ich vermute, Ihre vordringliche Sorge gilt Ihrer empfindlichen Ausrüstung. Ich möchte Ihnen versichern, daß alles intakt und sicher eingetroffen ist, soweit wir das beurteilen können.«

»Gut«, sagte Dooley kurz angebunden. Er wollte dem Kapitän von Anfang an klarmachen, daß er, *Dooley*, hier das Sagen hatte und seine Anweisungen widerspruchslos zu befolgen waren. »Wenn die Ausrüstung beschädigt wäre, bräuchten wir gar nicht erst auszulaufen. Wann setzen wir Segel?«

»Die *Dallas* kann den Hafen gegen vier Uhr nachmittags

verlassen«, erwiderte Captain Ives ungerührt. »Aber wie Sie vielleicht bemerkt haben, hat dieses Schiff keine Segel.«

Dooley blinzelte irritiert, dann begriff er. »Oh, nur so eine Redewendung«, sagte er gereizt. »Haben Sie irgendwelche Wetterkarten oder Nachrichten für mich?«

»Wir haben ein verschlüsseltes Signal von einem vorbeifliegenden Flugzeug von unserer Beobachtungsstation auf Kwajalein erhalten. Mit dem Enika Atoll ist alles in Ordnung. Wir werden die Marshallinseln mit voller Kraft ansteuern, aber die Fahrt wird trotzdem fünf Tage dauern.«

»Fünf Tage? Das hatte ich befürchtet.«

Ives musterte ihn mit stählernem Blick. »Die *Dallas* ist kein Flugzeug, Mr. Dooley. Es braucht seine Zeit, ein Schiff dieser Größe über so viel Wasser zu bringen.«

»Schon gut, schon gut«, winkte Dooley ab. »Ich schätze, das war mir sowieso klar. Haben wir Verbindung zu Wettersatelliten? Verhält sich der Sturm immer noch wie von uns vorausberechnet?«

Ives führte ihn zu einem Kartentisch, auf dem Wetterkarten und Satellitenfotos lagen und deutete mit seinem schlanken Finger auf einen Wolkenwirbel über dem offenen Meer. »Das tropische Tiefdruckgebiet verstärkt sich wie erwartet. In ein paar Tagen sollte es volle Hurrikanstärke erreicht haben. Unseren Berechnungen zufolge steuert es genau auf das Atoll zu.«

»Schön, schön.« Dooley beugte sich vor und rieb sich die Hände. Obwohl er Physiker und Ingenieur war, hatte er während der Vorbereitungen auf den Test eine Menge über Meteorologie gelernt.

Captain Ives rückte näher an ihn heran und senkte die Stimme, damit ihn die anderen Männer auf der Brücke nicht hören konnten. »Lassen Sie mich ganz offen sein, Mr. Dooley. Ich habe meine Vorgesetzten bereits informiert, daß ich dem Zweck unserer Mission mit größten Vorbehalten gegenüberstehe. Ich habe ernste Bedenken, ob die Wiederaufnahme überirdischer Atomtests ratsam ist, egal wo sie stattfinden.«

Dooley versteifte sich und schwieg gerade lange genug, um sich unter dem Bart zu kratzen und seinem Blutdruck Zeit zu geben, sich wieder zu beruhigen. »Dann erkennen Sie vielleicht einfach nicht die Notwendigkeit, Captain.«

»Ich verstehe diese Sache nur zu gut – vielleicht besser, als Sie denken«, erwiderte Ives. »Ich habe schon an mehreren Wasserstoffbombentests teilgenommen ... unter anderem an einem, von dem selbst *Sie* nichts wissen dürften, weil alle Ergebnisse als streng geheim eingestuft wurden.«

Dooley hob die Augenbrauen. »Wann?«

»In den 50ern. Ich war damals noch ein junger Rekrut, aber ich war draußen auf den Inseln, Eniwetok, Bikini, sogar auf dem Johnston Atoll in der Nähe von Hawaii. Ich habe mit etlichen Eierköpfen zusammengearbeitet, die völlig verblüfft über ihre eigenen Berechnungen waren und trotzdem absolutes Vertrauen in ihre Erfindungen hatten. Eins kann ich Ihnen versichern, Mr. Dooley: Jedes einzelne Mal, wenn diese Waffenbastler – Leute wie Sie, die so überzeugt von ihren eigenen Fähigkeiten waren – dabei zugesehen haben, wie ihre Bomben hochgegangen sind, haben sie vor Ehrfurcht buchstäblich wie Wackelpudding gezittert.«

»Dann freue ich mich schon darauf«, erwiderte Dooley trocken. »Sie haben Ihre Befehle. Überlassen Sie es mir, mich um den Test zu kümmern.«

Captain Ives richtete sich gerade auf und entfernte sich vom Kartentisch. Er rückte seine weiße Mütze zurecht. »Ja, ich habe meine Befehle ... und ich werde sie befolgen. Trotz meiner Vorbehalte, zu denen im übrigen auch die Tatsache gehört, daß es gegen meine jahrelange Erfahrung als Seemann verstößt, freiwillig in einen sich zusammenbrauenden Hurrikan hineinzusteuern.«

Dooley stolzierte auf der Brücke herum, von seiner eigenen Wichtigkeit überwältigt und betrachtete geringschätzig die veralteten Computermonitore und die verschiedenen taktischen Stationen. Dann drehte er sich um und musterte den störrischen Kommandanten.

»Der Hurrikan ist unsere einzige Möglichkeit, diesen Test durchzuführen. Lassen Sie mich meine Arbeit machen, Captain Ives. Sorgen Sie nur dafür, daß das Schiff nicht untergeht.«

12

Jornada del Muerto-Wüste,
südliches New Mexico
Donnerstag, 15:13 Uhr

Oscar McCarron glitt aus dem Sattel, als wäre er John Wayne höchstpersönlich, und band sein Pferd, eine lebhafte zweijährige Palominostute, am Zaunpfosten vor dem General Store fest. Dann stampfte er mit seinen abgetragenen Cowboystiefeln über die Holzdielen der Veranda und lauschte zufrieden dem Klirren seiner Sporen, als er sich mit wiegendem Gang der Eingangstür näherte.

McCarrons Gesicht war zerfurcht und ledrig, seine blaßblauen Augen waren durch ein langes Leben unter gleißender Wüstensonne ständig zu schmalen Schlitzen verkniffen. Er verabscheute Sonnenbrillen – das war etwas für Weichlinge.

An diesem Morgen hatte er sich für seinen wöchentlichen Ausflug in die Stadt rasiert, obwohl sich seine grauen Bartstoppeln kaum mehr durch die lederharte Haut seiner Wangen schieben konnten. Handschuhe trug er keine, auch bei der härtesten Arbeit nicht. Eine dicke Hornhautschicht bedeckte seine Hände und reichte fast bis zu den Knochen, so daß Handschuhe für ihn völlig überflüssig waren. Seine aus Silber und Türkisen bestehende Gürtelschnalle, die die Form einer Kürbisblüte hatte, war groß genug, um als Bierglasuntersetzer zu dienen. Sie war das Prachtstück in seiner Sammlung.

McCarron ritt nur einmal wöchentlich von seiner abgelegenen Ranch in die winzige Stadt, um seine Post abzuholen. Ein Mann wie er konnte eben nur ein gewisses Maß an menschlicher Gesellschaft ertragen.

Die Tür quietschte, wie sie es immer tat, wenn er den General Store betrat. Er setzte den linken Fuß etwas weiter vor, um nicht auf die seit Jahrzehnten lose Holzdiele zu treten.

»Tag, Oscar«, sagte Fred, der Ladenbesitzer. Er hatte die Ellbogen auf den Tresen gestützt, und abgesehen von seinen Augen bewegte sich nicht ein Muskel an ihm.

»Fred«, erwiderte McCarron. Das war alles, was er als Begrüßung zustande brachte. Ein Mann von achtzig Jahren konnte sein für die Öffentlichkeit bestimmtes Auftreten nicht mehr ändern. »Irgendwelche Post diese Woche?«

Er hatte keine Ahnung, wie Fred mit Nachnamen hieß. Für ihn war der Ladenbesitzer noch immer ein Neuling, obwohl Fred den General Store bereits vor gut fünfzehn Jahren von dem alten Navajo-Ehepaar gekauft hatte. Die Navajos hatten den Laden rund 35 Jahre lang betrieben, und McCarron hatte sie als einen festen Bestandteil der Gegend betrachtet. Fred dagegen… nun, was Fred betraf, war er sich noch immer nicht sicher.

»Wir haben schon auf dich gewartet, Oscar. Du hast den üblichen Müll mit der Post bekommen, aber diesmal ist auch etwas aus Hawaii dabei. Laut Poststempel aus Pearl Harbor. Stell dir das vor! Ein Päckchen. Irgendeine Ahnung, was das sein könnte?«

»Das geht dich einen Scheiß an«, knurrte McCarron. »Gib mir einfach meine Post.«

Fred nahm die Ellbogen vom Tresen und verschwand in dem kleinen Lagerraum im hinteren Teil des Ladens. McCarron strich mit den Händen über sein Baumwollhemd und die Hose und klopfte den weißgrauen Wüstenstaub aus dem Stoff. Er wußte, daß heutzutage jeder diese Hosen »Bluejeans« nannte, aber er konnte sich einfach nicht an diese Bezeichnung gewöhnen.

Fred kehrte mit einer Handvoll Post zurück, Werbezeitschriften, Reklamebroschüren, Anzeigenblätter, ein paar Rechnungen und keine Briefe. Nichts von Interesse – außer einem mittelgroßen gefütterten Umschlag.

McCarron nahm den Stapel entgegen und blätterte zuerst die Reklamesendungen durch, zügelte seine Neugier, weil er wußte, daß Fred vor Ungeduld fast platzte. Die Werbesendungen eigneten sich hervorragend zum Anzünden des Lagerfeuers, neben dem er jede Donnerstagnacht auf dem Rückweg von der Stadt unter freiem Himmel schlief. Endlich hielt er den gefütterten Umschlag in Händen und betrachtete den Poststempel mit schmalen Augen. *Honolulu, Hawaii.* Das Päckchen trug keinen Absender.

Fred beugte sich über den Tresen und ließ die dicken Fingerknöchel knacken. Seine braunen Augen blinzelten eifrig. Die Wangen in seinem ausgezehrten Gesicht hingen schlaff herab. In einigen Jahren würde er wie eine Bulldogge aussehen. »Was ist, willst du es nicht aufmachen?«

McCarron starrte ihn durchdringend an. »Vor deinen Augen bestimmt nicht.«

Vor zwei Jahren hatte Fred einmal eins von McCarrons Päckchen geöffnet, als dieser einen Tag später als gewöhnlich in die Stadt gekommen war. Er hatte überall herumerzählt, was es enthielt, und diese eklatante Diskretion hatte ihm McCarron nie verziehen. Es waren Videokassetten gewesen, die alte *Victory at Sea*-Sendung, eine seiner Lieblingsserien. Der Zweite Weltkrieg hatte ihn schon immer fasziniert.

Fred war ganz aus dem Häuschen gewesen. Nicht wegen des Inhalts der Kassetten – McCarron vermutete, daß der Ladenbesitzer ein paar Pornos in seinem Haus hinter dem Geschäft hortete –, sondern weil Oscar McCarron überhaupt Videofilme bestellt und damit verraten hatte, daß er einen

Fernseher und einen Videorecorder besaß. Das entsprach ganz und gar nicht dem sorgsam aufgebauten Image vom alten Rancher, der völlig abgeschieden in der Einsamkeit lebte und die Annehmlichkeiten der Zivilisation verachtete.

In Sichtweite von McCarrons Ranchhaus stand auch heute noch ein Toilettenhäuschen mit einer Pumpe, die sauberes klares Wasser zutage förderte. Tatsächlich aber hatte der Alte in seinem Haus ein modern eingerichtetes Badezimmer, elektrischen Strom und nicht nur einen Fernseher und einen Videorecorder, sondern auch eine große Satellitenschüssel, die hinter dem Haus vor fremden Blicken sicher verborgen war. Er hatte die ganze Anlage in Albuquerque gekauft und sich heimlich liefern und montieren lassen. Es machte McCarron Spaß, sein Image als knorriger alter Kauz zu pflegen – doch nicht auf Kosten seiner Bequemlichkeit.

Während der letzten zwei Jahre hatte Fred den Mund gehalten – zumindest soweit es McCarron beurteilen konnte –, aber der alte Rancher würde dessen Fehltritt trotzdem nie vergessen.

»Ach, komm schon, Oscar«, drängte Fred, »ich hab schon den ganzen Tag auf dich gewartet, nur um dein lächelndes Gesicht zu sehen.«

»Wie rührend… Als nächstes wirst du mich noch bitten, dich zu heiraten, wie einer von diesen kalifornischen Schwulen.« McCarron klatschte den Umschlag ungeöffnet auf die andere Post und klemmte sich den Stapel unter den Arm. »Wenn das Päckchen etwas enthalten sollte, das dich angeht, werd ich's dir beim nächsten Mal garantiert erzählen.« Er drehte sich um, ging mit wiegenden Schritten zur Tür – und diesmal trat er absichtlich auf die knarrende Holzdiele.

Die Nachmittagssonne, die immer noch gnadenlos vom Himmel herabbrannte, hatte einen butterartigen gelblichen Farbton angenommen und warf ihre schrägen Strahlen auf die Lavazinnen der San Andres Mountains. Die Palominostute wieherte, als sie ihren Herrn erblickte, und stampfte ungeduldig mit einem Vorderhuf. McCarron, der auf der verschlafenen Straße keine Menschenseele entdecken konnte, gestattete sich ein Lächeln. Die junge Stute war erfreulich lebhaft – sie schien diese Ausflüge noch mehr zu lieben als er.

Er brannte vor Neugier, sich den Inhalt des mysteriösen Umschlags anzusehen, doch sein Stolz verbot es ihm, seine Ungeduld zu zeigen – nicht in Sichtweite des General Stores, denn Fred starrte ihm mit Sicherheit durch die fliegenverkrusteten Fensterscheiben mißmutig nach.

McCarron band sein Pferd los, stieg in den Sattel und verstaute die Post in einer der Satteltaschen, bevor er die Straße entlangritt und sich dann ostwärts wandte, querfeldein in die weite offene Wüste der White Sands Missile Range hinein.

McCarron hätte das Tor im Stacheldrahtzaun, der das regierungseigene Ödland auf einer Länge von mehreren hundert Meilen umgab, im Schlaf finden können. Er öffnete es und führte den Palomino hindurch.

McCarron tastete nach der zerknitterten Ausweiskarte, die ihm vor so langer Zeit ausgehändigt worden war, daß alle ursprünglichen Unterzeichner bereits gestorben waren. Seine Berechtigung, das Bombentestgelände betreten zu dürfen, war schon seit etlichen Jahren von niemandem mehr in Frage gestellt worden… nicht einmal von den heißblütigen jungen Militärpolizisten, die mit ihren Geländefahrzeugen die von weißem Gipssand bedeckte Öde voller Begeisterung durchkreuzten, als wären sie Surfer, die mit ihren Buggies zu einer Strandparty rasten. Aber McCarron respektierte sie, so wie er alle Autoritätspersonen und die Regierung selbst respektierte. Doch das war kein Wunder nach allem, was Uncle Sam für ihn getan hatte.

Außerdem verspürte er nicht die geringste Lust, sich mit jungen patriotischen Enthusiasten einzulassen, die selbst eine Wüste mit Waffengewalt verteidigen würden. Mit solchen Hitzköpfen ließ man sich besser gar nicht erst ein.

McCarron hielt auf die niedrigen schroffen Vorberge zu. Die Wüste war kahl und flach wie ein Brett, kein Baum, kein Strauch, nur hin und wieder dürres gelbes Gras. Diese völlige Leere hatte den Landstrich zum geeigneten Gelände für die Explosion der ersten Atombombe der Welt gemacht.

Früher einmal hatte das gesamte Anwesen Oscar McCarrons Familie gehört, ein wertloser Streifen New Mexicos, der weder für die Viehzucht taugte, noch zum Bergbau geeignet war. Aber 1944 hatte die Verwaltung des Manhattan Projekts größtes Interesse an dem Land bekundet, und Oscars Vater war nur zu froh gewesen, einen Handel abschließen zu können. Er hatte seinen Besitz für eine bescheidene Summe verkauft – eine Summe, die aber immer noch weit über dem eigentlichen Wert des Grund und Bodens lag.

Noch mehr hatte die Regierung allerdings für die Erlaubnis des alten McCarron gezahlt, den Grundbucheintrag zu manipulieren. Man hatte seinen Namen aus der ursprünglichen Besitzerurkunde getilgt und den Verkauf geheimgehalten – nun hatte die Regierung das Land von einer fiktiven Rancherfamilie, den McDonalds, gepachtet. Dann hatten die Regierung und die Verantwortlichen des Manhattan Projekts Farmgebäude und eine Windmühle auf dem Gelände errichtet und eine Geschichte über die McDonalds erfunden, die angeblich auf dem Testgelände gelebt hatten. Erst später, nach dem Trinity-Atombombentest im Juli 1945, hatte McCarron den Grund für die ganze Geheimniskrämerei erfahren. Die atomare Explosion hatte sozusagen direkt im Hinterhof des Farmers stattgefunden. Doch weder die Presse noch, sehr viel später, die Demonstranten hatten die sagenhaften McDonalds jemals ausfindig machen können.

Und Oscar McCarrons Vater hatte noch einen Handel als Teil des Geschäfts abgeschlossen. Es war während der dunkelsten Zeit des Zweiten Weltkrieges gewesen, als die Deutschen noch große Fortschritte in Richtung eines weltweiten Imperiums machten und sich das japanische Kaiserreich im

Pazifik ausbreitete. Die Verluste unter den amerikanischen Soldaten stiegen in Rekordhöhe – und der alte McCarron hatte verhindern wollen, daß sein Sohn an der französischen Küste oder auf einer pazifischen Insel von Faschisten niedergemetzelt wurde. Mit dem Verkauf des Landes hatte er sich die stille Zusicherung eingeholt, daß sein Sohn für alle Zeiten vom Militärdienst freigestellt wurde.

Und weil er das Land trotz des wüstenhaften Charakters geliebt hatte, erhielten er und seine Familie die Erlaubnis, ihren ursprünglichen Besitz jederzeit betreten zu dürfen. Nicht zuletzt, weil seinem Vater, der jetzt schon seit 34 Jahren tot war, dieses Recht so viel bedeutet hatte, hatte Oscar McCarron es zur Tradition gemacht, wenigstens einen Tag pro Woche im Freien zu verbringen und die Einsamkeit unter dem weiten Sternenhimmel auf dem Land zu genießen, das seiner Familie einmal gehört hatte.

Die Palominostute mochte die wüstenhafte Landschaft und fiel ohne Zutun McCarrons in einen Trab, der allmählich in vollen Galopp überging. Sie streckte sich, setzte über Basaltfelsen hinweg, die aus dem Boden herausragten, und jagte mit donnernden Hufen über den von der Sonne steinhart gebackenen Untergrund. McCarron hatte einen bevorzugten Lagerplatz, und sein Pferd kannte den Weg dorthin ganz genau.

Sie erreichten die schüsselförmige Senke noch bei Tageslicht. Genügsame Flechten wuchsen auf den schwarzen Felsen und zeugten mit ihren bunten Farben von unerwartetem Leben. Die Senke war mit Gipssand bedeckt, und in einem Loch zwischen den Felsen lag ein kleiner Weiher, der von einer unterirdischen Quelle gespeist wurde. Das durch meterdicke Sandschichten gefilterte Wasser war glasklar und sauber.

McCarron ging zuerst zur Quelle und trank mit großen langen Schlucken. Das Wasser war kühl, da es den ganzen Tag lang im Schatten lag. Die Stute stieß ihn ungeduldig mit den Nüstern gegen die Schulter und drängte ihn, sich zu beeilen. Doch McCarron ließ sich Zeit und genoß das Wasser ausgiebig, bevor das Tier die Quelle vollsabbern konnte.

Nachdem sie beide ihren Durst gestillt hatten, nahm er dem Pferd den Sattel ab und band es an einem knorrigen Baumstumpf fest. Mit einem kleinen Beil schlug er unweit des Lagerplatzes Brennholz von abgestorbenen Mesquitsträuchern. Dieses Holz würde ein heißes Feuer abgeben, das behaglich prasselte und die reglose kühle Nachtluft mit würzigem, nach Harz riechendem Rauch erfüllte.

McCarron zog die Post aus der Satteltasche, hielt den geheimnisvollen gefütterten Umschlag eine Weile in der Hand und beschloß dann, das prickelnde Gefühl der Neugier noch ein wenig auszukosten. In letzter Zeit gab es kaum noch Überraschungen in seinem Leben.

Er knüllte die Werbebroschüren und Reklamesendungen zusammen, stopfte sie unter das Mesquitholz und entzündete das Feuer wie immer mit einem einzigen Streichholz. Die Zweige waren so trocken, daß sie praktisch von allein Feuer fingen.

Der alte Rancher breitete die Decke und seinen dünnen Schlafsack auf dem Boden aus, bevor er die Kochutensilien hervorkramte. Er warf einen Blick in den dunkler werdenden Himmel und sah, wie die ersten Sterne erschienen. Sie funkelten hell und mit einer diamantenen Klarheit, wie sie Stadtbewohner an ihrem vom Dunst der Zivilisation vernebelten Himmel nie sahen.

Als das harzige Holz hell und heiß brannte, nahm McCarron schließlich auf seinem Lieblingsfelsen Platz, ergriff den gefütterten Umschlag und riß ihn auf. Er drehte ihn mit der Öffnung nach unten und ließ den Inhalt in seine schwielige Hand fallen.

»Was, zum Teufel …?« Nach der stundenlangen Spannung war der Inhalt des Päckchens mehr als eine Enttäuschung.

Der Umschlag enthielt lediglich einen Fetzen Papier und

ein kleines durchsichtiges Plastiktütchen mit einer pulvrigen Substanz, einer Art klebrigen schwarzen Asche, die sich schmierig anfühlte, als er sie zwischen den Fingern quetschte. Der Papierfetzen trug eine mit gestochen scharfen Buchstaben geschriebene Botschaft.

»Für ihren Anteil an der Vergangenheit.«

Keine Unterschrift, kein Datum, kein Absender.

»Was, zum Teufel...?« fragte er erneut. »Für welchen Anteil an der Vergangenheit?«

Er schimpfte in Richtung der Palominostute, als könne sie ihm irgendeine Antwort geben. Alles, was in seinem gesamten bisherigen Leben von nennenswerter Bedeutung gewesen war, war lediglich Zufall gewesen, eine Fügung des Schicksals. Außer der Tatsache, daß ihm einmal das Land gehört hatte, auf dem der Trinity Test durchgeführt worden war.

Dieser Teil seiner Geschichte erfüllte ihn allerdings mit Stolz. Es war sein Beitrag zum Beginn des Atomzeitalters, das den Zweiten Weltkrieg beendet und diese blutrünstigen Japaner daran gehindert hatte, die halbe Welt zu erobern. Dieser eine erfolgreiche Atombombentest hatte den Kalten Krieg eingeleitet und zur Entwicklung immer mächtigerer Superwaffen geführt, durch die die kommunistischen Schweinehunde in Schach gehalten werden konnten. Sicher, Oscar McCarron war stolz auf seinen Beitrag zu dieser Entwicklung ... aber wirklich *getan* hatte er im Grunde ja nichts.

Was also sollte diese mysteriöse Botschaft bedeuten?

»Irgend so ein verrückter Spinner«, murmelte er vor sich hin und warf den Papierfetzen und das Päckchen mit der Asche ins prasselnde Feuer.

McCarron schnürte sein Proviantbündel auf, zog eine Büchse Chili hervor, öffnete sie und schüttete den Inhalt in einen Topf, der an einem Dreibein über dem Feuer hing. Dann kramte er seinen besonderen Schatz hervor, in Plastik verschweißte Jalapeños und frischgeröstete grüne Pfefferschoten, die er dem Chili hinzufügte, um der kommerziellen Mischung ein wenig mehr Biß zu geben.

Während das Essen langsam köchelte, lauschte er der völligen Stille. Es gab hier keine Vögel, Fledermäuse oder Insekten. Um ihn herum breitete sich nur das Schweigen der Wüste aus, eine überwältigende Ruhe, die auch nicht von dem leisesten Geräusch gestört wurde. McCarron konnte seinen Atem, das Rauschen seines Bluts in den Ohren und die Gedanken in seinem Kopf mit betörender Deutlichkeit hören. Er schloß die Augen, während er den scharfen Geruch des blubbernden Chilis tief in sich einsog.

Plötzlich wurde die Stille vom unruhigen Schnauben und Wiehern des Palomino zerrissen.

»Ach, halt's Maul«, knurrte McCarron, doch die Stute schnaubte erneut, tänzelte ängstlich hin und her, blähte die Nüstern und warf den Kopf in den Nacken.

»Was hast du denn?« fragte McCarron und erhob sich langsam. Seine alten Kniegelenke knackten. Das Pferd führte sich auf, als wittere es einen Puma oder Bären – doch das war vollkommen unmöglich. Hier draußen in der Jornada del Muerto konnte kein Tier überleben, das größer als eine Eidechse oder eine Känguruhratte war.

Und dann hörte er die Stimmen. Ein Flüstern in einer fremden Sprache, Trommelschläge, gehauchter Sprechgesang, der allmählich zu einem Schrei anschwoll. Das zischende Begleitgeräusch erinnerte ihn an den Tanz eines Wassertropfens auf heißem Öl.

»Was, zum Teufel, geht da draußen vor ...?«

McCarron ging zu seinem Sattel und zog das Gewehr aus der Tasche. Wind kam auf, und er spürte einen heißen Lufthauch auf seinen Wangen, viel heißer als die nächtliche Wüstenluft. Ein Sandsturm? Ein Buschbrand?

Das Pferd rannte hin und her, zerrte an seinem Seil und rollte wild mit den Augen. Es stieg auf die Hinterläufe, sprang plötzlich zur Seite und prallte gegen das rauhe Lavagestein, das die flache Senke umgaben.

»Ruhig, Mädchen, ruhig!« Als sich McCarron zu der Stute umdrehte, entdeckte er Blutspuren an ihrer Flanke. Doch er nahm sich nicht die Zeit, das Tier zu beruhigen.

Der alte Rancher reckte den Gewehrlauf drohend in die fauchende Nacht und starrte in die Dunkelheit.

»Wenn ihr glaubt, ihr könnt euch mit mir anlegen, wird euch gleich was um die Ohren fliegen!« rief er. Seine Augen tränten und brannten. Er feuerte einen Warnschuß in die Luft, doch der Knall wurde von einem infernalischen Heulen verschluckt.

Die Wüstenluft verbrannte ihm den Mund, Hitze wie aus einem glühendheißen Ofen dörrte ihm die Kehle und versengte seine Zähne. Er wich zurück. Das Pferd wieherte schrill vor Panik... der bizarre tierische Wahnsinn ließ McCarron das Blut in den Adern gefrieren.

Plötzlich explodierte die Nacht. Die frenetischen Stimmen, das tödliche Flüstern, die anklagenden Schreie... ergossen sich mit einem Schwall übernatürlicher Hitze in die Senke – ritten auf einer strahlenden Welle vollkommener Vernichtung.

Und Oscar McCarrons Welt ging unter. Sie verglühte in einer heißen Woge atomaren Feuers.

13

Trinity-Gelände,
nahe Alamgodoro,
New Mexico
Freitag, 11:18 Uhr

Scully übernahm die Fahrt südlich von Albuquerque durch die flache ausgetrocknete Hälfte New Mexicos. Die Klimaanlage des gemieteten Ford Taurus' protestierte knatternd, als sie einen steilen Hang hinauffuhr, der auf der anderen Seite sanft in die tiefer gelegene Wüste abfiel.

Auf dem Beifahrersitz studierte Mulder zum wiederholten Mal den Inhalt eines Fax – eines Fax, das über einen ungewöhnlichen Vorfall in der Wüste von New Mexico berichtete. Der Tag hatte in der Tat mit einem Paukenschlag begonnen ...

»Ich dachte, das könnte Sie interessieren, Agent Mulder«, hatte Rosabeth Carrera am Morgen gemeint, als sie ihnen die kurze Verlautbarung überbrachte, die über den Standardverteiler des DOE-Hauptquartiers an ihr Büro gefaxt worden war. »Laut den Vorschriften des Department of Energy *müssen* bestimmte Personen über Unfälle in Kenntnis gesetzt werden, bei denen vermutlich Strahlung freigesetzt wurde. Ich gehöre zu diesen Personen – und dieser Vorfall gehört eindeutig in die erwähnte Kategorie.«

Scully nahm ihrem Partner das Blatt aus der Hand und überflog den Bericht über ein weiteres verbranntes Opfer, das vermutlich in einem radioaktiven Feuer umgekommen war. Dieser Vorfall hatte sich weit entfernt von der Teller

Nuclear Research Facility ereignet, draußen in der White Sands Missile Range... in der Nähe einer abgelegenen Gedenkstätte, die Scully nur allzu gut bekannt war – der Trinity Site, dem Schauplatz der ersten Atombombenexplosion im Juli des Jahres 1945.

»Aber was kann dieser Vorfall mit Dr. Gregorys Tod zu tun haben?« fragte sie. »Das Opfer ist ein alter Rancher, der in keinerlei Verbindung zur derzeitigen Atomwaffenforschung steht.«

Rosabeth Carrera zuckte die Achseln. »Betrachten Sie die Einzelheiten. Wie sollte es möglich sein, daß da *kein* Zusammenhang besteht? Derartige Todesfälle ereignen sich nicht jeden Tag.«

Mulder nahm den Bericht wieder an sich und las die Zusammenfassung nochmals durch. »Ich möchte dieser Sache auf jeden Fall nachgehen, Scully. Das könnte genau die Spur sein, nach der wir gesucht haben. Dann hätten wir einen Anhaltspunkt mehr.«

Scully seufzte. »Okay, allein der Umstand, daß beide Vorfälle dem Anschein nach in keinem direkten Zusammenhang stehen, könnte uns weiterhelfen... falls es uns gelingt, die Nuß zu knacken.«

Also waren sie zum Flughafen von Oakland gerast, hatten zwei Plätze für den nächsten Deltaflug nach Salt Lake City gebucht und waren von dort aus weiter nach Albuquerque geflogen, wo sie einen Wagen für die lange Fahrt gen Süden gemietet hatten.

Scully fuhr zehn Meilen schneller, als es das Tempolimit zuließ – trotzdem wurde sie ununterbrochen überholt. Ihre Hände schloßen sich noch fester um das Lenkrad, als ein Truck mit drei Anhängern auf der linken Spur an ihr vorbeischoß.

»Mulder, unsere bisherigen Theorien gehen davon aus, daß entweder ein Waffentest in Dr. Gregorys Labor außer Kontrolle geraten ist oder irgendein Demonstrant seinen Tod durch einen Sabotageakt verursacht hat«, überlegte sie laut. »Ich kann beim besten Willen keinen Zusammenhang zwischen diesem Vorfall und dem Tod eines alten Ranchers auf einem verlassenen Raketentestgelände sehen.«

Mulder faltete die Kopie des Untersuchungsberichts zusammen und schob ihn in seine Jackentasche. »Vielleicht denken wir nicht weit genug, Scully. Vielleicht gibt es einen größeren Zusammenhang zwischen diesen Fällen, irgend etwas, das alle Nuklearwaffen miteinander verbindet. Ein Raketentestgelände ... ein Atomforschungslabor ...«

»Genausogut könnten Sie gleich die gesamte Regierung in Ihre Überlegungen einbeziehen, Mulder.«

»Das gibt uns wenigstens eine Menge Spielraum ...«

Er schwieg einen Moment lang, dann wurden seine Augen schmal. »Wir werden mehr erfahren, sobald wir dort sind ... hoffe ich. Ich habe vom Flughafen aus die Zentrale angerufen und rechne damit, daß die Leute von White Sands in der Zwischenzeit ein paar Informationen über Oscar McCarron bekommen haben, eine paar genauere Auskünfte zu seiner Person. Wir werden ja sehen, welche Verbindungen es zwischen ihm und Dr. Gregory gegeben hat. Vielleicht löst sich unser Rätsel dann ganz schnell.«

Scully konzentrierte sich wieder auf die Straße, die sich vor ihnen in die Unendlichkeit erstreckte. »In Ordnung, wir werden sehen.«

Es war ein vorläufiges Friedensangebot. Sie kamen stillschweigend überein, alle weiteren Diskussionen zu verschieben – bis sie die verbrannte Leiche des alten Mannes gesehen hatten.

Mulder rutschte unruhig auf seinem Sitz hin und her, während er versuchte, der Hitze zu entgehen, die durch die Fenster hineinstrahlte. »Wir sollten beim nächsten Mal unbedingt darauf achten, daß der Wagen keine schwarzen Sitze hat«, seufzte er.

»Ganz Ihrer Meinung.« Während Scully von 75 auf 80 Meilen beschleunigte, erinnerte sie sich daran, daß New Mexico mit seinen Wüstenhighways der erste Staat im Land gewesen war, der die Geschwindigkeitsbegrenzung heraufgesetzt hatte – mit der begeisterten Zustimmung seiner Bewohner. Die Schilder am Straßenrand formulierten indes ein anderes Anliegen als das Tempo vorbeidonnernder Autofahrer: *Achtung! Nehmen Sie keine Anhalter mit – Haftanstalten nahe der Strasse.*

»Reizende Gegend«, meinte Mulder.

Kurz hinter Socorro erreichten sie ein kleines Städtchen namens San Antonio, wo sie nach Osten abbogen und tiefer in die Jornada del Muerto Desert hineinfuhren, die den Namen »Wüste der Todesreise« mehr als verdient hatte. Bei Stallion Gate, dem nördlichen Eingang in die White Sands Missile Range, hielten sie vor einem bewachten Kontrollpunkt und zeigten ihre Papiere vor. Eine Militäreskorte kam ihnen entgegen und winkte sie durch das Tor auf das Testgelände.

Scully schirmte ihre Augen gegen das grelle Sonnenlicht ab und betrachtete die ehemals fruchtbare, doch nun trostlose Gegend, die sich vor ihnen erstreckte. Sie kannte das Gebiet von Fotos, hatte es bisher aber noch nie selbst besucht.

»Die Tore werden einmal im Jahr geöffnet«, sagte sie, »damit Touristen und Pilger die Trinity Site und die Überreste der McDonald Ranch besichtigen können. Sie liegt rund zehn Meilen tiefer im Testgelände, wenn ich mich richtig erinnere. Es gibt nicht gerade viel zu sehen, nur einen Steinhaufen und eine Gedenkplakette.«

»Das wollte ich schon immer mal in meinem Sommerurlaub machen«, meinte Mulder trocken. »Mich genau auf den Punkt stellen, an dem die Bombe gezündet wurde.«

Scully schwieg. Sie bezweifelte, daß ihr Partner von ihrer früheren Nähe zur Protestbewegung wußte, und sie zog es vor, diesen Teil ihrer Vergangenheit für sich zu behalten.

Dennoch wuchs ihr Unbehagen ... Sie und Mulder hatten bei allen Differenzen doch immer vieles miteinander geteilt. Die Nervosität, die sie jetzt verspürte, war ungewohnt für sie, und sie versuchte, sich über ihre Empfindungen klar zu werden. Verlegenheit? Oder Schuldgefühle? Sie atmete tief durch ... Vor allen Dingen hatten sie hier ihren Job zu erledigen.

Zwei Militärpolizisten hielten mit einem Jeep neben ihnen. Widerstrebend verließen Scully und Mulder ihren klimatisierten Taurus und gingen den MPs entgegen. Sie waren nicht gerade passend für eine Fahrt durch die staubige Wüste gekleidet und fühlten sich schon jetzt nicht wohl in ihrer Haut. Die Männer forderten die Agenten auf, in den Jeep zu steigen. Mulder verstaute ihre Aktentaschen unter den Sitzen und half Scully auf die von der Sonne aufgeheizte Rückbank.

Der Jeep raste über die flache, von Reifenspuren durchzogenene Landschaft und hüpfte über Bodenunebenheiten, ohne nach einer Straße zu suchen. Scully und Mulder hielten sich krampfhaft fest, um nicht herausgeschleudert zu werden. Ihre Knochen schmerzten, Staub blies ihnen mit heißem Prickeln ins Gesicht. Die mörderische Fahrt schien kein Ende zu nehmen ... Schließlich erreichten sie eine abgeriegelte schüsselförmige Senke, um die ein Dutzend weiterer Militärpolizisten und Offiziere der Air Force herumstanden. Ein Mann in Strahlenschutzkleidung untersuchte mit einem Geigerzähler das Gelände jenseits der Absperrung.

Scully stieg aus, ohne auf das Pochen in ihren verkrampften Beinen zu achten. Sie spürte, wie die Angst in ihrem Inneren wuchs. Mulder begleitete sie schweigend zum Rand der von dunklem Vulkangestein umgebenen Senke.

Es sah aus, als wäre die gesamte Bodenmulde geschmolzen und wieder erstarrt.

Die beiden FBI-Agenten stellten sich vor. Sie wurden bereits von einem Oberst erwartet. Er reichte Mulder ein schlaffes Blatt Thermofaxpapier. »Das ist aus Ihrer Zentrale gekommen, Agent Mulder«, sagte er, »aber diese Informationen hätte ich Ihnen auch selbst geben können. Wir alle hier kannten den alten Oscar und seine Marotten. So haben wir ihn gefunden.«

»Dann sagen Sie mir, was Sie wissen«, erwiderte Mulder, die Augenbrauen erwartungsvoll hochgezogen. »Wir brauchen alle Einzelheiten, die Sie uns liefern können.«

»Der Rancher ist ein alter Kauz, der praktisch jede Woche einmal hier rausgekommen ist, seit Moses das Rote Meer geteilt hat. Ihm und seinem Vater hat ursprünglich das Land gehört, das dann der Trinity Site überschrieben wurde ... für den Test, Sie wissen schon. Aber wegen der im Krieg geltenden Geheimhaltungsvorschriften wurden die Namen in den Unterlagen geändert, damit niemand herausfinden konnte, wer das Gelände ursprünglich besessen hat. Ich schätze, man hatte schon damals Angst vor verrückten Demonstranten oder vielleicht vor Nazispionen.« Der Oberst nickte nachdenklich in Richtung der verbrannten Senke. »Und nach dem, was da passiert ist, gab es vielleicht auch einen guten Grund dafür.«

Scully konnte den Blick nicht vom Ort des Geschehens losreißen. Der Gipssand mußte einer derart intensiven Hitze ausgesetzt worden sein, daß er wie die Glasur einer Tonschüssel aussah. Er hatte sich in einen harten, jadegrünen Schmelz verwandelt.

»Trinitit«, sagte sie gedankenverloren.

»Was?« fragte Mulder.

Sie deutete mit dem Kopf auf die Senke. »Ich wette, daß dieser Überzug aus Trinitit besteht. Damals beim Trinity Test war die Temperatur direkt um den Explosionsherd herum so hoch, daß der Sand zu einer glasartigen Masse verschmolz. Sehr ungewöhnlich. Die Leute haben das Zeug sogar gesammelt.«

»Kommen Sie, wir können näher herangehen«, sagte der

Oberst. »Sie müssen sich die Sache bestimmt aus der Nähe ansehen, wenn Sie irgendwelche Informationen erhalten wollen.«

»Danke für Ihre Kooperationsbereitschaft, Oberst«, erwiderte Scully.

Der sonnenverbrannte hagere Mann musterte sie. »Wir haben wirklich keine Lust, diesen Fall selbst zu lösen, Agent Scully. Das überlassen wir gerne Ihnen.«

Sie folgten dem Oberst hinter die Absperrung und die Böschung hinab. Das Sonnenlicht fiel auf eine Felswand der breiten Vertiefung und ließ den verflüssigten und wieder erstarrten Gipssand wie eine gigantische Kristallschüssel glitzern.

Die gewaltige Hitze hatte die schwärzlichen Überreste zweier Körper mit dem Boden verschmolzen. Ein Mann und ein Pferd, eingeäschert und platt in den verflüssigten Sand hineingedrückt, der die Leichen nach seiner Erstarrung mit einer Glasschicht überzogen hatte. Sie erinnerten an große, in Bernstein eingeschlossene Insekten.

Mulder schauderte und wandte die Augen vom grotesk verzerrten Gesicht des Opfers ab. Er griff nach Scullys Arm und hielt sich einen Moment lang fest. »Wie sehr ich Feuer hasse«, murmelte er.

»Ich weiß, Mulder«, erwiderte sie leise, aber sie verriet ihm nicht, wie sehr sie selbst den Gedanken an radioaktive Strahlung haßte. »Ich glaube, wir sollten uns hier nicht länger aufhalten als unbedingt nötig.«

Als sie der Senke wieder den Rücken zudrehte, hatte sich der Anblick der grauenhaft verkohlten Leichen in ihr Gedächtnis eingebrannt – wie die Fotos der Nagasaki-Opfer im *Stop Nuclear Madness!*-Museum in Berkeley.

Warum?

Warum war es wieder geschehen? Und wieso gerade hier?

14

Historic Owl-Café,
San Antonio, New Mexico
Freitag, 13:28 Uhr

Bevor Mulder und Scully auf ihrer Rückfahrt nach Albuquerque die Interstate erreichten, beschlossen sie, eine kurze Rast im »Historic« Owl Café einzulegen, einem rostfarbenen, aus Luftziegeln gemauerten Haus, das wie eine aufgegebene Filmkulisse aussah. Das große Gebäude schien die einzige Sehenswürdigkeit in ganz San Antonio zu sein. Auf dem Schotterparkplatz standen vier zerkratzte Kleinlastwagen, zwei Harley-Davidsons und ein alter Ford-Kombi.

»Riskieren wir es«, schlug Mulder vor. »Wir müssen ohnehin irgendwo zu Mittag essen. Es ist noch eine lange Fahrt nach Norden.«

Scully faltete die Straßenkarte zusammen und stieg aus dem Wagen. Brütende Hitze schlug ihr entgegen. Sie beschirmte die Augen mit einer Hand. »Ich wünschte, es gäbe wenigstens noch eine zweite Stadt mit einem größeren Flugplatz in diesem Staat«, sagte sie und folgte Mulder zu einer großen, von Straßenstaub bedeckten Glastür. Sie entdeckten ein kleines Schild der AAA, der American Automobil Association, die das Restaurant getestet und empfohlen hatte.

Das Lokal entpuppte sich als dämmriger, lauter Schuppen von der Sorte, um die sie unter normalen Umständen einen großen Bogen machte. Mulder dagegen war hingerissen.

»Kommen Sie schon, Scully«, sagte er. »Es ist *historisch*. Haben Sie nicht das Schild gelesen?«

»Moment mal«, unterbrach sie ihn. »Ich glaube, ich habe den Namen sogar schon mal gehört. Irgendwie im Zusammenhang mit dem Manhattan Projekt oder dem Trinity Test.«

»Dann haben wir genau am richtigen Ort angehalten«, gab Mulder zurück und grinste. »Unsere Hamburger werden in direktem Bezug zu unserer Arbeit stehen.«

Am Tresen hockten im Halbdunkel nur schemenhaft zu erkennende Gestalten unter breitkrempigen Cowboyhüten, ein paar Trucker mit alten Baseballmützen und ein oder zwei Touristen. Irgend jemand spielte an einem Flipper am anderen Ende des Restaurants. Über dem Tresen und den Tischen flackerten Neonschilder, die für billige Biersorten warben.

»Sieht aus, als hätten sie hier echte Naugahydesitze«, stellte Mulder fest. »Dieser Laden ist großartig.«

»Für *Sie* vielleicht, Mulder.«

Ein großer Navajo mit einem langen schwarzgrauen Pferdeschwanz ging um den Tresen herum zur Registrierkasse. Er trug Jeans, ein kariertes Baumwollhemd mit Perlmuttknöpfen und eine türkisfarbene Fadenkrawatte. »Suchen Sie sich irgendwo einen Platz«, sagte er und deutete bedächtig auf eine Reihe leerer Sitznischen. Dann fuhr er wieder damit fort, den Formica-Tresen zu wischen, wo die anderen Gäste aßen und unglaubliche Geschichten austauschten.

Die Wände des Owl Cafés waren mit Plakaten und gerahmten Fotos von Raketentests auf dem White-Sands-Gelände übersät sowie mit offiziell aussehenden Urkunden über die Teilnahme an Rettungsübungen für den atomaren Katastrophenfall. Daneben hingen gerahmte Aufnahmen von den Pilzwolken der in der Wüste gezündeten Atombomben. In einer kleinen Glasvitrine neben der alten Registrierkasse lagen kleinere Abzüge dieser Bilder zum Verkauf aus ... und glasartige jadegrüne Felsbrocken – Trinitit.

»Ich möchte mich ein bißchen umsehen, Mulder«, verkündete Scully. »Es könnte hier ein paar ganz interessante Sachen geben.«

»Ich suche in der Zwischenzeit einen Tisch aus und bestelle uns was zu essen.«

»Ich weiß nicht, ob ich Ihnen diese Aufgabe anvertrauen kann ...«

»Habe ich diesbezüglich schon jemals versagt?« Doch bevor sie ihm eine ehrliche Antwort geben konnte, war er auch schon im Labyrinth der Sitznischen untergetaucht.

Scully blieb vor der Vitrine neben der Registrierkasse stehen und griff nach einer kleinen Broschüre mit einer grobkörnigen Fotografie des Owl Cafés auf der Vorderseite. Der schlecht formulierte Text beschrieb die angeblich ruhmreiche Geschichte des Restaurants. Scully überflog ihn, um ihr Gedächtnis aufzufrischen – und ihr fiel alles wieder ein. Alles, was sie erfahren hatte, als sie wie besessen Informationen über den Kalten Krieg und das Wettrüsten zu Beginn des Atomwaffenzeitalters gesammelt hatte.

In einer Zeit, als es noch keine Autos mit Klimaanlage gegeben hatte, war das Owl Café so etwas wie eine inoffizielle Raststätte für all die Wissenschaftler und Techniker des Manhattan Projekts gewesen, die regelmäßig die lange Fahrt von Los Alamos in den nördlichen Bergen zur Trinity Test Site auf sich nehmen mußten. Damals hatte es noch keine Interstate-Highways gegeben, und eine Fahrt durch die Sommerhitze des Jahres 1945 muß die Hölle gewesen sein.

Strenggenommen war es diesen Leuten untersagt gewesen, unterwegs irgendwo anzuhalten. Sie hatten Befehl vom Militär, die Fahrt nicht zu unterbrechen. Doch das an der Kreuzung zweier Wüstenstraßen mitten im Nichts gelegene Owl Café war der ideale Rastplatz für den kleinen Fahrzeugkonvoi, bevor er die Weiterfahrt durch noch mörderischeres Gelände antrat. Die Leute hatten gar nicht anders gekonnt, als etwas zu essen oder ein paar kühle Drinks zu nehmen ...

Der große Navajo entdeckte Scully vor der Vitrine und

kam herüber. »Was kann ich für Sie tun?« erkundigte er sich mit volltönender Stimme.

Scully blickte überrascht auf und deutete auf die Sammlung kleiner Felsbrocken. »Ich hätte gern eins dieser Trinitit-Stücke.«

»Das da für fünf Dollar?« Der breitschultrige Mann zog einen Schlüssel hervor, öffnete die Rückseite der Vitrine und nahm einen der kleinen Klumpen heraus. Er zögerte kurz, legte ihn wieder zurück und suchte statt dessen einen größeren aus. »Hier, nehmen Sie den«, brummte er. »Die sind sowieso alle viel zu teuer.«

Scully nahm den glasartigen Brocken entgegen, schloß die Hand darum und versuchte, sich die Höllenglut auszumalen, in der der Klumpen entstanden war – jenes von Menschenhand erzeugte Inferno, das nur wenige Sekunden gedauert hatte. Der Stein fühlte sich kühl und glatt an, und wenn sie ein leichtes Kitzeln verspürte, war es lediglich ein Produkt ihrer Einbildung.

Sie bezahlte ihr Souvenir, schlenderte weiter und betrachtete die anderen Ausstellungsstücke.

Eine Wand bestand zur Hälfte aus einer Sammlung alter Bierflaschen. Braune, grüne, durchsichtige und sogar ein paar hellblaue Glasflaschen standen auf Regalen. Das Flaschenarsenal stammte noch aus der Zeit vor dem Zweiten Weltkrieg und war der stolze Besitz eines anderen alten Navajos gewesen, dem das Owl Café früher einmal gehört hatte. Der Mann hatte nichts von irgendwelchen geheimen Atomprojekten oder gar dem bevorstehenden Test gewußt, obwohl ihm die Regierungsfahrzeuge, die hohen Militäroffiziere und die Ingenieure mit ihren Krawatten und Anzügen zwangsläufig aufgefallen sein mußten.

Die Ingenieure des Manhattan Projekts müssen hier wirklich ziemlich deplaziert gewirkt haben, dachte Scully, genau wie Mulder und ich heute nachmittag. Sie wandte sich wieder der Broschüre zu.

Einige Tage vor dem eigentlichen Test im Juli 1945 soll einer der Ingenieure, ein regelmäßiger – wenn auch inoffizieller – Gast, dem alten Besitzer des Owl Cafés einen Tip gegeben haben. Ohne auf Einzelheiten einzugehen, hatte er dem Wirt geraten, die zerbrechlichen Flaschen während der nächsten Tage aus den Regalen zu nehmen. Der Navajo befolgte den Rat, und so wurde die Flaschensammlung gerettet, als die Explosion der Trinity-Bombe noch in einer Entfernung von fast 200 Meilen die Häuserwände in Städten wie Silver City und Gallup erzittern ließ.

Scully kehrte mit ihrem Trinitit-Souvenir in den Speisesaal zurück und hielt Ausschau nach Mulder. Der hatte es sich inzwischen auf einer der gepolsterten Sitzbänke gemütlich gemacht, studierte das Fax, das er auf dem Testgelände von White Sands bekommen hatte, und schlürfte Eistee aus einem roten Plastikbecher.

Nachdem Scully auf der gegenüberliegenden Bank Platz genommen hatte, sah sie, daß er ihr ebenfalls einen Eistee bestellt hatte. Sie legte den Felsklumpen vor ihn auf den Tisch. Mulder hob den Brocken hoch und drehte ihn neugierig hin und her.

»Sie haben mich mal einen Trottel genannt, weil ich in einer Touristenfalle wie dieser Andenken gekauft habe.«

»Das ist etwas anderes«, erwiderte Scully.

Er grinste sie schief an. »Natürlich.«

»Es *ist* etwas anderes«, beharrte sie. »Das ist Trinitit, das Zeug, von dem ich Ihnen erzählt habe.«

Mulder untersuchte den Klumpen im schwachen Licht, das die flackernde Neonröhre eines Reklameschilds warf. »Sieht wie das Zeug draußen am Tatort aus.«

Scully nickte.

Die Kellnerin unterbrach ihr Gespräch, als sie das Essen brachte und stellte jedem eine Schale mit noch brutzelnden Pommes frites und zwei riesige Burger vor die Nase.

»Sie werden die Dinger lieben, Scully«, behauptete Mulder. »Die Spezialität des Hauses, Cheeseburger mit grünem Chili.« Er nahm seinen Burger und biß genußvoll hinein. »Köstlich!« verkündete er mit vollem Mund, während ihm Soße und Fleischsaft über die Lippen liefen. »Das Hackfleisch stammt von Rindern aus eigener Zucht, und der grüne Chili betont den Geschmack noch zusätzlich. So was bekommt man in Washington D.C. garantiert nicht.«

»Ich bin mir nicht sicher, ob ich das überhaupt wollte«, sagte Scully und beäugte ihren eigenen Riesenburger von allen Seiten, um sich die richtige Angriffsstrategie zurechtzulegen. Vorsichtshalber vergewisserte sie sich, daß genügend Servietten in Reichweite waren. Trotz ihrer Skepsis entpuppte sich der Cheeseburger als eine kulinarische Überraschung – und Scully beschloß ihre Meinung über grünen Chili zu ändern.

»Also...« Mulder kam auf den eigentlichen Grund ihrer Reise zurück. »Mal sehen, was wir bisher haben. Wir haben jetzt zwei Opfer – drei, wenn man das Pferd mitzählt –, die durch einen plötzlichen Hitzeblitz getötet worden sind... wie von der Explosion einer Miniaturatombombe. Einer in einem verschlossenen Bürolabor, der andere hier draußen mitten in der Wüste.«

Scully hob einen Finger, bemerkte, daß ihr etwas Ketchup über die Knöchel gelaufen war, und wischte es ab. »Das Labor wurde von einem Atomwaffenforscher benutzt, der an der Entwicklung eines geheimen und äußerst wirkungsvollen Atomsprengkopfes gearbeit hat. Der zweite Todesfall hat sich draußen in der White Sands Missile Range ereignet, wo das Militär sich vielleicht darauf vorbereitet, einen solchen Sprengkopf zu testen. Das könnte die Verbindung sein.«

»Ja, aber Dr. Gregorys Büro war kein Labor für technische Arbeiten oder praktische Experimente. Genaugenommen war es nicht mehr als ein Raum voller Computer. Wir hätten mit Sicherheit keinen atomaren Gefechtskopf in seinem Aktenschrank gefunden. Und wenn das Militär wirklich vorgehabt hätte, *Bright Anvil* zu testen, warum dann draußen in White Sands? Die Regierung verfügt bereits über ein perfektes Atomtestgelände in Nevada. Es existiert ganz offiziell und legal und ist so sicher, wie man es sich nur wünschen kann. Und außerdem, hatten Sie den Eindruck, Scully, daß der Oberst in White Sands diese Sache *erwartet* hat?«

Scully mußte zugeben, daß er recht hatte. »Nein, er schien von der Situation ziemlich überfordert zu sein.«

Mulder wischte sich mit einer Serviette über den Mund. »Ich denke, wir sollten nach einer weitreichenderen Verbindung suchen – die vielleicht überhaupt nichts mit *Bright Anvil* zu tun haben muß.«

»Wenn nicht *Bright Anvil*, woran denken Sie dann?«

Mulder verspeiste den letzten Bissen seines Cheeseburgers und nahm sich dann die Pommes frites vor. »Es gibt ein paar verschwommene Verbindungen zwischen Emil Gregory und Oscar McCarron, die bis zum Zweiten Weltkrieg zurückreichen. Oscar McCarron war ein alter Rancher, der New Mexico wahrscheinlich zeitlebens nicht ein einziges Mal verlassen hat. Dr. Gregory stammt ebenfalls aus New Mexico. Er hat vor mehr als 50 Jahren am Manhattan Projekt mitgearbeitet und dann einige Zeit in Los Alamos verbracht, bevor er in die Gegend von San Francisco umgezogen ist, um für die Teller Nuclear Research Facility tätig zu werden.«

»Worauf wollen Sie hinaus, Mulder?«

Er zuckte die Achseln. »Es ist nur ein Schuß ins Blaue, und ich bin mir nicht sicher, ob ich schon auf irgendwas Brauchbares gestoßen bin. Ich denke nur, daß wir unsere Phantasie ein wenig spielen lassen und uns mögliche Alternativen überlegen sollten. Was könnten diese beiden Männer sonst miteinander gemein haben? Wir wissen, daß Gregory am Trinity Test beteiligt war und daß der Test auf dem Land durchgeführt worden ist, das früher McCarrons Familie gehört hat.«

Scully schob sich ein weiteres Pommes frites in den Mund

und kaute hastig. »Mulder, manchmal ist Ihre Phantasie etwas zu lebhaft.«

Er deutete auf sich selbst, und seine Lippen fragten stumm: *Moi?* »Und wie oft haben sich meine alternativen Lösungsvorschläge als korrekt erwiesen, Scully?«

Scully aß mit verbissener Miene ein weiteres Pommes frites. »Kommt ganz darauf an, wen Sie fragen.«

Mulder seufzte. »Scully, Sie sind eine elende Skeptikerin, aber als Partnerin sind Sie trotzdem okay.«

Sie lächelte matt. »Irgend jemand muß ja schließlich aufpassen, daß Sie nicht den Boden unter den Füßen verlieren.«

Mulder wischte sich die Hände an einer sauberen Serviette ab und holte die Karte von New Mexico hervor. »Ich frage mich, wie weit es nach Roswell ist«, murmelte er. »Ein Besuch dort könnte einen kleinen Abstecher wert sein.«

»Auf gar keinen Fall!« Scully hob die Stimme. »Wir müssen unser Flugzeug erreichen.«

Reingelegt! sagte sein spitzbübisches Grinsen und verriet ihr, daß er es diesmal und ausnahmsweise nicht ernst gemeint hatte. »Ich dachte nur, ich könnt's ja mal versuchen ...«

15

Kamida Imports,
Honolulu, Hawaii
Freitag, 14:04 Uhr

Ryan Kamida saß an seinem makellos sauberen und ordentlich aufgeräumten Schreibtisch – sein Büro lag in einem beeindruckenden Hochhaus, von dem seit einiger Zeit vier Stockwerke seiner Importfirma gehörten. Ryan Kamida beschriftete sorgfältig einen gefütterten Umschlag.

Sein kalligraphischer Füller vollführte präzise Striche, malte perfekte Buchstaben mit schwarzer Tinte, die wie verbranntes Blut aussah.

Zwei der Wände seines Eckbüros hatten riesige Fenster, die einen Rundblick auf Oahu gestatteten, aber Kamida ließ die Jalousien mit den winzigen Blättern meistens halb geschlossen. Er liebte das warme Gefühl der sanften Sonnenstrahlen auf seiner vernarbten Haut, die seinen Körper streichelten und liebkosten... so wie sie es in jenen idyllischen Tagen, an die er sich kaum noch erinnern konnte, auf einer einsamen Pazifikinsel getan hatten.

Doch zuviel Sonnenlicht empfand er wie Feuer. Es erinnerte ihn an dieses andere grelle Licht, das plötzlich am Himmel aufgeflammt war, an den sengenden Blitz, der so intensiv gewesen war, daß er die Luft selbst verbrannte.

Kamidas schneeweißes Haar war perfekt frisiert und dicht. Durch das fast übernatürliche Glück, das ihn sein gesamtes Erwachsenenleben hindurch begleitet hatte, verfügte Kamida über eine Menge Geld für derartige Dinge: Kleidung, Pflege, kostbare Accessoires.

Doch mit Geld konnte er nicht alles kaufen ... und er *wollte* es auch nicht.

Seine unförmigen, wachsartigen Hände hielten den Federhalter wie eine Waffe – und in gewisser Weise war er das auch. Die Worte hallten in seinem Kopf wider. Nachdem er die Adresse geschrieben hatte, tastete er vorsichtig nach der richtigen Stelle auf dem gefütterten Umschlag. Er konnte sich auf seine Treffsicherheit verlassen.

Zufrieden legte Kamida den Füller in die Mulde auf dem Schreibtisch. Dann nahm er den Umschlag in beide Hände, fuhr langsam über die Ränder und die scharfen Ecken. Er verließ sich darauf, die Adresse richtig geschrieben zu haben. Obwohl er sie nicht lesen konnte, würde er niemals jemanden bitten, sie noch einmal zu überprüfen.

Ryan Kamida war blind – seit seinem zehnten Lebensjahr.

Mit jedem Päckchen, das er verschickte, mit jedem vernichteten Ziel wurde die Liste in seinem Kopf kürzer. Die Namen der Verantwortlichen hatten sich klar und deutlich in sein hervorragendes Gedächtnis eingebrannt.

Ryan Kamida saß an seinem Schreibtisch, spürte die Berührung der warmen Sonnenstrahlen auf seinem Körper ... und fühlte sich sehr einsam – obwohl er selbst darum gebeten hatte. Er hatte alle Angestellten auf dieser Etage für den Nachmittag nach Hause geschickt. Die Leute hatten protestiert und auf die Arbeit hingewiesen, die sie noch erledigen mußten, Frachtpapiere, Händlerprovisionen, Verkaufsbeteiligungen. Und so hatte Kamida ihnen einfach den anderthalbfachen Tageslohn angeboten, und sie waren zufrieden nach Hause gegangen. Sie hatten sich mittlerweile an seine exzentrischen Anwandlungen gewöhnt.

Jetzt hatte er sein Büro ganz für sich. Jetzt konnte er die wirklich wichtige Arbeit erledigen.

Über all die Jahre hatte die Regierung Ryan Kamida unterstützt – zweifellos als Reaktion auf Schuldgefühle, derer sie sich wahrscheinlich gar nicht bewußt war –, hatte ihm das eine Mal verschleierte Almosen gegeben, das andere Mal leutselig seine Angebote akzeptiert und ihn seinen Konkurrenten vorgezogen. Er war ein behinderter Geschäftsmann und gehörte einer ethnischen Minderheit an – obwohl Menschen, die von den Inseln stammten, auf Hawaii kaum etwas Außergewöhnliches waren. Unter den japanischen Touristen und den Insulanern aus dem pazifischen Raum, die sich hier niedergelassen hatten, waren eher die weißen Durchschnittsamerikaner in der Minderzahl.

Kamida hatte sich aller verfügbaren Mittel und jeder angebotenen Hilfe bedient, um seine Firma zum Erfolg zu führen. Sein Unternehmen hatte sich auf den Import exotischer Waren von kaum bekannten Pazifikinseln spezialisiert – Elugelab, Truk, das Johnston Atoll, die gesamte Marshallkette –, darauf, Touristen mit allerlei Krimskrams zu beeindrucken, der aus fernen Gegenden mit interessanten Namen stammte.

Er brauchte das Geld, um seine eigentliche Mission verfolgen zu können.

Kamida tastete mit den Fingerspitzen über den Umschlag, schob die handgeschriebene Notiz und ein kleines Glasröhrchen hinein und verschloß ihn sorgfältig. Er verspürte ein Gefühl der Erleichterung, doch es verflog so schnell, wie es gekommen war.

So viele Päckchen er auch verschickte, so viele Schuldige er auch ausfindig machte, nichts würde den Untergang seines Volkes sühnen können. Mit einem einzigen Schlag waren Ryan Kamidas Familie, seine Verwandten, sein gesamter Stamm … seine *Insel* in einem Sturm aus Licht und Feuer ausgelöscht worden. Und nur ein kleiner Junge hatte überlebt …

Doch Kamida betrachtete sein Überleben weder als Wunder noch als Segen. Ihm waren viele Jahre geschenkt worden, zu viele Jahre, in denen er mit der Erinnerung an diese wenigen Sekunden hatte leben müssen, – während es für alle anderen innerhalb eines Augenblicks vorbei gewesen war... So schien es zumindest.

Doch Kamida wußte es besser. Seit jenem Tag hatten die Schreie in seinem Kopf nie aufgehört...

Kamida schob den Umschlag zur Seite und schnupperte die stickige Luft seines Büros. Er legte den Kopf in den Nakken und richtete sein verbranntes Gesicht mit den leeren weißen Augen zur Decke. Er konnte nichts sehen, doch er konnte es spüren. Er konnte den heraufziehenden Sturm fühlen.

Eine kochende See weißglühenden Lichts brodelte direkt unter den Dämmschutzplatten der Zimmerdecke... und durch diese Gischt wirbelten geisterhaft schreiende Gesichter. Trotz seiner Blindheit *wußte* er, daß sie da waren. Sie würden ihn nie verlassen.

Die Geister seines zu Asche verbrannten Volkes wurden immer ruheloser. Sie würden sich ihre eigenen Ziele suchen – wenn er sich weigerte, ihnen ein weiteres Opfer anzubieten. Die Geister hatten zu lange gewartet, und Kamida konnte sie nicht mehr unter Kontrolle halten.

Er ergriff den Umschlag, verließ sein vertrautes Büro mit der Sicherheit und Selbstverständlichkeit eines sehenden Mannes und warf das Päckchen in den Postausgangskorb, von wo es unverzüglich zum Flughafen gebracht und auf das Festland geflogen werden würde. Die zusätzlichen Kosten für die nächtliche Eilzustellung über den Pazifik spielten keine Rolle. Der Umschlag würde einem besonders unauffäligen, aber äußerst wichtigen Beamten im Hauptquartier des DOE in der Nähe von Washington, D.C., übergeben werden.

Kamida seufzte. Es war vermutlich zu spät, um *Bright Anvil* jetzt noch zu stoppen... doch vielleicht konnte sein Brief verhindern, daß der Alptraum ein weiteres Mal Wirklichkeit wurde.

16

Teller Nuclear Research Facility
Montag, 10:16 Uhr

Nach einem erstaunlich ereignislosen Wochenende fuhr Mulder zur Teller Nuclear Research Facility zurück und pfiff dabei »California Dreaming« vor sich hin. Scully stieß einen langen Seufzer der Ergebenheit aus – sie mußte sich wohl oder übel mit seinem merkwürdigen Sinn für Humor abfinden. Mulder grinste und pfiff mit noch größerer Inbrunst weiter.

Die Leiche des alten Ranchers auf der Trinity Site und der vebrannte Körper von Dr. Gregory waren in einem so unübersehbar ähnlichen Zustand, daß Scully eine Verbindung zwischen den beiden Fällen nicht mehr von der Hand weisen konnte. Und trotzdem, dachte sie, kehren wir wieder einmal mit mehr Fragen als Antworten zurück.

Sie hielten vor dem bewachten Tor und zeigten ihre Besucher- und FBI-Ausweise vor. Sie waren hier, um mit dem Rest von Dr. Gregorys *Bright Anvil*-Team zu sprechen, mit dem stellvertretenden Projektleiter Bear Dooley und den anderen Forschern und Technikern. Scully war noch immer der Überzeugung, daß es eine technisch bedingte Ursache für die Todesfälle geben müsse – wie eben das Experimentieren mit einem kleinen, aber starken atomaren Sprengkopf ... irgend etwas, das versehentlich in Dr. Gregorys Büro explodiert war, irgend etwas, das in New Mexico getestet worden war.

Für Mulder klang diese Erklärung allerdings wenig plausibel. Seine Vermutungen gingen in Richtungen, an die sie bisher noch nicht gedacht hatten – auch wenn es Kollegin Scully nicht paßte.

Als sie das Tor durchquert hatten, holte Mulder die Karte der Teller Facility hervor und breitete sie aus. Er folgte den Zufahrtsstraßen mit dem Finger, um das Hauptlaborgebäude, in dem Dr. Gregory gestorben war, und die alte Kaserne zu finden, in die das Forschungsteam umquartiert worden war.

»Nachdem Sie mit Hilfe von ...«, Mulder spitzte die Lippen, »... sagen wir ›inoffiziellen Methoden‹, ein paar Details über *Bright Anvil* herausgefunden haben, sollten wir uns anhören, was Mr. Dooley selbst dazu zu sagen hat. Stichhaltige Informationen sind unsere beste Waffe.«

»Ich wünsche mir wirklich, wir bekämen endlich die nötigen Informationen, um diesen Fall lösen zu können«, sagte Scully.

»Wenn Wünsche Pferde wären ...«, begann Mulder.

Scully mußte an den Pferdekadaver in der White Sands Missile Range denken und bekam eine Gänsehaut. »Ich nehme diese Bemerkung zurück.«

Sie fanden die zweckentfremdete Kaserne und stellten ihren Wagen auf einen für Regierungsfahrzeuge reservierten Parkplatz. Diesmal war Mulder darauf vorbereitet, sich und seine Partnerin gegen herumschwirrende Asbestfasern zu schützen. Er reichte Scully eine Maske und half ihr dabei, sie anzulegen. Dann musterte er sie ausgiebig.

»Das ist der neuste Modetrend«, verkündete er. »Mir gefällt es.«

»Zuerst die Strahlungsdosimeter und jetzt Atemschutzmasken«, erwiderte Scully. »Ein Paradies für Gesundheitsapostel.«

Die Bauarbeiter hatten die durchsichtigen Plastikplanen an einem anderen Abschnitt des Korridors angebracht, wo sie eine weitere Wand zerlegten. Ein Generator dröhnte ohrenbetäubend und erzeugte in ihrem Arbeitsbereich einen beständigen leichten Unterdruck, um zu verhindern, daß die leichten Asbestfasern durch die Absperrung nach außen drangen.

»Hier entlang«, sagte Mulder, bog rechts ab und winkte Scully, ihm zu folgen. »Gegen Bear Dooleys Büro sieht mein Keller im FBI aus wie ein Apartment im Club Mediterrané.«

Die Tür zu Dooleys provisorischem Büro stand trotz Lärm und Dreck weit offen. »Entschuldigung – Mr. Dooley?« rief Mulder. »Ich begreife nicht, wie Sie unter solchen Umständen arbeiten können...«

Das Büro war verwaist. Der Schreibtisch war geräumt, die Schubladen der Aktenschränke mit Klebband verschlossen worden. Die gerahmten Fotos steckten noch immer in ihren Kisten, Bürokram lag verstreut herum, als sei hier in hektischer Eile gepackt und alles Überflüssige zurückgelassen worden. Mulder zog eine Grimasse und blickte sich um.

»Niemand zu Haus...«, stellte Scully fest.

In diesem Moment betrat ein junger rothaariger Mann das Büro. Mit seiner Brille, dem karierten Hemd und der Brusttasche voller Stifte sah er aus wie die Karikatur eines Strebers. Seine Kennkarte wies in als Victor Ogilvy aus. Mulder war sich nicht sicher, ob der junge Mann hinter seiner Atemschutzmaske lächelte oder ob er ein finsteres Gesicht zog.

»Sind Sie die Leute vom Verteidigungsministerium?« fragte Ogilvy schnell. »Wir haben den Vorbericht fertig, aber mehr kann ich Ihnen jetzt noch nicht geben.«

»Wir suchen Mr. Bear Dooley«, sagte Mulder. »Können Sie uns sagen, wo er steckt?«

Ogilvy blinzelte hektisch hinter seinen runden Brillengläsern. »Also, das steht alles im Vorbericht. Ich bin mir ganz sicher. Er ist am Donnerstagmorgen nach San Diego abgereist. Die *Dallas* müßte das Atoll morgen oder übermorgen erreichen. Wir anderen packen gerade, um dort hinzufliegen.«

»Wohin?« fragte Mulder.

Diese Frage brachte Ogilvy völlig aus dem Konzept. »Was meinen Sie damit? Kommen Sie auch wirklich vom Verteidigungsministerium?«

Scully trat einen Schritt vor. »Das haben wir nie behauptet, Mr. Ogilvy.« Sie zeigte ihm ihren FBI-Ausweis. »Ich bin Special Agent Dana Scully, das ist mein Partner Special Agent Fox Mulder. Wir müssen Ihnen ein paar Fragen über *Bright Anvil* und Dr. Gregorys Tod stellen ... und über diesen Test, der dort draußen auf dem Atoll im Pazifik stattfindet.«

Mulder war verblüfft, wie schnell und lässig seine Partnerin die Details zu einer Frage zusammengefaßt hatte, die wie ein offizielles Verhör klang.

Ogilvys Augen quollen aus ihren Höhlen, und er verschluckte sich beinahe an seinen eigenen Worten. »Ich ... ich glaube nicht, daß ich noch etwas sagen sollte. Das alles ist geheim. Streng geheim.«

Mulder bemerkte die Angst des jungen Mannes und beschloß, die Gunst der Stunde zu nutzen. »Haben Sie Agent Scully nicht verstanden? Wir sind vom *FBI*«, sagte er mit todernster Stimme. »Sie müssen unsere Fragen beantworten.«

»Aber dann könnte ich meine Sicherheitseinstufung verlieren«, protestierte Ogilvy.

Mulder zuckte die Achseln. »Nun, vielleicht möchten Sie, daß ich Ihnen die FBI-Statuten zitiere? Wie wäre es mit dieser? Sollten Sie sich weigern, uns bei unseren laufenden Ermittlungen zu helfen, könnte ich Sie gemäß Artikel 43H der FBI-Vorschriften zu einer Anhörung vorladen.«

Scully legte ihm hastig eine Hand auf den Arm. »Mulder!«

Er schüttelte grimmig den Kopf. »Überlassen Sie mir das, Scully. Unser Victor hat nicht die geringste Ahnung, welche Schwierigkeiten er sich einhandeln könnte.«

»Ich ...«, stotterte Victor Ogilvy, »ich glaube, Sie sollten mit unserer DOE-Vertreterin sprechen. Sie hat die Befugnis, derartige Fragen zu beantworten. Wenn Sie mir die Genehmigung erteilt, darf ich aussagen. Sie werden keinen Grund haben, mich vorzuladen. Ehrlich nicht!«

Mulder seufzte. Die erste Runde ging an Ogilvy. »Schön, rufen Sie sie an, damit wir mit ihr sprechen können.«

Ogilvy kramte in Dooleys Schreibtisch herum, bis er das Heft mit den internen Telefonnummern gefunden hatte. Nervös blätterte er in den Seiten und wählte dann mit fliegenden Fingern die Durchwahl von Rosabeth Carrera.

Scully beugte sich zu Mulder hinüber und flüsterte: »Artikel 43H?«

»Unerlaubte Verwendung des Warnschildes ›Achtung Wasserschutzgebiet‹«, nuschelte Mulder und griente.

Rosabeth Carrera meldete sich nur wenige Augenblicke später. Ihre Stimme klang freundlich und angenehm, der leichte hispanische Akzent war kaum zu bemerken. »Guten Morgen, Agent Mulder«, sagte sie höflich. »Ich wußte gar nicht, daß Sie schon wieder aus New Mexico zurück sind.«

»Wie es scheint, hat sich an diesem Wochenende eine Menge getan«, erwiderte er. »Der größte Teil von Dr. Gregorys Team ist verschwunden, und niemand will uns verraten, wohin genau. Da alle in diesen Fall verwickelt sind, müssen wir sie weiter befragen – besonders jetzt, nachdem wir eine eindeutige Verbindung zwischen Dr. Emil Gregory und dem anderen Opfer in White Sands entdeckt haben.«

Scullys Augen weiteten sich vor Erstaunen. Mulder übertrieb hemmungslos, aber das konnte Rosabeth Carrera nicht wissen.

»Agent Mulder«, sagte die Frau unbeeindruckt, »Dr. Gregory hat für diese Einrichtung und die Regierung der Vereinigten Staaten an einem äußerst wichtigen Projekt gearbeitet. Solche Projekte erfordern die Einhaltung einer genauen Terminplanung und entwickeln eine ziemliche Eigendynamik. Leute in den höchsten politischen Kreisen sind sehr daran interessiert, daß die Forschungsarbeiten wie geplant fortgeführt werden. Ich fürchte, wir können unsere Wissenschaftler nicht aus einer bloßen Laune heraus zurückrufen.«

»Das ist mitnichten eine Laune, Miss Carrera.« Mulders Tonfall wurde formeller. »Ihr leitender Forscher ist unter höchst verdächtigen Umständen gestorben, und in der White Sands Missile Range wurde ein Mann gefunden, der auf die gleiche Weise umgekommen ist. Ich denke, das ist ein hinreichender Grund, Vorsicht walten zu lassen... und noch ein paar zusätzliche Fragen zu stellen, bevor wir den nächsten Schritt unternehmen. Ich möchte, daß Sie diesen *Bright Anvil*-Test verschieben.«

»*Bright Anvil*?« fragte Carrera. »Ein solcher Test ist nicht angekündigt worden.«

»Lassen Sie doch diese Spielchen«, sagte Mulder. »Damit vergeuden wir nur wertvolle Zeit.«

»Ich fürchte, das ist unmöglich«, sagte Carrera entschlossen. »Dr. Gregorys Arbeit wird wie geplant fortgesetzt werden.«

Mulder nahm die Herausforderung an. »Ich kann ein paar Telefonate mit dem FBI-Hauptquartier führen, und ich habe einige Kontakte im Verteidigungsministerium.«

Carreras Tonfall war kühl, beinahe schon unfreundlich, als sie sagte: »Führen Sie so viele Telefongespräche, wie Sie für nötig halten, Agent Mulder, aber Dr. Gregorys Test wird wie vorgesehen stattfinden. Das steht völlig außer Diskussion. Die Regierung hat Prioritäten, und wie Sie zweifellos herausfinden werden, stehen die Ermittlungen in Ihrem Mordfall verglichen mit den nationalen Interessen, um die es bei *Bright Anvil* geht, auf der Liste ziemlich weit unten.«

»Nach Ihrem Gesichtsausdruck zu urteilen«, sagte Scully, nachdem Mulder aufgelegt hatte, »hat sich Rosabeth Carrera vor Eifer nicht gerade überschlagen.«

Mulder seufzte. »Ich habe schon hilfreichere Gespräche geführt.«

Victor Ogilvy zappelte nervös vor der Tür herum. »Heißt das, daß ich Ihre Fragen nicht beantworten muß?«

Mulder warf ihm einen finsteren Blick zu. »Kommt darauf an, wieviel Wert Sie auf eine Weihnachtskarte von mir legen.«

Der junge Rotschopf machte sich eilig aus dem Staub.

Scully stemmte die Hände in die Hüften und sah Mulder an. »Also gut, ich schätze, jetzt liegt es an mir, ein paar Details zutage zu fördern«, sagte sie. »Zeit, meine ›inoffiziellen Methoden‹ anzuwenden.«

17

Stop Nuclear Madness!-Zentrale
Montag, 15:31 Uhr

Als Scully bei der Zentrale der Protestbewegung in Berkeley eintraf und die kurze Treppe zum ehemaligen Luftschutzkeller hinabstieg, fand sie das Büro in einem chaotischen Zustand vor. Eine Gruppe Studenten war dabei, die Plakate, die vergrößerten Fotos und alle andere Informationstafeln des »Museums des nuklearen Horrors« von den Wänden abzunehmen.

Scully trat durch die Tür in das hektische Durcheinander. Hinter den Raumteilern jaulte noch immer der altersschwache Fotokopierer und machte Überstunden.

Becka Thorne, die Empfangssekretärin, stand auf einer kleinen Trittleiter und zog Reißzwecken aus der Wand, um das Spruchband zu lösen, das vor einem zweiten Atomkrieg warnte. Das farbenfrohe Muster ihres Kleides war noch greller und verwirrender, als das des weiten Wickelkleids, das sie bei Scullys erstem Besuch getragen hatte.

»Ich suche wieder einmal Miriel Bremen!« rief Scully in das Chaos hinein. »Ist sie hier?«

Becka zog die letzte Reißzwecke heraus, und die Hälfte des Spruchbands sank schlaff zu Boden. Sie stieg von der Trittleiter und wischte sich die Hände an ihrem bunten Kleid ab. »Sie sind diese FBI-Frau, richtig? Tja, Miriel ist nicht hier. Wie Sie sehen, räumen wir das Büro. Kein *Stop Nuclear Madness!* mehr.«

»Sie räumen das Büro?« fragte Scully erstaunt. »Ziehen Sie in ein neues Quartier um?«

»Nein. Miriel hat einfach unseren Mietvertrag gekündigt. Wir hätten sowie nur noch einen Monat gehabt, aber sie hat den Mietvertrag an die nächste Gruppe abgetreten. Diese Büroräume auf dem Campusgelände sind sehr gefragt, müssen Sie wissen.«

Scully bemühte sich, das alles zu begreifen. »Hat Ihre Organisation überraschend ihre finanzielle Grundlage verloren?«

Becka lachte. »Ganz und gar nicht. Wir waren wahrscheinlich die reichste Gruppe, die Berkeley in den letzten fünf Jahren erlebt hat. Irgendeine Gesellschaft in Hawaii hat uns eine Menge Geld geschickt. Aber Miriel hat einfach den Stöpsel rausgezogen und uns gesagt, wir sollten die nächste Gruppe auf der Warteliste anrufen. Sie meinte, sie hätte es sich anders überlegt, oder so was. Ich schätze, sie ist wieder mal ›wiedergeboren‹ worden, aber diesmal in eine andere Richtung.«

»Wer zieht jetzt hier ein?« erkundigte sich Scully, immer noch völlig fassungslos über das plötzliche Verschwinden der Aktivistin. Was konnte Miriel Bremen dazu veranlaßt haben, etwas aufzugeben, dem ihre ganze Leidenschaft gegolten hatte? Eine Leidenschaft, für die sie ihre Karriere aufs Spiel gesetzt und sich einen tiefdunklen Fleck auf ihren Arbeitspapieren eingehandelt hatte, der sie bis ans Ende ihres Berufslebens verfolgen würde.

Becka Thorne deutete auf die anderen freiwilligen Helfer. »Eine Umweltschutzgruppe. Ich kann Ihnen ein paar von ihren Plakaten zeigen – äußerst beunruhigend. Sie wollen auf die zunehmende Umweltbelastung des Grundwassers aufmerksam machen... wie giftige Chemikalien in alle Bereiche des alltäglichen Lebens eindringen und eine Lawine gesundheitlicher Probleme verursachen.«

Sie blätterte in einem Stapel großformatiger Poster herum,

auf denen Tabellen mit organischen und giftigen Chemikalien abgebildet waren, die man in Leitungswasser-Proben entdeckt hatte. Scully erkannte viele der organischen Substanzen, doch andere schienen eher einem Chemiebaukasten zu entstammen. Einige der aufgeführten Konzentrationen gaben Anlaß zur Besorgnis, und sie fragte sich, ob diese »Zufalls«-Analysen wiederholten Messungen standhalten würden.

Ihre Aufmerksamkeit richtete sich auf eine andere Tabelle, die eine Statistik der von Jahr zu Jahr zunehmenden Krebserkrankungen auflistete – nur wurden die Karzinome diesmal der toxischen Verunreinigung des Grundwassers zugeschrieben. Das Diagramm sah haargenau wie das von *Stop Nuclear Madness!* aus, das den gleichen Zuwachs an Krebserkrankungen mit den radioaktiven Rückständen aus den Atombombenversuchen in den 50er Jahren erklärt hatte.

Einer der Studenten schob die Trittleiter mit einem lauten Klappern zum anderen Ende der Wand, stieg hinauf und zog die restlichen Reißzwecken aus dem Putz. Das Spruchband fiel raschelnd zu Boden.

»Und was werden Sie jetzt tun, Miss Thorne?« fragte Scully. »Erhalten Sie ein Empfehlungsschreiben von Ihrer Gruppe, damit Sie sich irgendwo anders einen neuen Job suchen können?«

Becka Thorne blinzelte Scully mit ihren riesigen braunen Augen zu. »Nein, ich werde einfach für die neue Gruppe arbeiten. Ich folge den Protestbewegungen. Egal worum es ihnen geht, mir ist es recht. Sie sind alle interessant. Und soweit ich das beurteilen kann, haben sie alle gute Gründe für das, was sie tun. Man sollte heute niemandem mehr trauen, Sie wissen schon, erst recht nicht der Regierung. Äh ... damit wollte ich Sie nicht beleidigen.«

Scully lächelte. »Ich glaube, mein Partner würde Ihnen zustimmen.«

Becka Thorne grinste flüchtig und wischte sich den

Schweiß von der Stirn. »Schön, dann schicken Sie ihn zu uns. Wir können immer neue Rekruten für unsere Arbeit gebrauchen.«

Scully mußte sich ein Lachen verkneifen. »Ich fürchte, dazu ist er viel zu beschäftigt, zum Beispiel mit diesem Fall.« Endlich kam sie auf den eigentlichen Grund ihres Kommens zurück. »Wir müssen wirklich dringend mit Miriel Bremen sprechen. Wissen Sie, wie wir sie erreichen können?«

Die Empfangssekretärin musterte Scully aufmerksam. »Sie hat keine Telefonnummer hinterlassen, wenn Sie das meinen, aber höchstwahrscheinlich ist sie zu den Inseln unterwegs, oder so was. Wenn ihr das Gewissen zu sehr zu schaffen macht, unternimmt sie manchmal solche Pilgerfahrten. Sie war sogar schon mal in Nagasaki und in Pearl Harbor. Und wer weiß, wo sonst noch ... Sie ist eine ziemlich verschlossene Person, unsere Miriel.«

Scully runzelte die Stirn. »Sie ist also manchmal auf ›den Inseln‹, aber Sie haben keine Ahnung, wohin sie gegangen sein könnte? Jamaika? Tahiti? Neuseeland?«

Becka zuckte die Achseln. »Hören Sie, Miss FBI, Miriel hatte es verdammt eilig, hier rauszukommen. Sie ist Freitag nachmittags hier aufgetaucht und hat uns gesagt, daß wir fertig sind – fertig. Einfach so. Sie würde den Mietvertrag auflösen, und wir anderen müßten für uns selbst sorgen.

Oh, sie hat uns für unseren Einsatz gedankt und gesagt, wir sollten uns auf sie berufen bei der Suche nach neuen Jobs – als ob irgendeine größere Firma auch nur den geringsten Wert auf eine solche Empfehlung legen würde! Sie hat Glück, daß die meisten von uns ihre eigenen Kontakte zu anderen Protestgruppen haben. Wir werden nicht verhungern.«

Scully gab Becka eine ihrer Karten. »Sollten Sie erfahren, wo sie ist, Miss Thorne, oder wenn Sie sie treffen, dann sagen Sie ihr, daß sie mich unter dieser Nummer anrufen soll. Ich glaube, sie wird mit mir sprechen wollen.«

»Wie Sie meinen«, erwiderte die Empfangssekretärin. »Aber jetzt muß ich wieder an die Arbeit gehen. Die Umweltschutzgruppe möchte diesen Samstag eine Versammlung abhalten und hat Flugblätter gedruckt, die an alle Kioske und Laternenpfähle geklebt werden sollen. Wir müssen ungefähr tausend Anrufe machen. Hier gibt es nie Zeit, sich auszuruhen... Ich wünschte wirklich, *ich* könnte einmal Urlaub auf den Inseln machen.«

Scully bedankte sich noch einmal und ging. Sie war ernsthaft beunruhigt. Zuerst war Dr. Gregory in seinem Büro getötet worden, dann hatten Bear Dooley und sein Team plötzlich ihre Zelte abgebrochen und sich in den Pazifik abgesetzt, um ihren geheimen Test durchzuführen... und jetzt war auch Miriel Bremen verschwunden, um sich auf den Weg zu »den Inseln« zu machen.

Konnte das Zufall sein?

Scully mochte keine Zufälle.

Und wie paßte der alte McCarron ins Bild?

Die einzelnen Puzzlestücke schienen zu weit verstreut, waren jedoch mit unsichtbaren Fäden verknüpft. Sie und Mulder mußten einfach weiter suchen, bis sie die Verbindung gefunden hatten, die alle Teile des Rätsels zusammenhielt. Sie mußten die Augen offenhalten und ihre ganze Erfahrung in die Waagschale werfen... Sie ist da, dachte Scully.

Die Wahrheit ist irgendwo dort draußen.

18

Die Scheck-Villa,
Gaithersburg, Maryland
Montag, 18:30 Uhr

Die Luft hing wie ein dickes dampfendes Tuch über Washington, D.C., und der näheren Umgebung. Die finsteren Gewitterwolken am Himmel kündigten keinen erfrischenden und kühlen Regenschauer an, sondern eher noch eine Zunahme der Luftfeuchtigkeit, eine Steigerung der unerträglichen Schwüle.

An Tagen wie diesen wußte Nancy Scheck, daß sich der Aufwand, den Swimmingpool Jahr für Jahr instandhalten und reinigen zu lassen, letztendlich doch auszahlte.

Sie ließ die Eingangstür hinter sich ins Schloß fallen und betrat ihr repräsentatives Haus mit der Ziegelsteinfassade und den schwarzen Fensterläden. Blühende Hornsträucher und eine sorgfältig getrimmte Hecke umgaben die weißen Kolonialstilsäulen. Es war genau die Art von imposantem Anwesen, wie man es von einer leitenden Mitarbeiterin des DOE erwartete.

Da sie sich vor zehn Jahren hatte scheiden lassen und ihre drei Kinder nun aufs College gingen, bot das Haus jede Menge Platz und Bewegungsraum. Sie genoß die Freiheit und den Luxus.

Eine so große Villa war weitaus mehr, als sie für sich allein benötigte, doch Nancy Scheck hatte keine Lust auf die Unannehmlichkeiten, die der Umzug in eine bescheidenere Unterkunft zwangsläufig verursachen würde. Nicht jetzt, nicht ausgerechnet jetzt. Zeit ihres Berufslebens hatte sie danach gestrebt, nach *oben* zu kommen, sich bis an die Spitze zu kämpfen. Ein eindrucksvolles großes Haus gegen ein kleineres einzutauschen, paßte da nicht ins Bild.

Sie ließ ihre Aktentasche auf das kleine kostbare Telefontischchen in der Eingangshalle fallen und schälte sich aus der einengenden Kostümjacke. Sie war es gewöhnt, formelle Garderobe und unbequeme Nylonstrumpfhosen zu tragen. In ihren Kreisen gehörte das zur ungeschriebenen Kleiderordnung – sie verdiente ihr Geld schließlich nicht hinter dem Schalter eines Fast-Food-Restaurants.

Im Augenblick aber konnte sie es kaum erwarten, sich ihrer Sachen zu entledigen, in den seidenen schwarzen Badeanzug zu schlüpfen und sich kopfüber in den Swimmingpool zu stürzen.

Sie schnappte sich den üblichen Stapel Post und warf ihn achtlos auf den Küchentresen. Dann schaltete sie den Anrufbeantworter ein und hörte die beiden aufgezeichneten Nachrichten ab. Die erste war ein Angebot einer Firma für Aluminiumwandverkleidungen, natürlich völlig kostenlos und unverbindlich.

»Aluminium an meinem Haus?« schnaubte Nancy. »Wohl kaum.«

Der zweite Anrufer sprach mit wohlklingender, vertrauter Stimme. Seine Nachricht klang höflich und harmlos, aber Nancy konnte deutlich die versteckte Leidenschaft heraushören, die weit über eine berufliche Beziehung oder sogar über eine enge Freundschaft hinausging.

Bei der Arbeit und auf Parties sprach sie ihn stets mit »Brigadegeneral Matthew Bradoukis« an, doch bei seinen regelmäßigen Besuchen in ihrem Haus nannte sie ihn nur Matthew... und wenn sie mit ihm im Bett lag, flüsterte sie ihm Kosenamen ins Ohr, die nie an die Öffentlichkeit gelangen durften.

Er hatte seinen Namen nicht auf den Anrufbeantworter

gesprochen, doch das war auch nicht nötig. »Ich bin's. Es wird etwas später im Büro werden, deshalb kann ich erst so gegen halb acht bei dir sein. Ich werde noch zu Hause vorbeifahren und die beiden Steaks abholen, die ich eingelegt habe. Wir können sie auf den Grill legen und eine Runde schwimmen und danach... was auch immer. Nachdem so viele Komponenten des Projekts jetzt in *Fahrt* kommen und sich ihrem *Höhepunkt* nähern...«

Nancy kicherte. Sie wußte, daß er diese Formulierungen absichtlich benutzt hatte – und sie hinterließen ein erregendes Kribbeln auf ihrer Haut.

»... können wir beide ein wenig Entspannung vertragen.« Ein Piepton zeigte das Ende der Nachricht an, und das Band spulte sich automatisch zurück.

Nancy zog sich im Schlafzimmer aus und schlug lächelnd die Seidenlaken auf dem Bett zurück, bevor sie in ihren schwarzen Badeanzug schlüpfte und mit den Händen über den geschmeidigen glatten Stoff strich. Sie bewunderte sich im Spiegel. Ihr war klar, daß sie mit ihren 45 Jahren nicht mehr so hinreißend sexy aussah wie noch vor zwanzig Jahren, doch sie wußte auch, daß sie eine sehr viel bessere Figur hatte als die meisten anderen Frauen in ihrem Alter. Sie hielt sich in Form, kleidete sich gut, trieb Sport und hatte ihren sexuellen Appetit nicht verloren. Ihr Haar war kurz und perfekt geschnitten. Zum Glück wurden Blondinen nicht grau – sondern nur »aschblond«.

Nancy nahm ein flauschiges Badehandtuch aus dem Wandschrank, kehrte in die Küche zurück und mixte sich einen Gin-Tonic, den sie mit etwas Eis kühlte. Warum sich nicht jetzt schon ein bißchen in Stimmung bringen? Matthew würde sich seinen eigenen Drink machen, sobald er eintraf.

Das Handtuch über die Schulter gelegt, die Post in der einen und das Glas in der anderen Hand, trat Nancy in den Patio mit dem Swimmingpool hinaus. Sie zog einen Liegesessel an das kleine Tischchen heran und schaltete die Lampen ein, die als elektrische Insektenfallen dienten. Die Moskitos und Stechmücken gaben nie Ruhe, besonders nicht kurz vor Sonnenuntergang. Dann nahm sie das Reinigungsnetz und fischte ertrunkene Käfer und verwehte Blätter aus dem Pool. Als das Wasser wieder klar und einladend funkelte, kehrte sie zu ihrem Sessel im Schatten zurück.

Sie machte es sich bequem, nahm einen Schluck von ihrem Drink und spürte, wie ihr die Flüssigkeit angenehm in der Kehle brannte. Sie stellte sich den Geschmack der saftigen Steaks vor, die Matthew später grillen würde, und das köstliche salzige Aroma seiner Küsse.

Die Vorfreude ließ sie unruhig in ihrem Sessel herumrutschen; ihre Hände glitten über ihren Badeanzug.

Es war wunderbar, einen Mann zu kennen, der eine ebenso hohe Geheimhaltungsstufe hatte wie sie, der an dem gleichen Projekt arbeitete und wußte, daß die dafür benötigten Gelder aus den Etats anderer Programme abgezweigt wurden und keine Spuren in irgendwelchen schriftlichen Unterlagen hinterlassen durften. Für so hochsensible Projekte wie *Bright Anvil* durfte es nie eine offizielle Buchführung geben.

Sie brauchte sich keine Sorgen über Bettgeflüster zu machen, denn Brigadegeneral Matthew Bradoukis koordinierte im Verteidigungsministerium die Operationen für den neuen Gefechtskopf, während sie das gleiche im DOE tat. Kein Grund zur Besorgnis. Er war der perfekte Partner ... zur Zeit.

Sie träufelte sich Babyöl auf ihre nackten Beine, Arme und Schultern, massierte sich den Hals und stellte sich vor, Matthews kräftige Finger auf ihrer Haut zu spüren. Sie mußte sich zusammenreißen und diese Gedanken verdrängen ... sonst würde sie sich nicht mehr bis zu seiner Ankunft beherrschen können.

Sie versuchte sich abzulenken, indem sie die Post öffnete und ohne großes Interesse die Formbriefe, Werbebroschüren und Reklamesendungen sichtete – bis sie auf eine Eilzustellung stieß, ein Päckchen mit einem Poststempel aus Honolulu, das keinen Absender trug.

»Vielleicht habe ich eine Reise gewonnen«, murmelte sie und riß den Umschlag auf. Zu ihrer Enttäuschung fand sie lediglich ein kleines, mit feiner schwarzer Asche gefülltes Glasröhrchen und ein Stück Papier. Die Botschaft war mit gestochen scharfen Großbuchstaben geschrieben, die die geduldige Sorgfalt ihres Verfassers verrieten.

»Für Ihren Anteil an der Zukunft.«

Sie betrachtete die Notiz mit gerunzelter Stirn. »Was soll das denn heißen?« Neugierig schüttelte sie das Röhrchen mit der schwarzen Asche und hielt es ins Licht. »Soll ich vielleicht die Menschheit bekehren, das Rauchen aufzugeben?«

Nancy stand auf, verstimmt über diesen müden Scherz. Der Absender des Päckchens schien ein ziemlicher Dummkopf zu sein. Wie sollte sie erschrecken oder sich verschaukelt fühlen, solange sie keine Ahnung hatte, worauf er hinauswollte. Versuch's das nächste Mal mit ein paar Informationen mehr, dachte sie und warf den Zettel auf das Tischchen.

Sie beschloß, nicht weiter darüber nachzugrübeln. Die Sonne sank tiefer, doch die feuchte Luft würde die Hitze noch lange speichern. Wenn sie noch länger wartete, versäumte sie die beste Zeit zum Schwimmen.

Am Rand des Swimmingpools knisterte eine der Insektenlampen. Nancy sah blaue Funken aufzucken, als sich die Spannung zwischen den Polen entlud und vermutlich gerade einen Falter röstete, der in den Tod geflogen war.

»Hah!« rief sie triumphierend. »Nimm das!«

Mit einem Mal begannen auch die anderen Lampen, Funken zu sprühen und gaben laut knackende Geräusche von sich. Die Lichter flackerten wie wild. Funken flogen wie winzige Gewitterblitze.

»Was ist das, eine Invasion von Junikäfern?« murmelte

Nancy. Sie blickte sich suchend um. Nur große Insekten konnten derart laute Entladungen verursachen. Hoffentlich beeilte sich Matthew und tauchte bald hier auf – sie wollte, daß er dieses Schauspiel selber sah.

Plötzlich explodierten die Insektenlampen der Reihe nach und schleuderten Fontänen blauer Funken in die Luft. Nancy stöhnte angewidert. Jetzt würden sie kostbare Wochenendzeit damit vergeuden müssen, die gesamte Anlage zu ersetzen.

Die Luft knisterte. Ein Stakkato elektrischer Energie... Langsam wurde ihr die Sache unheimlich.

»Was geschieht hier, verdammt noch mal?« rief sie, während sie das merkwürdige Glasröhrchen noch immer in der einen Hand hielt und mit der anderen ihren Drink heftig zu Boden schleuderte. Eiswürfel verteilten sich auf dem Betonfußboden. Mit nichts als ihrem schwarzen Badeanzug am Leib fühlte sie sich auf einmal seltsam schutzlos. Vielleicht, wenn sie zum Telefon...

Plötzlich hörte sie von allen Seiten Stimmen. Sie flüsterten, zirpten, keuchten in einer fremdartigen Sprache, schwirrten wie Motten um ihren Kopf.

Die Luft sprühte Funken. Jedes Metallteil im Patio glühte in giftig schwelendem Rot. Blauweiße Lichtbögen zuckten von ihrem Liegesessel zum Gartentisch.

»Hilfe!« Nancys Stimme überschlug sich.

Sie wirbelte herum und wollte davonlaufen, strauchelte und streckte ihre Hände aus, um sich irgendwo festzuhalten. Als sie den Sessel berührte, schossen sengende Blitze in ihre Arme.

Ihr Mund öffnete sich zu einem stummen Schrei, Funken tanzten über ihre Zahnfüllungen. Ihr aschblondes Haar stellte sich auf und legte sich wie ein Heiligenschein um ihren Kopf.

Sie stolperte verzweifelt auf den Rand des Schwimmbekkens zu, um sich im Wasser in Sicherheit zu bringen. Ihre

Haut kribbelte und brannte vor statischer Ladung. Das Röhrchen mit der Asche glitt ihr aus der Hand und fiel ins Wasser.

Grellend hartes Licht umgab sie mit einer tückisch strahlenden Aureole. Die Stimmen wurden lauter. Sie tobten und verschmolzen zu einem einzigen anklagenden Schrei.

Kritische Masse.

Ein dröhnender Donnerschlag spülte über sie hinweg.

Der heranfauchende Feuersturm verbrannte ihre schöne Augen, und die Wucht der explodierenden Hitze schleuderte sie rückwärts in den Swimmingpool. Eine Wolke aus kochendem Wasserdampf schoß in den Himmel.

Das letzte Bild auf Nancy Schecks Netzhaut war eine riesige Wolke. Eine Wolke in Form eines Pilzes.

19

Die Scheck-Villa
Dienstag, 13:06 Uhr

Die Leiche sieht genau wie die anderen aus, dachte Mulder, stark verkohlt, knisternd vor Reststrahlung und durch den Hitzeblitz zu einer insektenhaften Haltung verkrümmt, die ihn an die Munchsche Lithographie »Der Schrei« erinnerte.

Irgendwie erschien es ihm noch unheimlicher, eine radioaktive verbrannte Leiche im Garten eines teuren Vorstadthauses zu finden. Die mondäne Umgebung verlieh dem Szenario eine so skurrile Note, daß der Fall Scheck noch beängstigender war als die zu Glas gebrannte Senke in der Wüste von New Mexico.

Ein Polizist der örtlichen Behörde wollte ihnen den Zutritt zum Swimmingpool verwehren, und Mulder präsentierte sein Dienstabzeichen und den Ausweis des Büros. »FBI. Ich bin Special Agent Mulder, das ist Agent Scully. Wir wurden eingeflogen, um den Tatort und die Leiche zu untersuchen.«

Ein Detective der Mordkommission untersuchte die Spuren um den Swimmingpool und machte sich Notizen. Er wirkte verwirrt. Als er hörte, wie sich Mulder auswies, hob er den Kopf. »FBI? Ganz schön schweres Geschütz. Warum hat man Sie hergeschickt?«

»Wir haben möglicherweise... eine gewisse Erfahrung, was diesen Fall betrifft«, entgegnete Scully. »Es könnte eine Verbindung zwischen diesem Todesfall und einer anderen

Ermittlung bestehen, die wir gerade durchführen. Im Verlauf der letzten Woche hat es zwei ähnliche Vorfälle gegeben.«

Der Detective hob die Augenbrauen und zuckte dann müde die Achseln. »Wie dem auch sei... Ich bin froh, wenn Sie mir helfen. Das ist wirklich eine unheimliche Sache. Hab' so was noch nie gesehen.«

»Das gehört ohne Frage in *Ihren* speziellen Aktenschrank«, sagte Scully an Mulder gewandt.

Sie begann, den Tatort zu inspizieren, schob sich an der Spurensicherung und den Detectives vorbei, zog ein kleines Taschenmesser hervor und schabte an einem großen verkohlten Fleck auf dem Redwoodzaun herum, der das Grundstück von Nancy Scheck eingrenzte.

»Das Holz ist nur an der Oberfläche verbrannt«, stellte sie fest. »Die Hitze war sehr intensiv, hat aber nur kurz angedauert.«

Mulder betrachtete die Kerbe, die ihr Messer hinterlassen hatte. Dann bemerkte er die zersplitterten Insektenlampen um den Swimmingpool herum. »Sehen Sie... sie sind alle zerstört«, sagte er. »Als wären sie durch eine Art Stromstoß in die Luft gejagt worden, jede einzelne. Das passiert auch nicht alle Tage.«

»Wir können bei den Elektrizitätswerken nachfragen, ob es zum vermutlichen Todeszeitpunkt hier in der Gegend größere Stromschwankungen gegeben hat«, schlug Scully vor.

Mulder nickte, schob die Hände in die Hosentaschen und drehte sich langsam um die eigene Achse. Insgeheim hoffte er, daß ihm eine Antwort auf seine Fragen zufliegen würde. Aber nichts dergleichen geschah. »Okay, Scully...« Er räusperte sich. »Diesmal befinden wir uns weder in einem nuklearen Forschungslabor, noch auf einem Raketentestgelände, sondern im Patio einer Bürgerin von Maryland. Wie wollen Sie diesen Vorfall wissenschaftlich erklären?«

Scully seufzte. »Mulder, im Augenblick bin ich mir nicht einmal sicher, wie *Sie* sich das erklären wollen.«

»Nicht unbedingt nach den vorgeschriebenen Richtlinien«, erwiderte er. »Zuerst einmal werde ich versuchen herauszufinden, ob es irgendwelche Verbindungen zwischen Nancy Scheck, Emil Gregory und Oscar McCarron gibt. Oder eine Verbindung zu Atomwaffenversuchen. Oder vielleicht sogar zum Manhattan Projekt. Oder ...«

»Die Frau war nicht alt genug, um etwas mit dem Manhattan Projekt zu tun gehabt zu haben«, wandte Scully ein. »Allerdings hat sie für das DOE gearbeitet, wo sie laut ihrem Dossier eine wichtige Position bekleidet hat. Aber das ist bestenfalls eine dürftige Verbindung. Das DOE hat Zehntausende Mitarbeiter.«

»Wir werden sehen ...«

Der Leichenbeschauer hatte die verkohlte Leiche bereits in einen schwarzen Plastiksack gepackt. Mulder ging zu ihm und forderte ihn mit einer Geste auf, den Reißverschluß wieder zu öffnen, damit er Nancy Schecks Überreste noch einmal in Augenschein nehmen konnte.

»Die unheimlichste Sache, die mir jemals untergekommen ist«, sagte der Coroner. Er nieste, schniefte lautstark und murmelte etwas von einer Allergie. »So einen Toten hab' ich noch nie gesehen. Das ist nicht bloß ein Brandopfer. Kann mir einfach nicht vorstellen, was eine solche Hitze entwickeln kann. Ich werd' wohl meine Fachbücher wälzen müssen.«

»Eine Atombombe könnte so etwas bewirken«, sagte Mulder beiläufig.

Der Coroner kicherte nervös. »Ja, sicher, wo doch jeder sein persönliches Atombömbchen im Hinterhof hat. Muß ein *ziemlich* heftiger Nachbarschaftsstreit gewesen sein. Leider hat kein Zeuge ausgesagt, einen Atompilz gesehen zu haben.«

»Ich gebe zu, es hört sich absurd an«, erwiderte Mulder, »aber das ist der dritte von drei identischen Todesfällen, die wir im Lauf der letzten Woche gesehen haben. Einen in Kalifornien, einen in New Mexico und jetzt diesen hier.«

»Sie haben so was schon mal gesehen?« Der Polizeiarzt richtete sich auf und rieb seine geröteten Augen. »Was, um alles in der Welt, steckt denn dahinter?«

Mulder schüttelte den Kopf und gestattete dem untersetzten Mann, den Reißverschluß wieder zuzuziehen. »Im Moment, Sir, bin ich genauso ratlos wie Sie.«

Direkt hinter den Glastüren, die auf den Patio führten, sprach ein Mann in Generalsuniform mit zwei Polizisten, die eifrig in ihre kleinen Notizblöcke schrieben. Der General war klein, breitschultrig, hatte kurzgeschorenes schwarzes Haar und einen dunklen Teint. Er wirkte tief betroffen.

»Ich frage mich, wer das ist.« Mulder deutete mit dem Kinn in Richtung Haus.

»Ich habe gehört, wie ein Polizist über ihn geredet hat«, erwiderte Scully. »Ich glaube, das ist der Mann, der die Leiche gestern abend entdeckt hat.«

Mulder ging hinüber um die Antworten des Generals zu hören und um ihm selbst ein paar Fragen zu stellen.

»Als ich angekommen bin, war der Beton noch heiß«, berichtete der General gerade, »also konnte es noch nicht lange passiert sein. Die Farbe hat Blasen geschlagen, und der Gestank ...« Er schüttelte den Kopf. »*Dieser Gestank!*« Er drehte sich zu Mulder um, der direkt neben ihm stand, schien ihn aber gar nicht wahrzunehmen. »Hören Sie, ich habe früher schon Schlachtfelder gesehen, ich habe ein paar Unfälle miterlebt, schlimme Unfälle ... ich habe sogar einmal mitgeholfen, Leichen aus einem abgestürzten Flugzeug zu bergen. Ich habe den Tod gesehen und weiß, wie scheußlich er sein kann. Aber ... in ihrem eigenen Garten ...«

Endlich gelang es Mulder, das gravierte Namensschild an der Brust des Generals zu lesen. »Entschuldigen Sie, bitte, General ... Bradoukis – haben Sie mit Miss Scheck zusammengearbeitet?«

Der General stand offenbar noch viel zu sehr unter Schock,

um sich Gedanken darüber zu machen, ob Mulder überhaupt berechtigt war, hier Fragen zu stellen. »Ja ... ja, das habe ich.«

»Und warum waren Sie gestern abend hier?«

Der General versteifte sich, seine Augen wurden schmal. »Wir wollten zusammen zu Abend essen. Steaks vom Grill.« Sein breites Gesicht wurde um eine Nuance dunkler. »Unser Verhältnis war nicht völlig geheim, obwohl wir diskret gewesen sind.«

Mulder nickte und verstand jetzt, warum der Mann so erschüttert war. »Eine Frage, General. Soweit ich weiß, hatte Miss Scheck eine ziemlich hohe Position im DOE inne, aber ich kann mich nicht erinnern, welches Programm sie geleitet hat. Können Sie mir das sagen?«

Bradoukis schwarze Augen wichen seinem Blick aus. Die beiden Polizisten zappelten unruhig herum, unschlüssig, ob sie diesen neuen Ermittler verjagen oder sich der Autorität des FBI unterordnen sollten.

»Unsere ... äh, über Nancys Arbeit wurde nicht viel geredet.«

Mulder verspürte einen plötzlichen Anflug von Jagdfieber – hier war eine neue Spur, der er folgen konnte. »Sie meinen, es war eins von diesen ... schwarzen Programmen, ein nicht offiziell finanziertes Projekt?«

»Die Medien nennen diese Projekte ›schwarze Programme‹«, fiel ihm der General ins Wort. »Dafür gibt es keine offizielle Bezeichnung. Manchmal ist es erforderlich, gewisse Dinge mit unkonventionellen Mitteln zu erledigen.«

Mulder beugte sich vor wie ein Habicht, bereit zum tödlichen Stoß auf seine Beute. Alles hing von der nächsten Frage ab. »Hatte Miss Schecks Arbeit vielleicht etwas mit einem Projekt namens *Bright Anvil* zu tun?«

Der General zuckte zusammen. »Ich bin nicht befugt, Auskünfte über dieses Projekt zu geben, schon gar nicht an einem Ort ohne jegliche Sicherheitsvorkehrungen.«

Mulder bedachte ihn mit einem verständnisvollen Lächeln. »Das wird auch nicht nötig sein, General.«

Bradoukis' Reaktion war Antwort genug. Mulder meinte, das leise Klicken zu hören, mit dem sich die Puzzlesteine in seinem Kopf zusammenfügten. Sie lagen zwar immer noch nicht an der richtigen Stelle, aber sie hatten jetzt eine gewisse Ordnung. Für den Moment schien es ihm am klügsten, den verstörten Mann in Ruhe zu lassen.

»Das ist alles, soweit es mich betrifft, General. Es tut mir leid, Sie in dieser schmerzlichen Stunde belästigt zu haben. Ich kann doch davon ausgehen, daß Sie im Pentagon ein Büro haben? Vielleicht werde ich Sie dort persönlich aufsuchen, falls ich noch weitere Fragen an Sie haben sollte.«

Bradoukis nickte ohne große Begeisterung, und Mulder zog sich zum Swimmingpool zurück. Er betrachtete die ehemals himmelblaue Farbe um den Beckenrand, die schwarz geworden war und häßliche Blasen geworfen hatte. Der intensive Hitzeblitz hatte die Hälfte des Wassers verdampfen lassen und den Rest in eine trübe Brühe verwandelt. In den Ecken hatte sich bräunlicher Schaum gesammelt.

Der Feuerball mußte unglaublich heiß gewesen sein – und doch hatte er weder Nancy Schecks Haus in Brand gesetzt, noch auf die Nachbargrundstücke übergegriffen. Fast als wäre er *gesteuert* und absichtlich nur auf einen ganz bestimmten Punkt gerichtet worden ... Mehrere Anwohner hatten behauptet, einen kurzen hellen Blitz bemerkt zu haben, doch niemand hatte sich die Mühe gemacht nachzusehen.

Mulders Blick fiel auf einen Gegenstand, der dicht über dem Grund des Beckens trieb, ein kleines Glasröhrchen, das vor sich hindümpelte, als wäre es nur teilweise mit Wasser gefüllt. Er sah sich suchend um, bis er ein Reinigungsnetz entdeckte. Durch den Hitzeblitz hatte sich der Griff verbogen, aber das Maschenwerk selbst war überraschenderweise intakt geblieben.

Mulder kehrte zum Beckenrand zurück, tauchte das Netz tief ins Wasser und manövrierte damit hin und her, bis er den dunklen Gegenstand erwischt hatte.

»Ich hab etwas gefunden!« rief er und löste das Glasröhrchen aus dem Netz, das eine schwarze Substanz enthielt. Es waren nur ein paar Wassertropfen durch den Verschluß gedrungen.

Scully und der Detective kamen herüber, um sich seinen Fund anzusehen. Mulder hielt das Röhrchen zwischen Daumen und Zeigefinger gegen das Licht. Der Gegenstand kam ihm verdächtig vor, und allein diese Tatsache war Wasser auf die Mühlen seiner Intuition: diese Entdeckung war wichtig für den Fall. Er spürte es.

Er reichte Scully das Röhrchen, die es schüttelte, um den Inhalt aufzulockern. »Ich kann nicht erkennen, was das ist«, sagte sie. »Irgendein schwarzes Pulver oder Asche. Aber wie ist das Ding in den Pool gelangt? Glauben Sie, daß es etwas mit Nancy Schecks Tod zu tun hat?«

»Es gibt nur eine Möglichkeit, das herauszufinden, Scully«, erwiderte er. Er wandte sich dem Detective der Mordkommission zu. »Wir haben die besten Geräte im Labor des FBI. Ich würde das hier gerne mitnehmen und einer vollständigen Analyse unterziehen lassen. Wir werden Sie selbstverständlich über alle Ergebnisse unterrichten.«

»Sicher«, sagte der Detective. »Ein Problem weniger für meine Leute.« Er schüttelte den Kopf. »So etwas wie diesen Fall hier habe ich noch nie gesehen ... und ich fürchte, die Sache ist zu hoch für mich. Tun Sie mir den Gefallen und lösen Sie den Fall.« Er fuhr sich mit einer Hand durchs Haar. »Scheiße, geben Sie mir eine Messerstecherei, einen guten alten Banküberfall ... Schüsse aus einem vorbeifahrenden Wagen ...«

20

FBI–Zentrale, Washington D.C.
Dienstag, 15:30 Uhr

X Scully empfand es als angenehm, zur Abwechslung mal wieder in ihrem eigenen Labor arbeiten zu können, nachdem sie so lange unterwegs gewesen war. Sie genoß die Ruhe und die vertraute Umgebung. Sie wußte, wo die Dinge lagen, die sie brauchte. Sie wußte, wen sie anrufen mußte, wenn sie Hilfe oder einen technischen Rat benötigte. Sie kannte hier genug Spezialisten, deren Kompetenz sie respektierte – falls sie einen unvoreingenommenen Kollegen zu Rate ziehen wollte, um sich ihre Untersuchungsergebnisse bestätigen zu lassen.

Die kriminalistische Abteilung des FBI war weltweit die fortschrittlichste ihrer Art und konnte auf ein Team von zum Teil exzentrischen Experten der forensischen Wissenschaften zurückgreifen, deren ungewöhnliche Interessen und Fähigkeiten sich immer wieder als Schlüssel zu den bizarrsten Fälle erwiesen hatten. Da war die Frau, deren genetische Veranlagung sie befähigte, den feinen Bittermandelgeruch von Cyanid aufzuspüren, oder der Mann, dem es aufgrund seines Interesses für Tropenfische gelungen war, ein mysteriöses Gift als Toxin von Aquariumalgen zu identifizieren. Ein anderer wiederum hatte sich darauf spezialisiert, den Fotokopierer zu bestimmen, der eine bestimmte Kopie hergestellt hatte.

Während ihrer zahllosen X-Akten-Fälle hatten Scully und

Mulder die Fähigkeiten und den Einfallsreichtum der Mitarbeiter des kriminaltechnischen Labors zu schätzen gelernt – und sie sehr viel häufiger strapaziert als die meisten anderen Außendienstagenten.

Das Labyrinth der diversen Laboratorien bestand aus einem Gewirr miteinander verbundener Korridore. Jede einzelne Abteilung hatte ihren eigenen komplexen Aufgabenbereich: Chemie/Toxikologie, DNA-Analyse, Ballistik und Werkzeuganalyse, Haare und Fasern, Sprengstoffe, Spezialfotografie, Videofilmvergrößerung und -optimierung, Graphologie, Aufspüren verborgener Fingerabdrücke, Materialanalyse und andere, geheimnisvollere Spezialgebiete. Trotz all der Zeit, die Scully nun schon für das FBI arbeitete, war es ihr noch immer nicht gelungen, die Organisationsstruktur der einzelnen Abteilungen zu durchschauen. Aber sie bekam immer genau das, was sie benötigte.

Sie betrat das Hauptlabor von Berlina Lu Kwok im Materialeingangsbereich der Abteilung Biologische Analysen. Hier fanden die ersten allgemeinen Untersuchungen der eingesandten Proben statt, bevor sie an die jeweiligen Spezialabteilungen weitergeleitet wurden. Der Gestank, der ihr entgegenschlug, war weitaus schlimmer als gewöhnlich, und die Stirn der untersetzten Laborleiterin war bedenklich umwölkt.

»Agent Scully!« Lu Kwoks scharfe Stimme durchschnitt die Luft wie ein Messer, als wäre Scully für den Gestank verantwortlich. »Ist es vielleicht zuviel verlangt, sich vorher ordnungsgemäß anzumelden? Haben wir etwa keine exakten Vorschriften, wie Proben zur Untersuchung einzureichen sind? Ist die Einhaltung des *richtigen* Wegs nicht genauso einfach wie die des *falschen*?«

Scully umklammerte das Päckchen mit der schwarzen Substanz, die Mulder aus Nancy Schecks Schwimmbecken gefischt hatte, und drückte es verlegen an sich. »Ich dachte, ich fülle die Formulare gleich persönlich aus …«

Doch die Laborleiterin schien entschlossen, sich nicht in ihrem Vortrag unterbrechen zu lassen, und verzog angewidert das Gesicht. »Das FBI kann erwarten, daß seine Ermittler wenigstens den *Versuch* unternehmen, einfache Verfahrensvorschriften zu befolgen! Damit ist uns allen geholfen, oder?«

Sie wedelte mit einem alten Memo durch die Luft und begann, ohne eine Antwort abzuwarten, daraus vorzulesen. »Alle eingesandten Proben sind an das Beweismittel-Kontrollzentrum des FBI zu adressieren. Geschoßprojektile sind durch den United Parcel Service, eingeschriebene Postsendungen oder private Kurierdienste zu verschicken. Menschliche Organe sind in *Trockeneis zu verpacken* und in Kunststoff- oder Glasbehältern via UPS, private Expreßpostdienste oder Spezialauslieferer zuzustellen.« Sie wedelte erneut mit dem Memo – diesmal, um den Gestank zu vertreiben.

»Jetzt hat mir irgendein Hinterwäldlerkaff in South Dakota die Leber eines Opfers geschickt und eine toxikologische Analyse angefordert. Diese Amateure haben die Leber in eine Plastiktüte mit Reißverschluß gesteckt, Kreppband darauf geklebt, es per Hand beschriftet – und nicht mal das Porto für eine Eilzustellung bezahlt.« Sie schnaubte. »Standardauslieferung, zwei Tage!« Berlina schleuderte das Memo von sich. Es flatterte träge zu Boden. »Wir werden Wochen brauchen, um hier den Gestank wieder loszuwerden, und wahrscheinlich werden wir in dem Gewebe auch nicht mehr viel entdecken können ...«

Scully schluckte und hoffte, die Tirade der Laborleiterin bremsen zu können. »Wenn ich eine Probe auf dem richtigen Verfahrensweg einreiche, könnte ich Sie dann um einen Gefallen bitten?«

Berlina Lu Kwok starrte sie aus ihren mandelförmigen Augen an. Schließlich prustete sie los. »Tut mir leid, Agent Scully. Natürlich. Ist das dieser Mord an der DOE-Repräsentantin? Wir haben Anweisung, Ihnen höchste Priorität einzuräumen.«

Scully nickte und übergab ihr die Probe zusammen mit einer Notiz, auf der Mulder angemerkt hatte, wofür er die Substanz hielt. Lu Kwok überflog den Text. »Interessant«, sagte sie. »Wir können Agent Mulders Vermutung ziemlich schnell überprüfen, aber wenn sie nicht zutrifft, könnte es Wochen dauern, bis wir die Substanz identifiziert haben.«

»Tun Sie, was Sie können«, bat Scully. »Und vielen Dank. In der Zwischenzeit muß ich zwei Autopsien durchführen.«

»Sie Glückspilz«, erwiderte die Asiatin, während sie die pulverige Probe aufmerksam musterte. Dann drehte sie sich um und kehrte an ihre Arbeitsgeräte zurück – mit ein paar lautstarken Flüchen in ihrer Muttersprache, die vermutlich dem Versender der Leber galten ...

Es war ein chaotischer und anstrengender Nachmittag.

Scully beendete sowohl die Autopsie an Nancy Scheck als auch an Oscar McCarron, den die hilfsbereiten Geister der White Sands Missile Range verpackt und an ihr Labor geschickt hatten – unter Beachtung der entsprechenden Vorschriften, wie sie hoffte.

Selbst nachdem sie drei Opfer untersucht hatte, die alle auf die gleiche unmögliche Weise umgekommen waren, hatte sie immer noch keinerlei Anhaltspunkt, wie die Morde geschehen sein konnten. Es war einfach, die Todesursache als »Folge plötzlicher enormer Hitze und radioaktiver Strahlung« zu bestimmen, aber das erklärte immer noch nicht die *Quelle* dieser Kräfte. War es eine neue Art Todesstrahl oder ein nuklearer Gefechtskopf von der Größe eines Wasserglases?

Während des Studiums hatte Scully genug über die physikalischen Gesetzmäßigkeiten einer atomaren Explosion gelernt, um zu wissen, daß ein solcher Gefechtskopf nicht in einer Briefbombe oder einer Handgranate untergebracht werden konnte. Die erforderliche kritische Masse, der Zünder und die Abschirmung machten ein bestimmtes Volumen unumgänglich, und darüber hinaus hinterließen derartige Explosionen Rückstände, die jedoch an keinem der drei Todesschauplätze gefunden worden waren. Alles, was sie besaß, war das Röhrchen aus Nancy Schecks Swimmingpool mit der merkwürdigen schwarzen Asche.

Sie überließ es anderen FBI-Bediensteten, den Autopsieraum zu säubern und sich um die verbrannten Leichen zu kümmern, und kehrte in ihr eigenes kleineres Labor zurück, um eine Probe der Asche zu analysieren. Sie benutzte ein langes Skalpell mit schmaler Klinge, gab die klebrige pulverartige Substanz behutsam in eine sterile Metallschale und strich sie glatt. Dann nahm sie ein Vergrößerungsglas, stocherte vorsichtig mit der Klinge in dem Pulver herum und überprüfte seine Konsistenz.

Sie zog ihr Diktiergerät hervor, drückte auf die Aufnahmetaste und überließ es der akustikgesteuerten Automatik, das Band während der längeren Pausen zwischen ihren Ausführungen anzuhalten. Bevor sie mit dem provisorischen Bericht begann, gab sie die Aktennummer des Falls und des Beweisstücks zu Protokoll.

»Die in Schecks Swimmingpool gefundene schwarze Substanz scheint aus zwei verschiedenen Komponenten zusammengesetzt zu sein, die eine fein und flockig, die andere körnig. Der größte Teil ist weich und ascheartig und besteht offenbar aus organischen Rückständen. Das Pulver ist mittlerweile fast trocken, aber ich denke, daß es mit Chlor und anderen Chemikalien aus dem Wasser des Schwimmbekkens versetzt worden ist. Unter Umständen werden wir diese Verunreinigungen für die abschließende Analyse neutralisieren müssen.

Die zweite Komponente des Gemischs ist körnig und ...« Sie sonderte eines der Körner mit der Skalpellklinge ab und drückte mit der Breitseite darauf – es gab ein knackendes Geräusch, und das winzige Kügelchen hüpfte gegen die Wand der Metallschale. »Außerdem ist sie hart und kristallin«, fuhr sie fort, »wie eine Art Gestein oder ... Sand. Ja, sie erinnert mich an schwarzen Sand.«

Scully streute eine kleine Probe auf einen sauberen Objektträger und schob ihn unter ihr Mikroskop. Sie beugte sich über das Okular und betrachtete die Substanz zuerst bei niedriger, dann immer stärkerer Vergrößerung. Schließlich schaltete sie einen Polarisationsfilter dazu und stocherte mit der Spitze des Skalpells in dem Pulver herum, um die winzigen Teilchen noch gleichmäßiger zu verteilen.

»Ja, es scheint sich um Sand zu handeln«, sagte sie aus dem Mundwinkel heraus. Sie runzelte die Stirn. »Es wäre möglich, daß die Asche von irgendeinem Strand abgekratzt wurde und der Sand nur versehentlich mit hineingeraten ist. Das ist allerdings reine Spekulation.« Sie mußte für die endgültige Beurteilung der beiden Komponenten auf die Resultate der chemischen Untersuchung von Berlina Lu Kwok warten.

Aus einem bloßen Verdacht heraus ging Scully zu ihrem Instrumentenschrank und holte ein nur selten benutztes Gerät hervor, das sie erst heute nachmittag für die Autopsie angefordert hatte. Es war ein kleiner Alphastrahlendetektor, ein empfindliches Meßgerät, das selbst vor der natürlichen Hintergrundstrahlung noch radioaktive Rückstände aufspüren konnte.

Sie richtete den empfindlichen Sensor auf das schwarze Häufchen in der Metallschale und bewegte ihn hin und her. Da die Datenleitung des Detektors mit ihrem Computer verbunden war, konnte sie das nukleare Spektrum bestimmen lassen. Nach allem, was sie bisher über diesen Fall wußte, war sie nicht überrascht, radioaktive Rückstände in der Probe zu entdecken. Glücklicherweise war die Pulvermenge so gering, daß die Strahlungsdosis keine Gefahr darstellte. Der Spektrumsschwerpunkt lag andererseits so hoch im oberen Bereich, daß es sich offensichtlich nur um eine Substanz von außergewöhnlicher Herkunft handeln konnte – eine

Substanz, die als Resultat eines hochenergetischen Strahlungsausbruchs entstanden war.

Der Computer erledigte den größten Teil der Arbeit von allein, verglich das nukleare Spektrum mit einigen tausend anderen, die er sich aus den entsprechenden Datenbanken holte, und suchte nach einer Übereinstimmung.

Plötzlich klopfte es an der Tür. Als sie sich umdrehte, erblickte sie Berlina Lu Kwok mit einem Heftordner voller Papiere. »Hier sind die Ergebnisse – Sonderzustellung für Sie, Agent Scully.«

»So schnell?« fragte Scully überrascht.

»Was denn? Möchten Sie, daß ich es in Trockeneis verpacke und von UPS ausliefern lasse?« Lu Kwok lachte. »Ich wollte nur mal kurz aus meinem Labor rauskommen und ein bißchen frische Luft schnappen.«

Scully nahm den Ordner erfreut entgegen, doch bevor sie sich bedanken konnte, hatte sich die Asiatin schon wieder umgedreht und war auf dem Gang verschwunden.

Scully wog den Ordner einen Moment lang in der Hand und wandte sich dann wieder ihrem Computer zu. Zu ihrer Überraschung war das Programm während der kurzen Unterbrechung bereits auf eine Übereinstimmung in den Datenbänken gestoßen. Bevor sie Berlina Lu Kwoks Untersuchungsbericht aufschlug, musterte sie die Ergebnisse der Strahlungsanalyse.

Die Balken der Fehlerdiagramme waren lang, doch dank der einzigartigen Halbwertszeiten der Probe ließ alles darauf schließen, daß diese schwarze Substanz vor 40 bis 50 Jahren einer hohen Dosis ionisierender Strahlung ausgesetzt gewesen war.

Scully schluckte. Zögernd schlug sie Lu Kwoks Ordner auf und ahnte, was sie dort finden würde... Es gab nur eine Erklärung dafür, wie die Laborleiterin die Substanz so schnell hatte identifizieren können: Mulders Vermutung hatte sich als richtig erwiesen.

Sie überflog die Zusammenfassung der Analyse und blätterte hastig weiter bis zur letzten Seite – sie wollte jetzt nur noch das Endergebnis sehen. Ihr Herzschlag setzte kurz aus ... Die schwarze pulverige Probe bestand tatsächlich aus *menschlicher Asche.* Sie war vor etwa 40 Jahren starker radioaktiver Strahlung ausgesetzt gewesen und hatte sich mit feinkörnigem schwarzen Sand vermengt.

Vier Jahrzehnte alte radioaktive Menschenasche ... gefunden neben einer Toten, die von einem ganz ähnlichen atomaren Blitz ausgelöscht worden war.

Sand.

Asche.

Radioaktive Strahlung.

Scully ließ sich in ihren Sessel zurücksinken und trommelte mit den Fingernägeln auf den Schnellhefter. Dann griff sie zum Telefon. Sie konnte es nicht länger hinauszögern.

Mulder würde entzückt sein.

21

Kamida Imports
Dienstag, 12:03 Uhr

Miriel Bremen war beeindruckt, als sie die oberen Stockwerke des Geschäftshochhauses in Honolulu betrat. Draußen strömte der Verkehr im hellen Sonnenschein dahin, folgte der Küstenstraße, während Diamond Head seine klobige Spitze majestätisch hoch über die Wellen und den sonnigen Strand aufragen ließ. Im Inneren der Hauptsitzes von Kamida Imports fühlte sich Miriel wie in einer anderen Welt.

Sie hatte keinen Blick für den herrlichen Sonnenschein, den tiefblauen Ozean und die weißen Strände, auf denen sich käsige Amerikaner und Schwärme quirliger Japaner tummelten. Ihre Nachricht für Kamida war einfach zu schrecklich...

Während Miriel darauf wartete, von der Empfangssekretärin angemeldet zu werden, lief sie ruhelos auf und ab. Die Anspannung machte es ihr unmöglich, in den nichtssagenden Magazinen herumzublättern, die bunt aufgefächert auf niedrigen Tischen lagen.

Miriel kannte Ryan Kamida jetzt seit einem Jahr. Sie war ihm unmittelbar nach ihrer persönlichen Erleuchtung begegnet, die zu ihrem Ausstieg aus der Nuklearforschung geführt und sie in eine entschiedene Atomwaffengegnerin verwandelt hatte. Die großzügigen Geldsummen, die Kamida anonym aus der Schatztruhe seines erfolgreichen

Unternehmens gespendet hatte, hatten *Stop Nuclear Madness!* während seines einjährigen Bestehens aller finanzieller Sorgen enthoben.

Schon bei ihrer ersten Begegnung hatte Miriel so viele Gemeinsamkeiten mit dem blinden Mann entdeckt, daß es ihr beinahe unheimlich war. Dennoch reichte allein seine Anwesenheit aus, ihr Angstschauder über den Rücken zu jagen. Es war ihr schwergefallen zu begreifen, wie Kamida sein tragisches Schicksal derart gelassen akzeptieren konnte, doch solche Überlegungen hatte er ohne eine Regung in seinem vernarbten Gesicht einfach beiseite gewischt.

Als angesehene Forscherin der Teller Nuclear Research Facility hatte es Miriel nie Probleme bereitet, sich souverän unter den Mächtigen des Landes zu bewegen, und sie konnte sich in jeder Diskussion behaupten. Doch nachdem sie von Ryan Kamidas Einfluß erfahren und seine Großzügigkeit – und seine persönlichen Gründe dafür – kennengelernt hatte, hatte sie sich geschworen, ihren Wohltäter nie wieder aufzusuchen und um einen weiteren Gefallen zu bitten ... es sei denn in einem absoluten Notfall.

Und dieser Notfall war jetzt eingetreten.

Ihr Geldgeber behauptete, schon seit Monaten Vorbereitungen für verzweifelte Maßnahmen getroffen zu haben, als könne er in die Zukunft sehen. Der Gedanke, ihn noch einmal beim Wort nehmen zu müssen, gefiel ihr nicht – doch unter den gegebenen Umständen blieb ihr keine andere Wahl.

In diesem Moment kam Kamida, von der Empfangssekretärin geführt, aus seinem Privatbüro. Beim Gehen berührte er ihre Schulter nur ganz leicht, ein schlichtes Eingeständnis, daß er sie als Führerin brauchte. Seine Augäpfel hatten die milchige Farbe halbgekochter Eier. Sein Gesicht war von Furchen und Wülsten übersät – und doch war es auf seine Weise schön, eine seltsame Mischung aus Stolz und Verwüstung.

Kamida legte den Kopf schief, als könne er Miriels Anwesenheit an dem schwachen Duft ihrer parfümierten Seife wahrnehmen oder ihren Atem hören. Miriel fragte sich, ob er nicht doch über mehr Fähigkeiten verfügte, als er erkennen ließ.

»Mr. Kamida«, sagte sie und stand auf. »Ryan, es ist sehr großzügig von Ihnen, mich so kurzfristig zu empfangen.«

Er kam auf sie zu und orientierte sich dabei an ihrer Stimme. »Miriel Bremen, was für eine angenehme Überraschung. Es ist sehr nett von Ihnen, die lange Reise auf die Inseln zu unternehmen, nur um mich zu besuchen. Ich wollte gerade zum Mittagessen in mein Gewächshaus gehen. Würden Sie mich begleiten?«

»Ja, gern«, erwiderte sie. »Wir müssen uns über gewisse Dinge unterhalten.«

»Ich bedauere, das zu hören«, sagte er. »Oder sollte ich erfreut sein?«

»Nein, Sie werden es bedauern... Ganz eindeutig.«

Kamida wandte sich an seine Sekretärin. »Shiela, bitte veranlassen Sie, daß ein Essen für zwei Personen ins Gewächshaus gebracht wird. Miss Bremen und ich würden uns gern zu einem Gespräch unter vier Augen zurückziehen.«

Im obersten Stockwerk war eine riesige Fläche in einen üppigen tropischen Urwald verwandelt worden. Durch große Oberlichter fielen Sonnenstrahlen, die gesamte Vorderfront war verglast und ließ helles Tageslicht über die Pflanzen fluten. Eine Batterie feiner Düsen sorgte für ein gleichmäßig warmes und feuchtes Klima, die Luft roch nach üppiger Vegetation und fruchtbarer Erde. Farne und exotische Blumen wuchsen in ungebändigter Vielfalt – wie in den dichten Regenwäldern einiger isolierter Pazifikinseln. In den Wipfeln der Bäume huschten Vögel umher.

Ryan Kamida betrat das Gewächshaus ohne fremde Hilfe und folgte den gewundenen Gängen zwischen den Pflanzen.

Er hielt die Arme weit ausgestreckt, strich über Büsche und Sträucher und beugte sich immer wieder vor, um den Duft der Blumen einzuatmen, die blinden Augen geschlossen.

In seiner Nähe sprühten Bewässerungsdüsen einen feinen Nieselregen in die Luft, und Kamida fuhr verzückt mit der Hand durch den Wasserschleier. Ein glänzender Film legte sich über seine von Brandblasen vernarbe Haut.

»Das ist mein Reich, Miriel«, sagte er, »ein ganz besonderer Ort, wo ich mich am Geräusch wachsender Blätter erfreuen, den Duft frischer Erde und blühender Blumen genießen kann. Meiner bescheidenen Meinung nach ist das eine einzigartige Erfahrung. Es stimmt mich fast traurig, wenn ich an das Durcheinander der vielen Eindrücke denke, die Sie durch Ihre Augen vermittelt bekommen. Dadurch bleibt Ihnen dieses reine konzentrierte Erlebnis verwehrt.«

Trotz seiner Blindheit führte er sie zielsicher zu einem kleinen Tisch, der inmitten des dichten Pflanzenwuchses stand. Er zog einen verschnörkelten Metallstuhl zurück, wartete, bis sie sich gesetzt hatte, und schob ihn dann wieder etwas näher an den runden Glastisch heran. Der Tisch hatte genau die richtige Größe für ein Essen zu zweit in der Abgeschiedenheit dieses künstlichen Dschungelparadieses.

»Ich fürchte, ich habe schlechte Nachrichten für Sie«, brach es aus Miriel heraus, noch bevor Kamida ebenfalls Platz genommen hatte.

Er tastete sich zum Stuhl gegenüber, setzte sich und rückte ganz dicht an den Tisch heran. Doch bevor sie weitersprechen konnte, kam ein Angestellter von Kamida Imports mit zwei großen Salatschüsseln und einer Schale voller Ananas- und Mangoscheiben herbeigeeilt. Miriel musterte Kamida schweigend, während sie darauf wartete, daß der Angestellte wieder verschwand.

Ryan Kamida hat das Beste aus seiner Behinderung gemacht, dachte sie, als hätte er einen ganz besonderen Schutzengel. Durch sein brillantes Gespür fürs Geschäft hatte er seine Importfirma zu einem florierenden Unternehmen gemacht. Obwohl sie ihn damals in Nagasaki eher zufällig kennengelernt hatte, wurde Miriel den beunruhigenden Verdacht nicht los, daß er diese Begegnung selbst inszeniert hatte... und daß sich die Ereignisse auch jetzt noch so entwickelten, wie er es wollte.

Sie schauderte, zog die Schultern hoch und beugte sich über ihren Salat.

Nachdem sie sich von ihrem Mentor Emil Gregory abgewandt hatte, war Kamida ihr neuer Halt gewesen – ein Mensch, der ihre tief empfundene Überzeugung teilte. Er wußte erstaunlich gut über Atomwaffenversuche und die Rüstungsindustrie Bescheid. Ihm konnte sie die furchtbaren Pläne anvertrauen, die von skrupellosen Waffenforschern ausgebrütet wurden, von den Entwürfen berichten, die ihr von einigen sympathisierenden Arbeitern bei Teller Facility zugespielt worden waren.

Miriel hatte ihre Schweigepflicht gebrochen und Kamida alles erzählt, ohne auch nur einen Augenblick zu zögern. Sie hatte sich geschworen, ihr Leben ganz in den Dienst der Sache zu stellen, und unterwarf sich jetzt einem höheren Recht als dem der Rüstungskonzerne und ihrer ängstlichen Sicherheitsvorkehrungen. Sie wußte, daß sie die richtige Entscheidung getroffen hatte.

Nun war der Zeitpunkt gekommen, an dem ihre Zusammenarbeit auf eine Bewährungsprobe gestellt wurde. Wenn es ihnen nicht gelang, *Bright Anvil* so bald wie möglich zu stoppen, waren all ihre Anstrengungen nichts als ein Sturm im Wasserglas gewesen, eine lächerlicher Traumtanz auf dem dünnen Seil der Illusion.

Kamida aß seinen Salat und wartete darauf, daß sie weitersprach. Doch seine steife und ernste Haltung sagten ihr, daß er bereits ahnte, was sie zu berichten hatte.

»Ich bin mit meinen Aktionen gescheitert«, sagte Miriel schließlich. Sie stocherte mit der Gabel in ihrem Salat herum und spießte dann ein Stück Ananas auf. »Wenn die Regierung beschließt, etwas zu tun, entwickelt die Sache eine fatale Eigendynamik ... und niemand – weder Sie noch ich – kann aufhalten, was einmal ins Rollen gekommen ist.«

»Ich nehme an, das bedeutet, daß niemand unsere Einwände gehört hat.«

»O doch, sie haben sie schon gehört«, widersprach Miriel, »sie schenken ihnen nur keine Beachtung, nicht mehr als einer Mücke, die um ihre Ohren schwirrt.«

Der blinde Mann seufzte, sein vernarbtes Gesicht fiel sichtlich ein. Miriel beugte sich über den Tisch und fuhr mit eindringlicher Stimme fort: »*Bright Anvil* wird stattfinden, auch ohne Dr. Gregory. Irgendwo draußen bei den Marshallinseln auf einem verlassenen Atoll.

Ryan Kamida setzte sich ruckartig auf. »Natürlich!« stieß er hervor. »Enika Atoll! Dort wird es stattfinden.«

»Woher wissen Sie das?«

»Wie könnte es irgendwo anders stattfinden?« Kamidas Stimme wurde laut. Er wischte seinen Salat mit einer so heftigen Bewegung zur Seite, daß der Teller mit einem ohrenbetäubenden Klirren auf dem Boden des Gewächshauses zerschellte. Kamida ignorierte den Lärm, hob den Kopf und richtete seine milchigen Augen starr auf Miriel Bremen. Seine Stimme war nur noch ein Flüstern.

»Unsere schlimmsten Alpträume werden wahr ...«

22

Kamidas Haus, Waikiki, Oahu
Dienstag, 23:17 Uhr

Ein Blinder braucht kein Licht. Ryan Kamida saß allein im dunklen Wohnzimmer seines geräumigen Hauses, das nur vom Licht des Mondes schwach erhellt wurde, der sich in der ruhigen See spiegelte.

Als die Nacht kühler geworden war, hatte er ein Feuer entzündet, sorgfältig kleine Zedern- und Kiefernscheite aufgeschichtet, die ein angenehmes, harziges Aroma verströmten, wenn sie brannten. Kamida genoß diesen Duft, die sanfte Berührung der Wärme Gebannt lauschte er dem Knistern und Knacken der brennenden Scheite. Es klang wie ... flüsternde Stimmen.

Er öffnete die gläserne Patiotür, um den leichten Wind vom Meer hineinzulassen. In der Ferne hörte er das leise Rauschen der Brandung, das ständige Dröhnen des Verkehrs auf dem Küstenhighway unterhalb seines Anwesens. Die Touristen, die aus allen Zeitzonen der Welt nach Oahu kamen, schliefen nie. Sie waren ununterbrochen aktiv, unternahmen Ausflüge, kauften ein, gingen essen.

Kamida ließ sich in seinen Sessel zurücksinken. Seine Hände ruhten auf dem rauhen Stoff der Armlehnen. Er wartete. Die Sitzkissen hatten sich perfekt den Konturen seines Körpers angepaßt, waren von seinem Gewicht über viele Jahre geformt worden. Viele Jahre, die dieses nächtliche Ritual nun schon andauerte.

Die Stimmen würden kommen. Sie waren nicht mehr fern. Stets hatte eine seltsame Mischung aus Furcht und Freude sein Warten begleitet, doch heute überwog die Furcht ... die Situation hatte sich zugespitzt, die Lage hatte sich verschlechtert. Er wußte es, die Geister wußten es. Kalter Schweiß lief ihm über den Rücken, und er wandte das Gesicht dem Kamin zu, fühlte die Wärme des Feuers auf seinen Wangen.

Bright Anvil. Enika Atoll.

Kamida war beunruhigter, als Miriel Bremen ahnte. Er zeigte es nur auf eine andere Art. Er war nicht in der Stimmung gewesen, den Abend mit ihr zu verbringen, und er hätte auch keine Zeit gehabt: Er hatte Verpflichtungen – den Geistern gegenüber. Ihre Stimmen forderten jede Nacht einen Teil seiner Zeit, und er hatte keine andere Wahl, als ihnen zu gehorchen. Er konnte sich nicht beschweren. Er lebte, sie waren tot.

Draußen rollten die Wellen unermüdlich gegen den Strand an. Auf einem Tisch in Reichweite neben Kamidas Stuhl stand eine Sammlung winziger Specksteinskulpturen. Es machte ihm Freude, die kleinen Figuren in die Hand zu nehmen und die geschnitzten Details mit seinen empfindsamen Fingerspitzen zu erforschen. Seine Hände waren vernarbt, doch sein Verstand war ungetrübt. Die kleinen, filigran ausgearbeiteten Delphine, Drachen und Götterfiguren faszinierten ihn.

Das Rauschen der Wellen wurde leiser. Kamida spürte die zunehmende Spannung, die knisternde Intensität der Luft. Seine Finger schlossen sich fester um die Skulptur, die er in der Hand hielt, eine Nachbildung von Pele, der Feuergöttin aus vielen Mythen der Inseln.

Und dann ... flüsterten die Stimmen in sein Ohr, sprachen zu ihm in der alten Muttersprache, die er nie vergessen hatte. Die Phantome seines toten Volkes drängten sich um ihn, um ihre letzte Verbindung zum Leben.

Kamida hatte die Geister nie sehen können – dennoch nahmen ihre undeutlichen Schemen vor seinem inneren Auge Gestalt an, formten sich aus den Echos der anderen Sinne, die seine zerstörten Sehnerven ersetzten. Er wußte, daß ihre Gesichter in einem Entsetzensschrei erstarrt waren, angesichts jenes Augenblicks, als die atomare Feuersbrunst ihre Körper zum Sieden brachte. Auch das unbarmherzige weiße Licht, das die Geister tanzend auf ihn warfen, sah er nicht – es war das kalte Licht des Todes.

Die Erscheinungen waren friedlich. Die Geister waren nicht gekommen, um Kamida zu töten. Nicht hier und heute nacht. Sie verfolgten einen gänzlich anderen Zweck, und dazu brauchten sie Ryan Kamida, den einzigen Überlebenden ihres Volkes.

Die glühende wirbelnde Wolke löste sich in einzelne Gesichter auf, die nacheinander ihre Namen nannten und ihre Geschichten erzählten, von den Siegen und Niederlagen, von ihren gestohlenen Träumen. Das Leben seines Volkes war brutal beendet worden, doch die Phantome fanden keine Ruhe und zwangen Kamida, jedes Schicksal immer wieder anzuhören. Er war ihre *Erinnerung*.

Auch wenn das Enika Atoll nie viele Bewohner gehabt hatte, schien die Reihe der Geister endlos, die ihren Tribut forderten, die verlangten, daß er sich an sie erinnerte, an ihre Geschichten und Namen … Nacht für Nacht, seit vierzig Jahren …

Ryan Kamida saß hilflos in seinem Sessel und hielt die kleine Pele-Figur umklammert. Er hatte keine Wahl. Er mußte zuhören.

23

Pentagon, Arlington, Virginia
Mittwoch, 10:09 Uhr

Mulder folgte seinem Instinkt, als er Nancy Schecks »Freund«, Brigadegeneral Matthew Bradoukis, in seinem Büro aufsuchte.

Er vermutete, daß es nicht leicht werden würde, ein kurzes Treffen mit dem Mann zu arrangieren. Bradoukis hatte genug Zeit gehabt, um sich von seinem Schock zu erholen, und Mulder rechnete damit, daß er sich gerade in einer »wichtigen Konferenz« oder »außer Haus« befinden würde, wenn er den Namen des FBI-Agenten hörte. Mulder hatte schon zu oft erlebt, daß Zeugen vor seinen unangenehmen Fragen flohen.

Um so größer war seine Überraschung, als der Verwaltungsassistent des Generals ihn über die Gegensprechanlage anmeldete und gleich darauf in das große Büro, das Matthew Bradoukis gehörte, schickte.

Der Brigadegeneral erhob sich hinter seinem Schreibtisch und reichte Mulder eine fleischige, kraftlose Hand. Sein breites Gesicht zeigte Verunsicherung und Angst – keine Spur von militärisch strammem Selbstbewußtsein. Er hatte die vollen Lippen zusammengepreßt, als wolle er seine Nervosität herunterschlucken.

»Ich habe Sie bereits erwartet, Agent Mulder.« Seine rotgeränderten Augen kündeten von einer schlaflosen Nacht.

»Offengestanden hatte ich befürchtet, daß Sie sich weigern würden, mich vorzulassen, General«, sagte Mulder. »Es gibt einige Leute, die verhindern wollen, daß ich Einblick in bestimmte Dinge bekomme.«

»Ganz im Gegenteil.« Der General setzte sich wieder, faltete die Hände und starrte eine Weile auf die Holzplatte seines Schreibtischs, bevor er den Kopf hob und Mulders Blick erwiderte. »Sie werden es vielleicht nicht glauben, aber ich habe gehofft, daß Sie kommen würden – besonders Sie. Gestern war ich verärgert über Ihre aufdringlichen Fragen, und ich fragte mich, was, zum Teufel, ein FBI-Typ in Nancys Haus verloren hatte. Aber dann habe ich mir Ihre Geschichte angesehen. Ich habe meine Quellen und konnte so einiges über Sie erfahren. Ich habe Zusammenfassungen einiger Fälle gelesen, die Sie untersucht haben... Ich habe sogar Assistant Director Skinner kennengelernt. Er scheint mir ein wirklich guter Mann zu sein. Er spricht sehr lobend über Sie, wenn auch zurückhaltend.«

Mulder schüttelte ungläubig den Kopf. Er und Skinner hatten des öfteren Differenzen gehabt – vor allem, wenn Mulder beharrlich an exotischen Erklärungen festhielt, von denen Skinner nichts hören wollte. Dennoch hatte Mulder nicht die geringste Ahnung, auf welcher Seite Skinner eigentlich stand.

»Wenn Ihnen mein Ruf bekannt ist, Sir, dann überrascht es mich um so mehr, daß Sie mich empfangen haben. Ich hätte gedacht, daß die Berichte über meine Laufbahn Sie eher abschrecken würden.«

Bradoukis preßte die Hände zusammen, und Mulder befürchtete, er würde sich gleich die Knöchel brechen. Sein Gesicht nahm einen todernsten Ausdruck an. »Agent Mulder, wir wissen beide, daß hier etwas höchst Ungewöhnliches vor sich geht. Ich kann das natürlich nicht in meiner offiziellen Funktion sagen, aber ich glaube, Ihre... Bereitschaft, bestimmte Dinge zu akzeptieren, die anderen lächerlich erscheinen würden, könnte bei dieser Untersuchung von großem Vorteil sein.«

Mulder horchte auf. »Wissen Sie, daß zwei weitere Opfer gefunden wurden, die offensichtlich auf die gleiche Weise getötet worden sind? Ein Waffenkonstrukteur in der Teller Nuclear Research Facility und ein alter Rancher in der White Sands Missile Range nahe dem Trinity Test-Gelände. Die Leichen befanden sich in einem Zustand, der dem von Nancy Scheck stark ähnelt.«

Der General öffnete eine Schublade, zog eine Mappe hervor und warf sie Mulder über den Schreibtisch zu. »Es gab noch zwei Tote«, sagte er, »zwei, von denen Sie nicht einmal gehört haben. Zwei Raketenschützen des Vandenberg Luftwaffenstützpunktes am mittleren Küstenabschnitt Kaliforniens.«

Überrascht schlug Mulder die Akte auf. Die Hochglanzfotos zeigten die bereits vertrauten Details gräßlich verbrannter Leichen. Er sah die Kontrolltafeln an den Wänden, die veralteten Knöpfe und Oszillographen und die geschwärzten, zusammengeschmolzenen Plastikschalter. Es schien sich um einen kleinen, mit technischem Gerät angefüllten Raum zu halten, eine abgeschlossene Kammer, in der sich die Gewalt des tödlichen Blitzes um so heftiger entladen hatte.

»Wo wurden diese Aufnahmen gemacht?«

»In einem unterirdischen Kontrollbunker für Minuteman-III-Raketen. Diese Bunker sind nach den höchsten Sicherheitsstandards konstruiert und so tief unter der Erde eingerichtet, daß sie sogar einen atomaren Angriff überstehen würden. Sie sind zusätzlich verstärkt, um einem direkten Treffer standzuhalten. In diesem Bunker hier waren nur zwei Männer. Aus Sicherheitsgründen dürfen sich dort keine weiteren Personen aufhalten. Wir haben einen vollständigen Bericht vorliegen. Der Fahrstuhl ist nicht benutzt worden.«

Bradoukis tippte auf die schrecklichen Bilder. »Trotzdem ... *irgend etwas ist dort eingedrungen und hat die Männer ausgelöscht.*«

Er ließ Mulder Zeit, die Fotos zu betrachten, und lehnte sich in seinem Sessel zurück. »Wie ich weiß, geht eine Ihrer Arbeitshypothesen davon aus, daß eine neue Waffe, die gerade in der Teller Nuclear Research Facility entwickelt wird, in Dr. Gregorys Labor ausgelöst wurde und eine andere in der White Sands Missile Range hochgegangen ist. Eine solche Erklärung berücksichtigt allerdings nicht diese beiden jungen Offiziere in dem Raketenkontrollbunker oder...«, er schluckte, als seine Stimme rauh wurde, »... oder Nancy in ihrem eigenen Haus.«

Mulder vermutete, daß *Scully* wahrscheinlich ein zwar weithergeholtes, aber wissenschaftlich fundiertes Szenario konstruieren könnte – um sich selbst davon zu überzeugen, daß es auch für diese Fälle eine rationale Erklärung gab.

»Eines können Sie mir glauben, Agent Mulder«, fuhr Bradoukis fort. »Ich arbeite in den höchsten Ebenen des Verteidigungsministeriums. Ich leite einige dieser... unsichtbaren Programme, die Sie gestern erwähnt haben. Deshalb kann ich Ihnen mit *absoluter Sicherheit* sagen, daß keine Waffe, die wir zur Zeit planen oder bereits entwickeln, so etwas bewirken könnte.«

»Dann hat es also nichts mit *Bright Anvil* zu tun?«

»Nicht auf die Weise, wie Sie vielleicht annehmen«, erwiderte der General und atmete tief ein. »Übrigens, möchten Sie einen Kaffee, Agent Mulder? Ich kann sofort welchen kommen lassen. Vielleicht etwas Gebäck dazu?«

Doch Mulder hatte nicht vor, sich ablenken zu lassen. »Was soll das heißen, ›nicht auf die Weise, wie Sie vielleicht annehmen‹?« fragte er. »Welche Verbindung besteht zwischen diesen Vorfällen und *Bright Anvil*? Gibt es vielleicht einen Ableger des Waffenprojekts?«

Bradoukis seufzte. »Nancy Scheck war im DOE für die Koordination des gesamten *Bright Anvil*-Projekts verantwortlich, und Dr. Gregory war der leitende Wissenschaftler. Der Test des Prototyps wird auf einem kleinen

Atoll der Marshallinseln stattfinden, irgendwann in den nächsten Tagen.«

Mulder nickte. Er hatte also richtig vermutet.

»Die Marshallinseln«, wiederholte Bradoukis. »Behalten Sie das im Hinterkopf. Es ist wichtig.«

»Wieso?«

»Unmittelbar bevor diese beiden Raketenschützen getötet wurden, hatten sie eine routinemäßige Zielerfassungsübung absolviert. Da sich die USA und Rußland nicht mehr im Kalten Krieg befinden, ist es uns nicht gestattet, russisches Territorium anzuvisieren, nicht einmal zu Übungszwecken.« Er zuckte die Achseln. »Diplomatische Zwänge. Für unsere Übungen benutzen wir daher zufällig ausgewählte Koordinaten irgendwo auf der Welt.«

»Und was hat das damit zu tun?«

Der General stieß einen Finger in seine Richtung. »Bei der fraglichen Übung wurde die Rakete auf ein kleines Atoll der Marshallinseln ausgerichtet – das gleiche Atoll, auf dem der *Bright Anvil*-Test stattfinden soll.«

Mulder starrte den Mann an. »Was wollen Sie damit andeuten?«

»Das überlasse ich Ihnen, Agent Mulder. Ihnen eilt der Ruf voraus, eine rege Phantasie zu besitzen. Sie können über einige Möglichkeiten nachdenken, die ich meinen Vorgesetzen gegenüber nicht erwähnen könnte, weil man mich dafür auslachen und degradieren würde.«

Mulder runzelte die Stirn und betrachtete erneut die gräßlichen Fotos.

»Und noch eine weitere Information«, fügte Bradoukis hinzu. »Das Atoll – Enika – hat seine eigene Geschichte. In den 50er Jahren gab es dort schon einmal einen Wasserstoffbombentest – Sawtooth –, auch wenn Sie darüber nirgendwo irgendwelche Aufzeichnungen finden werden. Es geschah, kurz nachdem große Anstrengungen unternommen worden waren, die Bewohner des Bikini Atolls zu evakuieren. Bei diesem Test waren Wissenschaftler und Militär in großer Eile, und die Insel wurde nicht so gründlich überprüft, wie es nötig gewesen wäre. Es gibt Anlaß zu der Vermutung, daß bei der Zündung der Bombe ein ganzer Stamm von Eingeborenen ausgelöscht wurde.«

»Mein Gott«, flüsterte Mulder. Das Entsetzen verschlug ihm die Sprache. Der General wartete. Schließlich fragte Mulder: »Und Sie glauben ... diese Tragödie hat etwas mit unseren Todesfällen zu tun?«

Plötzlich erinnerte er sich an die Ergebnisse von Scullys Analyse – an das Glasröhrchen, das er in Nancy Schecks Swimmingpool gefunden hatte. Menschliche Asche, vier Jahrzehnte alt, und feinkörniger Sand. Korallensand.

Der General betrachtete seine Fingernägel. »Ich deute nichts dergleichen an, Agent Mulder. Ihnen dagegen steht es natürlich frei zu glauben, was Sie wollen.«

Mulder schloß die Mappe und steckte die Fotos in seine Aktentasche.

»Warum erzählen Sie mir das alles?« fragte er. »Wollen Sie sichergehen, daß jemand für Nancy Schecks Tod verantwortlich gemacht wird?«

Bradoukis schlug die Augen nieder. »Das ist ein Grund«, erwiderte er tonlos, »aber darüber hinaus fürchte ich um meine eigene Sicherheit.«

»Um Ihre Sicherheit? Wieso?«

»Nancy war die Verbindungsfrau für das *Bright Anvil*-Projekt im DOE, *ich* bin der Verbindungsmann beim Verteidigungsministerium. Ich befürchte, daß ich der nächste auf der Liste sein könnte. Ich versuche, mich zu verstecken – ich habe die letzten Nächte in verschiedenen Hotels verbracht. Ich bin seit Tagen nicht mehr zu Hause gewesen, obwohl ich bezweifle, daß solche Vorsichtsmaßnahmen irgend etwas nützen ... gegen eine Kraft, die in der Lage ist, massives Felsgestein zu durchdringen und zwei Soldaten in einem unterirdischen Raketenkontrollbunker zu töten.«

»Ich nehme nicht an, daß Sie irgendeinen Vorschlag haben, wie wir diese ... Sache aufhalten können«, vermutete Mulder.

Der General errötete. »Wie es scheint, ist *Bright Anvil* das Verbindungsglied. Was auch immer hinter diesen schrecklichen Morden steckt – es wurde durch den bevorstehenden Test auf den Plan gerufen. Niemand kann sagen, wie lange diese Kraft schon existiert, aber sie ist erst seit kurzem aktiv geworden.«

Mulder griff den Faden sofort auf. »Also liegt es nahe, daß alles, was noch passieren könnte, wahrscheinlich auf den Marshallinseln geschehen wird. Das ist der einzige Ort, von dem wir mit einiger Sicherheit ausgehen können.« Er machte eine kurze Pause. »General, meine Partnerin und ich müssen auf dieses Atoll. Ich muß vor Ort sein, um zu sehen, was passiert.«

»Sehr gut«, erwiderte Bradoukis. »Ich vermute, daß diese Angriffe der Versuch sein könnten, die Durchführung des Tests zu verhindern. Einige der anderen Morde waren vielleicht eher zufällig ... oder aber diese Kraft sucht sich kurzfristig andere Angriffspunkte, bevor sie sich wieder auf ihr Hauptziel konzentriert. Der *Bright Anvil*-Test wird bereits vor Ort vorbereitet, und ich glaube auch, daß der nächste Schlag dort stattfinden wird. Aber ich möchte nicht riskieren, daß diese Kräfte ein noch offenes Kapitel schließen und auch mich erledigen.«

Mulder nickte verständnisvoll, doch er war schon einen Schritt weiter. »Wenn *Bright Anvil* ein derart streng geheimer Test ist, wie sollen meine Partnerin und ich dann auf das Enika Atoll kommen?«

Der General erhob sich. »Ich werde ein paar Telefonate führen. Wenn es nötig sein sollte, werde ich sogar Assistant Director Skinner anrufen. Halten Sie sich bereit, sofort abzureisen. Wir haben keine Zeit mehr zu verlieren.«

24

Mulders Apartment,
Alexandria, Virginia
Mittwoch, 18:04 Uhr

X Mulder lief durch seine Wohnung und bereitete sich auf die bevorstehende Reise vor.

Da er so oft für das FBI unterwegs war, hatte er immer einen Kulturbeutel mit den nötigen Utensilien im Koffer. Das Packen ging demnach schnell – es fehlte nur noch etwas frische Wäsche und Kleidung zum Wechseln.

Er nahm drei grellbunt geblümte Hawaiihemden aus der untersten Schublade, legte sie in den Koffer und grinste. »Hätte nie gedacht, daß ich die mal dienstlich tragen könnte ...«

Seine Badehose warf er auch dazu. Er war schon seit über zwei Wochen nicht mehr dazu gekommen, im Pool der FBI-Zentrale sein gewohntes Schwimmtraining zu absolvieren. Er freute sich aufs Meer und auf die Gelegenheit, sein Pensum nachzuholen.

Zu guter Letzt verstaute er noch einen abgegriffenen Roman von Philip K. Dick und ein frisches Päckchen Sonnenblumenkerne. Es würde ein langer Flug werden: von der Alameda Naval Air Station bei San Francisco mit einem Transportflugzeug nach Hawaii und dann in einem kleineren Flugzeug zusammen mit dem Rest des *Bright Anvil*-Teams zum Enika Atoll.

Im Wohnzimmer lief der Fernseher so laut, daß er die Handlung des Films akustisch verfolgen konnte. Er hatte diese alten Streifen schon ein dutzendmal gesehen, doch dem »Monster, Mumien, Mutationen«-Marathon konnte er einfach nicht widerstehen. Diese B-Movies aus den fünfziger Jahren hatten stets irgendein Riesenreptil, ein gigantisches Insekt oder prähistorisches Monster zum Thema, das durch leichtsinnige Atomversuche mutiert oder zum Leben erweckt worden war. Die Filme waren wahre moralische Lehrstücke ihrer Zeit, geißelten den Größenwahn der Wissenschaft und bejubelten die Überlegenheit des menschlichen Geistes. Im Moment fiel ein Heer von Riesenameisen über die Abwasserkanäle von Los Angeles her – sehr zum Mißfallen von James Whitmore und James Arness.

In der Kochnische standen neben zwei Papptellern mehrere weiße Schachteln mit chinesischem Essen auf dem Tisch: Reis, Hühnchen Kung-Pao und Schweinefleisch mit grünen Bohnen. Während er seinen Koffer packte, lief er zwischen seinem Koffer, dem Fernseher und der Küchenecke hin und her und nahm hin und wieder einen Happen zu sich.

Er hatte gerade den Mund voller Bohnen mit Knoblauch, als es an der Tür klopfte. »Mulder, ich bin es.«

Er schluckte rasch und öffnete seiner Partnerin die Tür. Scully, beladen mit einem prall gefüllten Seesack, trug legere, aber durchaus professionelle Reisekleidung. »Ich bin fertig. Ich bin sogar zehn Minuten zu früh ... Sie haben also genug Zeit, mir endlich zu sagen, was eigentlich los ist.«

Er bedeutete ihr einzutreten. »Ich habe uns zweimal Paradies gebucht. Wir fliegen in die Südsee.«

»So viel konnte ich Ihrer Nachricht entnehmen. Und?«

»Ich konnte uns zwei Plätze in der ersten Reihe für den *Bright Anvil*-Test besorgen. Eigentlich wollte ich ja Dauerkarten für die New York Knicks, aber das war das einzige, was sie noch anzubieten hatten.«

Ihre Augen weiteten sich. »Der Test? Wie haben Sie denn das geschafft? Ich dachte ...«

»Beziehungen in allerhöchsten Kreisen«, antwortete er

zufrieden. »Zum Beispiel zu einem verängstigten Brigadegeneral, der bereit war, für uns einen Alleingang zu riskieren. Ich habe uns auf dem Weg hierher chinesisches Essen besorgt. Es ist noch Zeit für einen kleinen Imbiß, bis wir los müssen.« Er wies auf den zweiten Pappteller. »Ich habe Ihnen Ihr Lieblingsgericht mitgebracht, Hühnchen Kung-Pao.«

Scully stellte ihren Seesack auf einen Stuhl und schüttelte den Kopf. »Mulder, ich kann mich nicht erinnern, daß wir beide jemals chinesisch essen waren. Woher wollen Sie also wissen, was ich am liebsten mag?«

Er bedachte sie mit einem vorwurfsvollen Blick. »Ich wäre wohl kein guter FBI-Agent, wenn ich so etwas nicht herausfinden könnte!«

Scully zog einen der Stühle an den kleinen Küchentisch heran und fischte sich ein paar Hühnchenstücke aus der Szechuansoße. Sie schnupperte anerkennend und griff nach dem zweiten Paar Plastikstäbchen, das neben den Servietten lag.

Mulder kam mit seinem vollen Koffer aus dem Schlafzimmer. Er schloß ihn ab und stellte dann seine Aktentasche dazu. »Habe ich Ihnen nicht versprochen, daß Sie mit mir noch aufregende und exotische Länder kennenlernen würden?«

Scully warf ihm einen spöttischen Blick zu. »Wie zum Beispiel eine Insel, die dazu auserkoren wurde, bei einem geheimen Atomwaffenversuch in die Luft gejagt zu werden?«

Mulder verschränkte gedankenverloren die Hände. »Ich dachte eigentlich eher an Korallenriffe, blaue Lagunen und die warme Pazifiksonne.«

»Soweit ich weiß, ist da drüben jetzt Hurrikansaison«, gab sie zurück. »Das haben Bear Dooley und die *Bright Anvil*-Forscher doch so eifrig auf ihren Wetterkarten studiert.«

Mulder setzte sich ihr gegenüber und machte sich an sein

lauwarmes Essen. »Ich bleibe optimistisch«, sagte er. »Außerdem hat General Bradoukis von einer ›dreistündigen Tour‹ gesprochen.«

Scully beendete die Mahlzeit und sah auf die Uhr. Sie griff in ihre Jackentasche und zog die beiden Flugtickets heraus. »Die habe ich Ihrer Bitte entsprechend auf dem Weg hierher abgeholt. Unser Flug geht in etwa 90 Minuten von Dulles.«

Mulder warf ihre Teller in den Abfalleimer, besah sich die Reste in den weißen Schachteln und schüttete ohne Zögern alle drei Gerichte zusammen. Scully zog die Nase kraus. »Gibt noch ein ausgezeichnetes Frühstück«, erklärte er. »Ein bißchen Rührei dazu – köstlich.« Er schob die Schachtel in den Kühlschrank.

Scully nahm ihren Seesack und lächelte mokant. »Manchmal verdienen Sie Ihren Spitznamen wirklich ... Spooky.«

Er schaltete den Fernseher aus – die Riesenameisen waren mittlerweile von einer gigantischen Tarantel abgelöst worden – und folgte ihr. Vor der Tür bemerkte er, daß die »2« aus seiner Apartmentnummer »42« sich wieder einmal gelöst hatte. »Einen Augenblick noch, Scully!« Er hob die Metallziffer auf.

Er lief in die Küche und kramte in der Schublade nach einem Schraubenzieher. »Die fällt immer wieder runter. Sehr verdächtig, finden Sie nicht?« Er untersuchte das Innere der Ziffer auf Wanzen, indem er den dünnen Metallrand abtastete. Einmal, als er sich sicher gewesen war, belauscht zu werden, hatte er alles Bewegliche in seiner Wohnung beiseite gerückt oder losgeschraubt, unter anderem auch die Apartmentnummer. Und nun weigerte sich die »2«, dort zu bleiben, wo sie hingehörte.

»Mulder, Sie sind paranoid«, bemerkte Scully lachend.

»Nur weil alle hinter mir her sind!«

Als er sich überzeugt hatte, daß mit der Metallzahl alles in Ordnung war, brachte er sie mit einem Paar Ersatzschrauben wieder an den richtigen Platz. »Okay, jetzt kann's losgehen. Ich hoffe, Sie haben Ihre Sonnenmilch dabei.«

Sie warf sich den Seesack über die Schulter. »... und meinen bleiernen Regenschirm gegen radioaktiven Niederschlag.«

25

Enika Atoll, Marshallinseln
Westpazifik
Mittwoch (nach Überqueren
der internationalen
Datumsgrenze), 11:01 Uhr

Das Atoll hatte sich in den letzten vierzig Jahren erstaunlich gut erholt. Die flache Insel, die eigentlich nicht viel mehr war als ein großes, mit einer dünnen Erdschicht bedecktes Korallenriff, stand mit üppiger tropischer Vegetation, Brotfruchtbäumen und Kokospalmen, geduckten Taropflanzen und Yamswurzeln, wieder in vollster Blüte. In den Lagunen tummelten sich unzählige Fische und Meerestiere; Vögel und Schmetterlinge bevölkerten in Scharen Büsche, Bäume und den blitzblauen Himmel, der sich über allem wölbte.

Als Captain Robert Ives vier Jahrzehnte zuvor von hier fortgegangen war, war er ein junger Marinerekrut gewesen, der gerade erst gelernt hatte, daß er schweigen und gehorchen mußte. Der Sawtooth-Atomversuch war das atemberaubendste Schauspiel gewesen, das er jemals gesehen hatte. Die Bombe hatte das Enika Atoll in eine glühende Wundkruste verwandelt. Sie hatte seine gesamte Oberfläche auf einen Schlag unfruchtbar gemacht, seine Korallenausläufer in der kochenden Meeresgischt aufgelöst. Sie hatte alles Leben vernichtet. Pflanzen, Tiere, Menschen.

Das verzweigte Netz der Riffe erstreckte sich weit über den Teil des Atolls hinaus, der sichtbar aus dem Meer ragte. An vielen Stellen lauerte es kaum einen Meter unter der Wasseroberfläche. Mit bemerkenswerter Regenerationsfähigkeit hatte die Natur das Territorium zurückerobert, das die Menschen ihr so brutal entrissen hatten. Das Enika Atoll war wieder ein vollkommenes kleines Inselparadies, unberührt, makellos – und unbewohnt.

Captain Ives *hoffte*, daß es diesmal unbewohnt war.

Am Strand des Atolls, verborgen hinter den zerklüfteten Korallenfelsen, die den Gipfel der Insel bildeten, halfen Seeleute und Maschinisten der Navy Bear Dooley und seinem Forschungsteam bei den Vorbereitungen zu ihrem geheimen Test. Ein flacher Teil des Strands war geräumt und zu einer schmalen Landebahn umfunktioniert worden. Bulldozer, die aus der *Dallas* ausgeladen worden waren, wälzten sich durch den Dschungel und bahnten enge Durchfahrtswege vom gutgeschützten Kontrollbunker zu der Lagune am hinteren Ende des Atolls, wo *Bright Anvil* aufgestellt und gezündet werden sollte.

Die Navy-Techniker, die den größten Teil ihrer Dienstzeit im Bauch trister Schiffe verbringen mußten, genossen die Abwechslung, an der frischen Luft zu arbeiten. Sie mähten Palmen und Brotfruchtbäume nieder und hinterließen nackte Pfade aus aufgewühltem Korallenstaub – frische Wunden auf der verheilten Haut der Insel.

Die sensiblen Geräte zur Steuerung der Detonation wurden im Kontrollbunker untergebracht, der äußerst stabil sein mußte, um der großen Druckwelle standzuhalten. Captain Ives hatte den Technikern einen alten Trick gezeigt: Nachdem sie die elektrischen Leitungen zu einem Generator in einem geschützten Umspannwerk neben dem Bunker gelegt hatten, schichteten sie Säcke mit Betonmix und Sand in enger werdenden Kreisen um einen gewölbten Holzrahmen herum und errichteten so eine Art Iglu. Dann sprühten sie den ganzen Bau von außen ein und durchweichten Beton und Sand mit Meereswasser. Nach ein oder zwei Tagen in der heißen Pazifiksonne würde der Bunker praktisch unzerstörbar sein.

Während die Betonsäcke trockneten, überwachte Bear Dooley im Inneren die Installation seiner Versuchsanlage. Der breitschultrige Projektleiter half beim Aufstellen der Geräte, die sorgfältig in Kisten verpackt und in den Lagerräumen des Navy-Zerstörers verstaut worden waren. Er war durchaus bereit, die Ärmel hochzukrempeln und mit anzupacken, wenn es dadurch schneller vorwärtsging.

Er schwitzte in der tropischen Hitze, weigerte sich aber, dünnere Kleidung zu tragen, – Jeans und Flanellhemd waren schließlich seine Art von Dienstkleidung. Dooley lauschte einem Kurzwellenradio, das in regelmäßigen Abständen die neueste Wettervorhersage für die Marshallinseln sendete. Wann immer der Ansager auf das herannahende tropische Tief zu sprechen kam, das sich mittlerweile zum ausgewachsenen Wirbelsturm entwickelt hatte, geriet er in helle Aufregung.

»Er kommt näher«, hatte Dooley zu Ives gesagt, als er die letzte Meldung hörte. »Und wir haben noch eine Menge zu tun. Unser Timing muß hundertprozentig stimmen.«

Ives ließ den Mann reden. Er hatte schließlich seine Befehle.

Ives glaubte nicht, daß Bear Dooley von dem früheren Wasserstoffbombenversuch auf dieser Insel wußte. Dooley erweckte nicht den Eindruck, seine Zeit mit Geschichtsstudien oder Ursachenforschung zuzubringen. Robert Ives jedoch würde für den Rest seines Lebens die Gewißheit plagen, daß hier auf dem Enika Atoll ein tragischer Fehler begangen worden war.

Die Bikini-Insulaner waren zurückgekehrt, nachdem die Regierung der Vereinigten Staaten die verbrannte Erde ihrer Insel durch frische ersetzt, den Dschungel aufgeforstet und die Lagunen mit neuem Leben bevölkert hatte. Für die Bewohner des Enika Atolls jedoch kam jede Hilfe zu spät: ein Volk war ausgelöscht, sein Name aus den Geschichtsbüchern getilgt worden, um die Mörder zu schützen.

Das Projekt Sawtooth war einer der ersten Versuche mit H-Bomben gewesen; alles war ohne großes Aufsehen vonstatten gegangen, für den Fall daß die neue Waffe versagen würde. In diesen Jahren des Kalten Kriegs durften sich die Vereinigten Staaten im Bereich der thermonuklearen Waffen nicht die geringste Blöße geben – die Roten mußten um jeden Preis in Schach gehalten werden.

Doch Sawtooth funktionierte. Es war ein Triumph, ein tödlicher Triumph, wie sich später herausstellte.

Damals gab es noch keine Beobachtungssatelliten, und sie hatten in der ruhigen Gewißheit, daß niemand sie entdecken würde, das Atoll lediglich mit Kanonenbooten eingekreist. Es herrschte kaum Schiffsverkehr in diesem Teil des Pazifiks, und die Kapitäne auf den Kuttern hatten Befehl, eventuell auftauchende Fischerboote oder Schaulustige zu verscheuchen. Trotzdem war die blendende Helle der Explosion Hunderte von Kilometern weit über den Ozean sichtbar gewesen – wie das kurze Aufglühen eines Sonnenaufgangs am falschen Teil des Himmels und zur falschen Tageszeit.

Sie waren erschreckend naiv gewesen und einfach davon ausgegangen, daß das winzige, auf kaum einer Karte erfaßte Atoll unbewohnt war.

Bei Vorbereitungen auf den Sawtooth-Test hatten Techniker und Matrosen sich nicht die Mühe gemacht, die Spuren von Lagern und die Überreste von Werkzeugen und Netzen, die sie in den zerklüfteten Riffen fanden, zu melden. Sie hatten die Fundstücke einfach zu Resten einer früheren Zivilisation erklärt und nicht weiter darüber nachgedacht. Jede Meldung über menschliches Leben auf dem Atoll hätte nur unnötige Fragen provoziert und lästige Verzögerungen bedeutet.

Die Kanonenboote waren weit genug davongerudert, und auch das Hauptschiff, der Zerstörer *Yorktown*, hatte sich in sichere Entfernung gebracht. Die wenigen Glücklichen, die Schutzbrillen erhalten hatten, durften an Deck zusehen. Alle anderen hatten die Anordnung, die Augen zum entscheidenden Zeitpunkt fest geschlossen zu halten. Doch als die Sawtooth-Bombe gezündet wurde, wurden immer noch etliche Crewmitglieder vom Blitz vorübergehend schwer geblendet.

Ives erinnerte sich gut. Er erinnerte sich sehr gut ... Das ohrenbetäubende Brüllen hatte geklungen, als bräche die Welt in Stücke, und der aufsteigende Atompilz, der gewaltige Mengen an verdampfenden Korallen, Sand und Meerwasser verschlang, hatte ausgesehen wie der Geysir Old Faithful im Yellowstone-Nationalpark – nur ungefähr eine Million Mal größer. Die weißglühende Wolke hatte ehrfurchtgebietend in den zerrissenen Himmel geragt, und die Druckwellen, die durchs Wasser rasten, hatten die mächtige *Yorktown* schlingern lassen wie ein Spielzeugboot in einer Kinderbadewanne ...

Einige Stunden später, als alles vorüber war und auch das Meer sich wieder beruhigt hatte, hatten sich die ersten Inspektionsteams von der *Yorktown* bereitgemacht, mit ihren kleinen Kuttern zum Atoll zurückzukehren. Strahlungsmeßgeräte sollten installiert, die Wirkung des atomaren Niederschlags bestimmt werden. Über ihnen hatte ein Wasserflugzeug gekreist und Aufnahmen gemacht, mit deren Hilfe exakt ermittelt werden sollte, in welcher Weise sich die Topographie des Atolls verändert hatte.

Als eines der jüngsten Besatzungsmitglieder war Ives auf eine Erkundungsfahrt um das Atoll geschickt worden. Und was sie fanden, war noch verblüffender als die Detonation selbst ... Mehr als zwei Meilen vom Ufer entfernt hatte im offenen Meer ein Junge von vielleicht zehn Jahren gestanden. Er war allein. Er schien zu warten.

Der junge Rekrut war zu Tode erschrocken – er hatte gedacht, ein Racheengel sei herabgestiegen, um sie für die Verwüstung der paradiesischen Insel zu strafen. Der Junge schien direkt auf der Wasseroberfläche zu stehen, vor Schmerz erstarrt, vom Tod gezeichnet. Erst später erinnerten sich die Matrosen wieder, daß die Riffe sich noch weit von der eigentlichen Insel entfernt labyrinthartig unter der Wasseroberfläche dahinzogen. Der Junge war den Felsen hinaus aufs Meer gefolgt, immer weiter weg von dem, was einmal seine Insel gewesen war.

Sie zogen ihn an Bord. Er war stumm vor Entsetzen und bebte am ganzen Körper, der mit furchtbaren Verbrennungen übersät war. Sein Gesicht war eine von blutigen Furchen durchzogene Masse, die Augen tief in ihre Höhlen gesunken, ihr Leben vom grellen Blitz ausgelöscht. Das Haar war versengt ... die Haut hatte einen zornigen Rotton angenommen, als sei er bei lebendigem Leib gekocht worden.

Niemand hatte geglaubt, daß er überleben würde. Und der Schiffsarzt der *Yorktown* schien nicht einmal sicher, ob dies überhaupt wünschenswert war. Der Junge würde sein ganzes Leben lang blind und grausam gezeichnet sein – und seine bloße Existenz würde eine ewige Anklage und der ständige Beweis dafür sein, daß auf dem Enika Atoll doch Menschen gelebt hatten.

Doch zum Erstaunen aller erholte sich der Junge trotz seiner schwärenden Wunden. Er blieb noch tagelang völlig stumm, dann krächzte er schließlich Worte in einer Sprache hervor, die niemand auf dem Schiff verstand.

Die Ergebnisse des Sawtooth-Tests gingen im Verteidigungsministerium als Verschlußsache zu den Akten und wurden zusammen mit dem ganzen Ereignis bis heute streng geheim gehalten.

Als die *Yorktown* schließlich in Pearl Harbor einlief, brachte man den gräßlich entstellten Jungen in ein Waisenhaus in Honolulu. Offiziell hieß es, er sei der einzige Überlebende eines verheerenden Hausbrandes, bei dem seine gesamte Familie ums Leben kam. Da er keine Verwandten hatte, wuchs er auf Staatskosten auf, erhielt aber eine – ebenso großzügige wie unerklärliche – Unterhaltszahlung von der Navy.

Der Junge war in Vergessenheit geraten, und Ives fragte sich, wie sich der arme Kerl durchs Leben schlug. Er hatte längere Zeit nicht mehr an ihn gedacht, doch nun, seit er Befehl erhalten hatte, mit der *Dallas* die Marshallinseln anzulaufen, kam die Erinnerung mit alptraumhafter Intensität zurück.

Captain Robert Ives hatte gehofft, das Enika Atoll nie wiedersehen zu müssen. Doch jetzt war er wieder hier… und wieder sollte ein geheimer Atomwaffentest stattfinden.

26

Alameda, Kalifornien
Donnerstag, 14:22 Uhr

Erschöpft nach einem langen Flug erreichten Mulder und Scully die San Francisco Bay in der enervierenden Gewißheit, daß der größte Teil der Reise noch vor ihnen lag.

Mulder mietete einen Wagen, und sie fuhren zur Alameda Naval Air Station. Am Eingangstor verbrachten sie eine gute Stunde damit, sich auszuweisen, Fragen zu beantworten und mit einem stoischen Militärpolizisten zu verhandeln, der in regelmäßigen Abständen verschwand, um sich telefonisch mit seinen Vorgesetzten zu beraten.

»Es tut mir leid, Sir«, erklärte er, als er zum dritten Mal zurückkam, »aber Ihre Geschichte läßt sich nicht bestätigen. Niemand weiß etwas von einem C-5-Transportflug, der heute nachmittag nach Hawaii gehen soll. Wir sind weder von Ihrem Kommen unterrichtet worden, noch wurden Plätze für Sie an Bord eines solchen Fluges, wenn er denn existieren sollte, gebucht.«

Entnervt holte Mulder noch einmal seine Papiere hervor. »Dieses Schreiben wurde von Brigadegeneral Bradoukis im Pentagon persönlich unterzeichnet. Es geht um ein Geheimprojekt auf den Marshallinseln. Ich weiß, daß die Bestätigung dafür nicht einfach offen auf Ihrem Schreibtisch liegt, weil sie das gar nicht dürfte. Aber meine Partnerin und ich sind autorisiert für diesen Flug.«

»Entschuldigen Sie, Sir, aber diesen Flug gibt es nicht«, beharrte der Militärpolizist.

Mulder seufzte verärgert, und Scully legte ihm beruhigend die Hand auf die Schulter. Dann wandte sie sich an die Wache: »Würden Sie Ihren Vorgesetzten bitte noch einmal anrufen, Sergeant? Und diesmal erwähnen Sie einfach zwei Worte: *Bright Anvil*. Wir warten hier, bis Sie zurück sind.«

Der Militärpolizist zog sich mit einem skeptischen Kopfschütteln in sein Wachhäuschen zurück. Mulder sah Scully verblüfft von der Seite an. Sie lächelte. »Wenn man sich zu sehr aufregt, erreicht man selten, was man will.«

Er zuckte die Achseln und lachte gezwungen. »Manchmal frage ich mich, ob ich überhaupt jemals das erreiche, was ich will.«

Wenige Minuten später kam der Wachmann zurück und öffnete ihnen das Tor. Er entschuldigte sich nicht und verlor kein Wort der Erklärung – er überreichte ihnen lediglich eine Karte des Flughafengeländes mit der Anweisung, wohin sie zu gehen hatten.

»War Ihr Vater hier nicht mal stationiert?« fragte Mulder. Er wußte, wie sehr Scully unter seinem Tod gelitten hatte.

»Nur kurz«, erwiderte sie. »Ungefähr zu der Zeit, als ich in Berkeley aufs College kam.«

Mulder hob die Augenbrauen. »Ich wußte gar nicht, daß Sie in Berkeley waren. Wie lange denn?«

»Nur die ersten beiden Semester ...«

Er nickte und wartete, daß sie fortfuhr. Doch Scully schien dies Thema nicht zu mögen – Mulder bemerkte ihr Unbehagen und stellte keine weiteren Fragen.

Sie fanden den massigen C-5-Transportflieger genau dort, wo der Wachmann beschrieben hatte. Kleine Hydraulikfahrzeuge schafften die Ladung heran, verstauten Kiste um Kiste in dem riesigen olivgrünen Bauch des Flugzeugs. Gabelstapler stemmten Paletten mit den letzten Gerätschaften, während die Passagiere und das Militärpersonal über eine eilig ans Flugzeug gerollte Treppe an Bord kletterten.

»Wie Sie sehen, Scully«, spöttelte Mulder, »hier gibt es keinen C-5-Transportflug ... rein gar nichts, was demnächst abheben könnte.« Er hob die Arme in einer dramatischen Geste. »Allerdings muß ein so winziges Flugzeug wie dieses ja auch ständig verlorengehen, nicht wahr?«

Scully antwortete nicht. Sie hatte sich mit dem ewigen Abstreiten und Leugnen, der gängigen Taktik bei allen Geheimprojekten, schon lange abgefunden. Den Koffer in der einen, die Aktentasche in der anderen Hand, stieg Mulder die metallenen Stufen hoch, die zum Passagierabteil führten. »Ich hoffe, wir bekommen noch einen Fensterplatz bei den Nichtrauchern.«

»Ich denke, ich werde versuchen, ein bißchen Schlaf nachzuholen ...«

Im Innern des karg ausgerüsteten Flugzeugs orientierte sich Mulder einen Augenblick. Im spärlichen Schummerlicht, das von hinten durch die offenen Ladeluken hereinfiel, suchten die anderen Passagiere – Marineoffiziere und Soldaten sowie etwa ein halbes Dutzend Zivilisten – nach einem Platz.

Mulder konnte keine Gepäckfächer entdecken; es gab nur an der Bordwand befestigte Netze, in denen bereits Reisegepäck untergebracht war. Er legte seinen Koffer dazu, holte dann Scullys Tasche und verstaute sie daneben. Seine Aktentasche behielt er bei sich, damit sie während des langen Flugs nach Pearl Harbor seine Notizen noch einmal durchgehen konnten.

Als er zurückkam, griff Scully in ihre Handtasche und reichte ihm ein paar Streifen Kaugummi.

»Nanu, habe ich Mundgeruch?«

»Nein, aber Sie werden sie auf dem Flug noch brauchen. Ich bin früher schon einmal in einem Navy-Transporter geflogen. Die besitzen keinerlei Druckausgleich. Kaugummikauen mildert den Druck auf ihren Ohren – glauben Sie mir ruhig, es ist der professionelle Rat einer Medizinerin.«

Mulder nahm das Kaugummi mit einem skeptischen Blick und ließ es in seine Hemdtasche gleiten.

»Ich wußte ja, daß dies ein Last-Minute-Angebot war, aber etwas Sauerstoff hatte ich eigentlich doch erwartet.«

»Schieben Sie es einfach auf die Kürzungen bei den Rüstungsausgaben.«

Sie suchten nach einigermaßen bequemen Plätzen, doch die Sitze waren ausnahmslos hart und ungepolstert. Sie setzten sich und schnallten sich an. Schließlich schlossen sich die Ladeluken, und die gedämpften Rufe, die von draußen zu hören waren, kündigten an, daß der Flieger zum Abflug bereit war. Einer der Matrosen schloß die dicken Türen des Passagierabteils, dann sprangen die Motoren mit lautem, vibrierenden Brummen an.

»Ich schätze, hier gibt's wohl keine Erste-Klasse-Abteilung ...« Mulder grinste.

Er sah sich um und erkannte einige der Zivilisten. Es waren Wissenschaftler und Techniker, denen er schon in der Teller Nuclear Research Facility begegnet war. Mulder lächelte breit und winkte – ein bebrillter Rotschopf verkroch sich in seinem Sitz und errötete.

»Hey, Victor! Victor Ogilvy – Sie auch hier? So ein Zufall.«

»Ach, hallo Mr. ... Mr. Agent. Äh, ... ich wußte gar nicht, daß das FBI bei den Versuchsvorbereitungen auch dabei sein sollte.«

»Tja Victor, ich sagte Ihnen ja, daß ich noch ein paar Telefonate führen würde.« Es war eine reichlich großspurige Bemerkung, und Mulder wußte das.

Scully lehnte sich zu ihm herüber. »Wir haben noch einen langen Flug vor uns, also seid nett zueinander. Schließlich wollen wir alle nur das Beste für unser Land, nicht wahr, Victor?«

Der junge Techniker nickte eifrig.

»In Ordnung, Mulder?« Sie stupste ihn in die Seite.

»Natürlich, Scully.«

Das behäbige Transportflugzeug setzte sich langsam – etwa so aerodynamisch wie eine Hummel – und mit einem ohrenbetäubenden Dröhnen in Bewegung. Auf der Rollbahn beschleunigte die C-5 und hob dann ihre gewaltigen Massen unerwartet elegant in die Lüfte. Rasch gewann die Maschine an Höhe, kreiste über den Hügeln von Oakland und flog in Richtung offenes Meer.

Mulder wandte sich wieder Ogilvy zu. »Also, Victor, dann dürfen wir uns jetzt ja wohl auf einen echten Tropenurlaub freuen, was? Sonne, Surfing, schneeweiße Strände ...«

Victor sah ihn überrascht an. »Wohl kaum, Agent Mulder. Sie haben doch hoffentlich Ihren Regenmantel eingepackt?«

»Warum denn?« Scully ahnte die Antwort.

Victor blinzelte hinter seinen runden Brillengläsern. »Und ich dachte, Sie hätten Ihre Hausaufgaben gemacht... Anscheinend ist Ihnen doch die eine oder andere Kleinigkeit entgangen.

Der *Bright Anvil*-Test – wir steuern geradewegs auf einen Hurrikan zu.«

27

Über dem Westpazifik
Freitag, 08:07 Uhr

X Es war ein Bilderbuchmorgen, als sie Pearl Harbor verließen und in einem kleineren Flugzeug über den sonnenglitzernden, ewigblauen Pazifik flogen. Scully sah zum Fenster hinaus und war mit ihren Gedanken weit fort.

»Also…« Mulder streckte sich genüßlich auf seinem engen Sitz. »Wie gefällt Ihnen unsere Hawaiireise auf Regierungskosten? Ein Tag voller Eintönigkeit und Warterei, aber der Service ist doch einmalig!«

Scully rutschte unbehaglich auf ihrem Platz hin und her und zog dann das kleine Rollo am Fenster herunter – im Gegensatz zu Mulder konnte sie auf diesen Sitzen keine bequeme Position finden. »Es ist exakt das, was ich von einem Urlaub auf Staatskosten erwarten würde.«

Das Flugzeug zog ächzend und knatternd über den Ozean. Im Westen begannen sich Wolken zusammenzuziehen, und Scully nahm an, daß das Wetter noch sehr viel ungemütlicher werden würde. Mulder schien nicht im geringsten um die Sicherheit ihres Fluges besorgt – allerdings hatte ihm das Reisen noch nie große Probleme bereitet.

Um zu sehen, wie es den anderen Passagieren ging, wandte Scully sich um und beobachtete die kleinen Grüppchen, die sich inzwischen gebildet hatten. Victor Ogilvy und ein paar andere Mitarbeiter der Teller Nuclear Research

Facility hatten sich im hinteren Teil des Flugzeugs zusammengefunden, wo sie über ihren Notebooks und Aufzeichnungen brüteten.

Die Navy-Soldaten saßen in einer Ecke für sich und unterhielten sich laut und völlig entspannt inmitten des Rumpelns und Ratterns. Scully wußte durch ihr Leben in der Nähe von Navy-Stützpunkten, daß Matrosen sich oft sehr kurzfristig zu den verschiedensten Zielen aufmachen mußten. Sie schafften es trotzdem mühelos, sich zu immer neuen Gruppen zusammenzufinden und sich gut zu amüsieren.

Mulder hatte seine Aufmerksamkeit zwei jungen Schwarzen zugewandt, die sich eifrig einer Partie Stratego auf einem kleinen magnetischen Spielbrett widmeten. Er sah ihnen einen Moment lang zu, verlor aber schnell das Interesse.

Eine anderes Grüppchen Soldaten scharte sich um einen breitschultrigen Seemann mit kurzgeschorenem dunklen Haar und südländischen Zügen, der in den neuesten Technothriller von Tom Clancy vertieft war. Seine drei Zuschauer priesen lautstark die Bücher des Autors und malten sich begeistert aus, wie aufregend es wäre, ein CIA-Agent wie Jack Ryan zu sein. Scully fragte sich, ob die Männer wohl ähnlich absurde Vorstellungen vom scheinbar aufregenden Leben eines FBI-Ermittlers hatten.

Die Soldaten kamen auf das brisante Material zu sprechen, das überall in Clancys Werk zu finden war. »Mann, wenn einer von uns so was schreiben würde, würde er fix im Bau landen. Er hätte nicht mal mehr Zeit, die Tantiemen zu kassieren!«

»Ja, aber *wir* haben ja auch die Pflicht zur Geheimhaltung, so sieht es doch aus. Wir haben Verträge unterschrieben, mit denen wir zur Verantwortung gezogen werden können. Clancy hat doch überhaupt keinen Zugang zu all diesen Informationen, also wer sollte ihm schon glauben?«

»Willst du damit sagen, daß er sich das alles bloß ausdenkt? Dann müßte er aber eine brillante Phantasie haben ...«

Der Ungläubige zuckte gleichmütig die Schultern. »Ist doch egal. Hey, der Kerl ist Versicherungsvertreter . Bei dem gibt es keine Spur von unserer ›impliziten Glaubwürdigkeit‹ – wir haben eben direkt mit diesen Sachen zu tun, und er nicht.«

»Ich finde trotzdem, daß jemand diesem Clancy mal beide Arme brechen sollte, damit er solch geheime Informationen nicht mehr an die Öffentlichkeit bringt.«

»Das geht doch nicht – dann könnte er ja keine Bücher mehr schreiben.«

»Na ja, dann eben die Beine ...«

Ungeachtet seines Publikums, das ihm direkt in die Ohren schwatzte, verschlang der Lesende, vertieft in seine Lektüre, Seite um Seite.

Das Flugzeug geriet in eine schwere Turbulenz, und die Passagiere wurden in ihren Sitzen hin und her geworfen. Scully klammerte sich an ihre Armlehnen. Mulder hielt genau diesen Moment für passend, sich in dem bockenden Fluzeug geschmeidig nach vorn zu lehnen und seine Aktentasche hervorzuholen. Er ließ die Schlösser aufschnappen und wühlte darin herum.

»Wir sollten uns jetzt, wo wir Zeit haben, ein paar Dinge noch einmal genauer ansehen«, schlug er vor.

Das Schlingern und Schwanken wurde so heftig, daß die beiden Strategospieler schließlich aufgeben mußten und das Spielbrett forträumten.

Scully konnte sich beim besten Willen nicht vorstellen, wie Mulder unter dem wilden Tanz des Flugzeugs auch nur einen klaren Gedanken fassen konnte ... doch vielleicht wollte er sie nur vom Sturm ablenken, und dafür war sie ihm im stillen dankbar.

»Was genau, glauben Sie, geschieht auf dieser Insel?« Sie hob die Stimme, um das Rumpeln zu übertönen.

»General Bradoukis ist der Meinung, daß der- oder dasjenige, das für die Morde verantwortlich ist, noch einmal versuchen wird, *Bright Anvil* zu verhindern. Es ist seine letzte Chance.«

»Ich höre immer *es*, Mulder.«

Er zuckte die Achseln. »Setzen Sie das Pronomen Ihrer Wahl dafür ein.« Er kramte eine Karte des Pazifischen Ozeans heraus, auf dem die Inselketten hervorgehoben waren, und breitete sie über den anderen Papieren aus. »Falls Sie sich noch immer wegen des Hurrikans Sorgen machen, habe ich eine gute Nachricht für Sie.«

Scully, die sich nach wie vor an ihre Armlehnen klammerte, sah ihn fragend an. Die Maschine schwankte und ächzte mit unverminderter Heftigkeit. »Im Moment bin ich eher darüber beunruhigt, wie lange sich dieses Flugzeug wohl noch in der Luft halten kann. Aber wenn die einzige gute Nachricht diesen Hurrikan betrifft, dann raus damit.«

In Mulders Augen glomm eine Spur von Boshaftigkeit. »Es wird Sie freuen zu hören, daß wir gar nicht auf einen Hurrikan zufliegen.«

Einen winzigen Moment lang fühlte Scully eine Woge der Erleichterung – doch sie kannte ihren Partner zu gut. Er war noch nicht fertig. »Wie meinen Sie das? Haben sich die Wetterbedingungen geändert? Ist es jetzt vielleicht *nur* noch ein Tropensturm, der uns erwartet?«

»Nein«, erwiderte er und wies auf die Karte. »Aber wie Sie sehen, sind wir auf dem Weg zum Westpazifik. Und meteorologisch betrachtet darf man Stürme in diesem Gebiet gar nicht als Hurrikane bezeichnen. Der korrekte Ausdruck ist *Taifun*... Ansonsten gibt es keinen nennenswerten Unterschied, die Zerstörungskraft ist die gleiche.«

»Welch ein Trost! Semantik ist doch etwas Wundervolles...«

Mulder studierte die winzig kleinen Punkte, die auf der gewaltigen blauen Flächen der ozeanischen Karte verteilt waren. Er umkreiste die Punkte mit dem Finger. »Warum haben sie sich wohl ausgerechnet diese Insel ausgesucht? Die Marshallinseln stehen unter dem Protektorat der Vereinigten Staaten ... ich bin mir sicher, das hat etwas damit zu tun. Oder könnte es sein, daß sie einfach nur den Sturm abpassen wollen?«

Scully horchte auf. Sie war froh, daß er ein Thema anschnitt, zu dem sie einiges beitragen konnte. Sie zwang sich, das Schlingern des Flugzeugs zu ignorieren und erläuterte Mulder ihre Sicht der Lage: »Vermutlich hat es eher etwas mit der Geschichte atomarer Versuche da draußen zu tun. Die Marshallinseln waren Schauplatz der meisten U.S.-amerikanischen Bombenzündungen zwischen 1946 und 1963. Wasserstoff- und Kobaltbomben, thermonukleare Waffen, einfach alles, was zu groß war, als daß man es in Nevada hätte testen können. In den Jahren von 1947 bis 1959 sind allein auf dieser Inselkette zweiundvierzig Atombomben gezündet worden.«

Scully war selbst erstaunt, wie präzise sie sich an diese Fakten aus ihrer frühen Studienzeit erinnerte. »Das gesamte Eniwetok Atoll wurde behandelt wie ein großes Himmel-und-Hölle-Feld. Man hüpfte von einem Inselgrüppchen zum nächsten und ließ eine Korallenbank nach der anderen verdampfen. Die Bewohner wurden kurzerhand evakuiert und man versprach ihnen eine angemessene Entschädigung, aber Uncle Sam hat sich nicht gerade überschlagen, diese Versprechungen auch einzuhalten. Der Fairneß halber muß gesagt werden, daß damals niemand so recht wußte, was er da tat ... auch die Atomforscher nicht. Sie machten Fehler – ein paar Bomben waren Blindgänger, andere hatten einen viel höheren Detonationswert als erwartet. Ich kann es immer noch nicht fassen, wie da einfach mit diesem ganzen todbringenden Potential ... *gespielt* wurde.«

Mulder hob erstaunt die Augenbrauen. »Sie klingen ja richtig engagiert. Ein Hobby von Ihnen?«

Sie sah ihn an und spürte, wie sie im Inneren versteinerte. »Früher einmal.«

»Und was ist dann passiert?« fragte er. »Mit den Tests, meine ich.«

»1963 wurden in einem internationalen Abkommen alle überirdischen Atombombenversuche verboten. Aber zu dieser Zeit waren schon über fünfhundert Nuklearwaffen von den USA und verschiedenen anderen Ländern gezündet worden.«

»Fünfhundert! *Über* der Erde? Sie machen Witze!«

»Habe ich jemals übertrieben, Mulder?«

»Nein, Sie nicht, Scully«, murmelte er, »Sie nicht.«

Plözlich verlor das Flugzeug zwei Schrecksekunden lang an Höhe, fing sich aber wieder. Die Matrosen johlten und applaudierten dem Piloten. Hoffentlich kommt er nicht raus und verbeugt sich, dachte Scully in einem kurzen Anflug von Galgenhumor.

Sie zog scharf die Luft ein. Mulder wartete, daß sie weitersprach. »Es gab sogar ein immer wieder außer Kraft gesetztes Abkommen über den Stop von Unterwasserversuchen«, fuhr sie fort. »Frankreich, China und auch andere Länder führen die Tests auch weiterhin durch, obwohl sie es leugnen. Die Franzosen haben vor kurzem eine Testreihe auf einigen Atollen in der Nähe von Tahiti begonnen – und damit einen Feuersturm öffentlicher Proteste heraufbeschworen. Allerdings ist es heutzutage durch die seismische Überwachung und die Beobachtungssatelliten furchtbar schwierig geworden, eine Atomexplosion zu vertuschen.«

»Dann wette ich zehn zu eins, daß dieser heraufziehende Wirbelsturm kein Zufall ist.«

Scully nickte. »Ich schätze, die Wette haben Sie gewonnen …«

28

Enika Atoll
Freitag, 14:11 Uhr

Das Wetter wurde zunehmend schlechter, und die kleine Maschine wurde immer heftiger hin und her geschleudert, als sie sich dem abgeschiedenen Atoll näherte. Scully wünschte sich die robuste C-5 zurück, mit der sie so problemlos nach Pearl Harbor geflogen waren.

Das Flugzeug kreiste über der Insel, um zu einem zweiten Landungsversuch auf der winzigen, provisorischen Rollbahn anzusetzen. »Noch hat uns niemand gebeten, die Absturzposition einzunehmen. Ein gutes Zeichen.« Mulder war – wie so oft in solchen Situationen – ekelhaft vergnügt.

Heftige Sturmböen drückten die Maschine zur Seite, und sogar die erfahrenen Seeleute waren verdächtig blaß um die Nase.

»Mulder, ich wußte gar nicht, daß Sie solch ein Optimist sind«, entgegnete Scully gepreßt, doch sein Ablenkungsmanöver wurde von Erfolg gekrönt – sie setzten jetzt endgültig zur Landung an. Durch das regennasse Fenster konnte Scully eine beunruhigend kurze Landebahn erkennen, die man auf einem ebenen Teil des Strandes ausgewalzt hatte.

Sie schloß die Augen. Als das Flugzeug schließlich holpernd zum Stehen kam, brachen alle Passagiere spontan in Beifallsrufe aus.

Matrosen, die sie bereits erwarteten, stürzten mit eingezogenen Köpfen nach vorn, um Bremsklötze hinter die Räder der Maschine zu schieben. Die Seitentür schwang nach unten auf und verwandelte sich in eine knarrende Gangway. Dann wurden die Ladeluken geöffnet, und ein Trupp Navy-Soldaten kam aus den Sturmschutzbunkern gerannt, wo sie sich vor dem näherkommenden Taifun in Sicherheit gebracht hatten. Das Entladen der Kisten ging mit einstudierter Routine vonstatten.

Scully wankte mit zitternden Knien zum Ausgang, wies jedoch Mulders helfende Hand zurück. Sie trat auf den festgewalzten Korallenkies, griff haltsuchend nach dem Geländer der Gangway und warf einen ersten Blick auf die flache, von dichtem Laubwerk bedeckte Insel.

Sie sah Korallenriffausläufer und feinen sauberen Sand. Der Himmel hatte wegen des heraufziehenden Wirbelsturms einen dunklen Graugrünton angenommen. In der Luft lag eine unheilschwangere Mischung aus Ozon und salziger See. Der Wind blies in kurzen stürmischen Böen aus ständig wechselnden Himmelsrichtungen.

Scullys nußfarbenes Haar wehte ihr ums Gesicht, Mulders Krawatte flatterte wie ein Kinderwimpel. »Na, was habe ich Ihnen gesagt? Das Paradies.«

Scully warf ihm einen Seitenblick zu. »Da müssen Sie wohl den Supersparpreis erwischt haben.«

In einer geschützten Bucht weiter unten am Strand konnte Scully das kleine überdachte Landungsboot ausmachen, mit dem Mannschaft und Geräte vom Navy-Zerstörer, der hinter der trügerischen Riffgrenze vor Anker lag, zum Atoll befördert worden waren. Scully erkannte den Schiffstyp – einen Zerstörer der Spruance-Klasse, der vor allem für schnelle Manöver und gegen Unterseeboote eingesetzt wurde.

»Die Navy muß diesen Versuch sehr ernst nehmen«, überlegte sie laut. »Mit diesem Baby legt sich niemand so leicht an.«

Ein junger Offizier kam direkt auf sie zu. Er hatte kurzgeschorenes sandfarbenes Haar und trug eine Brille mit lichtempfindlichen Gläsern, die sich sogar im dämmrigen Licht des heraufziehenden Sturms dunkel verfärbt hatten. »Sie müssen die Leute vom FBI sein«, sagte er und baute sich vor ihnen auf. »Ich bin Commander Lee Klantze, Erster Offizier auf der *Dallas*. Ich werde Sie jetzt zu Captain Ives bringen. Er überwacht die letzten Testvorbereitungen, wird den Versuch aber, glaube ich, von der *Dallas* aus beobachten.«

Klantze marschierte mit langen Schritten den Strand hinunter. »Brigadegeneral Bradoukis in Washington hat uns mitgeteilt, daß Sie Gäste mit VIP-Status sind – obwohl wir alle im dunkeln tappen, was den Zweck Ihres Besuchs angeht. Hier gibt es meiner Ansicht nach nichts, was in die Zuständigkeit des FBI fällt.«

»Es steht in direktem Zusammenhang mit einem noch ungelösten Fall, den wir untersuchen«, erklärte Scully.

»Aha.« Klantze schwieg.

Man weiß doch immer, wann man es mit einem Militärkarrieristen zu tun hat, dachte Scully und lächelte. Sie wissen ganz genau, wann sie keine Fragen mehr zu stellen haben.

»Sie begleiten mich jetzt zur *Bright Anvil*-Zentrale und dürfen dann ungestört mit Ihren Ermittlungen fortfahren. Versuchen Sie nur, sich möglichst von den Testvorbereitungen fernzuhalten. Wir haben hier eine Menge hochempfindlicher Geräte. Laienhafte Behandlung kann da mehr Schaden anrichten als der Wirbelsturm ... und Mr. Dooley neigt in seiner Vorsicht zu Überreaktionen.«

»Danke.« Scully und Mulder folgten dem Ersten Offizier zu einer geschützt liegenden Korallenlagune. Ein hochaufragender Felsvorsprung schirmte eine Schar kleiner Gebäude von der gegenüberliegenden Seite der Insel ab, die dem herannahenden Sturm schutzlos ausgeliefert war.

Mulder wandte sich um und wies auf die Kisten, die gerade aus dem Flugzeug entladen wurden. »Unser Gepäck ist auch da drüben.«

Klantze blieb gelassen. »Es wird auf die *Dallas* gebracht. Dort werden Sie für die Nacht untergebracht. Hier allerdings werden alle bis zur Zündung rund um die Uhr beschäftigt sein. Der Test ist für morgen früh um fünf Uhr fünfzehn angesetzt.«

»So früh?« fragte Mulder.

»Wir hatten keine andere Wahl«, erwiderte Klantze und setzte energisch seinen Weg fort. Sand wirbelte um sie herum auf und stach ihnen ins Gesicht. »Genau in dieser Zeit wird der Sturm die Insel erreichen.«

Scully war versucht sich zu erkundigen, warum sie so großen Wert darauf legten, den Test in einem Wirbelsturm durchzuführen ... doch das war eine Frage für Bear Dooley. Sie schwieg.

Der Offizier führte sie zu einem igluähnlichen Bunker, zu dem alle Anschlüsse an Generatoren, Klimaanlagen und Satellitenschüsseln liefen.

»Und hier hätten wir das Enika Holiday Inn«, deklamierte Mulder.

In dem Häuschen herrschte ein reges Kommen und Gehen von Technikern, die die Generatoren und elektrischen Leitungen noch einmal überprüften. Ein Mann in der weißen Uniform eines Captains bemerkte sie und winkte Klantze heran.

Als sie auf den Captain zugingen, zückten Scully und Mulder automatisch ihre FBI-Ausweise. Er studierte sie eingehend. »Ich danke Ihnen, Agent Scully, Agent Mulder. Ich bin Captain Robert Ives von der USS *Dallas*.«

Scully gab ihm die Hand, und plötzlich kehrte die Erinnerung zurück. »Ich glaube, wir haben uns schon einmal getroffen, Captain. Als ich noch etwas jünger war, auf einem Marineempfang in Norfolk, Virginia. Captain Bill Scully war mein Vater.«

»Bill Scully!« Ives war überrascht. »Ja, natürlich, ich kenne ihn. Ein guter Mann. Wie geht's ihm denn?«

Scully schluckte. »Er ist vor kurzem verstorben.«

»Das tut mir leid.« Ives versteifte sich. »Wenn man die meiste Zeit auf See ist, sind so viele persönliche Neuigkeiten längst überholt, bevor man die Möglichkeit hatte, von ihnen Notiz zu nehmen. Es tut mir aufrichtig leid.«

»Danke.«

Ives räusperte sich, um seine Unsicherheit zu überspielen. »Nun ja ... Sie sind also gekommen, um ungewöhnliche Vorkommnisse im Zusammenhang mit dem *Bright Anvil*-Versuch zu untersuchen? General Bradoukis wollte nicht allzuviel darüber sagen. Gibt es etwas, das wir wissen sollten?«

Scully sah Mulder an, um ihm die Chance zu geben, die verblüffenden Zusammenhänge und seine sonderbare Theorie dazu auszuführen. Er erwiderte ihren Blick schweigend und schüttelte kaum merklich den Kopf. Offenbar wollte er nicht – oder noch nicht – darüber sprechen.

»Wir müssen uns hier vor allem genau umsehen und ein paar Fakten sammeln«, sagte sie also. »Wie Sie wahrscheinlich schon wissen, sind einige Personen, die mit *Bright Anvil* zu tun hatten, auf höchst ungewöhnliche Weise zu Tode gekommen.«

In diesem Moment stürmte Bear Dooley durch die niedrige Tür des Bienenstockbunkers. Er kniff die Augen zusammen. Sein Blick heftete sich auf die zwei FBI-Agenten, und seine Miene verfinsterte sich wie der taifunschwangere Himmel.

»Ich kann mir beim besten Willen nicht vorstellen, wie Sie es angestellt haben, sich Zugang zu diesem Versuchsgelände zu verschaffen ... Ich bin leider nicht befugt, das in Frage zu stellen oder Sie gleich jetzt wieder nach Hause zu schicken.« Er stemmte die Arme in die Hüften. »Aber eins sollten wir gleich von Anfang an klarstellen: Bleiben Sie uns gefälligst vom Leib. Wir haben zu arbeiten. Wir müssen morgen in aller Frühe einen komplizierten Test durchführen. Ich habe *keine* Zeit, für ein paar FBI-Spitzel in feinen Anzügen den Babysitter zu spielen.«

»Ich brauche schon seit mindestens vier Jahren keinen Babysitter mehr«, protestierte Mulder.

»Mr. Dooley.« Scully holte tief Luft. Ihr blieb wieder einmal der offizielle Part. »Wir möchten uns dafür entschuldigen, daß wir hier mitten in Ihre Vorbereitungen platzen. Glauben Sie mir, ich hätte es auch vorgezogen, wenn Sie unsere Fragen in Kalifornien beantwortet hätten. Aber da Sie und Ihr gesamtes Team einfach verschwunden sind, ohne uns zu benachrichtigen, hatten wir leider keine andere Wahl.«

»Und als ich mit Ihnen gesprochen habe, haben Sie mich auch nicht gerade mit Ihrer Auskunftsfreudigkeit überwältigt«, fügte Mulder hinzu.

»Ach was!« Dooley wandte sich verärgert ab und reichte Captain Ives einen Stoß Papiere. »Der neueste Stand der Satelliten-Wettervorhersage. Exakt so, wie wir es erwartet haben. Das Zentrum des Wirbelsturms ist nur noch zweihundert Meilen entfernt, und er ist so riesengroß, daß er uns auf alle Fälle erwischt. Wir haben Glück – morgen früh ist Enika vom Erdboden verschwunden.«

»Wir haben Glück?« Mulder hob die Stimme.

Ives überflog die Satellitenprognose und nickte. »Einverstanden.«

»He, Moment mal«, beharrte Mulder. »Jetzt mal schön der Reihe nach. Wo ist diese Atombombe? Ist sie in einer der Kisten, die mit uns hierhergeflogen wurden, oder ist sie schon hier im Kontrollbunker oder ...«

Dooley unterbrach ihn mit einem verächtlichen Lachen. »Agent Mulder, Ihre Sachkenntnis ist nicht gerade beeindruckend. Der Bunker soll vor der Explosion *geschützt* werden. Daher wird auch die Anlage möglichst nicht hier in der Nähe aufgestellt – logischerweise.«

Daß er die Macht des Wissens auf seiner Seite hatte, schien Dooley allmählich zu besänftigen. »Das *Bright Anvil*-System steht auf der anderen Seite der Insel in einer Lagune. Es ist mit der *Dallas* aus San Diego hierher transportiert worden. Mittlerweile ist alles vorbereitet ... jetzt müssen wir nur noch auf den Sturm warten.«

Scully konnte nicht länger an sich halten. »Sie haben sich große Mühe gegeben, Ihre Vorbereitungen geheimzuhalten, – und Sie haben mit Bedacht eine verlassene Insel ausgewählt, die direkt auf dem Weg eines Wirbelsturms von beachtlichem Ausmaß liegt. Die meisten Leute, die etwas Verstand im Kopf haben, würden allerdings versuchen, einem Taifun aus dem Weg zu gehen. Wissen Sie eigentlich, welchen Schaden ein Sturm dieser Größenordnung anrichten kann?«

Für einen Moment verengten sich Dooleys Augen. Er schnaufte ... dann lachte er schallend. »*Natürlich* weiß ich das, Agent Scully. Denken Sie doch mal darüber nach. Angesichts des verheerenden Schadens, den der Wirbelsturm auf dieser kleinen Insel anrichten wird ... wer wird sich da schon um ein bißchen zusätzliche Verwüstung kümmern?«

29

Enika Atoll
Freitag, 17:18 Uhr

Scully fühlte den Druck des heraufziehenden Wirbelsturms. Er legte sich wie ein Schraubstock immer fester um ihr Herz und ihren Verstand. Sie saß am Strand und betrachtete die dunkler werdenden Wolken, die sich jetzt bei Sonnenuntergang über die kränklich-trübe Himmelsfärbung schoben.

Vor dem Kontrollbunker standen Bear Dooley, Mulder und Captain Ives in einem Augenblick relativer Friedfertigkeit beisammen. Das Landungsboot schaukelte in der seichten Lagune sanft auf und ab und wartete auf seine Passagiere. Das durch die Riffe geschützte Wasser glitzerte glasklar – vor allem im Vergleich mit der dunklen, rauhen See, die weiter draußen tobte. Wellenbrecher umtosten die Korallenbänke, die sich der Macht des wutschäumenden Wassers entgegenstemmten.

Ein Techniker des *Bright Anvil*-Teams kam aus dem Bunker gerannt, als Scully auf die Gruppe zuging. Der Mann machte einen nervösen Eindruck. »Captain Ives, eine dringende Nachricht für Sie auf der Notleitung!« Ives sah auf sein Walkie-Talkie hinunter und fragte, warum man ihm die Nachricht nicht direkt übermittelt habe. »Das Gespräch kommt von der *Dallas*, Sir. Der Nachrichtenoffizier möchte mit Ihnen sprechen.«

Mulder sah Bear Dooley mit gespielter Unschuld an. »Oh je, am Ende muß der Versuch abgebrochen werden.«

»Davon träumen Sie«, brummte Dooley.

»Ich bin ganz sicher, daß Sie die Sache nur verschieben würden.«

Dooley schüttelte den Kopf – er hatte keinen Sinn für Mulders Humor.

Sie drängten sich in den klaustrophobisch engen Betonbunker. Scully war froh, dem feuchten Wind zu entkommen, der ihre Haut wie einen Schwamm aufweichte. Captain Ives ging zu einem Telefon, das an einer Sperrholzwand angebracht war.

»Hier Ives«, meldete er sich, dann lauschte er konzentriert in den Hörer. »Was tun die bei diesem Wetter da draußen?« Pause. »Okay, wie weit ist das weg?« Er lauschte wieder. »Und wir sind bestimmt die einzigen in Reichweite?« Sein Gesicht verfinsterte sich. »Warten Sie einen Moment.«

Er legte die Hand über die Sprechmuschel und sah Dooley an. »Wir haben gerade einen Notruf aufgefangen – ein Fischerboot vor Hawaii, japanische Registrierung. Sie sind wegen des Taifuns in Schwierigkeiten, und die *Dallas* ist das einzige Schiff weit und breit. Es ist zwar ein gewöhnlicher Mayday, aber sie brauchen sofort Hilfe. Wir können das nicht ignorieren!«

Dooleys Gesicht wurde puterrot vor Ärger. »Ich dachte, Sie hätten gesagt, das Gebiet sei abgesichert. Um Enika herum sollte es keinerlei Schiffsverkehr geben!« Er bebte vor Wut. »Und was machen diese Idioten überhaupt da draußen? Ist doch bescheuert, mitten in einem Wirbelsturm rauszufahren.«

»Allerdings ...«, murmelte Mulder.

Ives bemühte sich um Beherrschung. »Weil Ihre Leute diesen Versuch so unglaublich *geheim* gehalten haben, Mr. Dooley, war es uns nicht möglich, eine Patrouille rauszuschicken, um die Gewässer frei zu halten. Sie wollten um keinen Preis, daß wir bemerkt werden. Wir haben unser Bestes getan, es war aber nie ganz auszuschließen, daß ein kleines

Fischerboot wie dieses uns entgehen könnte. Immerhin haben wir es hier nicht mit einem Badetümpel zu tun.«

Dooley knurrte und beulte mit seinen Pranken die Hosentaschen seiner Jeans aus. »Sollen die doch zusehen, wie sie da draußen zurechtkommen. Diese Ignoranten sind doch selbst schuld, wenn sie raus aufs Meer fahren, ohne sich vorher den Wetterbericht anzuhören.«

Ives setzte der Diskussion ein Ende. »Mr. Dooley, es ist nach geltendem Seerecht unsere Pflicht, jedem Schiff, das einen Notruf aussendet, nach besten Kräften zu helfen. Nach diesem Gesetz habe ich immer gelebt – und ich habe meine gesamte Laufbahn auf See verbracht. Ich habe nicht vor, das zu ändern, nur weil Sie Ihr Lieblingsprojekt in Gefahr sehen.«

»Was sollen wir denn mit den Überlebenden machen, wenn Sie sie an Bord genommen haben? Wir können sie doch wohl kaum bei unserem ... Versuch zuschauen lassen.«

»Die Leute bleiben unter Deck – vorausgesetzt, wir können überhaupt noch jemanden retten.«

»Und wenn sie uns nun ausspionieren wollen?« gab Dooley zurück. »Vielleicht sind wir nicht die einzigen, die so etwas wie *Bright Anvil* konzipiert haben. Eine andere Nation könnte doch durchaus ein ähnliches Projekt entwickelt haben.«

Scully hätte beinahe laut aufgelacht, doch Dooley schien es bitterernst zu sein.

»Klar, wenn diese japanischen Fischer *Bright Anvil* erst einmal zu Gesicht bekommen haben, beginnen sie wahrscheinlich auf der Stelle mit der Produktion billiger Imitate ... und demnächst kann sich dann jeder seinen eigenen kleinen Gefechtssprengkopf im Elektroladen kaufen«, grinste Mulder.

Dooley starrte ihn an – blindwütig, hilflos. »Na schön, Captain, dann finden Sie erst einmal heraus, wer diese Typen sind und was zum Teufel sie hier zu suchen haben. In dieser Gegend gibt es keine guten Fanggründe.«

Seufzend ergriff Captain Ives wieder den Hörer. »Wie heißt das Schiff?« fragte er den Anrufer. »Finden Sie heraus, unter welchem Namen es registriert ist.« Dann erbleichte er. »*Fukuryu Maru*?« vergewisserte er sich. »Der *Glückliche Drache*?«

Scully legte nachdenklich die Stirn in Falten. »*Glücklicher Drache*, das kommt mir irgendwie bekannt vor...«

»Bestätigen Sie bitte, daß wir ihren Notruf erhalten haben und daß wir kommen, so schnell es geht. Machen Sie die *Dallas* zum Auslaufen bereit.« Ives hängte ein und wandte sich dann an Scully, die als einzige auf den Namen reagiert hatte.

»Sie denken wohl auch an ein anderes japanisches Fischerboot mit demselben Namen – an das Boot, das 1954 bei der Castle Bravo-Bombe auf dem Bikini Atoll zu nahe an die Detonationsstelle geraten war? Die Besatzung wurde einer erheblichen Überdosis radioaktiver Strahlung ausgesetzt, und der Vorfall hatte einen internationalen Eklat zur Folge.«

Mulder horchte auf. »Und jetzt treibt ein Boot gleichen Namens in der Nähe dieses Atomversuchs herum? Das kann ja wohl kaum ein Zufall sein...«

Scully unterbrach ihn hastig. »Oh nein, Mulder, das werden Sie nicht tun. Sagen Sie jetzt nicht, daß ein... Geisterschiff voller verstrahlter Japaner nun versucht, den *Bright Anvil*-Test zu verhindern.«

Mulder hob abwehrend die Hände. »So etwas würde ich nie behaupten, Scully. Ich befürchte, Sie besitzen eine etwas zu rege Phantasie.« Er grinste herausfordernd. »Ist aber ein interessanter Gedanke.«

Sie wandte sich an Ives. »Captain, ich würde gern mitkommen, wenn Sie zu diesem Fischerboot rausfahren.« Sie schaute Mulder fragend an.

»Nein danke«, sagte dieser schnell. »Ich bleibe lieber auf festem Boden. Ich möchte mich hier noch ein wenig umsehen.«

Scully bemühte sich, auf der Brücke des Navy-Zerstörers nicht im Wege zu sein.

Das Enika Atoll verschwand am Horizont, als das Schlachtschiff das Labyrinth aus tückischen Klippen hinter sich ließ. Die *Dallas* steuerte durch die sturmgepeitschte offene See – dorthin, wo nach ihren kartographischen Angaben das glücklose Fischerboot in Seenot geraten war.

Scully versuchte mehrmals, ein Gespräch zu beginnen, fand jedoch keine passenden Worte. Ives erschien zutiefst beunruhigt. Er hatte die Augenbrauen zusammengezogen, hinter seiner Stirn arbeitete es fieberhaft. Schließlich sagte sie: »Captain Ives, Sie sahen bestürzt aus, als Sie den Namen dieses Fischerboots erfahren haben. Was wissen Sie über den *Glücklichen Drachen* – den ersten, meine ich.«

Er sah zu ihr hinüber und kniff die Lippen fest zusammen, dann starrte er wieder durch die regennassen Fenster der Brücke. Er schluckte. »Ich war bei dem Castle Bravo-Test dabei, Agent Scully. Als junger Seemann habe ich auf meinen Einsätzen viele Versuche auf diesen Inseln miterlebt. Ich war ein durch und durch überzeugter Navy-Soldat, und viele von uns jungen Rekruten waren ganz wild darauf, Bombenexplosionen zu ›sammeln‹. Wir versuchten, so oft wie möglich auf die Schiffe zu kommen, die beim nächsten Knall dabeisein durften. Wir hielten das für einen Riesenspaß.

Und es ist ein wirklich atemberaubendes Schauspiel, das kann ich Ihnen versichern ... Aber Castle Bravo war noch etwas ganz anderes, etwas völlig Neues: der höchste Detonationswert, der jemals bei einer atomaren Explosion erzielt wurde. Die Wissenschaftler aus Los Alamos hatten, so weit ich das verstanden habe, den Querschnitt falsch berechnet oder so etwas Ähnliches. Der Detonationswert hätte fünf Megatonnen betragen sollen ... statt dessen waren es, wie sich herausstellte, fast fünfzehn. Eine Explosion, die der von fünfzehn Millionen Tonnen TNT entspricht.

Unter solch einer Zahl kann sich niemand mehr etwas vorstellen, wenn man sie nicht mit etwas vergleicht, das einem bekannt ist. Die Little Boy-Bombe, die auf Hiroshima abgeworfen wurde, entsprach etwa 12,5 *Kilo*tonnen. Das bedeutet, die Castle Bravo-Explosion war rund zwölfhundertmal stärker als Little Boy. Zwölfhundert Hiroshimabomben, die gleichzeitig hochgehen.«

Er schüttelte den Kopf. »Das hätten Sie sehen sollen. Der Feuerball allein hatte einen Durchmesser von vier Meilen.«

Scully schloß instinktiv die Augen. »Ich glaube nicht, daß ich das hätte sehen *wollen*. War es nicht furchtbar gefährlich, so nah dabeizusein?«

Ives lächelte geistesabwesend. »Viele von uns bekamen eine erhebliche Dosis ab. Dieses entsetzliche weißliche Zeug regnete nur so vom Himmel... Später fanden wir heraus, daß es sich um ausgefällten Kalk handelte, der von den verdampften Korallen stammte. Natürlich war dann auch die radioaktive Gefahrenzone viel größer als ursprünglich berechnet.

Scully nahm den Schluß voraus. »Und dieses japanische Fischerboot war zufällig zur falschen Zeit am falschen Ort.«

»Ja... der *Glückliche Drache* hatte wohl doch nicht so viel Glück«, erwiderte er. »Sie waren mit 23 Leuten Besatzung etwa 80 Meilen östlich vom Bikini Atoll unterwegs – eigentlich weit genug entfernt, nur leider wehte der Wind den Fallout direkt auf sie zu. Zwei Wochen später lief das Fischerboot mit kranker Besatzung in seinen Heimathafen ein. Die Vereinigten Staaten boten ihre Strahlungsexperten für die Behandlung der Leute an, verweigerten aber jegliche Auskunft über die Inhaltsstoffe des Niederschlags... Man befürchtete, daß die Sowjets sich daraus ein Bombenrezept ableiten könnten. Einer der Fischer starb an den Sekundärinfektionen.

Der Vorsitzende der Kommission für Atomenergie, Lewis Strauss, lehnte jede Verantwortung ab und behauptete, diese Fischer hätten sich sehr wohl innerhalb der Gefahrenzone befunden – was ich persönlich stark bezweifle – und der *Glückliche Drache* sei ohnehin ein rotes Spionageschiff gewesen.«

»Ein rotes Spionageschiff?« Eine Mischung aus Ungläubigkeit und Ärger zog Scullys Kehle zusammen. Sie verstummte.

»Das waren seine Worte ... Und deshalb habe ich nicht vor, dieses andere unglückliche Schiff da draußen auf Gedeih und Verderb einem tödlichen Fallout auszuliefern, selbst wenn sie den Taifun überleben sollten.«

»Aber soweit ich es verstanden habe, soll es doch diesmal gar keinen radioaktiven Niederschlag geben?« erkundigte sich Scully. »*Bright Anvil* ist doch eine Waffe mit nur geringem Detonationswert und soll sich doch gerade nicht weit über den Ozean ausbreiten.«

Ives sah sie zweifelnd an. »Ja natürlich ... und die Castle Bravo-Bombe sollte nur ein Drittel ihrer tatsächlichen Reichweite besitzen. *Ich* habe – im Gegensatz zu Bear Dooley – meine Lektion gelernt. *Bright Anvil* ist eine brandneue Technologie – und egal wie viele Computersimulationen die Wissenschaftler auch durchführen, manchmal vergessen sie einfach die Sekundärwirkung. Ich jedenfalls will kein unnötiges Risiko eingehen.«

Scully sah ihn nachdenklich an. »Sie ... Sie glauben aber doch nicht, daß das Erscheinen dieses anderen *Glücklichen Drachen* eine übernatürliche Ursache haben könnte – ausgerechnet jetzt, meine ich?«

Ives lächelte matt. »Übernatürlich? Nein, das ist nur ein Zufall. Soweit ich weiß, ist *Glücklicher Drache* ein durchaus nicht seltener Name für japanische Fischerboote.«

Der Himmel verdüsterte sich, und die Wolken zogen sich drohend zusammen. Schon kurze Zeit später entdeckten die vorderen Radarsensoren der *Dallas* das Fischerboot, und sie hielten direkt darauf zu. Scully sah es im heftigen Wellengang auf und ab schaukeln. Sie wußte selbst nicht, was sie erwartete ... etwas wie den Fliegenden Holländer, ein altes Wrack, das sich kaum noch über Wasser halten konnte, ein paar erschöpfte Überlebende, die sich krampfhaft an die Reling klammerten.

Doch der *Glückliche Drache* schien völlig unbeschädigt und hatte nicht einmal viel Mühe, sich gegen den starken Wellengang zu behaupten. Trotzdem ließ Captain Ives den Zerstörer wenden und nah an das Boot heranbringen. An Deck winkten zwei asiatische Fischer und riefen um Hilfe, während ein dritter noch in der Kajüte stand.

»Das Boot sieht recht stabil aus«, erklärte Ives. »Wir können sie vermutlich ohne große Schwierigkeiten zum Atoll schleppen.«

Scully war nicht sicher, ob er sie um ihre Meinung bat oder nur eine Tatsache feststellte. Sie nickte rasch. Ives warf ihr einen Regenmantel zu und rief dann einige seiner Leute zu sich. »Also los, bringen wir die Leute an Bord. Sie bekommen warme Sachen und Suppe.«

Zwei weitere Personen erschienen auf dem Boot, doch durch die verregneten Fensterscheiben waren sie nur als Schemen zu erkennen. Als die Rettungsmannschaft den Kutter erreichte, traten die beiden Gestalten vor. Der erste war ein mit Narben übersäter Mann, offensichtlich polynesischer Herkunft, der sich behutsam vorwärts tastete. Nach seinen trübweißen Augäpfeln zu urteilen, war er blind. Als die zweite Gestalt nach der Leiter an der Bordwand des Zerstörers griff, stockte Scully der Atem. Die Frau, die dort durch den strömenden Regen zu ihnen hinaufstieg, war Miriel Bremen.

30

Enika Atoll
Freitag, 18:05 Uhr

Mulder sah in den tosenden Himmel hinauf. Bekümmert dachte er an die Schönheit pazifischer Sonnenuntergänge. Heute hatten sich stattdessen öliggraue Wolken am Himmel ausgebreitet, deren bedrohlich gelbgrüner Schimmer nichts Gutes verhieß.

Er summte die ersten Takte von »Stormy Weather« vor sich hin.

»Jetzt habe ich Sie also am Hals, Agent Mulder«, hörte er hinter sich Bear Dooley brummen. »Sind Sie hiergeblieben, weil Sie sich für die technischen Details interessieren, oder haben Sie nur Angst vor dem Sturm?«

»Ja«, nickte Mulder halb umgewandt, »stimmt genau.«

Dooley fand diese Antwort wohl originell, denn er ließ ein dröhnendes Gelächter hören. »Sie sind wie eine Schmeißfliege, Mulder, und Ihre Ermittlungen sind uns bei den Vorbereitungen dauernd im Weg – aber Sie sind nun einmal hier, und ich kann Sie leider nicht davon abhalten zu sehen, was es hier zu sehen gibt«, seufzte er. »Außerdem glaube ich, daß Halbwissen unserer Sache mehr schadet als nutzt. Also kann ich ebensogut Ihre Informationslücken schließen.«

Dooley rief den anderen Technikern zu: »Ich nehme den Jeep und fahre zur anderen Seite der Insel rüber. Ich will die Anlage noch ein letztes Mal überprüfen.« Dann wandte er sich an Mulder. »Kommen Sie mit, dann werden Sie schon erfahren, worum es hier geht.«

Victor Ogilvy kam aus dem Bunker und wischte sich die Regenspritzer von der Brille. »Nach dem Bericht hier ist das schon erledigt«, sagte er. »Ich selbst bin sofort nach unserer Ankunft mit dem Team rausgefahren. Es ist alles in Ordnung.«

»Gut«, erwiderte Dooley. »Aber ich habe nicht gefragt, ob *Sie* es überprüft haben, ich sagte, ich wollte es mir selbst ansehen. Ich bin nun mal für gründliche Arbeit.«

»Wir brauchen Sie aber hier, Bear«, erwiderte Ogilvy verzagt – der Sturm und der bevorstehende Versuch versetzten ihn offensichtlich in leichte Panik.

»Nein, das tun Sie nicht!« donnerte Dooley. »Ich habe schon genug Ärger damit, ständig diesem FBI-Agenten hinterherzurennen. Kann ich jetzt nicht mal mehr meinen eigenen Leuten vertrauen, daß sie ihre Arbeit auch ohne mich erledigen können?«

Diese Bemerkung hatte Victor offenbar getroffen, und Bears Ton wurde etwas milder. »Machen Sie sich keine Gedanken, Victor. Ich werde schon nicht an den Meßgeräten herumspielen, und Sie kommen im Kontrollbunker hervorragend alleine klar. Ich bin in etwa einer Stunde zurück. Agent Mulder und ich müssen vor Einbruch der Dunkelheit wieder hier sein ...«

Mulder folgte Dooley zu einem Jeep, der zugedeckt im Windschatten des Bunkers stand. Dooley riß die schwere Plane herunter und warf sie in den Lagerschuppen. Als er auf den Fahrersitz des Jeeps sprang, erinnerte er Mulder an einen Cowboy, der sich in den Sattel seines treuen Pferdes schwingt.

Der bärtige Ingenieur sah an Mulder herunter. Dooley war mit Flanellhemd und Jeanshose genau richtig gekleidet. Normalerweise wäre Mulder dieses Outfit für ein tropisches Pazifikatoll völlig unpassend erschienen, doch der Sturm hatte die Luft empfindlich abgekühlt. »Ihr hübsches Jackett wird naß werden, wenn der Regen erst richtig einsetzt«, stellte Dooley fest.

Seufzend wischte Mulder einige Tropfen von seiner Jacke und lockerte die Krawatte. »Ich habe ein paar ganz reizende Hawaiihemden im Gepäck, bin aber noch nicht dazu gekommen, mich umzuziehen.«

Dooley betätigte den Zündknopf des Jeeps und brauste los. Das Fahrzeug holperte den provisorischen Dschungelpfad entlang und hüpfte bockend über jede auch noch so kleine Unebenheit. Mulder wurde kräftig durchgeschüttelt, und er preßte fest die Zähne aufeinander, um sich nicht selbst auf die Zunge zu beißen. Dooley hielt das bebende Lenkrad fest umklammert und raste unbeirrt weiter.

Bald hatten sie den kleinen Dschungel durchquert, und Mulder konnte den weiten wilden Ozean auf der anderen Seite der Insel sehen. In einer seichten halbkreisförmigen Lagune, die sich in die Luvseite des Atolls gefressen hatte, schützten gezackte Riffe das Wasser vor der hereinwälzenden Brandung. Auf einem Floß, das mitten auf dem ruhigen Salzsee schwamm, war eine seltsame High-Tech-Anlage errichtet worden. Sie erinnerte Mulder an eine Rube Goldberg-Maschine oder eine Konstruktion aus einem Buch von Dr. Seuss.

»Darf ich vorstellen, *Bright Anvil*«, rief Bear Dooley stolz aus. »Absolut einmalig auf der Welt. Ist es nicht wunderschön?«

Für Mulder sah es aus wie ein außerirdisches Raumschiff nach einer Bruchlandung. Er rettete sich in ein neutrales »Hmm-mm«.

»Sehen Sie diese Stützen, die es auf dem Floß halten? Wir hätten die Zündung auch unter Wasser anlegen können, aber so ist es leichter, die Meßgeräte anzubringen.«

Lange Metallrohre krochen wie Spinnweben in den Dschungel. An den Leitungsrohren saßen in regelmäßigen

Abständen Umspannwerke. Dooley deutete darauf und erklärte: »Diese Röhren schützen optische Fasern für unsere Meßgeräte. Sie werden zwar in der ersten Sekunde der Explosion verdampfen, aber der Datenfluß wird der Druckwelle um etwa eine Millisekunde voraus sein, so daß unsere Meßergebnisse noch vor der Zerstörung eintreffen. Wir werden erstklassige Impulse auffangen können, bevor das Ganze sich auflöst. Dann werden ein paar revolutionäre Analysecodes in den Computern unten im Bunker die Zahlen so lange bearbeiten, bis sie eine Bedeutung bekommen. Wir haben natürlich auch Kameras überall im Dschungel aufgebaut. Man kann zwar beim besten Willen nicht sagen, wie viele von ihnen die Explosion und den Taifun überleben werden, aber die Fotos werden auf jeden Fall Weltklasse.«

»Eine Sternstunde für Kodak und Co. ...«

»Und was für eine!«

Mulder starrte die Anlage an. »Sie glauben also, niemand wird Ihren Atomtest bemerken, weil der Taifun für alles verantwortlich gemacht werden kann? Soweit ich weiß, sind bei einigen Wasserstoffbombentests ganze Inseln in Luft aufgelöst worden.«

Dooley winkte ab. »Ja, aber das waren Riesengeräte. *Bright Anvil* ist nicht annähernd so groß. Wissen Sie, die Wirkung ist nur etwa so stark wie bei der Nagasaki-Bombe – im Grunde lächerlich, wenn man sie mit der Leistung anderer moderner Gefechtsköpfe vergleicht.«

Mulder dachte an die beiden Städte, die während des Zweiten Weltkriegs von Atombomben ausgelöscht worden waren – und das Wort »lächerlich« erschien ihm reichlich deplaziert.

»Wirklich wahr«, bekräftigte Dooley, »die heutigen ICBM-Flugkörper bestehen aus fünfzig bis hundert Nagasaki-Bomben in jedem einzelnen Projektil – viele kleine Sprengköpfe, die einzeln auf verschiedene Ziele gerichtet werden können. Natürlich waren Fat Man und Little Boy damals eine Riesenshow – doch das war die Steinzeit des Atomwaffenzeitalters, wenn man bedenkt, was heute möglich ist.«

Ein warmer Regenschauer klatschte gegen die Windschutzscheibe. Mulder schirmte seine Augen mit der Hand ab, um die wackelige Floßkonstruktion etwas genauer zu betrachten. »Ist die Nachfrage nach detonationsschwachen Atomwaffen denn sehr groß? Vielleicht für Kunden mit schmalerem Geldbeutel?«

Bear Dooley schüttelte den Kopf. »Sie begreifen nicht, worum es geht. *Bright Anvil* funktioniert *ohne jeglichen* Fallout! Das ist irgendeine verrückte Technologie, die Dr. Gregory entwickelt hat. Alle gefährlichen Nebenprodukte werden sofort bei Sekundärreaktionen verbrannt. Ich habe keine Ahnung, woher er diese Eingebung hatte, aber es beseitigt mit einem Schlag das große Stigma der Atomwaffen. *Bright Anvil* macht aus Kernwaffen *einsetzbare* Kriegswerkzeuge, nicht mehr bloß leere Drohungen.«

Mulder sah zu ihm herüber. »Und das ist gut?«

»Sehen Sie, man wirft keine Bombe auf eine Stadt, wenn es danach noch ein halbes Jahr dauert, bis die Strahlung nachläßt. Damit gäbe es auch Jahrzehnte nach Unterzeichnung des Friedensvertrags noch jede Menge Krebstote, und was hat man damit schon gewonnen?« Er grinste und hielt triumphierend einen Finger in die Höhe. »Mit *Bright Anvil* aber kann man eine Stadt dem Erdboden gleichmachen, dann dort einmarschieren und das Gebiet besetzen. Man kann sofort mit der Instandsetzung beginnen. Es ist so etwas wie das Gegenteil von der Neutronenbombe, wenn Sie sich noch erinnern können nur tödliche Strahlung und kaum Explosionsschaden.«

»Und ich dachte, die Neutronenbombe wäre wegen ihrer miesen PR wieder vom Markt verschwunden ... Es hieß doch, daß sie einzig und allein der Ermordung von Zivilisten diene.«

Dooley zuckte die Schultern. »Hey, ich persönlich halte mich aus Politik lieber raus. Ich bin nur für die Physik zuständig. Das ist mein Beruf.«

Mulder ging in die Offensive. »Aha, Sie interessieren sich nicht für Politik – aber Sie haben *Bright Anvil* mitentwickelt, eine Atomwaffe, die unsere Regierung im Konfliktfall einsetzen kann ... Und die Konsequenzen sind Ihnen gleichgültig?«

Dooley antwortete nicht. Er sprang aus dem Jeep und ließ den Motor laufen, als er die Röhrenverbindungen überprüfte. Er drückte Testknöpfe auf den Umspannwerken, um sicherzugehen, daß alle Anzeigen auf den Instrumenten grün blinkten. Offensichtlich war er an den moralischen Aspekten seiner Arbeit nicht sonderlich interessiert, doch er schien zu spüren, daß Mulder ihn im Visier hatte. Nachdem er sich ausführlich mit den Meßsensoren befaßt hatte, stand er auf und drehte sich langsam zu Mulder um.

»Okay, Agent Mulder, ich gebe zu, daß ich darüber nachdenke. Ich denke sogar sehr oft darüber nach – aber Tatsache ist, daß ich nicht verantwortlich bin. Halten Sie mir bitte keine Vorträge.«

»Finden Sie nicht, daß Sie es sich damit ein bißchen einfach machen?« erwiderte Mulder bissig. Er wollte den Forscher provozieren. Wozu ließ sich Bear Dooley hinreißen, wenn er wütend war ...

Dooley blieb merkwürdig ruhig. »Ich lese auch Zeitung, ich sehe auch CNN. Ich bin sogar leidlich intelligent. Aber ich behaupte nicht, zu wissen, wie Politik funktioniert, erst recht nicht in anderen Ländern. Ich bin Physiker, und ich bin Ingenieur – und ich bin verdammt gut. Ich kann diese Anlagen bauen und bedienen. Das ist mein Beruf. Wenn jemand der Meinung ist, das sei gut so, dann werde ich gefördert, tue meine Arbeit und überlasse es meinerseits den Experten der Außenpolitik, meine Arbeit zum Nutzen aller einzusetzen.«

»Okay ... Wenn Sie aber nun diesen völlig neuen Gefechtskopftyp gebaut haben, und jemand möchte ihn dazu benutzen, sagen wir mal ... eine bosnische Stadt zu zerbomben, würden Sie sich dann nicht doch schuldig fühlen am Tod all der Zivilisten, die unschuldig sterben müssen?«

Dooley kratzte sich am Bart. »Agent Mulder, ist Henry Ford schuldig am Tod unserer Verkehrsopfer? Ist ein Pistolenfabrikant schuld am Tod der Menschen, die bei Raubüberfällen ums Leben kommen? Mein Team hat ein *Werkzeug* gebaut, das unsere Regierung einsetzen soll, eine Ressource, auf die sich Außenpolitiker bei ihrer Arbeit verlassen können.

Wenn beispielsweise ein Saddam Hussein oder Muamar Gaddafi seine selbstgebastelte Uranbombe in New Jersey ausprobieren will, möchte ich sichergehen, daß unser Land die Mittel hat, sich zu verteidigen oder zurückzuschlagen. *Die Politiker* machen doch die Politik. Es liegt in *ihrer* Verantwortung, die Werkzeuge, die wir ihnen an die Hand geben, auch vernünftig einzusetzen. Ich habe nicht mehr Recht dazu, diesem Land seine Außenpolitik vorzuschreiben ... als etwa ein Politiker das Recht hat, in mein Labor zu spazieren und mir zu sagen, wie ich meine Versuche durchzuführen habe. Das wäre doch lächerlich, meinen Sie nicht?«

»So kann man es auch sehen«, murmelte Mulder.

»Es ist doch nun einmal so, daß keiner von uns Wissenschaftlern genug davon versteht«, fuhr Dooley schwungvoll fort. »Wenn wir alle anfangen würden, uns in Dinge einzumischen, von denen wir keine Ahnung haben, nur weil wir dringend unser Gewissen beruhigen müssen, würden wir schnell so enden wie ... wie Miriel Bremen. Ja, wie diese radikale Protestlerin, die keinen blassen Schimmer hat, wer eigentlich die Fäden in der Hand hält und warum einige Entscheidungen so fallen müssen, wie sie fallen. Und eins kann ich Ihnen versichern, Mr. Mulder: Miriel Bremen wäre genausowenig wie ich geeignet, die Außenpolitik der Vereinigten Staaten zu übernehmen.«

Bear Dooley hatte sich in Fahrt geredet, und Mulder lauschte ihm fasziniert, ohne ihn auch nur im geringsten ermuntern zu müssen. Dooley sah auf seine großen Hände hinab.

»Ich habe sie sogar gemocht, wissen Sie. Miriel ist eine gute Forscherin. Hatte immer neue Ideen und Lösungen zu bieten, wenn Emil Gregory auf ein Problem stieß. Aber dann fing sie an, zu viel über Dinge nachzudenken, die ihr Arbeitsvertrag nicht vorsah – und nun schauen Sie sich an, was aus ihr geworden ist! *Bright Anvil* hat nach Miriels Weggang und Dr. Gregorys Tod schon zu viele Rückschläge erlitten. Ich habe nicht vor, es jetzt, nach all der Arbeit, all diesen Verlusten, auch noch im Stich zu lassen.« Dooley wies auf die Anlage auf dem Floß. »*Das* ist meine Verantwortung! Ich muß einfach dafür sorgen, daß es klappt.«

Dooley hatte seine Kontrollrunde beendet, rieb die Hände an seinen Jeans ab, um den gröbsten Schmutz loszuwerden, und stieg wieder in den Jeep. »Also, das war ein wirklich gutes Gespräch, Mr. Mulder – aber der Countdown läuft, und ich muß noch eine Menge erledigen.

Bright Anvil ist darauf eingerichtet, morgen früh um fünf Uhr fünfzehn gezündet zu werden. Ein bißchen wie der Trinity-Test, wenn Sie sich erinnern, der wegen eines plötzlich aufkommenden Sturms abgebrochen werden mußte. Nur, daß wir hier fest mit dem Sturm *rechnen.*«

Er trat das Gaspedal voll durch, wendete rasant, und der Jeep jagte in einer aufwirbelnden Schlammspur wieder in Richtung Kontrollbunker.

Mulder sah auf die Uhr. Noch zehn Stunden.

31

An Bord der USS *Dallas*
Freitag, 20:09 Uhr

In der Dunkelheit der früh hereingebrochenen Nacht hatte sich ein öliger Schimmer auf die wogende See gelegt. Kein Mondlicht durchdrang die dichte Wolkendecke, und das Heulen des Windes klang kalt und blechern.

Scully fröstelte, als sie sich auf dem Oberdeck der *Dallas* an die Reling klammerte. Sie beobachtete die Rettungsarbeiten auf dem *Glücklichen Drachen*, auf dem die Seeleute geschäftig umherliefen. Eine Gruppe junger Matrosen half den drei Fischern, dem entstellten blinden Mann und Miriel Bremen an Bord des Zerstörers.

Captain Ives starrte den Blinden, der vorsichtig die klappernde Leiter erklomm, unverhohlen an – unfähig, seinen Blick von dem zerstörten Gesicht und dem leeren Ausdruck der toten Augenhöhlen abzuwenden. Der Mann erreichte das Deck scheinbar unberührt von der wütenden Kraft der tosenden Taifunwinde. Langsam wandte er sich zu Ives um. Ein mattes Lächeln umspielte seine vernarbten Lippen.

Scully verfolgte gebannt die stumme Begegnung und wandte dann ihre Aufmerksamkeit Miriel Bremen zu, die in diesem Moment an Bord stieg. Merkwürdigerweise fühlte Scully sich ein wenig von Miriel betrogen, weil sie ihr nichts von ihrem eigentlichen Vorhaben erzählt hatte. Mit einem flauen Gefühl im Magen fragte sie sich, was Miriel plante.

Miriel hatte sie noch nicht bemerkt, und Scully schrie gegen das Getöse von Wind und Wellen: »Sie erwarten doch wohl nicht, daß wir jetzt glauben, das alles sei reiner Zufall, Miss Bremen?«

Überrascht drehte Miriel Bremen sich zu ihr um. Maßloser Ärger breitete sich auf ihrem reizlosen Gesicht aus. »Sieh an, Agent Scully! Sieht aus, als ob Sie schon die ganze Zeit recht gut über *Bright Anvil* informiert waren. Und ich habe Ihnen geglaubt! Sie haben mich für dumm verkauft, um zu sehen, wieviel ich Ihnen verraten würde.«

Scully war perplex. »Aber das ist doch nicht wahr. Ich ...«

Miriel starrte sie finster an und schob ihre Brille fester in ihr sturmzerzaustes Haar. »Ich hätte mir gleich denken können, daß man euch FBI-Agenten nicht trauen kann.«

Captain Ives, der neben Scully stand, sah auf Miriels tropfnasse Gestalt herunter. »Sie kennen diese Frau?«

»Ja, Captain. Miss Bremen hat eine Gruppe von Atomwaffengegnern an der Universität Berkeley geleitet. Sie war in der Nähe, als der Mord an Dr. Emil Gregory, dem ersten Leiter des *Bright Anvil*-Projekts, verübt wurde.«

Captain Ives' Züge verhärteten sich. »Da haben Sie sich ja ein romantisches Plätzchen für eine Kreuzfahrt ausgesucht.«

Scully fuhr erbost fort: »Und Sie können darauf wetten, daß sie ihr Boot absichtlich *Glücklicher Drache* genannt haben. Auch wenn sie sich nicht darauf verlassen konnten, daß jemand den Namen wiedererkennt, haben sie es wahrscheinlich für einen gelungenen Einfall gehalten.«

Ives winkte ein paar seiner Männer heran. »Bringen Sie diese Leute unter Deck, in getrennte Kabinen. Nehmen Sie ihre Namen auf und sorgen Sie dafür, daß sie alles bekommen, was sie brauchen. Aber geben Sie acht, daß sie keinen Ärger machen. Sie haben uns schon einmal getäuscht.«

Er wandte sich erneut dem Blinden zu. Der Mann stand aufrecht da, immer noch ein mattes zufriedenes Lächeln auf seinen entstellten Zügen. »Wir werden Mr. Dooley über den Vorfall informieren und ihn fragen, was er davon hält.«

»Ich denke, er wird überrascht sein zu erfahren, daß noch mehr Besucher gekommen sind – und dann auch noch diese Leute«, bemerkte Scully.

»Vermutlich«, stimmte Ives ihr zu. Die drei Fischer schienen erleichtert, sich an Bord des sicheren Navy-Zerstörers zu befinden, während Miriel und der Blinde sich offenbar als Kriegsgefangene betrachteten. Miriel ging erhobenen Hauptes zwischen den Matrosen, die sie unter Deck brachten.

Ein Matrose rief vom Deck des *Glücklichen Drachen* herauf: »Captain Ives? Sir, ich glaube, Sie sollten lieber selbst herunterkommen. Wir haben ein paar interessante Dinge gefunden, die Sie sich ansehen sollten.«

»In Ordnung«, erwiderte Ives, »ich komme.«

»Ich würde gern mitkommen, Captain«, bat Scully.

»Selbstverständlich, kommen Sie nur. Sie scheinen ja genauso viele Einzelheiten über den Fall zu wissen wie ich. Langsam fügen sie sich zu einem Ganzen.«

»Leider kennt keiner das vollständige Puzzle ...«

Sie stiegen auf die rutschige Leiter, die zum Fischerboot hinunterführte. Scully nahm langsam Sprosse für Sprosse, um nicht von plötzlichen Sturmböen überrascht zu werden.

Unten tanzte der *Glückliche Drache* wild auf und ab, obwohl der massige Zerstörer die meisten Wellen von ihm abhielt. Soweit Scully erkennen konnte, war das Fischerboot nicht beschädigt. Die Geräte sahen intakt aus, Deck und Rumpf waren anscheinend in gutem Zustand – doch sie verstand zu wenig von Bootstechnik, um die Seetüchtigkeit beurteilen zu können.

Einer der Matrosen kam auf Captain Ives zu. Er faßte knapp zusammen, was ihm auf dem *Glücklichen Drachen* aufgefallen war: »Alle Geräte scheinen intakt zu sein. Keinerlei Beschädigung zu finden, nichts, was sie zu so einem dringenden Notruf veranlaßt haben könnte. Dieses Boot war nicht in Seenot.«

»Vielleicht hatten sie nur Angst vor dem Sturm«, vermutete Ives.

Scully schüttelte den Kopf. »Ich glaube, daß sie überhaupt nicht in Not waren. Sie *wollten*, daß wir rausfahren und sie an Bord holen. Nur so konnten sie sicher sein, noch vor dem Test auf das *Bright Anvil*-Gelände zu kommen.«

Ein zweiter Matrose steckte den Kopf aus der Luke des Unterdecks. »Ziemlich merkwürdige Rumpfkonstruktion, Sir«, meldete er. »Ich habe noch nie ein so kleines Boot mit dieser Bauweise gesehen. Es ist geradezu gepanzert. Ich würde sagen, daß es wohl kein einziges Schiff dieser Größe gibt, das annähernd so stabil ist.«

»Eine Spezialkonstruktion also«, murmelte Scully, »ich frage mich, ob sie es darauf angelegt hatten, in den Hurricane zu geraten ...«

»Taifun«, korrigierte sie Captain Ives mechanisch.

»Also, jedenfalls in einen großen Sturm ... Wenn man ein Boot dazu einsetzen wollte, brauchte man eben eine Spezialkonstruktion.«

»Aber es ist doch ein Fischerboot«, wunderte sich der Matrose, der neben ihnen stand.

»Es sollte wie ein Fischerboot *aussehen*«, entgegnete Scully.

Ives nickte grimmig. »Schauen Sie sich doch nur die Geräte an – alles ist nagelneu. Diese Netze sind garantiert noch nie zu Wasser gelassen worden. Das sind bloß Requisiten ... alles nur Show. Ich glaube, Sie haben recht, Agent Scully. Hier ist etwas faul.«

Ein dritter Matrose tauchte aus dem hinteren Laderaum auf. »Nicht ein einziger Fisch da unten, Sir. Überhaupt keine Fracht, nur ein paar Vorräte und ein Faß.

»Ein Faß?« fragte Ives. »Und der Inhalt?«

»Ich dachte, Sie wollten es vielleicht selbst öffnen, Sir. Nur falls es etwas Wichtiges ist, meine ich.«

Sie stiegen gemeinsam in den Laderaum hinunter, wo eine einzelne Tonne an die Bordwand gekettet stand. Scullys Verstand arbeitete fieberhaft. Sie dachte an Miriel Bremen und ihre radikalen Protestaktionen, ihre potentielle Mitschuld am Tod Dr. Gregorys ... und ihr plötzliches Auftauchen, das mit fast absoluter Sicherheit bedeutete, daß sie den *Bright Anvil*-Test sabotieren wollte. Miriel würde vor nichts zurückschrecken, um ihr Ziel zu erreichen.

Ives ließ sich einen Schraubenzieher geben und begann, den Deckel abzuschrauben. Scully sah das Faß noch einmal genauer an. Ein Gedanke durchzuckte sie. »Warten Sie! Es könnte eine Bombe sein!«

Ives, der den Metalldeckel schon gelöst hatte, erstarrte mitten in der Bewegung. Als nichts geschah, hob er den Dekkel weiter an.

»Nichts«, sagte er, enttäuscht und erleichtert zugleich. »Nur ein komisches Pulver. Sieht aus wie schwarze Asche.«

Scully schlug das Herz bis zum Hals, als sie auf die Tonne zuging. Einer der Matrosen reichte ihr eine Taschenlampe, mit der sie die schwarzglitzernde Substanz beleuchtete, die das Faß zu fast zwei Dritteln ausfüllte.

»Warum bringen die denn eine Tonne voll Asche hier raus?« erkundigte sich der Matrose. »Ist das ein Behälter aus einem Brennofen?«

Scully griff vorsichtig hinein und befühlte die Substanz. Sie rieb ein wenig davon zwischen den Fingerspitzen. Die schwarze Masse fühlte sich fettig und körnig an und schien mit dem Zeug identisch zu sein, das sie in Nancy Schecks Pool gefunden hatten.

»Nein, das kommt nicht aus einem Brennofen«, stellte sie fest. »Aber ich denke, daß es sich hier um Beweismaterial dafür handelt, daß Miriel Bremen an der Ermordung der *Bright Anvil*-Mitarbeiter beteiligt war.«

Ives legte den Deckel wieder auf das Faß und wandte sich an die Seeleute. »Sichern Sie dieses Boot gut ab. Agent Scully, wir gehen wieder an Bord der *Dallas*. Ich muß herausfinden, ob Mr. Dooley etwas über die Sache hier weiß.«

Scully folgte ihm. Sie wußte, daß sie zuallererst mit Miriel Bremen sprechen mußte. Sie hatte ein paar wichtige Fragen.

32

An Bord der USS *Dallas*
Samstag, 01:02 Uhr

Mit klappernden Schlüsseln öffnete der Wachoffizier die Tür zu Miriel Bremens Kabine. Er machte sich nicht die Mühe anzuklopfen, denn Miriel hatte sie zweifellos kommen hören. Auf dem Metallfußboden hallten Schritte so laut, daß sie auch das gedämpfte Echo des Sturms übertönten.

Scully wartete im Flur. Ihre Augen brannten – sie hatte in den vergangenen Stunden zu wenig geschlafen und zu viel gegrübelt. Der Offizier stieß die schwere Tür auf und winkte sie herein. Scully schluckte, hob dann den Kopf und trat in den kleinen Raum.

Miriel Bremen saß auf einer der schmalen Kojen und stützte den Kopf in die Hände. Mit rotgeränderten Augen sah sie zu Scully auf. »Haben Sie mir wenigstens Wasser und Brot in meine Isolationshaft mitgebracht?«

Erstaunt sah Scully zum Offizier hinüber. »Möchten Sie etwas essen? Ich bin sicher, jemand könnte Ihnen etwas zurechtmachen.« Miriel schüttelte seufzend den Kopf und fuhr sich mit zitternden Händen durchs Haar. »Nein, ich habe keinen Hunger. Das war nur ein Scherz.«

Blitzartig wurde Scully klar, was sich an Miriel Bremens Auftreten seit dem Treffen in Berkeley geändert hatte. Die Atomwaffengegnerin schien so entschlossen wie eh und je, doch jetzt hatte sie eindeutig Angst. Todesangst.

Seltsamerweise schien diese Furcht nicht von Miriels Gefangenschaft an Bord der *Dallas* herzurühren. Miriel Bremen erinnerte Scully an einen Menschen, der sich weit von seiner Heimat entfernt hatte – in jeder Beziehung. Ihrem verhärmten Gesichtsausdruck nach zu urteilen hatte sie sich rettungslos in den Tiefen ihrer radikalen Überzeugung verloren. Das traumatische Bild der drohenden Testexplosion hatte ihren Aktivismus in Fanatismus verwandelt... der sie dazu getrieben hatte, sich auf einem kleinen Fischerboot geradewegs in einen Taifun zu stürzen.

Scully stand in der Tür der Kabine und versuchte, ihr Unbehagen zu verbergen. Seit sie Miriel Bremen begegnet war und zum ersten Mal das Büro der *Stop Nuclear Madness!*-Gruppe betreten hatte, war sie immer wieder von Erinnerungen an ihr erstes Jahr in Berkeley überwältigt worden... an jene Zeit, als sie selbst kurz davor gestanden hatte, sich einer politischen Gruppe anzuschließen. Scully hatte ihre Überzeugungen im Grunde nie wirklich aufgegeben... Und jetzt sah sie in Miriel Bremen einen ungelebten Teil ihres Lebens – und sie erkannte, wie schmal die Grenzlinie war, die auch sie hätte überschreiten können. Wenn sich die Dinge ein wenig anders entwickelt hätten, wäre vielleicht auch sie jenem Abgrund zu nahe gekommen, der sich nun vor Miriel Bremen aufgetan hatte.

Scully wandte sich an die Wache: »Würden Sie uns bitte ein paar Minuten allein lassen?«

Der Offizier war unschlüssig. »Soll ich dann hier im Flur auf Sie warten, Ma'am?«

Scully verschränkte die Arme über der Brust. »Diese Frau ist keines Verbrechens beschuldigt worden«, erklärte sie entschieden. »Ich glaube nicht, daß sie mir gefährlich werden könnte.« Sie schaute sich nach Miriel um. »Außerdem bin ich an der FBI-Akademie in Quantico im Nahkampf ausgebildet worden. Ich denke, ich würde im Notfall mit ihr fertig werden.«

Der Wachoffizier sah sie respektvoll an und nickte dann knapp – beinahe hätte er salutiert. Er schloß die Tür hinter sich und marschierte den Gang hinunter.

»Sie haben es selbst gesagt, Agent Scully«, begann Miriel. »Ich bin keines Verbrechens beschuldigt worden. Ich habe lediglich in einem Taifun SOS gesendet.« Als habe er ihre Worte verstanden, fauchte der Sturm in einer heftigen Bö. Scully spürte, wie das gewaltige Schiff schwankte, als es sich seinen Weg durch die stampfende See bahnte.

»Warum hält man mich hier fest?« setzte Miriel ihre Anklagerede fort. »Warum hat man mich in diese Kabine gesperrt?«

»Weil man hier bestimmte Befürchtungen hat. Sie wissen über den bevorstehenden Versuch Bescheid – erzählen Sie mir nicht, es sei purer Zufall gewesen, daß Sie genau jetzt und genau hier auftauchen. Wir haben nur noch nicht herausgefunden, was Sie im Schilde führen.«

»Im Schilde führen?« Miriel lehnte sich mit erstauntem Gesichtsausdruck in ihrer Koje zurück. »Hier soll ein Atomwaffentest ohne radioaktiven Niederschlag stattfinden, der gegen alle internationalen Abkommen und Gesetze verstößt, – und Sie schauen ruhig zu, Sie als Bundesrepräsentantin *dulden* es. Und Sie meinen, ich könnte etwas im Schilde führen? Was, denken Sie, können Ryan Kamida und ich denn ausrichten? Wir haben nichts als ein Fischerboot, weder Waffen noch Sprengstoff an Bord. Von einem großangelegten Sabotageakt à la Greenpeace kann hier wohl kaum die Rede sein.«

»Sie haben ein Faß voll schwarzer Asche mitgebracht«, sagte Scully.

»Na und? Was kann man Ihrer Meinung nach damit machen?«

»Die gleiche schwarze Asche wurde im Garten der ermordeten Nancy Scheck in Gaithersburg, Maryland, gefunden.«

Mirial erhob sich von ihrer Koje und zupfte ihre immer

noch nasse Bluse zurecht. »Commandant Scheck? Ich wußte gar nicht, daß die alte Hexe tot ist.«

»Und das soll ich Ihnen glauben?«

»Um die Wahrheit zu sagen, Agent Scully, interessiert es mich nicht im geringsten, was Sie glauben. Weil Sie nämlich höchstwahrscheinlich gar nicht in der Lage wären, zu glauben, was hier direkt vor Ihrer Nase passiert.«

»Versuchen Sie doch einfach einmal, mich zu überzeugen. Geben Sie mir nur einen schlüssigen Beweis, und ich glaube Ihnen gern. Aber erwarten Sie bitte nicht, daß ich mich mit absurden Theorien abspeisen lasse. Sie sind doch selbst Wissenschaftlerin, Miriel. Sie wissen, wovon ich rede... Was wird also *Ihrer* Meinung nach beim *Bright Anvil*-Test geschehen? Es sind nur noch wenige Stunden bis dahin.«

»Ich habe eine bessere Idee«, entgegnete Miriel und setzte sich auf den einzigen Stuhl im Raum. »Lassen Sie mich Ihnen etwas erzählen, was bereits geschehen ist, und ziehen Sie dann Ihre eigenen Schlüsse. Haben Sie jemals etwas von einem U.S.-Zerstörer aus dem Zweiten Weltkrieg namens *Indianapolis* gehört?«

Scully dachte nach. »Der Name kommt mir bekannt vor.« Sie hielt einen Augenblick lang inne. »Das war doch das Schlachtschiff, das eine der ersten Atomwaffenkerne auf die Insel Tinian brachte, nicht wahr? Das gehörte zu den Vorbereitungen für den Angriff auf Hiroshima.«

Miriel war erstaunt, freute sich aber offensichtlich über Scullys fundiertes Wissen. »Richtig, die *Indianapolis* lieferte den Urankern für die Little Boy-Bombe nach Tinian. Little Boy fiel auf Hiroshima, der erste Schlag im ersten Atomkrieg der Welt.«

»Ersparen Sie mir Ihre Propagandareden«, unterbrach Scully sie verärgert.

Miriels Augen blitzten leidenschaftlich, und sie zog ihren Stuhl näher an Scully heran. »Wußten Sie, daß der Urankern auf der Hinreise der *Indianapolis* tatsächlich auf dem Boden der Kapitänskabine festgeschweißt war? Niemand wußte, was das Ding eigentlich war, nur daß es sich um eine ultrageheime und extrem zerstörerische Waffe handelte.

Aber es wurde einiges gemunkelt. Gerüchte sprechen sich auf Schiffen schnell herum, besonders zu Kriegszeiten. Die gesamte Besatzung glaubte fest daran, daß sie in einer entscheidenden Mission zum Sieg gegen die Japaner unterwegs war. Nach einer ereignislosen Fahrt lieferte die *Indianapolis* ihre Fracht sicher in Tinian ab, wo man dann die Bombe zusammenbaute ...«

Scully schnitt ihr das Wort ab. »... und die Enola Gay hat sie an Bord genommen und über Hiroshima abgeworfen. 70000 Menschen starben in der ersten atomaren Apokalypse. Das weiß ich alles. Warum ist das jetzt von Bedeutung?«

Miriel hob ihren langen Finger. »Von Bedeutung ist, was geschah, nachdem die *Indianapolis* ihre Mission erfüllt hatte. Eine derartig verheerende Zerstörung durfte nicht ungesühnt bleiben.«

Scully schüttelte den Kopf.

Miriel seufzte. »Ich glaube an eine ausgleichende Gerechtigkeit. Ein skrupelloser Massenmord wie dieser konnte nicht einfach so hingenommen werden ... Drei Tage, nachdem die *Indianapolis* den Urankern abgeliefert hatte, wurde das Schlachtschiff von einem japanischen Unterseeboot torpediert. Sie können jetzt sagen, so etwas passiert eben im Krieg – doch 850 der 1196 Besatzungsmitglieder überlebten den Untergang des Schiffes. Es gelang ihnen rechtzeitig, Rettungsboote zu Wasser zu lassen.

Fünf Tage trieben die Überlebenden in haifischverseuchten Gewässern, bis sie von einem Navy-Flugzeug entdeckt wurden. Fünf Tage waren die Männer der offenen See ausgeliefert und mußten zusehen, wie ihre Kameraden einer nach dem anderen bei lebendigem Leib in Stücke gerissen wurden. Die Haie wurden durch das Blut im Wasser immmer gieriger und aggressiver ...« Ihre Geschichte hatte Miriel regelrecht berauscht. »Wissen Sie, warum es so lange gedauert hat, bis sie gerettet wurden?«

Es war eine rhetorische Frage, und Scully setzte gar nicht erst zu einer Antwort an.

»Wegen eines Verwaltungsirrtums. Die *Indianapolis* war nicht einmal als vermißt gemeldet worden, und niemand war auf die Idee gekommen, nach ihr zu suchen. Die Schiffbrüchigen wurden rein zufällig entdeckt, und am Ende konnte man trotz verzweifelter Anstrengung nur 318 Männer lebend aus dem Wasser bergen. Drei Viertel der ursprünglichen Besatzung, zwei Drittel der Überlebenden des Angriffs waren tot. Es war eine Katastrophe.«

»Das ist grauenvoll«, murmelte Scully, die allein die Vorstellung entsetzte. »Aber daran ist leider noch nichts Ungewöhnliches.«

»Wenn Sie das für grauenvoll halten«, sagte Miriel ruhig, »sollten Sie sich einmal Ryan Kamidas Geschichte anhören.«

»Warten Sie mal ...« Scully rechnete im stillen nach. »Demnach wurde die *Indianapolis* neun Tage vor dem Abwurf der Hiroshima-Bombe torpediert. Wie konnte sich Ihre übernatürliche Macht denn für eine Tat rächen, die noch gar nicht verübt worden war? Viele Schiffe wurden im Krieg versenkt ... mein Vater hat mir oft von solchen Vorfällen erzählt. Sie haben sich nur einen davon herausgesucht, der Ihren Vorstellungen zufällig entgegenkommt ... doch deshalb haben Sie Ihre Sicht der Dinge noch lange nicht überzeugend dargelegt.«

»Ich weiß nicht einmal, ob Sie meine Sicht auch nur im Ansatz verstehen können.«

»Was glauben Sie denn?« Scully dachte an Mulders Theorie. »Daß irgendwelche Atombombengeister bei den Kernwaffenforschern aufräumen? Daß sie übernatürliche Kräfte einsetzen, um den *Bright Anvil*-Versuch zu verhindern? Wieso sollte ich Ihnen so etwas abnehmen?«

»Ich schreibe Ihnen nicht vor, was Sie glauben sollen und was nicht.« Nachdem sie ihre Geschichte erzählt hatte, war Miriel ruhiger geworden. In ihrem Gesicht war nur noch kraftlose Resignation. »Fragen Sie Ryan ... Ja, sprechen Sie mit Ryan.«

33

Enika Atoll
Samstag, 02:19 Uhr

Scully hatte sich gerade in ihre Kabine zurückgezogen, als Captain Ives an der Tür klopfte.

»Es geschehen noch Zeichen und Wunder«, verkündete er und suchte am Türrahmen Halt gegen den starken Wellengang. »Ich bin tatsächlich zu Bear Dooley durchgekommen. Ich bin nicht sicher, ob ihn die Nachricht, daß Miriel Bremen und ihre Freunde hier sind, nun in Rage oder eher in helle Aufregung versetzt hat.«

»Was sollen wir denn seiner Meinung nach tun?«

Ives zuckte ratlos die Achseln. »Er will, daß wir sie alle mit in den Bunker nehmen, damit sie bei dem Test zusehen können.«

»Warum denn das?« wunderte sich Scully, gab sich aber gleich selbst die Antwort: »Wahrscheinlich möchte er Miriel Bremens Gesicht sehen, wenn *Bright Anvil* hochgeht ... und seinen Triumph auskosten.«

Captain Ives runzelte die Stirn. »Ich glaube, so einfach ist das nicht. Eine gewisse Schadenfreude ist zwar auch dabei, aber ich habe den Eindruck, daß Mr. Dooley Miss Bremen und ihre früheren Leistungen für die Forschung ehrlich respektiert. Vielleicht glaubt er, die Spannung beim Countdown wird sie wieder zur Vernunft bringen und ihr vor Augen führen, was ihr entgeht. Am liebsten würde er sie den Armen der Protestbewegung und ihrer, wie er sagt, Gehirnwäsche-Praktiken wieder entreißen.«

»Okay, das kann ich verstehen.« Scully zog den Reißverschluß ihres Seesacks auf und holte ihren Regenmantel heraus. »Aber dieser blinde Mann, Ryan Kamida – warum will Dooley denn, daß er dabei ist?«

Captain Ives lächelte müde. »Weil sich Miss Bremen nur unter dieser Bedingung bereit erklärt hat mitzukommen.«

Scully schüttelte den Kopf. »Die haben viel Freude an ihren Spielchen, nicht wahr? Na schön ... und wie geht's weiter?«

»Ich bleibe hier auf der *Dallas*. Die Sturmfront kommt immer näher, der Taifun wird uns in den nächsten drei oder vier Stunden mit voller Wucht treffen. Ich kann mein Schiff nicht verlassen. Es ist mir auch nicht recht, daß unser Landungsboot noch drüben auf dem Atoll ist. Mein Erster Offizier Commander Klantze wird es hierher bringen.«

»Also müssen wir noch warten?« fragte Scully. Mittlerweile würde Mulder auf sie warten. Vermutlich hatte er längst einige Entdeckungen gemacht, von denen er ihr berichten wollte ... hoffentlich keine abstrusen Spekulationen, die darauf hinausliefen, daß außerirdische Mächte auch bei der Atomwaffenforschung ihre Hand im Spiel hatten. Bei Mulder wußte man nie, was er sich als nächstes in den Kopf setzte.

»Nein, es soll etwas unorthodoxer vonstatten gehen«, sagte Captain Ives. Er stand aufrecht da und hielt seine Füße so eng beieinander, als sei er eine Statue. »Miss Bremen hat vorgeschlagen, den *Glücklichen Drachen* zu nehmen. Zwei meiner Leute werden sie begleiten, und auch die Fischer wollen mitfahren. Es sieht so aus, als sei jeder hier wild entschlossen, eine kleine Spritztour durch den Taifun zu unternehmen.« Er strich sich über den Schnurrbart.

»Ich muß allerdings zugeben, daß der *Glückliche Drache* seetüchtig ist und daß ich nicht allzu begeistert wäre, das Boot bei diesem heftigen Seegang im Schlepptau zu haben. Ein Zusammenstoß der Schiffe könnte sowohl dem Boot als auch uns beträchtlichen Schaden zufügen.«

Captain Ives stand grübelnd da – seine Miene zeigte deutlich, daß er verunsichert war. Seit die Besatzung des *Glücklichen Drachen* an Bord gekommen war, verhielt er sich seltsam zurückhaltend. Scully entschloß sich, ihn direkt danach zu fragen. Sie warf sich ihren Seesack über die Schulter und folgte ihm in den engen Korridor hinaus. »Irgend etwas an diesem Test macht Ihnen ernsthaft Sorgen, nicht wahr?«

Ives hielt mitten im Lauf inne, drehte sich aber nicht zu ihr um. »Ach, nur ein paar Schatten aus meiner Vergangenheit – Dinge, die ich lieber vergessen hätte und die jetzt mit Gewalt in mein Leben zurückkehren. Ich dachte, ich hätte sie erfolgreich verdrängt, doch leider haben solche Erinnerungen die dumme Angewohnheit, sich selbständig zu machen ...«

»Würden Sie mir das etwas näher erläutern?«

Ives wandte sich um und schüttelte langsam den Kopf. Er sah sie ausdruckslos an. »Nein, ich glaube, das kann ich nicht.«

Was sie in seiner Miene las, war Scully vertraut. Es war nur ungewohnt, diesen Ausdruck auf dem Gesicht eines erfahrenen Seemanns zu sehen.

Sie sah nackte Angst.

Der *Glückliche Drache*, der von der *Dallas* direkt auf das Enika Atoll zuhielt, bewältigte die aufgepeitschten Wogen mühelos. Nach Meinung der Matrosen, die von Captain Ives angewiesen worden waren, Scully und die anderen zu begleiten, hielt sich das Boot hervorragend.

Während der kurzen Überfahrt blieb Miriel Bremen dicht bei Ryan Kamida und vermied es, Scully zu nahe zu kommen. Kamida wirkte verwirrt und aufgeregt, als fühle er sich von etwas Großem überwältigt. Scully fragte sich erneut, was die Ursache für seine Blindheit und die grauenhaften Brandwunden war. Es war unwahrscheinlich, daß er ein Überlebender aus Nagasaki war, dafür sah er zu jung aus, zu exotisch, zu ... anders.

Als das Fischerboot das Ufer erreichte und in der kleinen Lagune vor Anker ging, konnte Scully Mulders Gestalt unter der Lampe am Eingang zum Kontrollbunker erkennen. Er wartete auf sie. Er winkte, und die Aufschläge seines durchnäßten Jacketts flatterten im Wind. Sie bemerkte, daß er seine Krawatte abgelegt und die obersten Knöpfe seines Hemdes geöffnet hatte.

Mulder kam ihr entgegen und half ihr aus dem Boot. Sie reichte ihm ihren Seesack und sagte: »Es sieht so aus, als ob ich mehr Zeit hier auf der Insel als auf dem Schiff verbringen werde. Ich dachte, ich könnte vielleicht ein paar Sachen gebrauchen.«

Mulder sah in den drohenden Sturm hinauf, der kurz vor seinem Höhepunkt stand. »Auf die Sonnenmilch können wir wohl getrost verzichten.«

Bear Dooley kam aus dem Bunker. Er war angespannt, die Vorbereitungen nahmen ihn völlig in Anspruch. Mürrisch schob er die Hände in die Hosentaschen und starrte zu Miriel Bremen herüber, die gerade an Land stieg.

Miriel half Ryan Kamida aus dem Boot. Als seine Füße den Strand berührten, fiel er auf die Knie – nicht aus Erschöpfung, sondern eher in ehrfürchtiger Verneigung vor dem Boden, den er soeben betreten hatte. Als er seinen leeren Blick hob, sah Scully Tränen in seinen blinden Augen.

Miriel hatte Kamida mitfühlend eine Hand auf die Schulter gelegt. Schließlich schaute sie Bear Dooley an.

»Ah, Miriel, wie schön, daß Sie auch gekommen sind«, dröhnte Dooley. »Eigentlich hätten Sie sich nicht solche Umstände machen müssen. Sie hätten einfach nur zu fragen brauchen, und wir hätten Sie mit Freuden wieder in unserem Team begrüßt.«

»Ich lege aber keinen Wert darauf, in Ihrem Team begrüßt zu werden, Bear – nicht unter diesen Umständen.« Miriel sprach ruhig, doch ihre Worte klangen klar durch den Sturm. »Ich nehme an, Sie hatten keine Schwierigkeiten, den Test vorzubereiten?« Scully hörte keine Ironie aus ihren Worten heraus – Miriel klang eher entmutigt und resigniert. Die *Bright Anvil*-Bombe würde hochgehen... trotz allen Widerstands, den die Protestbewegung dem Projekt entgegengesetzt hatte. Scully fragte sich im stillen, wie weit Miriel noch gegangen wäre.

In diesem Moment erschienen die drei japanischen Fischer an Deck des *Glücklichen Drachen* und schleppten das Faß mit der schwarzen Asche mit sich..

»Was tun Sie denn da mit dem Faß?« rief Dooley zu ihnen hinüber. Zwei Matrosen sprangen hinzu, um die Fischer daran zu hindern, das Faß an den Strand zu bringen.

»Wir wollen es nicht auf unserem Schiff haben«, erklärte einer der Fischer.

»Sie hatten es doch die ganze Zeit dabei«, entgegnete ein Matrose.

»Jetzt können wir es aber an Land bringen«, beharrte der Fischer.

Dooley ging zwei Schritte auf Miriel zu. »Was ist da drin?« fragte er. »Etwas Gefährliches?«

»Nur ein bißchen Asche«, erwiderte sie. »Keine Angst.«

Dooley schüttelte traurig den Kopf. »Miriel, früher habe ich Sie einmal verstanden – aber jetzt scheinen Sie sich in eine dieser Ewiggestrigen verwandelt zu haben.«

Den Fischern gelang es, das Faß an den Matrosen vorbei an Land zu bringen. Dooley gestikulierte aufgeregt in ihre Richtung. »Das Ding kommt nicht in meinen Bunker!«

»Aber wenn wir es hier stehen lassen, wird der Sturm es fortspülen«, protestierte einer der Fischer.

»Nicht mein Problem.«

Ryan Kamida hob den Kopf und wandte sein tränennasses Gesicht zu Miriel und Dooley. »Lassen Sie es einfach, wo es ist.«

Erleichtert liefen die Fischer in den Bunker, wo sie Schutz vor dem prasselnden Regen fanden.

»Miriel, kommen Sie doch herein, dann führe ich Sie ein wenig durch unser Luxusquartier«, schlug Dooley vor. »Ich bin sicher, Sie erkennen einige Geräte wieder.«

»Sie wollen Ihren Triumph genießen, nicht wahr, Bear?«

»Nein, eigentlich nicht«, antwortete er ernst. »Diese Techniker wissen so gut wie nie, wovon ich rede, aber Sie, Sie verstehen etwas davon. Na los, um der alten Zeiten willen und für Emil Gregory ... kommen Sie rein und schauen Sie sich *Bright Anvil* wenigstens einmal an.«

Unschlüssig faßte sie nach Ryan Kamidas Schulter und versuchte, ihn zum Mitkommen zu überreden, doch er schüttelte den Kopf. »Gehen Sie nur. Ich bleibe noch ein wenig hier draußen, das ist schon in Ordnung.«

Miriel zögerte, ihn allein zu lassen, doch Scully beruhigte sie. »Wir bleiben bei ihm, Miriel. Sie wollten doch selbst, daß ich mit ihm spreche, nicht wahr?« Miriel verstand und nickte Scully zu, bevor sie Bear Dooley und den Matrosen in den Kontrollbunker folgte.

Ryan Kamida vergrub seine narbigen Hände im Sand, er roch die Korallen, das Meer und die Gischt. Er legte den Kopf in den Nacken und wandte sich den grünlich-schwarzen Sturmwolken zu. Er atmete ein und schloß seine blinden Augen, dann lehnte er sich mit geballten Fäusten und zusammengepreßten Lippen zurück.

»Mr. Kamida«, begann Scully unsicher, »Miriel ist der Meinung, Sie möchten uns vielleicht etwas mitteilen ... etwas aus Ihrer Vergangenheit. Sie meint, wir sollten es wissen.«

Der Mann drehte sich zu ihr um und heftete seinen toten Blick genau zwischen sie und Mulder. »Sie hoffen, von mir Antworten auf Ihre Fragen zu bekommen ...«

»Kennen Sie welche?« fragte Mulder. »Im Moment wissen wir nicht einmal, wonach wir fragen sollen.«

»Sie sollten gar nicht fragen«, gab Kamida zurück. »Sie sollten nicht einmal hier sein. Sie sind unschuldige Zivilisten, die vielleicht bald zu Opfern dieses ... Krieges werden.«

Scully setzte noch einmal an. »Miriel hat mir erzählt, daß Ihnen etwas Grauenhaftes zugestoßen ist. Bitte sagen Sie uns, was es war. Hat es mit Ihrer Blindheit und Ihren Narben zu tun?«

Kamidas Kinn zuckte unmerklich. Er saß am Strand, hinter ihm donnerte die Brandung gegen die Riffe vor der Lagune, und seine Stimme erhob sich im Wind wie die eines Geistes.

»Ich wurde hier auf Enika geboren – wie alle Leute meines Volkes, ein kleiner Stamm. Wir lebten hier seit Generationen, die Legenden berichten davon, wie unsere Vorfahren von anderen Inseln nach langer Fahrt hierher kamen. Sie fanden diese Insel und blieben hier. Es war unser Zuhause, wir lebten hier in Frieden.«

»Aber das Enika Atoll ist doch unbewohnt«, sagte Scully.

»Ja … heute. Doch vor vierzig Jahren war es noch unsere Heimat … als die Vereinigten Staaten hochmütig durch die Welt marschierten und ihren neuen Status als Weltmacht genossen. Sie platzten vor Stolz über ihren Sieg im Zweiten Weltkrieg, und sie hatten ihr neues Spielzeug in der Tasche: Atomwaffen.

Aber die ersten Atombomben waren ihnen noch nicht groß genug. Sie mußten Kernfusionswaffen, Wasserstoffbomben und thermonukleare Gefechtsköpfe bauen, und dann mußten sie sie testen. An Orten, wo die Welt es nicht bemerkte … Orten wie dem Enika Atoll.«

Scully unterbrach den Blinden. »Ich weiß, daß die Einwohner der Bikini- und Eniwetokinseln nach der Evakuierung auf andere Inseln umgesiedelt wurden. Ist es das, was mit Ihrem Volk geschehen ist?«

Kamida schüttelte den Kopf. »Diese Mühe hielt die Regierung nicht für nötig. Ich war noch ein Kind, etwa zehn Jahre alt. Inzwischen habe ich erfahren, daß der Name des Tests Sawtooth war … Ich bin hier aufgewachsen. Enika war ein Paradies auf Erden, alles wuchs im Überfluß, und die See beschenkte uns mit mehr, als wir brauchten.

Ich war jung – und stark. In den Riffen um die Insel herum gab es viele Höhlen… halbversunkene Schatzkammern, in denen ich Muscheln und Meeresschnecken fand. Meine Eltern warteten oben auf mich, mit meinen älteren Schwestern und meinen Onkeln, während ich mich unten durch die Riffhöhlen schlängelte und nach Delikatessen suchte.« Kamida lächelte matt. »Ich kann alles ganz klar vor mir sehen – und diese Erinnerungen sind alles, was ich noch zu sehen vermag.«

Ein Windstoß fegte über die Korallenfelsen hinweg und traf das Grüppchen mit voller Wucht. Scully taumelte, und Mulder ergriff ihren Arm. Ryan Kamida schien die Bö überhaupt nicht zu bemerken.

»Wir wußten, daß fremde Schiffe seit einiger Zeit um unsere Insel kreuzten, lange Monster aus glänzendem Metall. Die Seeleute waren in ihren weißen Uniformen an Land gekommen, und wir hatten uns im Dschungel versteckt, weil wir sie für Eindringlinge von anderen Inseln hielten. Falls sie vorhatten, die Einwohner von Enika aufzuspüren und zu evakuieren, haben sie sich nicht viel Mühe mit der Suche gegeben. Wir hatten Angst vor ihnen… waren aber auch neugierig. Wir konnten nicht verstehen, warum sie seltsame Apparate auf unsere Insel brachten, merkwürdige Geräte mit blinkenden Zeichen. Für uns war es Zauber. Böser Zauber.«

Er nahm eine Handvoll Sand und ließ ihn durch die Finger rieseln.

»Ich erinnere mich an diesen Tag. Viele meiner Verwandten waren losgegangen, um die Maschinen zu untersuchen, die die Soldaten zurückgelassen hatten… andere standen am Ufer und sahen zu, wie die Zerstörer sich zurückzogen. Doch ich mußte mein Tagwerk noch erledigen. Mein Vater meinte, daß der Wasserspiegel für meine Arbeit in den Höhlen gerade ideal sei, also kroch ich mit meinem kleinen Messer und dem Netz in die gewundenen Gänge hinunter.

Bald hatte ich einige Muscheln und eine schöne große

Schnecke gefunden und kehrte um. Als ich wieder aus der Höhle herauskam, wartete mein Vater auf mich. Er stand aufrecht im Sonnenlicht, und ich sah, wie er am Höhleneingang über mir aufragte. Ich hielt ihm das Netz mit den Muscheln entgegen, und er, er beugte sich hinunter, um es mir abzunehmen. Ich sah ihm in die Augen ...«

Kamida hielt inne. Seine Stimme stockte.

»Und dann wurde der Himmel *weiß*, ein grell brennendes Weiß, eine Hitzewelle, so plötzlich und so glühend, daß sie alles strahlend rein fegte, jedes einzelne Farbmolekül auf der Welt vernichtete. Das letzte, was ich sah, waren die Konturen meines Vaters, die vor meinen Augen verwischten. Für den Bruchteil einer Sekunde konnte ich sein Skelett erkennen, als die Strahlung seinen Körper durchflutete... bevor die Druckwelle ihn zu Asche verbrannte .... Dann verschlang die gleißende Helle auch mich.«

Scully starrte Kamida mit weit aufgerissenen Augen an, die Hand in sprachlosem Entsetzen vor den Mund gepreßt.

»Ich habe überlebt«, fuhr der Mann tonlos fort. »Die Druckwelle war gigantisch, aber ich fiel in die Unterwasserhöhle zurück, als die atomare Detonation meine Insel in Schutt und Asche legte. Das Wasser in der Höhle kochte und schoß wie ein Geysir in die Luft. Mein Körper wurde gekocht... Lange Zeit später kam ich außerhalb der Höhle wieder zu mir. Ich war am Leben. Der größte Teil des Riffs über mir war verdampft – nur ich, ich lebte. Doch das war kein Segen. Überhaupt kein Segen.

Ich tastete mich durch die dampfenden Felsen und fand schließlich die Lagune. Das Wasser war immer noch kochendheiß und verbrühte meine Beine – doch sie waren längst wie abgestorben, und ich verspürte keine Schmerzen mehr. Ich taumelte völlig blind ins Meer hinaus, immer weiter und weiter von der Insel fort...

Es heißt, ich sei zwei Meilen weit gekommen, bevor sie mich aufgelesen haben.«

»Aufgelesen?« fragte Mulder. »Wer hat Sie aufgelesen?«

»Navy«, antwortete Kamida knapp. »Matrosen, die man als Beobachter für den Sawtooth-Test abkommandiert hatte. Sie wußten nicht, was sie mit mir machen sollten. Nach ihrem überwältigenden technologischen Sieg warf mein Überleben nur lästige Fragen auf.«

Kamida stand einen Moment lang regungslos, völlig in Erinnerung versunken.

»Als ich mich etwas erholt hatte, brachten sie mich in ein Waisenhaus nach Honolulu. In den Papieren haben sie gelogen ... Und ich habe mich durchgebissen. Oh ja, das habe ich – und später habe ich mir einen Namen gemacht. Ich war erfolgreich. Ich leistete etwas in meinem Geschäft. Ich bin in den letzten vierzig Jahren ein reicher Mann geworden.

Über den Sawtooth-Test, über die Vernichtung meines Volkes oder über mein Schicksal werden Sie nirgendwo Aufzeichnungen finden. Sawtooth war ein Test, den die Regierung am liebsten vergessen würde. Und deshalb hat sie ihn ausradiert.«

»Aber wenn es keine Unterlagen gibt und Sie damals noch ein Kind waren«, überlegte Scully, »wie haben Sie dann all diese Dinge erfahren? Woher wissen Sie das alles so genau?«

Die Intensität, mit der Kamida seine toten Augen auf sie richtete, brachte Scully aus der Fassung: sie mußte den Blick abwenden. Beim Klang seiner hohlen Stimme lief es ihr kalt den Rücken hinunter. »Weil ich von Zeit zu Zeit daran erinnert werde.«

Mulder beugte zu Kamida hinunter. »*Wer* erinnert sie daran?«

»*Sie* haben es mir erzählt. Die Geister meines Volkes. Sie kommen und sprechen mit mir. Sie ermahnen mich, nicht zu vergessen ... sie nicht und auch meine Vergangenheit nicht.«

Scully seufzte und sah Mulder von der Seite an, der sie jedoch nicht beachtete. »Mit anderen Worten, Ihre Leute wurden bei diesem Atomwaffentest getötet, und weil Sie der einzige Überlebende sind, können Sie mit ihren Geistern sprechen?«

Scully stand auf. Sie wollte dem blinden Mann nicht seine Illusionen rauben. »Kommen Sie. Wir sollten jetzt in den Bunker gehen.«

»Agent Mulder«, sagte Kamida mit Nachdruck, obwohl Scully sich nicht erinnern konnte, ihn vorgestellt zu haben. »Der Atomblitz hat mich augenblicklich erblinden lassen, aber er hat mich gleichzeitig auch *beflügelt*. Meine Augen versagen zwar schon lange ihren Dienst, aber dafür höre und sehe ich andere Dinge. Ich fühle eine direkte Verbindung zu den rastlosen Geistern ... sie sind bei mir ... seit der Explosion, seit ihrem physischen Verglühen.«

Mulders Augen weiteten sich fasziniert – und Scully sah ihrem Partner an, daß er an dieses Märchen glaubte. Sie schüttelte den Kopf.

»Denken Sie darüber nach, mein Freund.« Der blinde Mann wußte anscheinend genau, wem er seine Geschichte erzählen mußte. »Vier Jahrzehnte lang haben sie Energie gesammelt. Endlich haben ihre Schreie den Gipfel erreicht und lassen nun jene verstummen, die ihnen das angetan haben – sowie jene, die dazu bereit sind, es wieder zu tun.«

»Moment mal.« Mulders Gedanken arbeiteten fieberhaft. »Wollen Sie damit sagen, daß der plötzliche Energiestoß einer atomaren Explosion den Seelen der Menschen, die darin umkamen, zusätzliche Kraft verliehen hat? Und daß sie dadurch machtvoller sind als andere ... Lichtgestalten?«

»Ich bin kein Wissenschaftler«, sagte Kamida. »Vielleicht haben auch nur die Geister eines ganzen ausgelöschten Stammes größere Macht als jene, die auf gewöhnliche Weise getötet wurden. Der atomare Völkermord. Die Geister meines Volkes scheinen ein umfassendes Bewußtsein zu besitzen ... Sie können Zusammenhänge durchschauen, wissen, wer für die Entwicklung dieser Waffen verantwortlich ist. Und sie wissen, daß dieser *Bright Anvil*-Versuch ein gefährlicher Schritt in die falsche Richtung ist – und zwar für die ganze Welt.« Er lächelte. »Vielleicht sind die Geister meines Volkes die Retter der Menschheit.«

Scully begriff, was seine Worte bedeuteten. »Heißt das, daß Ihre Geister Atomwaffenforscher und andere Menschen, die mit dieser Atombombe zu tun hatten, ermordet haben?«

»Agent Scully«, erwiderte Kamida ruhig. »Ich gebe zu, daß ich selbst zum Teil verantwortlich bin für den Tod von Dr. Emil Gregory. Ich hatte gehofft, daß dieser Test ohne ihn nicht stattfinden würde ... Ich habe mich geirrt. Ich habe zu naiv gedacht. Aus einer persönlichen Laune heraus habe ich auch die Vernichtung eines alten Mannes in New Mexico in die Wege geleitet, der beim ersten Atombombentest eine wichtige Rolle spielte. Die meisten anderen aus dieser Zeit waren schon gestorben, viele todkrank. Sein Name war der erste, auf den ich gestoßen bin.

Auch der Tod einer Verwaltungsbeamtin des DOE ist mir zuzuschreiben. Diese Frau stand hinter der Finanzierung des *Bright Anvil*-Projekts, und ohne Ihren Einsatz wäre dieser Test nie zustande gekommen ...

Aber ich habe zu lange gezögert. Ich habe die Geister zu viele Monate, zu viele Jahre im Zaum gehalten ... jetzt werden sie ungeduldig und strafen auch jene, die ich nicht für sie bestimmt habe, jene, die sie selbst für eine Bedrohung unserer Insel halten.«

Scully dachte an die verstrahlten Raketenschützen in ihrem unterirdischen Kontrollbunker.

»Ihre ... Anspannung nimmt zu ... sie werden immer ruheloser. Aber in wenigen Stunden wird sich ihr Schicksal erfüllen, und sie werden diese Insel wieder beschützen.«

»Warum sagen Sie uns das alles?« wollte Mulder wissen. »Mordgeständnisse werden normalerweise nicht so leichthin abgelegt.«

Das Grollen des Sturmes steigerte sich allmählich zu einem anhaltenden Brüllen. Scully half Kamida auf die

Beine. »Hier draußen sind wir nicht sicher. Wir müssen in den Bunker – wir alle.«

»Sicher!« lachte Kamida spöttisch. »Sicherheit ist ein Luxus, den sich niemand von uns mehr leisten kann. Ich verrate Ihnen das alles nur, Agent Mulder, weil Sie ein wißbegieriger Mann sind und die Wahrheit erfahren sollen – doch das hier wird keiner von uns überleben.« Er warf den Kopf zurück und starrte in die Nacht, als beschwöre er den Himmel.

Seine Stimme senkte sich zu einem Raunen. »Die Feuerwelle – sie wird am Ende doch noch das Ufer des Todes erreichen.«

34

Enika Atoll
Samstag, 04:11 Uhr

Inmitten der sturmdurchtosten Finsternis, von der die Insel verschlungen wurde, drängten sich die Menschen zwischen den massiven Wänden des Bunkers zusammen.

Bear Dooley schritt im Kontrollraum auf und ab. Es roch nach Staub, kalkigem Beton und frischgesägtem Holz. Behelfsweise angebrachte Glühbirnen hingen nackt von den Stützbalken der Decke herab und verbreiteten ein ungleichmäßiges, kaltes Licht. Dooley überprüfte jedes der Meßgeräte dreimal, um dann mit dem ganzen Procedere von vorn zu beginnen.

Immer wieder sah der Wissenschaftler mißtrauisch zu Ryan Kamida und den drei japanischen Fischern herüber, die an einem Besprechungstisch saßen, von dem alle Papiere und Berichte sorgfältig entfernt worden waren. Dennoch deutete er hin und wieder mit einem seiner dicken Finger auf das verängstigte Trio und blaffte: »Rühren Sie ja nichts an! Bleiben Sie ganz ruhig da sitzen und behalten Sie Ihre Hände bei sich.«

Verdrossen sah er zu Miriel Bremen hinüber, die für ihn die Schuldige an allem war. Schließlich hatte sie darauf bestanden, einen blinden Mann und drei Fischer mit hierher zu bringen, anstatt sie zurück auf die *Dallas* zu schicken. Miriel beachtete ihn nicht, sie stand nur stocksteif da und starrte über die Instrumententische hinweg ins Leere, als wolle sie jeden näheren Kontakt vermeiden.

Dooley fixierte das große runde Zifferblatt seiner Armbanduhr. »Es ist vier Uhr fünfzehn ... Noch genau eine Stunde.«

Victor Ogilvy legte nervös den Hörer seines schnurlosen Telefons zurück. »Hey, Bear, ich habe gerade mit Captain Ives gesprochen. Er sagt, der Wellengang habe bereits den höchsten prognostizierten Stand erreicht. Die Windgeschwindigkeit liegt jetzt schon bei über hundert Meilen pro Stunde, dabei soll der Sturm hier erst in fünfzig Minuten voll zuschlagen.«

»Gut«, nickte Dooley. Das Dröhnen des Taifuns klang wie eine Reihe erstickter Explosionen.

»Gut?« fragte Miriel kopfschüttelnd. »Macht es Ihnen gar nichts aus, Bear, daß – alle *überflüssigen* moralischen und ethischen Bedenken mal beiseite – dieser Test so offensichtlich gegen internationales Recht verstößt? Überirdische nukleare Explosionen sind seit über dreißig Jahren verboten!«

Dooley sah sie an, und seine breiten Schultern sackten herab. »Miriel, als ich zur Highschool ging, hatten wir einen Spruch, der sogar im Jahrbuch als Klassenmotto auftauchte: Alles ist legal, man darf sich nur nicht erwischen lassen ... Und wir haben nicht vor, uns erwischen zu lassen. Dieser Wirbelsturm wird alle Spuren des Tests gründlich verwischen. Die Zerstörung, die hier auf dem Atoll herrschen wird, wird ihm zugeschrieben werden, selbst wenn uns jemand per Satellit beobachtet. Gar kein Problem.

Und weil *Bright Anvil* keinen Fallout hinterlassen wird, werden auch die Wetterämter keinen plötzlichen Anstieg radioaktiver Strahlung feststellen können. Wir haben alles fest im Griff.« Er umklammerte seine Hände in einer unbewußt bittenden Geste. »Kommen Sie schon, Miriel – Sie haben jahrelang an diesem Baby mitgearbeitet. Sie und Emil haben die meisten Lösungen gefunden ...«

Miriel unterbrach ihn. »Ich habe überhaupt keine *Lösungen* gefunden, genausowenig wie Emil. Keiner von uns begreift die Technologie, die hinter *Bright Anvil* steht ... oder auch nur, wo sie herkommt. Stört Sie das denn überhaupt nicht?«

Er schüttelte stur den Kopf. »Ich begreife auch nicht, wie der Motor meines Wagens funktioniert, aber ich weiß, daß er anspringt, wenn ich den Zündschlüssel drehe – na ja, meistens jedenfalls. Ich habe keine Ahnung, wie meine Mikrowelle funktioniert, aber sie wärmt mir prima den Kaffee auf.« Auf seinem breiten Gesicht lag ein jungenhafter Ausdruck von Begeisterung und Hoffnung.

»Miriel, ich würde mich wirklich sehr freuen, wenn Sie wieder zu uns ins Team kommen würden. Nach Emils Tod wäre beinahe das ganze Projekt geplatzt. Als Sie uns verlassen haben, haben wir unsere beste Kraft verloren. Ich habe verdammt noch mal mein Bestes getan, alles planmäßig in Gang zu halten – aber meine große Stärke ist das nicht. Ich kann Ihnen nicht das Wasser reichen, aber *ich* werde nicht einfach alles stehen- und liegenlassen. Ich werde dafür sorgen, daß *Bright Anvil* wie geplant durchgezogen wird, denn das ist mein Job.«

Scully und Mulder standen beieinander und verfolgten gebannt den Wortwechsel der beiden Wissenschaftler. Scullys Magen krampfte sich zusammen, als sie Bear Dooleys unbeirrten Enthusiasmus sah.

»Ich bin enttäuscht von Ihnen, Bear ...« Miriels Stimme klang hart, und Dooleys Gesicht wurde lang, als hätte sie ihn zu Tode beleidigt. Sie blieb kerzengerade stehen und kam den Instrumenten keinen Schritt näher.

»Ich weiß ja, daß Sie dieses neue Waffensystem in einem echten Einsatz erleben wollen ... aber ich wünschte, daß es Ihnen wenigstens ein wenig zu schaffen machen würde, was dieser echte Einsatz bedeutet, wenn *Bright Anvil* in Zukunft aufgerüstet werden sollte. Der einzige Vorteil der bisherigen

Systeme war doch, daß sie eine viel zu verheerende Wirkung hatten – kein denkender Mensch hätte sie tatsächlich einsetzen wollen.«

Miriel wurde lebhafter, ihre Hände flatterten wie aufgescheuchte Schmetterlinge. »Aber *Bright Anvil* ermöglicht uns präzise Vernichtung und *saubere* Zerstörungsarbeit. Mich versetzt die Vorstellung eines brandneuen Gefechtssprengkopfs, den man ohne Bedenken einsetzen könnte, in Angst und Schrecken.«

»Miriel«, unterbrach Dooley ihren Vortrag scharf, »ich würde meinen kaputten Wagen nur einem gelernten Automechaniker anvertrauen. Eine Operation würde ich ausschließlich von einem qualifizierten Chirurgen durchführen lassen ... Und ich möchte nicht, daß irgend jemand anders als ein versierter Außenpolitiker Entscheidungen über die Atomwaffenpolitik dieses Landes trifft. Ich weiß, daß *ich* kein professioneller Politiker bin ... *aber Sie sind es auch nicht*!«

Bei diesem Ausbruch zog Miriel ärgerlich die Stirn in Falten, doch Dooley fuhr unbeirrt fort. »Es ist Aufgabe der Regierung, diese Waffen verantwortungsbewußt einzusetzen«, rief er aufgeregt. Er blinzelte, als habe er Sand in die Augen bekommen. »Wir müssen der Regierung vertrauen. Die wissen, was das Beste für uns ist.«

Bei diesen Worten zog Mulder scharf die Luft ein, und als er Scully ansah, spiegelte sich in seiner Miene offensichtliches Unbehagen.

35

Enika Atoll
Samstag, 04:25 Uhr

Mulder beobachtete Bear Dooley, der die Countdownanzeige fixierte, als könne er sie allein mit seinem Willen steuern.

»Fünfzig Minuten«, sagte er. »Noch immer alles in Ordnung? Ich will eine Bestätigungsmeldung von jedem Umspannwerk.« Er sah sich nach seinem Team um. Die Techniker studierten ihre Instrumente und machten einer nach dem anderen Meldung.

»Gut. Der Countdown läuft problemlos«, verkündete Dooley zum wiederholten Male und rieb sich nervös die Hände.

In diesem Augenblick wurde die schwere Tür des Bunkers aufgerissen, und ein heulender Windstoß fegte herein. In fast waagerechtem Winkel schoß ein Regenschwall hinterher, und zwei tropfnasse Soldaten taumelten keuchend herein. Mit vereinten Kräften gelang es ihnen, die Tür wieder zu schließen und zu verriegeln. Die Uniformen der Männer trieften und hatten unter der Gewalt des Taifuns sichtlich gelitten. Im matten Kunstlicht des Bunkers wirkten ihre Gesichter grau und leer.

»Okay, es ist niemand mehr draußen«, schrie einer von ihnen so laut, als müsse er mit seinen Worten noch immer das Brüllen des Sturms übertönen.

»Der Generator läuft noch«, meldete der andere. »Er steht

geschützt genug und sollte durchhalten, auch wenn der Taifun noch schlimmer wird. Das Zentrum erreicht uns bald.«

Dooley nickte finster. »Er *muß* auch weiter durchhalten – an dem Ding hängen schließlich alle Meßgeräte. Wenn der Generator krepiert, war der ganze Test umsonst, selbst wenn *Bright Anvil* ganz nach Plan hochgeht.«

»Vergessen Sie nicht, daß wir noch den Reservegenerator haben«, erinnerte ihn Ogilvy.

»Ich bin ganz sicher, daß Sie Ihre Ergebnisse bekommen«, meinte Miriel Bremen säuerlich. »Was sollte denn jetzt noch schiefgehen?«

Wie zum Hohn begannen in diesem Moment die Glühbirnen zu flackern, erloschen eine endlose Sekunde lang, um gleich darauf wieder aufzuleuchten.

»Was war das?« fragte Dooley und sah nervös zur Decke. »Überprüfen Sie das!«

»Eine Schwankung in der Stromversorgung«, antwortete ihm Ogilvy. »Die Backup-UPS hat es aber schon wieder ausgeglichen, alles in Ordnung.«

Dooley lief auf und ab wie ein Tiger im Käfig. Er sah wieder zur Countdownanzeige. »Noch 43 Minuten.«

Während die Techniker auf ihre Instrumente konzentriert waren, sah sich Mulder den blinden Mann genauer an, der ihnen vor wenigen Stunden eine so unglaubliche Geschichte erzählt hatte.

Ryan Kamidas Bericht ergänzte Mulders Vermutungen … und nun konnte er endlich eine Lösung des Falls durchdenken, die alle Informationen berücksichtigte. Langsam ergab sich für ihn ein durchaus einleuchtendes – wenn auch phantastisches – Gesamtbild. Er mußte mit Scully reden. Sie würde seine Erklärung zwar für absurd halten … doch das war ja nichts Neues.

Sie betrachtete es als ihre Lebensaufgabe, Mulder auf dem Boden der Tatsachen zu halten. Sie war eine Verfechterin der logischen Zusammenhänge, der rationalen Erklärungen, an denen sie selbst angesichts der unglaublichsten Fälle geneigt war, festzuhalten. Scully war eine Verfechterin der wissenschaftlichen Exaktheit... während Mulder sie dazu bringen wollte zu *glauben*.

Er lehnte sich zu seiner Partnerin herüber. »Ich habe nachgedacht, Scully – und ich habe eine Idee. Wenn es wahr ist, was Mr. Kamida sagt, dann könnten wir es mit einer Art... psychischer Schockwelle zu tun haben, einem Energieschub, der bei dem H-Bombentest auf dieser Insel vor vierzig Jahren in etwas... gerade noch Halblebendiges gejagt wurde.«

Scully sah ihn verblüfft an. »Wovon sprechen Sie, Mulder?«

»Stellen Sie sich das doch einmal vor, Scully. Die Menschen dieser Insel lebten hier friedlich ihr ganz normales Leben und ahnten nichts Böses – und dann wurden sie von einem Moment auf den anderen in den Tod katapultiert, und zwar von einer der stärksten Atomexplosionen, die je auf diesem Planeten stattgefunden haben. Könnte es nicht sein, daß so eine Explosion als eine Art *Auftriebskraft* gewirkt haben könnte zu einer... einer höheren Existenzweise?«

»Mulder...«

»Aber denken Sie doch einmal nach! Kamidas Volk... alle wurden gleichzeitig nicht nur ermordet, sondern buchstäblich *ausgelöscht*, praktisch bis in die letzte Körperzelle hinein aufgelöst.«

»Mulder, wenn die Energie einer Atomexplosion ihre Opfer irgendwie in« – sie suchte nach Worten – »in einen rachedurstigen Haufen radioaktiver Geister verwandeln kann, wie kommt es dann, daß nach den Bomben von Hiroshima und Nagasaki nicht Hunderttausende von Phantomen unterwegs sind und auf Rache sinnen?«

»Daran habe ich auch schon gedacht«, antwortete Mulder gelassen, »aber damals stand man erst ganz am Anfang. Denn trotz ihrer verheerende Wirkung verfügten Fat Man und Little Boy nur über einen Bruchteil der Sprengkraft der Wasserstoffbomben, die man hier draußen im Pazifik gezündet hat. Die Testreihen in den Fünfzigern hatten einen Detonationswert von bis zu fünfzehn *Mega*tonnen ... die Hiroshimabombe mußte sich mit 12,5 *Kilo*tonnen begnügen. Das ist ein gewaltiger Unterschied – mehr als tausendmal stärker.

Vielleicht reichten die Explosionen von Hiroshima und Nagasaki nicht aus, um ... die Grenze zu überschreiten. Und ansonsten ist, soweit ich weiß, bei den anderen H-Bombentests niemand mehr direkt getötet worden.«

Scully sah ihn ernst an. »Und Sie glauben, daß diese Geister die Leute aufspüren, die früher einmal mit der Entwicklung von Kernwaffen zu tun hatten, und auch diejenigen, die für den *Bright Anvil*-Test verantwortlich sind ... und aus Rache Attentate auf sie verüben?«

»Vielleicht aus Rache«, meinte Mulder, »oder vielleicht versuchen sie auch nur, diesen Tests ein Ende zu setzen. Sie müßten jedes erdenkliche Interesse daran haben, den *Bright Anvil*-Versuch zu stoppen, der leicht der Beginn einer ganzen neuen Serie überirdischer Tests sein könnte – gar nicht zu reden von falloutfreien Gefechtsköpfen, die man bedenkenlos bei Kampfhandlungen einsetzen könnte ... Es ist doch möglich, daß diese ... armen Seelen nur verhindern wollen, daß sich das grausame Sterben wiederholt.«

Scully schauderte. Mulder wußte, daß sie sich – hätte er ihr dasselbe bei Tag und in ihrem kühlen Büro in der FBI-Zentrale erzählt – wie üblich darüber mokiert hätte. Doch hier, in der finsteren Stunde vor Morgengrauen, umgeben von wütenden Taifunwinden auf einer einsamen Pazifikinsel, lag eine solch phantastische Erklärung selbst für Dana Scully nicht mehr nur im Bereich des Unmöglichen.

Plötzlich durchfuhr Mulder ein Gedanke. »Die Asche!« Er drehte sich zu Ryan Kamida um, der ruhig und zufrieden an dem Besprechungstisch saß und seine Hände über der glatten Resopalfläche gefaltet hatte. Sein deformiertes Gesicht war ihnen zugewandt. Um seine Lippen spielte ein unergründliches Lächeln... er sah aus, als habe er jedes Wort gehört.

Mulder ging zu ihm herüber. »Die Asche – was ist mit der Asche, Mr. Kamida?«

Der blinde Mann neigte würdevoll den Kopf. »Ich denke, Sie kennen die Antwort, Agent Mulder.«

»Das sind die Überreste der Opfer von Ihrer Insel, nicht wahr? Sie benutzen sie als... als eine Art Signalflagge oder Magnet, um die Aufmerksamkeit der Geister auf ihr Ziel zu lenken.«

Kamida hob fröstelnd die Schultern. »Als ich älter wurde und mit meiner Blindheit besser zurechtkam, als ich mir wichtige Beziehungen aufgebaut und viel Geld verdient hatte, kam ich nach Enika zurück. Die Geister meines Volkes hatten mir von unserem Schicksal berichtet, von meinem Leben, hatten mir immer und immer wieder erzählt, was hier geschehen war... bis ich fast wahnsinnig wurde. Ich bin hergekommen, um sie zu beruhigen und um meinen Verstand zu retten.«

Er verstummte und richtete seinen leeren Blick auf Mulder und Scully. »Es gibt Unternehmer, die die merkwürdigsten Aufträge für exzentrische Leute übernehmen, solange nur die Bezahlung stimmt... Ich habe viele Tage hier auf den Riffen verbracht, bin über das verlassene Atoll gekrochen, das schon wieder vom Dschungel bedeckt war. Ich war blind, aber ich wußte, wohin ich gehen, wo ich suchen mußte, – weil die Stimmen mich geführt haben. Mit einem Messer, einer Kelle und einem Faß habe ich hier tagelang unter der heißen Pazifiksonne gearbeitet und Gramm für Gramm zusammengekratzt. Ich fand die spärlichen Überreste meines Volkes, das von einem einzigen Blitz zu feinster Asche verbrannt worden war.

Viel Zeit war seitdem verstrichen, und das, was von ihnen übriggeblieben war, hätte längst verwittert sein müssen, zu

Korallen und Sand geworden, von Brandung und Regenstürmen verschlungen. Aber sie waren immer noch da ... warteten auf mich wie Schatten in Menschenform, deren Umrisse sich auf den Felsen abzeichneten. Und ich fand sie und kratzte so viel von ihrer Asche zusammen, wie ich konnte – so wie die Geister es mir auftrugen. Ich. Es schien lächerlich wenig, wenn man bedenkt, daß das alles war, was von einem ganzen Inselvolk übriggeblieben war. Aber es war genug für meine Zwecke ... und für die ihren. Als die Zeit gekommen war, verschickte ich kleine Portionen davon wie Visitenkarten an all die Leute, die sie empfangen mußten.«

»Und ein Fläschchen davon haben Sie auch an Nancy Scheck geschickt?« fragte Scully langsam.

Ryan Kamida nickte. »Und ein Päckchen an Emil Gregory. Und eins an Oscar McCarron in New Mexico. Die Geister brauchten die Asche nicht unbedingt. Sie finden ihr Ziel auch allein. Aber es half ihnen ... und es half vor allem mir, sie zu lenken.«

Mulder überkam eine schreckliche Gewißheit. »Nancy Scheck und die anderen haben nur winzige Mengen dieser Asche erhalten – aber Sie haben ein *ganzes Faß* davon hierher gebracht!«

Er dachte an die drei Fischer und wie sie die mysteriöse Fracht verängstigt aus ihrem Boot an Land gebracht hatten. Das Faß stand immer noch ungeschützt am Strand, weil Bear Dooley es so wollte.

»Es ist alles, was mir noch geblieben ist«, seufzte Kamida. »Es wird sie hierher führen. Sie alle. Endlich.«

In diesem Augenblick klingelte das Telefon. Victor Ogilvy griff nach dem Hörer. Seine Augen weiteten sich, als er ihn dicht an sein Ohr preßte – als hätte er Schwierigkeiten, den Sprecher am anderen Ende zu verstehen, seine Nachricht zu begreifen.

»Bear!« Victor hielt den Hörer immer noch in der Hand und starrte seinen Kollegen mit offenem Mund an. »Bear, die

Nachricht kommt von Captain Ives. Er sagt, die Radarsysteme der *Dallas* hätten gerade etwas sehr Großes ... sehr Energiegeladenes entdeckt, das auf das Atoll zusteuert. Kein Sturm. Er weiß nicht, was es sein könnte – er hat so etwas noch nie gesehen!«

Victor schluckte und wedelte mit dem Hörer. »Und dann brach die Verbindung völlig ab. Ich kann ihn nicht mehr erreichen.«

»Was zum Teufel geht hier vor?« bellte Dooley. »Wir haben nur noch fünfunddreißig Minuten, wir können uns jetzt keine Pannen leisten!«

Dann fiel im Bunker der Strom aus, und sie waren mit einem Schlag in völlige Finsternis gehüllt.

36

USS *Dallas*
Samstag, 04:30 Uhr

Captain Robert Ives wußte nicht, wie er bei einem derartigen Aufruhr der Naturgewalten aufrecht stehen sollte – doch ein Kapitän durfte auf der Brücke seines Schiffes nun einmal nicht straucheln, auch nicht während eines Taifuns. Also grätschte er die muskulösen Beine weit auseinander, stellte seine Füße fest auf den Boden und hielt sich auf der wilden Achterbahn der wirbelnden Wogen so gut es ging gerade.

Heftige Regengüsse trommelten gegen die Fenster der Brücke, und die Farbe des Himmels hatte zu einem ungesunden Phosphorgrün gewechselt. Ives sah auf die Uhr, wußte aber, daß es unmöglich schon die Dämmerung sein konnte – noch lange nicht. Das unheimliche Glühen jagte ihm kalte Schauer über den Rücken. Er hatte schon einige Wirbelstürme erlebt, und sie erschienen ihm immer ein wenig gespenstisch ... doch niemals zuvor hatte er dieses durchdringende Gefühl von Unheil gehabt.

»Sturmgeschwindigkeit jetzt bei 115 Meilen pro Stunde, Sir«, schrie Lee Klantze von seiner Offizierswarte aus. Ein Ringbuch, daß die internationalen Signale und Codes auflistete, fiel vom Regal und krachte zu Boden. Klantze zuckte zusammen. »Das ist viel mehr, als für diesen Sturm maximal prognostiziert wurde. Irgendwas stimmt da nicht.«

»Wie weit ist das Auge noch entfernt?« rief Ives zurück.

»Wir erwarten es erst in einer halben Stunde, und dann bekommen wir wohl eine kleine Verschnaufpause. Im Moment können wir nichts weiter tun als durchhalten.«

Mit vor Anstrengung weißen Fingerknöcheln umklammerte Ives das Geländer seiner Station. Die Sehnen an seinem Hals waren dick wie Stahlseile. »Machen Sie sich auf mehr gefaßt. Ich glaube, es wird noch viel schlimmer kommen.«

Klantze sah ihn erstaunt an. »Noch schlimmer als diese Sturmböen?« Er waf einen Blick auf seine Wetterprognosen und mußte beim nächsten Schlingern nach Halt suchen. »Wie kommen Sie darauf, Sir?«

»Weil ich das ungute Gefühl habe, daß sich da was zusammenbraut... Mr. Klantze, ordnen Sie eine Generalüberprüfung an. Schauen Sie nach, ob alle Stationen abgesichert sind. Bringen Sie alle verzichtbaren Besatzungsmitglieder unter Deck.«

»Schon geschehen, Sir.«

»Dann tun Sie's noch mal!« fuhr Ives ihn an, und der junge Offizier stolperte auf wackligen Beinen davon.

»Wie lange noch bis zur Explosion?« fragte Ives, ohne den Blick von den wirbelnden Schaumkronen vor dem Bug der *Dallas* abzuwenden. Er wollte seine Mannschaft beschäftigen, durch die gewohnte Routine beruhigen – die Crew sollte gar nicht erst Gelegenheit haben, die beängstigende Gewalt des Taifuns in ihrem vollen Ausmaß zu erkennen.

»Etwa eine halbe Stunde, Sir«, antwortete ein Matrose.

»Neunundreißig Minuten«, sagte ein anderer gleichzeitig.

In diesem Moment krachte ein enormer Wasserschwall gegen den Rumpf der *Dallas*. Der Zerstörer bekam Schlagseite nach Steuerbord, richtete sich dann aber langsam wieder auf. Captain Ives folgte der Bewegung und klammerte sich noch fester. Er war froh, daß er den *Glücklichen Drachen* nicht mehr im Schlepptau hatte.

Der Erste Offizier kam aus der Funkstation auf die Brücke zurückgeschwankt. Er hatte Kontakt zu allen Posten gehabt. »Alle Stationen gut abgesichert, Captain«, meldete er. »Wir sind prima in Form und bereit, es mit allem aufzunehmen.«

Ives sah ihn mit gerunzelter Stirn an. »Mit allem, Mr. Klantze? Sie sind ein Optimist.«

»Ich bin bei der Navy, Sir.« Klantze hoffte Ives zu beeindrucken.

»Captain!« rief der taktische Offizier. »Ich empfange etwas auf dem vorderen Radar. Es ist ... ich kann es nicht fassen, es ist so riesig!

»Was ist es?« Ives war herumgewirbelt und verlor beinahe das Gleichgewicht, als die nächste große Welle gegen die Seite des Zerstörers krachte. »Machen Sie genauere Angaben.«

Der taktische Offizier blieb bewegungslos stehen und starrte auf den flackernden Monitor. Seine Augen weiteten sich ungläubig. »Das Ding ist riesengroß – und es verfügt über enorm hohe Energie. Es kommt direkt auf uns zu. Das Sonar zeigt extreme Turbulenzen in den oberen Wasserschichten, weit heftiger als durch die Wirkung des Wirbelsturms. Ich verstehe das nicht, Sir. Was ist das? Elektrische Ladung? Ein Energiestoß?«

»Nehmen Sie Kontakt zum *Bright Anvil*-Team auf«, befahl Ives. In seiner Stimme schwang dunkle Vorahnung. »Sagen Sie ihnen Bescheid.« Er senkte die Stimme zu einem Flüstern. »Das gibt ihnen vielleicht etwas Zeit, sich darauf vorzubereiten.«

»Ist es ganz sicher kein Fehler der Instrumente?« fragte Klantze, der sich mühsam zur Station des taktischen Offiziers vorgekämpft hatte.

»Das glaube ich kaum«, antwortete der Offizier. »Das Bild ist stabil, klar und deutlich. Es hält auf uns zu, und zwar schnell – das Ding kommt immer näher ... Wir stehen genau in seinem Fadenkreuz.«

Ives drehte sich um und sah durch die Frontfenster der Brücke. Ein bedrohliches Glühen breitete sich über den Wellen aus, wie von einem Feuer weit draußen auf dem Meer. Er dachte an einen aus dem Nichts entstehenden, hochkonzentrierten Sonnenaufgang.

»Da!« Klantze schnappte hörbar nach Luft. »Mein Gott, was ist das? Es sieht aus wie ein Höllenfeuer.«

Das Licht wurde vor den Augen der erstarrten Besatzung zu einer gleißenden Kugel, die auf sie zuschoß und selbst in der getrübten Luft des Wirbelsturms immer blendender wurde.

Ives hatte so etwas schon häufiger erlebt – bei den frühen Atomtests in den fünfziger Jahre. Wer das Gleißen einer H-Bombenexplosion gesehen hatte, konnte es nie mehr vergessen. Jetzt sah er es wieder... doch diesmal kam die Lichtwoge auf *ihn* zu.

Ives griff nach dem Funksprechgerät und schaltete es auf alle Decks. »Alle Mann bereitmachen für den Einschlag!«

Der radioaktive Feuersturm brauste auf dem Kamm einer kochenden Welle heran, eine Front aus wütendem Meerwasser, das unter dem heißen Ansturm zischend verdampfte.

Ives stand auf der Brücke und starrte hilflos aus dem Fenster. Er hatte keinen Augenschutz, wußte aber in der Tiefe seines Herzens, daß das nicht mehr von Bedeutung war. Nichts war mehr von Bedeutung. Er stand da und sah, wie das Inferno über sie hereinbrach.

Bevor seine Sehkraft der Attacke des gleißenden Lichts erlag, registrierte er noch die jähe Verbeugung des gepanzerten Schlachtschiffs. Der Stolz der U.S.-Marine sackte wie Stroh in sich zusammen, als der massive Stahl verdampfte.

Der gleißende Feuerball verschlang den Zerstörer mit einem einzigen unmenschlichen Schrei. Einem Schrei vom Ufer des Todes.

37

Enika Atoll
Samstag, 04:40 Uhr

Im plötzlichen Chaos, das im Bunker auf den Stromausfall folgte, griff Mulder nach einer der Taschenlampen, die für den Notfall an der Wand angebracht waren. Er schaltete sie ein und leuchtete damit im Raum umher, in der Hoffnung, daß das Licht die Techniker wieder zur Ruhe bringen würde.

Statt dessen stolperten Bear Dooley und seine Leute nur planlos umher und versuchten, ihre Umspannwerke zu retten.

»Irgend jemand muß diesen Generator wieder in Gang bringen!« brüllte Dooley. »Wenn er nicht in einer halben Stunde wieder läuft, verlieren wir alle Daten.«

Mulder versuchte, das hektische Gewimmel zu ignorieren, und ließ den Strahl seiner Taschenlampe langsam durch den Raum wandern. Er konnte keinen Schaden am Bunker erkennen. Scully war dicht neben ihm und hielt sich an seinem Arm fest, um nicht von ihm getrennt zu werden.

»Aber wir haben den Generator doch eben erst überprüft«, meinte einer der durchnäßten Matrosen. »Er lief einwandfrei.«

»Na fein, aber jetzt läuft er nicht mehr einwandfrei, und uns bleibt nicht mehr allzuviel Zeit, ihn zu reparieren, bevor *Bright Anvil* hochgeht. Sie gehen jetzt da raus und kümmern sich darum!«

»Entschuldigen Sie, Bear«, wandte Victor Ogilvy ein. Seine Stimme zitterte vor Angst. »Ich glaube, es liegt nicht nur am Generator.«

Mulder leuchtete mit der Taschenlampe zu ihm herüber. Ogilvy hielt das Telefon in die Höhe. »Dieses Telefon läuft auf Reserveenergie und war noch voll aufgeladen – aber ich kann die *Dallas* nicht erreichen. Ich kriege nicht mal das leiseste Statikrauschen, es ist völlig tot. Alles ist tot, alle Kontrollgeräte, alle Stromzufuhren, auch unsere Reservesysteme.«

Mulder zog sein Funktelefon aus der Tasche und fragte sich, ob er auf dieser Leitung etwas erreichen konnte ... doch er hielt nur ein stummes Stück Plastik in Händen, nicht einmal das Schnarren oder Piepen einer Fehlverbindung war zu hören.

Dooley schüttelte die geballten Fäuste. Er wußte nicht, was er tun sollte, und Mulder konnte sehen, daß es ihm schwerfiel, die Beherrschung nicht vollends zu verlieren.

»Aber was könnte das sein? Was kann denn alles mit einem Schlag lahmlegen?« schrie Dooley verzweifelt. »Was hat dieser verdammte Taifun angerichtet?«

»Nicht der Taifun.« Miriel Bremen sprach ruhig und bestimmt. »Bear, Sie wissen genau, *was* all diese Dinge bewirken kann.«

»Die *Dallas* hat etwas Riesengroßes auf dem Radar gemeldet«, warf Victor ein. »Mit sehr hoher Energiekonzentration.«

Dooley drehte sich mit einem Ruck zu Miriel um. Sein Mund öffnete sich leicht, seine Lippen bebten. »Ich weiß nicht, wovon Sie sprechen.«

Sie sah ihm fest in die Augen. Das Licht von Mulders Taschenlampe spiegelte sich auf ihrem Gesicht. »Elektromagnetische Impulse«, sagte sie bedeutungsvoll.

»Ein EMP? Aber wie? Dazu müßte doch erst ...« Auf einmal begriff er und sah Miriel voller Entsetzen an. »Eine Luftdetonation – eine nukleare Luftdetonation! Wenn nun noch jemand *anderes* darauf gekommen ist, diesen Wirbelsturm als Tarnung für einen Test zu benutzen?! Mein Gott, das glaub ich einfach nicht! Jemand anderes hat eine Bombe gezündet – *das* hat Captain Ives auf dem Radar gesehen. Irgend jemand stiehlt uns hier die Show!«

Völlig außer sich wirbelte er herum und suchte nach einem Gegenstand, den er sich greifen konnte, um den unsichtbaren Gegner zu attackieren. Victor Ogilvy zuckte zurück, als habe er Angst, Dooley könnte ihn am Kragen packen. »Aber wer könnte denn so etwas getan haben? Die Russen? Die Japaner? Wer könnte hier eine Atombombe zünden? Ausgerechnet hier, das ist doch lächerlich!«

»Es könnte sein, daß es in diesem Fall keine so simple Erklärung gibt«, sagte Miriel kühl. Die kalte Überzeugung in ihrer Stimme jagte Mulder einen Schauer über den Rücken. Draußen zischte der Wind um die Zementsackwände wie Wasser in einem brodelnden Kessel. »Vielleicht ist es etwas, das Sie überhaupt nicht verstehen können, Bear«, fuhr sie mit gesenkter Stimme fort.

»Versuchen Sie ja nicht, mir Angst einzujagen!« schrie Dooley. »Für solche Mätzchen habe ich jetzt keine Zeit.«

Scully umklammerte noch immer Mulders Arm, und er dachte erneut an Ryan Kamidas Geschichte. Er dachte an die bizarre Erklärung, die sie allein für die Ereignisse auf dieser Insel geben konnte.

»Geben Sie mir die Taschenlampe, Mulder«, forderte Dooley. »Ich habe zu arbeiten. Es bleibt jetzt keine Zeit für Plauderstündchen.« Er reichte ihm die Lampe.

Auf einmal hörte Mulder hinter sich das schnappende Gräusch eines Riegels. Die schwere Tür des Bunkers flog nach innen auf, und der Sturm peitschte herein. Augenblicklich wirbelten Papiere durch die Luft.

Im geisterhaften Licht der Nacht erkannte Mulder eine Gestalt, die sich dem Taifun in die Arme warf.

Ryan Kamida kehrte zu seinem Volk zurück.

»Es ist soweit«, rief der Mann ihnen zu, während er sich wie von unsichtbaren Ketten gezogen in den rasenden Wirbelsturm hinauskämpfte. »Sie kommen!«

»Ryan, nein!« schrie Miriel Bremen auf.

Doch Kamida wandte sich nur kurz zu ihr um ... dann verschluckten ihn der Wind und die Dunkelheit.

38

Enika Atoll
Samstag, 04:55 Uhr

»Stehen Sie nicht rum!« Bear Dooleys Stimme klang heiser. »Schließen Sie die verdammte Tür!«

»Sollten wir nicht versuchen, den Mann wieder reinzuholen?« schrie ein Matrose.

»Sie können Kamida nicht einfach da draußen lassen«, rief Scully und sah sich hilfesuchend um. »Das ist sein sicherer Tod!«

Die Techniker starrten verunsichert zu Boden. Dooley machte ein finsteres Gesicht. »Er ist selbst da rausgegangen. Wir können keine Suchmannschaft rausschicken, um einen Idioten vor seiner eigenen Dummheit zu retten. Unser Strom ist ausgefallen. Der *Bright Anvil*-Countdown läuft – und eine zweite Chance kriegen wir nicht. Wir müssen Prioritäten setzen!«

Zwei Navy-Maschinisten kämpften mit der schweren Tür, stemmten sich mit ihren Schultern dagegen und schoben sie mit letzter Kraft gegen die Gewalt des Sturmes ins Schloß zurück. Im Kontrollbunker wurde es auf einmal totenstill.

Miriel Bremen starrte regungslos auf die Tür, durch die Ryan Kamida verschwunden war. Mulder war überrascht, sie so versteinert und hilflos zu sehen. Er hatte erwartet, daß sie alles in Bewegung setzen würde, um ihren Freund zu retten. Doch sie schwieg ... sie hatte sich mit seinem Schicksal abgefunden und sah jetzt voller Furcht ihrem eigenen entgegen. »Er hat es so gewollt«, murmelte sie.

Eine zweite Taschenlampe erleuchtete den Bunker mit irritierend hüpfendem Lichtkegel. Die Techniker drängten sich zusammen, um den Reservegenerator und ihre Meßgeräte mit Überbrückungskabeln wieder in Gang zu bringen.

»Woher wissen wir denn, daß die Technik draußen in der Anlage richtig funktioniert?« fragte Victor Ogilvy und zwinkerte nervös im Wechsel von Licht und Schatten. »Wenn nun der Countdown unterbrochen wurde, weil noch eine Stromquelle ausgefallen ist? Dieser EMP könnte drüben doch auch alles lahmgelegt haben.«

»Wir haben noch keinerlei Beweis für einen elektromagnetischen Impuls«, gab Scully zu bedenken.

Dooley raufte sich mit einer beinahe komischen Geste die Haare. »Das Trägersystem selbst hat eine völlig andere Stromquelle, und die ist gegen jeglichen Vorfall resistent ... gegen das schlechteste Wetter – und sogar gegen die Ignoranz von Navy-Soldaten. *Bright Anvil* haut so leicht nichts um.« Er sah grollend zu Victor hinüber. »Und wenn Sie mir nicht glauben wollen, laufen Sie doch rüber und sehen Sie nach!«

»Oh, nein danke, Bear.« Der junge Rotschopf widmete sich rasch wieder dem Kabel zu seinen Füßen. Doch am besorgten Ausdruck auf Dooleys Gesicht konnte Mulder erkennen, daß Victor eine Frage berührt hatte, die den Projektleiter zutiefst beunruhigte.

Bear Dooley schien von seiner Lobeshymne auf *Bright Anvil* nicht mehr ganz so überzeugt zu sein, Nervosität und Ungewißheit nagten an ihm ... er brauchte ein Ventil für seine Wut, die von Minute zu Minute, mit jeder Sekunde des verrinnenden Countdowns größer wurde. Er baute sich dicht vor Miriel auf und brüllte ihr direkt ins Gesicht. Im unruhigen Licht der Taschenlampen konnte Mulder Speicheltropfen fliegen sehen. Die Frau zuckte zusammen, wich aber nicht zurück.

»Das ist Ihre Schuld, Miriel«, schrie er. »Sie sind aus freien

Stücken nach Enika gekommen, und ich habe Sie hier willkommen geheißen. Und Sie, Sie haben mich sabotiert... oder etwa nicht? Was haben Sie mit den Generatoren angestellt? Wie haben Sie uns den Strom abgedreht?

Sie haben von Anfang an nur eines im Sinn gehabt: diesen Test zu verhindern. Sie haben *Bright Anvil* zerstört. Sie haben die Arbeit von Monaten zunichte gemacht... Und Sie haben auch Emil Gregory getötet!«

»Ich habe gar nichts getan«, erwiderte Miriel ruhig. »Zumindest habe ich nicht genug getan... aber das wird sich noch zeigen. Es ist egal, Bear. *Bright Anvil* wird nicht stattfinden, nicht heute, nicht morgen und auch nicht später – niemals. Doch das lag nicht in meiner Macht.«

»Na bitte, Sie geben es sogar zu!« Dooley zeigte wütend mit dem Finger auf sie. »Sie haben den Laden lahmgelegt, jetzt helfen Sie uns... Wir müssen die Meßgeräte wieder in Gang bekommen.«

»Fragen Sie Agent Mulder.« Miriel preßte ihre Lippen zu einem grimmigen Strich zusammen. »Er weiß Bescheid.«

Mulder hob erstaunt die Brauen. Er war überrascht, daß sie – eine ehemalige Physikerin – an seine phantastische Theorie glaubte.

»Heißt das, der hat auch etwas damit zu tun? Nein, dafür ist er nicht schlau genug.« Dooleys Gesicht verzog sich zu einer angewiderten Grimasse. »Ich will nichts mehr mit Ihnen zu tun haben, Miriel. Das war's. Emil hätte sich für Sie geschämt.«

Diese Bemerkung verletzte Miriel mehr als Dooleys vorherige Tirade. Sie sackte in sich zusammen und mußte sich auf die Tischecke stützen. »Es wird uns alle vernichten...« flüsterte sie. »Das Flammenmeer kommt, der Feuersturm der Geister von Enika. Die *Dallas* hat er schon zerstört, und jetzt wird er hierher kommen.«

Mulder ging zu ihr. »Sie wußten davon? Sie wußten, was geschehen würde?«

Sie nickte. »Ryan hat es mir erzählt... aber ich muß zugeben ...« Sie lachte gequält. »Ein Teil von mir hat es nie glauben wollen. Ryan kann sehr überzeugend sein, also fuhr ich mit hierher, um endlich auch mit weniger theoretischen Mitteln zu kämpfen. Aber jetzt ... es ist genauso, wie er vorhergesagt hat.«

Sie atmete schwer. »*Bright Anvil* wird gestoppt werden ... für immer. All diese Unterlagen hier werden vernichtet werden ... zusammen mit den Leuten, die daran arbeiten. Nach dieser Katastrophe wird niemand mehr eine solche Waffe entwickeln.«

Miriel schloß die Augen, und ein Zittern durchlief ihren Körper. »Ich glaube, ich wußte schon immer, daß meine Überzeugung eines Tages auf die Probe gestellt würde. Es ist leicht, sich hinzustellen und Handzettel oder Ansteckbuttons zu verteilen. Schwieriger wird es, wenn man sich entscheiden muß, ob man das Risiko eingehen will, bei einer Demonstration verhaftet zu werden. Das ist eine Grenze, die viele nicht überschreiten wollen.« Sie sah Scully scharf an, die rasch den Blick abwandte. »Aber es gibt noch mehr, noch weitaus schwerere Grenzen – und ich glaube, ich habe soeben eine davon überschritten.«

Scully vergaß das dumpfe Gefühl der Scham, hier war weder Zeit noch Ort dafür. »Ich kann einfach nicht glauben, was Sie da sagen. Sie denken wirklich, daß ... Atomgeister den *Bright Anvil*-Test verhindern werden?«

Miriel sah sie nur stumm an, und Scully seufzte laut auf. Hoffnungsvoll wandte sie sich an Mulder.

»Ich denke, exakt das wird passieren, Scully. Ich *glaube* es. Wenn wir hier nicht ganz schnell wegkommen, werden wir bei lebendigem Leib gebraten.«

Die drei Fischer vom *Glücklichen Drachen* mischten sich ein. »Wir wollen hier nicht länger bleiben«, erklärte einer von ihnen und fuchtelte dabei mit den Armen, als wollte er seinen Mut allein durch Luft stärken. »Wir sitzen hier in der Falle. Wir sind Narren, wenn wir hierbleiben.«

Der zweite wandte sich bittend an Mulder. »Wir wollen unsere Chance nutzen. Wir wollen auf unser Boot zurück.«

»Aber Sie können doch nicht mitten in einem Taifun aufs Meer hinausfahren. Hier ist es sicherer«, protestierte Scully. Sie konnte Mulders These einfach nicht folgen.

Die Fischer schüttelten entschieden den Kopf. »Nein, hier ist es nicht sicher ... Hierbleiben bedeutet Sterben.«

»Sie haben mir doch selbst gesagt, daß das Boot massiv verstärkt wurde, damit es auch einem schweren Sturm standhalten kann«, warf Mulder ein.

Miriel Bremen nickte. »Ja, Ryan wollte sichergehen, daß wir hier auch heil ankommen. An die Rückfahrt hat er wohl weniger gedacht ...«

Bear Dooley stürmte auf sie zu. »Rennt nur alle raus in den Regen, mir doch egal. Haut ruhig ab. Wir haben hier noch was zu erledigen. Noch ist nicht alles verloren, der Versuch kann immer noch stattfinden ... Die Anlage steht auf der anderen Seite der Insel, und der Countdown läuft, ob wir nun diese Meßgeräte wieder in Gang bringen oder nicht.«

Mulder schaute Scully an und fühlte auf einmal, daß alles so geschehen würde, wie er vermutet hatte. Er fühlte es mit absoluter Gewißheit ... Ryan Kamidas Prophezeiung würde sich erfüllen.

Die Fischer liefen zur Tür des Bunkers und öffneten sie mit vereinten Kräften.

Dooley tobte. »Ihr seid vollkommen übergeschnappt!« Und Mulder wußte, daß Scully der gleichen Meinung war.

»Los, Scully, kommen Sie!« Mulder rannte zum Ausgang und winkte ihr, ihm zu folgen. »Sie müssen mit uns kommen.«

»Mulder, nein!«

»Dann helfen Sie uns wenigstens, Kamida zu retten ...«

Die Tür flog auf, und der Sturm fegte herein. Die Stimme des Taifuns hatte sich geändert, sie klang jetzt fast menschlich: heulende Schreie und bittere Anklagen, die hinter dem

Ungewitter lauerten und immer lauter wurden, immer näher kamen.

Mulders Haut begann zu kribbeln – er las aus Scullys Miene, daß sie die dunkle Drohung ebenso spürte. Sie konnte es nur nicht zugeben.

Mulder stand neben den Fischern an der Schwelle und wurde von der Gewalt des Sturms fast umgerissen. Er sah zu den Wolken hinauf, die wie gewaltige Fäuste über der Insel hingen. Er sah, daß weit hinter der beängstigenden Gegenwart des Taifuns etwas Furchtbares – etwas *wirklich* Furchtbares – auf sie zukam.

»Ich hab's geahnt«, murmelte er.

Scully zögerte noch immer, doch schließlich gelang es Mulder, sie nah genug zur Tür zu ziehen. Sie protestierte ... bis sie hinauf in den Himmel blickte.

Sie erstarrte vor Grauen.

Sie hatte keinerlei Einwände mehr.

39

Enika Atoll
Samstag, 04:54 Uhr

Der Sturm sprach zu ihm mit all seiner Macht – grausame Stimmen, die ihn verhöhnten, sanfte Stimmen, die ihn willkommen hießen. Endlich.

Ryan Kamida war ein Teil von ihnen, ein Mitglied ihrer gespenstischen Zusammenkunft, und doch war er ein Außenseiter. Nicht weil er blind war oder entstellt, sondern weil er *am Leben* war.

Stolpernd kämpfte er gegen den Wind, der ihn mit wilder Macht traf und wieder auf den Kontrollbunker zutreiben wollte. Er lief verbissen weiter. Immer wieder rutschte er auf den verwitterten Felsen aus ... Sandkörner wurden im Sturm zu feinen Nadeln, die seine Haut zum Glühen brachten.

Er strauchelte, fiel auf Hände und Knie. Seine tauben Finger gruben sich in den kalten, feuchten Strand. Er wünschte sich, einfach hinuntergesogen zu werden ... endlich eins zu werden mit der Asche seines Volkes, eins mit dem vernarbten Atoll.

»Hier bin ich!«

Der Taifun brüllte, und die Geisterstimmen wurden lauter, trieben ihn an. Kamida stand auf und lief weiter. Ein Windstoß riß ihn von den Füßen und hob seinen Körper mit der Wucht eines Vorschlaghammers in die Höhe. Er ruderte mit Armen und Beinen, schwebte einen Moment lang in der Luft – doch es war zu früh. Es war noch nicht vollbracht.

Kamida kämpfte gegen den Wirbelsturm, bis seine Lunge

zu platzen drohte. Sein Herz setzte vor Erschöpfung aus, ein Schlag, zwei Schläge ... nur das verzweifelte Verlangen nach Befreiung ließ ihn durchhalten. Er wollte endlich Erlösung finden – bei seiner Familie und seinem Volk, bei jenen unsichtbaren Gefährten, die ihm seit Jahrzehnten immer wieder erschienen waren.

Kamida rief sie an, versuchte, mit seinem Mund Worte zu formen, die er als Kind gekannt, aber seit vierzig Jahren nicht mehr laut gesprochen hatte. Er stammelte ... die Geister verstanden ihn. Sie wußten, was er ihnen sagen wollte.

Sie kamen näher.

Weit draußen am Strand fand Kamida das Faß. Er war den Weg instinktiv gegangen, zu jener metallenen Urne, die die Asche seines Stammes enthielt, die winzigen Stücke verbrannten Fleisches, die er sorgfältig aus den Korallen und vom Sand des Atolls befreit hatte.

Er umfing das Faß mit den Armen und preßte seine Wange gegen das gewölbte, regennasse Metall, fühlte die frische Kühle durch seine vernarbte Haut. Schluchzend hielt er es fest, umklammerte es mit aller Kraft.

Um ihn herum tobte der Taifun mit unverminderter Stärke. Das unheimliche Flüstern und Schreien schwoll immer lauter an, und übertönte schließlich sogar den Sturm, der aus den erstarrten Wolken donnerte. Ryan Kamida konnte die unendliche Macht fühlen, die sich im anklagenden Auge des Wirbelsturms konzentrierte – ein gigantischer Schwall tödlicher Energie.

Kamida hob sein Gesicht. Er spürte, wie der Regen verdampfte und die strahlende Hitze fast zärtlich seine Haut berührte.

Und obwohl er blind war, wußte er, daß sich in den Wolken über der Insel ein gleißendes Licht zu weißglühender Intensität verdichtete. Es wurde stärker, heller ... *strahlender* – während der *Bright Anvil*-Countdown unaufhaltsam auf Null zulief.

40

Enika Atoll
Samstag, 05:10 Uhr

Während sie sich durch den Sturm kämpften, war es Mulder, der Scullys Arm festhielt, um sie nicht zu verlieren. Halblind und naß bis auf die Haut stolperten sie durch den peitschenden Wind, der das kleine Grüppchen mehr als einmal auseinanderzureißen drohte.

Die drei Fischer gingen voran, stemmten sich mit gesenktem Kopf Schritt für Schritt vorwärts auf die geschützte Lagune zu. Der hohe Korallenausläufer hinter dem Bunker bremste die Sturmattacken, die über die Insel fegten ... doch hier tobte der Wind in tückischen Wirbeln, schleuderte Sandkörner und Steine wie Geschosse durch die Luft.

Sie konnten Ryan Kamida nirgends entdecken.

»Mulder, das ist Wahnsinn!« schrie Scully.

»Ich weiß!« Er lief weiter.

Als sie sich weiter und weiter durch Sturm und Regen schoben, plagten Mulder Zweifel: Es war absurd und völlig unlogisch, in einen solchen Taifun hinauszulaufen ... doch er sah keine Alternative, keinen dritten Weg zwischen sicherem Tod und waghalsiger Flucht. Selbst Scully vertraute ihm offenbar genug, um ihm trotz ihrer Bedenken zu folgen. Sie hatte mit eigenen Augen gesehen, daß dieses unbegreifliche Inferno jede Minute über ihnen hereinbrechen konnte ... und auch ihr Instinkt sagte ihr: lauf! Er hoffte nur, daß sie es schafften.

Miriel Bremen lief stumm neben ihnen her, benommen, aber zur Flucht bereit – sie war wohl doch nicht entschlossen genug, um für ihre Sache zu sterben. Sie wollte diese letzte Chance nutzen. Diese letzte Chance zu entkommen, diese letzte Chance zu *leben*.

»Egal, was Sie sonst glauben, Mulder…« Scully mußte ihm ins Ohr schreien, damit er sie verstehen konnte. »*Bright Anvil* wird in ein paar Minuten hochgehen! Wenn wir es nicht weit genug schaffen, erwischt uns die Druckwelle.«

»Ich weiß, Scully. Ich weiß.« Doch seine Worte verloren sich im Sturm. Er drehte sich um und starrte auf den schwarzen Umriß der zerklüfteten Hügel hinter dem Bunker. Die *Bright Anvil* stand außer Sichtweite in ihrer flachen Bucht auf der anderen Seite der Insel.

Die Fischer riefen ein Kommando, doch auch ihre Worte gingen im Wind unter… Und noch lauter als das Fauchen des Sturms brüllte der Chor der toten Seelen. Ihre Klage ging durch Mark und Bein, das Crescendo ihrer Schreie schien nach den Fliehenden zu greifen, ließ sie stolpern und stürzen.

Regen und Sand wurden zu wirbelndem Schlamm, der ihnen die Augen verklebte. Mulder konnte das Fischerboot nicht mehr erkennen – der Ankerplatz war leer … Eisiger Schrecken fuhr ihm in die Glieder: ihre einzige Fluchtmöglichkeit war aus der Lagune getrieben. Es war aus, für eine Rückkehr zum Bunker war es zu spät, sie waren verloren… verdammt.

Er kam zu sich – in einer Atempause des Taifuns konnte er die Rufe der Fischer verstehen. Zwei von ihnen wateten in die Lagune hinein, wo der Sturm den *Glücklichen Drachen* in tieferes Gewässer gezerrt hatte.

Der erste schwang sich an Bord, klammerte sich geschickt an die Griffe und hievte sich über den schlüpfrigen Boden an Deck. Dann half er seinen Freunden hinauf und winkte den anderen, ihnen zu folgen.

Scully blieb am Ufer stehen. »Mulder…«

»Kommen Sie, das Wasser ist herrlich«, rief er erleichtert und zog sie in die Lagune. »Na los, *Bright Anvil* wird nicht mehr lange warten!«

Miriel watete neben ihnen zum Boot und kletterte an Deck des *Glücklichen Drachen*.

Einer der Fischer rannte zur Kajüte und warf die Motoren an… Mulder konnte es nicht hören, doch er spürte die Vibrationen im Wasser. Während der zweite Mann den Anker lichtete, half der dritte Scully und Mulder an Bord.

Die starken Motoren schoben das Boot vorwärts, und in einer wild schäumenden Gischtspur stürmte der *Glückliche Drache* aufs offene Meer hinaus. Um den Schub abzufangen, griff Mulder nach der Reling und klammerte sich fest.

E sah zur Insel zurück und schrie: »Da oben, Scully!« Er wies hinauf in den knisternden Himmel. »Das ist kein gewöhnlicher Sturm!«

Die Wolken glühten vor geballter Ladung, brodelten vor Energie. Er sah auf seine Armbanduhr. Es konnte jede Sekunde losgehen. Jede Sekunde – und alles wäre vorbei.

Das Boot raste fort vom Atoll… so schnell es sich zwischen den Brechern, die um die tückischen Riffe tobten, hindurchschlängeln konnte. Mit gewagten Kehren fanden die Fischer ihren Weg durch die tödlichen Klippen.

Schließlich erreichten sie offenes Wasser, die Motoren heulten mit neuem Elan, und der *Glückliche Drache* preschte davon.

Mulder sah aufs Meer hinaus, doch er konnte keine Spur von der *Dallas* entdecken. Er sah nur brodelnden Schaum, der ein vom Taifun verursachter Strudel sein konnte… oder der Sinktrichter eines mächtigen Wracks.

Da zerriß ein gleißender Blitz die Nacht. Auf der hinteren Seite des Atolls ging eine kleine Sonne auf, stieg glühend nach oben und verdrängte den Sturm für einen flüchtigen Moment…

»Das ist *Bright Anvil.* Halten Sie sich die Augen zu!« rief Scully.

»Also hat es tatsächlich funktioniert«, sagte Miriel so leise, daß man sie kaum noch verstehen konnte. Sie wandte den Blick nicht ab.

Und die Detonation war zugleich das Signal für die andere, in den Sturmwolken lauernde Gewalt.

Eine strahlende Feuerkugel stürzte herab und formte sich zum vertrauten Anblick eines Atompilzes. Doch das Bild war grausig surreal... die höllische Eruption bestand aus Schädeln und Gesichtern, schreienden Mündern und verbrannten Augenhöhlen – eine schäumende Masse, die geballt auf die *Bright Anvil*-Wolke niederstieß.

Ein riesiger Teppich aus ätzendem Feuer hüllte die weit kleinere Testexplosion ein und zerschmetterte sie. Die übernatürlich gleißende Helligkeit sog das Licht, die Energie mühelos in ihren Wirbel – ein Sandsturm, der ein Korn verschluckt.

»Sehen Sie, dort!« Scully zeigte auf das verschwindende Ufer des Enika Atolls. Die Fischer erhöhten verängstigt die Geschwindigkeit, und das Boot röhrte durch die hohen Schaumkronen, weiter und weiter fort von den rachsüchtigen Seelen.

Doch selbst aus dieser Entfernung konnte Mulder die kleine Gestalt am Strand ausmachen.

»Das ist Ryan«, rief Miriel bestürzt.

Der blinde Mann stand aufrecht auf dem Metallfaß voller Asche und schwenkte die Arme gen Himmel.

Ryan Kamida wies der blendenden Erscheinung den Weg. Wie ein lebendiges Wesen mit einem deutlichen Ziel fegte der knisternde, glühende Schwarm der Atomtestopfer über die Oberfläche des Atolls hinweg. Seine alles vernichtende Feuerschleppe entzündete den Dschungel und übersprang mühelos den hohen Korallenhügel, der dem Kontrollbunker Schutz geboten hatte.

»Sehen Sie das, Scully?« keuchte Mulder von Ehrfurcht und Schaudern ergriffen. »*Sehen Sie das?*«

Der gigantische Atompilz fauchte über die Insel und stieß mit mächtiger Gewalt auf die geschützte Seite hinunter, so daß Mulder seine Augen bedeckte und zurücksprang. Die Bucht verdampfte, Korallen lösten sich auf, Fels wurde zu Lava ...

Während der *Glückliche Drache* seine rasende Fahrt fortsetzte, erreichte das Inferno seinen bizarren Höhepunkt – und die markerschütternden Schreie tönten immer klarer durch den Sturm. Die Schädel und Todesfratzen verschwammen, wirbelten ineinander und vermengten sich zu einem rasenden Strudel aus Schatten und Licht... und dann mischte sich eine weitere Stimme in ihren Chor.

Mulder glaubte Ryan Kamidas triumphierenden Schrei zu hören, der endlich mit seinem Volk in einer einzigen ursprünglichen Kraft vereint war – einer Kraft, deren Aufgabe nun erfüllt war.

Das strahlende Licht erstarb und hinterließ nichts als totes Gestein und unfruchtbare Erde, die in der Hitze nuklearer Rückstände glühte. Alles Leben auf der Insel war ausgelöscht.

Und der *Glückliche Drache* schoß unaufhaltsam durch die Nacht, genau in den wütenden Sturm hinein.

41

Westpazifik,
genauer Standort unbekannt
Samstag, vormittags

X Mulders Uhr war stehengeblieben. Doch das lag vermutlich eher an der schlechten Behandlung und dem Wasser, dem er sie ausgesetzt hatte, als an den Ereignissen, deren Zeuge sie geworden waren. Mulder konnte nicht sagen, wie spät es war, doch es konnte nicht mehr allzu früh am Tage sein. Schon jetzt brannte die Tropensonne unbarmherzig auf den *Glücklichen Drachen* nieder, der manövrierunfähig in der leichten Brise dümpelte.

Das Boot sah schwer mitgenommen aus. Jede Oberfläche war zerkratzt, zwei Frontfenster zertrümmert, die Reling verbogen, der Rumpf von driftendem Schutt schwer beschädigt – doch das kleine Schiff hatte die Höllenfahrt überlebt. Sie hatten qualvolle Stunden lang gegen den Taifun angekämpft und sich mühsam immer weiter von den Nachwirkungen der *Bright Anvil*-Katastrophe entfernt ... bis sie endlich über die äußersten Ausläufer des Wirbelsturms hinausgelangt und in wunderbar ruhiges Fahrwasser entkommen waren.

Am hinteren Ende des Bootes hielt sich Miriel Bremen von allen abseits und brütete stumm vor sich hin. Irgendwann während der wilden Fahrt hatte sie ihre Brille verloren, und nun blinzelte sie kurzsichtig gegen die Sonne. Sie sprach wenig. Scully versuchte, sie zu trösten und ein Gespräch zu beginnen, doch Miriel stand offenbar unter Schock.

An Deck trug Mulder sein mitgenommenes Jackett als

Schutz gegen die Sonnenstrahlen, obwohl die Hitze beinahe unerträglich war. Er wünschte, er hätte wenigstens eines seiner Hawaiihemden ausgepackt, seine Badehose oder zumindest die Sonnenmilch. Das Wasser tröpfelte noch immer auf die Planken und bildete kleine salzige Lachen, in denen sich die Sonne spiegelte.

In einem Anfall von morbider Phantasie malte er sich aus, sie würden nie gerettet werden. Jahre später würde ein Geisterschiff mit sechs Skeletten aufgebracht werden, verrottet und allein im Pazifik treibend, wie die *Mary Celeste*. Die Vorstellung barg eine gewisse Ironie – es wäre ein würdiges Ende für dieses gespenstische Abenteuer.

Er zog sein Notizbuch heraus und einen durchnäßten Stift, der einen Schwall fleckiger Tinte ausspuckte, als er ihn kräftig schüttelte. Sorgfältig faßte er seine Beobachtungen zusammen und legte kurz seine Hypothese dar. Ihre zukünftigen Retter würden wenigstens diese Erklärung finden... und nicht nur von Sonne und Wind gebleichte Knochen.

Wenn sie je wieder zurück nach Washington, D.C., kämen, würde er einen vollständigen Bericht erstellen, eine detaillierte X-Akte anlegen – und aller Voraussicht nach würde ihm wieder einmal niemand ein Wort glauben. Daran hatte er sich gewöhnt. Bei diesem Fall allerdings hatte er zahlreiche Augenzeugenberichte, Beweisstücke, radioaktiv verseuchte Leichen, ganz zu schweigen von einem geheimen Atomwaffentest! Wenn General Bradoukis erfahren würde, daß die Enika-Geister keine Bedrohung mehr darstellten, wäre er vielleicht bereit, Mulder den Rücken zu stärken.

Scully kam zu ihm herüber. Sie hatte ihr Haar zurückgebunden, und auf ihrer Haut zeigte sich bereits der erste rötliche Schimmer eines Sonnenbrands. »Sie sollten lieber im Schatten bleiben, Scully. So werden sie nie richtig braun.«

Sie hockte sich neben ihn. »Was schreiben Sie denn da?«

»Ach wissen Sie, ich habe ganz vergessen, auf Enika eine Postkarte für Skinner zu besorgen, und dachte, das hier wäre vielleicht ein kleiner Ausgleich. Ich könnte es mir nie verzeihen, wenn er sich übergangen fühlte.«

Sie runzelte die Stirn. »Glauben Sie immer noch, daß es ein Haufen rachedurstiger Gespenster war, der da letzte Nacht gewütet hat?«

Er sah sie überrascht an. »Scully, Sie haben doch auch gesehen, was ich gesehen habe.«

Sie zögerte kurz, dann sagte sie: »Mulder, ich habe einen hellen Blitz am Himmel gesehen. Sie haben gehört, was Bear Dooley während des Stromausfalls gesagt hat... Daß ein anderes Land zur gleichen Zeit dasselbe versucht hat wie er, und zwar mit einer Luftdetonation und dem Wirbelsturm als Tarnung.«

»Ziemlich großer Zufall, finden Sie nicht?«

»Ich weiß, Mulder. Aber Ihre Geschichte... sie klingt einfach zu phantastisch. Ich glaube lieber an Zufälle, bevor ich bei jeder ungewöhnlichen Erscheinung nach einer übernatürlichen Erklärung Ausschau halte.«

Mulder schüttelte traurig den Kopf und fragte sich, warum Scully nach all ihren gemeinsamen Erlebnissen und all den eindeutigen Beweisen, auf die sie gestoßen waren, immer noch nicht akzeptieren konnte, daß Wissenschaft nicht *alles* war. Daß es dahinter weiterging... in fremde Welten, andere Dimensionen. Sie *wollte* nicht glauben – und das war der Unterschied zwischen ihnen.

»Schon Erfolg gehabt mit dem Funkgerät?« wechselte er das Thema.

»Nein, es ist im Sturm zu sehr beschädigt worden. Wir können damit niemanden erreichen.«

Mulder zog sein Funktelefon hervor. »Ich versuche noch mal, uns einen Rettungswagen zu besorgen. Der Sturm muß sich jetzt ja langsam gelegt haben.«

Scully sah ihn an, fassunglos ob seines ungebrochenen Optimismus. Sie hob ihre von der Sonne gerötete Hand und wies auf den endlosen Horizont, der sich in alle vier Himmelsrichtungen hinter den blauen Weiten erstreckte. »Wen wollen Sie denn von hier aus erreichen?«

»Ach, ich weiß nicht... Vielleicht einen Atomgeist, der sich verirrt hat, ein russisches Spionageschiff, vielleicht auch das *Love Boat*. Man kann nie wissen.« Er drückte verschiedene Tastenfolgen, sandte Signal um Signal aus. Er probierte alle Geheimnummern, die er in seinem ausgezeichneten Gedächtnis gespeichert hatte, fügte die hinzu, an die sich Scully erinnerte, und versuchte es mit jeder Notfallnummer, die ihnen einfiel.

Und dann, zu seiner äußersten Verwunderung, meldete sich jemand. »Hier ist die U.S.-Bodenstation auf Kwajalein.« Die Stimme klang grantig und abgehackt. »Sie haben eine nicht-öffentliche Nummer gewählt, bitte gehen Sie aus der Leitung.«

Mulder setzte sich hastig auf und ließ vor Überraschung beinahe das Telefon fallen. »Hallo, hallo?«

»Ich wiederhole: Sie haben eine nicht-öffentliche Nummer gewählt...«

»Hier spricht United States Federal Agent Fox Mulder mit einer Notfallmeldung aus... irgendwo im westlichen Pazifik. Ich kenne unsere exakte Position nicht. Ich glaube aber, wir sind in der Nähe der Marshallinseln – zumindest waren wir das.«

»Brauchen Sie Hilfe?« fragte die tiefe Stimme. »Sie haben auf unserem Kanal nichts zu suchen. Bitte versuchen Sie auf einer anderen Leitung, die zuständigen Stellen zu erreichen.«

»Dann schicken Sie uns wenigstens jemanden, der uns für das unstatthafte Benutzen Ihrer Nummer verhaftet! Ich arbeite für das FBI... und wir brauchen definitiv Hilfe. Wir sind sechs Personen, die einen Taifun überlebt haben – und es gibt wahrscheinlich viele Schwerverletzte und Tote auf dem Enika Atoll. Ein Wissenschaftlerteam sowie die Besatzung eines Navy-Zerstörers, der USS *Dallas*, haben schweren Schaden erlitten. Wir brauchen dringend Hilfe. Bitte antworten Sie.« Er sah zu Scully auf. Sie lächelte hoffnungsvoll. »Können Sie uns dem Signal nach finden, Kwajalein?«

»Was, glauben Sie, tun wir hier den ganzen Tag, Agent Mulder? Natürlich finden wir Sie!« kam es vom anderen Ende der Leitung. »Wir schicken so schnell wie möglich einen Kutter zu Ihnen raus.«

Mulder grinste breit, als Scully ihm die Hand zur Gratulation reichte. Er sah sich bereits suchend auf dem sonnenüberfluteten Ozean um, als könne das Rettungsschiff dort jede Sekunde auftauchen.

Er sah auf den Hörer in seiner Hand herunter. »Meinen Sie, ich hätte es als R-Gespräch anmelden sollen?«

42

FBI-Zentrale, Washington, D.C.
Dienstag, 14:06 Uhr

Die FBI-Zentrale in Washington, D.C., diese Monstrosität aus Beton und Glas, die in vergangenen Jahrzehnten einmal für »moderne Architektur« gehalten worden war, trug nicht umsonst den Spitznamen »Puzzle Palace«.

Special Agent Dana Scully saß in ihrem Büro am Computer. Sie war froh, wieder in Washington zu sein – zumindest für ein paar Tage. Sie wußte nie, wie lange – oder wie kurz – sie hier bleiben würde, also verbrachte sie nun jede freie Minute damit, ihre Notizen zu einem Bericht für Assistant Director Skinner zusammenzufassen.

Die vertrauten Arbeitsschritte halfen ihr, sich Klarheit über einen Fall zu verschaffen. Sie ging die Fragen Stück für Stück durch, zählte die möglichen Lösungsvarianten auf und beseitigte noch verbliebene Unklarheiten.

Scully nahm genüßlich einen Schluck Kaffee aus ihrer Tasse – Sahne, keinen Zucker. Den Geschmack frischgebrühten Kaffees hatte sie seit Tagen vermißt. Sie wühlte ihre Notizen durch, überflog einige zusätzliche Papiere, überprüfte eine Pressemeldung und vervollständigte ihren Bericht:

Die U.S.-Navy hat in einer Stellungnahme erklärt, daß der Zerstörer der Spruance-Klasse USS *Dallas* aufgrund der unerwartet heftigen Gewalt des Taifuns, der am frühen Samstagmorgen die Marshallinseln traf, sank. Es ist der Verlust aller Besatzungsmitglieder zu beklagen. Dem Bericht des nationalen Wetterdienstes zufolge war dieser Wirbelsturm einer der ungewöhnlichsten dieser Art, die jemals beobachtet wurden, sowohl wegen seiner unvorhersehbaren Bewegung als auch wegen seiner unerwartet hohen Intensität, besonders im Bereich des Enika Atolls. Meteorologen, die Satellitenbilder von diesem Taifun zum Zeitpunkt seines Eintreffens auf dem Atoll analysiert haben, können sich sein anomales Verhalten nicht erklären.

Die Rettungsmannschaften, die auf Agent Mulders Notrufmeldung hin auf dem Enika Atoll eintrafen, fanden keine Überlebenden des *Bright Anvil*-Teams. Der als unzerstörbar geltende, verstärkte Kontrollbunker wurde an seinen Grundmauern regelrecht abrasiert, wie die beigefügten Fotos zeigen. Es wurden keine Leichen gefunden, was – wie die Navy betont – nicht überraschend ist, wenn man die unglaubliche Gewalt des Sturms in Betracht zieht.

Sie hielt inne und starrte auf den Bildschirm. Langsam schüttelte sie den Kopf.

Die Mitarbeiter der Teller Nuclear Research Facility in Pleasanton, Kalifornien, sind Berichten zufolge von dieser Katastrophe schwer erschüttert. Noch nie hat es dort einen ähnlich hohen Personalverlust gegeben. Der einzige vergleichbare Vorfall in der Geschichte der Forschungsanstalt war der Absturz eines kleinen Flugzeugs auf dem Weg zum Testgelände des Nevada-Versuchs 1978.

Interessanterweise erklärt die Sprecherin des DOE Rosabeth Carrera in einer offiziellen Stellungnahme, daß die Wissenschaftler auf Enika eine »hydrologische Untersuchung der Meeresströmungen um Ozeanriffe« durchführen sollten. Es ist jedoch aus meinen eigenen Beobachtungen der Ereignisse klar ersichtlich, daß diese Stellungnahme unwahr ist. Ich empfehle dringend, solchen Erklärungen keinen Glauben zu schenken. Ich gehe davon aus, daß genauere Einzelheiten in bestimmten, geheimgehaltenen Akten zu finden sein wird.

Nach einem weiteren Schluck Kaffee las Scully noch einmal nach, was sie geschrieben hatte, und war überrascht, wie kritisch sie die offizielle Darstellung behandelte. Das war nicht das, was das Aufsichtskomitee hören wollte. Doch Scully wußte über *Bright Anvil* und den Test Bescheid ... egal, wer ihn vertuschen wollte. Sie konnte in ihrem schriftlichen Bericht nun einmal nichts anderes behaupten.

Scully ging ihre Aufzeichnungen noch einmal durch und fuhr mit ihrem Bericht fort.

Assistant Director Skinner hielt die Tür zu seinem Büro auf. »Kommen Sie herein, Agent Mulder.« Er hatte das Licht und damit den künstlich fluoreszierenden Schein gelöscht, der normalerweise die Büros erfüllte. Die helle Nachmittagssonne durchflutete ungetrübt den Raum.

»Danke, Sir.« Mulder trat ein und stellte seine Aktentasche auf dem hölzernen Schreibtisch ab. Gerahmte Porträts des Präsidenten und des Generalstaatsanwalts starrten von der Wand auf ihn herab.

Mit diesem Ort verbanden Mulder nicht die allerbesten Erinnerungen. Er war schon oft hierherzitiert worden, weil er auf Erklärungen bestanden hatte, die das FBI nicht hören wollte, weil er zu oft bemüht war, Licht in Dinge zu bringen, die andere lieber im Dunkeln gelassen hätten. Skinner war schon häufiger in die undankbare Position zwischen Mulders Starrsinn und dem ebenso eisernen Willen einiger grauer Eminenzen geraten.

Skinner schloß die Tür. Er nahm die Brille ab und polierte die Gläser mit seinem Taschentuch. Auf seiner Stirn standen

Schweißperlen. Mulder bemerkte, daß das Büro sehr warm war.

»Die Klimaanlage funktioniert schon wieder nicht«, eröffnete Skinner das Gespräch. »Wie ich sehe, sind Sie nicht sehr braun gewoden auf ihren Reisen, Agent Mulder – erst Kalifornien, dann New Mexico und schließlich auch noch die Südsee.«

»Ich war im Dienst, Sir. Keine Zeit zum Sonnenbaden. Wenigstens nicht während des Taifuns.«

Skinner sah auf die handschriftlichen Zettel aus Mulders Notizbuch herunter. Mulder wollte sie später, wenn er die Zeit dazu hatte, noch in den Computer tippen, doch nun hielt Skinner ihm die zerknitterten Seiten mit leidender Miene entgegen.

»Machen Sie sich gar nicht erst die Mühe, einen förmlicheren Bericht einzureichen, Agent Mulder. Das kann ich meinen Vorgesetzten unmöglich präsentieren.«

»Dann werde ich es für mich selbst noch einmal abschreiben«, erklärte Mulder ungerührt. »Und eine X-Akte dafür anlegen.«

»Das bleibt selbstverständlich Ihnen überlassen. Aber es ist reine Zeitverschwendung.«

»Sir... Ich habe diese Ereignisse mit eigenen Augen beobachtet.«

Skinner sah ihn scharf an. »Sie wissen aber, daß Sie keinerlei Beweise haben, die diese Theorie erhärten könnten? Weder die Navy noch die Teller Nuclear Research Facility akzeptieren Ihre Vermutungen. Sie haben mir wie üblich einen Bericht voller wilder Spekulationen abgeliefert, der nichts weiter beweist als Ihre überdurchschnittliche Fähigkeit, sich jenseitige Erklärungen für letztlich normale Phänomene zurechtzubasteln.«

»Vielleicht haben aber nicht *alle* Phänomene rationale Ursachen.«

»Agent Scully findet sie im allgemeinen heraus.«

»Agent Scully hat ihre eigenen Ansichten ... und obwohl ich sie uneingeschränkt als Partnerin und FBI-Agentin respektiere, stimme ich ihren Schlußfolgerungen nicht immer hundertprozentig zu.«

Skinner setzte sich. Er war sichtlich frustriert und wußte nicht recht, was er mit seinem aufsässigen Agenten anfangen sollte. »Und sie stimmt den Ihren nicht immer zu, Mulder. Aber irgendwie scheinen Sie beide ja miteinander auszukommen.«

Mulder schob seinen harten Holzstuhl ungeduldig ein Stück nach vorn. »Sie müssen doch mit General Bradoukis vom Pentagon gesprochen haben, Sir. Er kann viele der Darstellungen in meinem Bericht bestätigen. Er weiß Bescheid über *Bright Anvil*. Er weiß auch über die ... Geister Bescheid. Er hat uns da rausgeschickt, weil er Angst um sein Leben hatte.«

Skinner bedachte Mulder mit einem langen Blick. Die sonnenhellen Fenster spiegelten sich in seinen Brillengläsern. »General Bradoukis wurde mit einem neuen Auftrag betraut«, sagte er langsam. »Man kann ihn im Pentagon nicht mehr erreichen, und sein derzeitiger Aufenthaltsort ist geheim. Ich nehme an, daß er an einem neuen Testprogramm teilnimmt.«

»Wie praktisch! Und finden Sie nicht, daß das ein bißchen merkwürdig ist ... die einzige Person, die offiziell mit dieser Angelegenheit zu tun hatte, verschwindet einfach? Hat General Bradoukis Ihnen denn nichts erzählt, als er sich wegen unserer Fahrt auf die Marshallinseln mit Ihnen in Verbindung gesetzt hat?«

Skinner runzelte die Stirn. »Ich habe einen Anruf aus dem Pentagon erhalten, Agent Mulder. Der Mann hat seinen Namen nicht genannt, sich aber mit dem richtigen Code als autorisiert ausgewiesen. Als ich erfuhr, daß das Pentagon von mir verlangte, Ihrer Fahrt zuzustimmen, habe ich das getan. Ich kenne keinen General Bradoukis.«

»Er hat aber behauptet, Sie zu kennen.«

»Ich kenne keinen General Bradoukis«, wiederholte Skinner.

»Natürlich nicht, Sir.«

»Und über diesen Atomversuch, diese *Bright Anvil*-Geschichte, auf der sie immer wieder herumreiten – darüber will ich in Ihrem offiziellen Bericht nichts lesen. Überirdische Atomwaffentests sind seit 1963 verboten.«

»Ich weiß das, und Sie wissen das«, erwiderte Mulder. »Aber dem *Bright Anvil*-Team scheint es niemand gesagt zu haben.«

»Bevor ich Sie für heute morgen hierherbestellt habe, Agent Mulder, habe ich ein paar Nachforschungen angestellt. Ich hatte ein Gespräch mit Miss Rosabeth Carrera und habe erfahren, daß es keinerlei Unterlagen über ein Projekt namens *Bright Anvil* gibt. Alle, mit denen ich gesprochen habe, streiten die Möglichkeit einer ›falloutfreien Atomwaffe‹ ab. Es gilt als wissenschaftlich nicht machbar.« Skinner nickte – er schien mit der Entwicklung der Dinge durchaus zufrieden zu sein.

»Ja, das habe ich auch gehört. Und ich nehme an, Sie glauben auch, daß Dr. Emil Gregory, einer der führenden Atomwaffenforscher unseres Landes, mit einem Projekt betraut war, das Meeresströmungen und Temperaturschwankungen auf den Marshallinseln untersuchen sollte? So lautete doch die offizielle Erklärung?«

»Das ist nicht meine Sache, Agent Mulder.«

Mulder erhob sich. »Was ich wirklich gern wissen würde, Sir, ist: was ist aus Miriel Bremen geworden? Wir haben seit unserer Rettung nichts mehr von ihr gehört. Wir wurden auf dem Transportflug, der uns hierher zurückbrachte, getrennt. Ihr Telefonanschluß ist tot, und eine Schwester in dem Krankenhaus, wo wir behandelt wurden, behauptet, daß sie unter Bewachung gestellt und von zwei Männern in Militäruniformen abgeholt wurde. Miriel kann unsere Geschichte ebenfalls bestätigen.«

»Agent Mulder«, sagte Skinner bedeutungsvoll. »Dr. Miriel Bremen hat sich damit einverstanden erklärt, bei der Vollendung von Dr. Gregorys Projekt behilflich zu sein. Da sie die einzige Überlebende ist, die mit seinem Projekt vertraut war, hat sie sich entschieden, mit dem Verteidigungsministerium zu kooperieren, damit seine Arbeit nicht umsonst war.«

Mulder war fassungslos. »Dem würde sie niemals zustimmen.«

»Das hat sie schon«, gab Skinner zur Antwort.

»Kann ich mit ihr sprechen? Das würde ich gern von ihr selbst hören.«

»Ich fürchte, das wird unmöglich sein, Agent Mulder. Man hat sie jetzt einem Planungsstab zugeteilt, der sehr abgeschieden arbeitet. Man ist sehr darauf bedacht, so schnell wie möglich mit dem Projekt weiterzumachen, und möchte nicht, daß Dr. Bremen mit irgendwelchen Nebensächlichkeiten behelligt wird.«

Mulder ging erregt auf und ab. »Mit anderen Worten: Sie wird gegen ihren Willen festgehalten und zur Arbeit an einem Projekt gezwungen, von dem sie geschworen hatte, daß sie nie wieder etwas damit zu tun haben wollte.«

»Wie zum Beispiel Meeresströmungen zu untersuchen? Sie sehen mal wieder Gespenster, Mulder.«

»Ach, wirklich? Ich weiß, daß Miriel zahlreiche Rechtsverfahren wegen Sabotage, unbefugten Zutritts und sogar Mordverdachts zu erwarten hatte. Ich bin sicher, das Angebot, diese Anklagen fallenzulassen, hat sich als fruchtbare Grundlage für ihren Arbeitsvertrag erwiesen.«

»Dafür bin ich nicht zuständig, Agent Mulder.«

»Ist Ihnen das wirklich völlig egal?« Er beugte sich vor und stützte die Hände auf den Rand von Skinners Schreibtisch. Er wußte nicht, was für eine Antwort er eigentlich erwartete.

Skinner zuckte die Schultern. »Sie sind der einzige, der die offizielle Stellungnahme nicht akzeptiert, Agent Mulder.«

Mulder griff über den Tisch nach seinen Notizen – er wußte, sie würden hier nichts mehr nützen.

»Ich schätze, das war schon immer mein Problem«, sagte er und ging.

Scully durchquerte zum wiederholten Male ihr Büro und versuchte, ihre Gedanken zu ordnen. Schließlich setzte sie sich, lockerte ihre verschränkten Finger und begann wieder zu tippen.

Die Ereignisse, die ich auf unserer Rückfahrt vom Fischerboot *Glücklicher Drache* aus beobachtet habe, können am ehesten als eine Luftdetonation erklärt werden, die von einem anderen Atomtest herrührte, welcher von einer unbekannten Regierung unternommen wurde. Es muß dabei in Betracht gezogen werden, daß wegen der Dunkelheit, des Wirbelsturms und der schweren Niederschläge die Einzelheiten nur undeutlich zu erkennen waren.

Aufgrund meiner eigenen Beobachtungen kann ich bestätigen, daß der *Bright Anvil*-Testgefechtskopf in etwa zur vorgesehenen Zeit detonierte, kann allerdings in keiner Weise den Effekt dieser Explosion bestimmen oder ob sie tatsächlich keinen radioaktiven Niederschlag hinterließ.

Berichten der Rettungsmannschaft zufolge wurden allerdings radioaktive Rückstände auf der Insel nur in durchaus normalen Mengen gemessen. Diese Information wurde nicht offiziell bestätigt.

Sie übersprang ein paar Zeilen. Jetzt kommt der schwierigste Teil, dachte sie.

Was den Tod der beiden anderen Opfer, bei denen eine klare Verbindung zum *Bright Anvil*-Projekt besteht, angeht, Dr. Emil Gregory und Nancy Scheck vom DOE, so bleiben die möglichen Erklärungen vage. Ihr Tod könnte eventuell auf einen kurzen, aber intensiven nuklearen Unfall zurückzuführen sein, bei dem nicht näher bekannte Geräte, welche für das Testprogramm entwickelt wurden, eine Rolle gespielt haben könnten.

Auf Scullys Schreibtisch lagen die Schwarzweißfotos von den Opfern, verbrannte Leiber, die in schwarze Vogelscheuchen verwandelt worden waren, sowie die dazugehörigen Autopsieberichte, ordentlich abgetippt in braunen Heftern.

Es bleibt unklar, ob irgendeine Verbindung zu den drei anderen Todesfällen besteht, die ebenfalls von extremer Hitze und hoher radioaktiver Strahlenkonzentration verursacht wurden – Oscar McCarron, ein Rancher aus Alamogordo, New Mexico, und die Captains Mesta und Louis im Minuteman Missile-Bunker auf der Vandenberg Air Force Base. Die Ähnlichkeit der Umstände weist auf eine Verbindung zwischen diesen Ereignissen hin, aber die genaue Ursache eines derartig wirkungsstarken nuklearen Unfalls, die Herkunft und Beschaffenheit jeglicher daran beteiligter Geräte und die Frage, wie diese an so weit voneinander entfernte Orte transportiert worden sein könnten, bleiben ungeklärt.

Verdrossen betrachtete Scully die Worte auf ihrem Bildschirm, las sie immer wieder von neuem. Sie war mit ihrer Argumentation und ihren vagen Erklärungen ganz und gar nicht zufrieden, kam aber zu dem Schluß, daß sie keine Alternative hatte. Mulders Version der Geschichte ... Eine endlose Minute lang übermannte sie der Zweifel, griff das Grauen jener Nacht mit eiskalten Fingern nach ihr ... Sie atmete tief durch und drückte energisch die Enter-Taste – so etwas konnte *sie* nicht schreiben. Und ... sie konnte es vor allem nicht glauben.

Sie sicherte die Datei und druckte eine Kopie für ihre Vorgesetzten aus. Ihr Bericht würde reichen, den Fall und die Akte zu schließen – zumindest fürs erste.

Sie schaltete den Computer aus und verließ das Büro.

Der Autor

Kevin J. Anderson wurde für den Nebula Award und den Bram Stoker Award nominiert. Er ist der Autor vieler von der Kritik gefeierter Bücher wie *Blindfold, Climbing Olympus* oder *Resurrection, Inc.* In seinem nächsten Roman *Virtual Destruction* (zusammen mit Doug Beason) wagt sich ein FBI-Agent auf dem schmalen Grat zwischen Wissenschaft und Verbrechen in die komplexe Welt der High-Tech-Crimes.

Bisher erschienen

Die großen Akte X-Romane

Charles Grant

Akte X – Die unheimlichen Fälle des FBI

Lebende Schatten

Roman

Charles Grant

Akte X – Die unheimlichen Fälle des FBI

Wirbelsturm

Roman

Weitere Romane in Vorbereitung

Das offizielle Akte X-Kompendium

Brian Lowry

Akte X – Die unheimlichen Fälle des FBI

Die Wahrheit ist irgendwo dort draußen

Das offizielle Kompendium

Alle Daten, Fakten, Hintergrundinfos plus topaktueller Episodenführer zu Akte X

Die spannendsten TV-Abenteuer zum Nachlesen

Akte X-Stories

Band 1
Les Martin
Gezeichnet
Roman

Band 2
Les Martin
Der Kokon
Roman

Band 3
Les Martin
Sophie
Roman

Band 4
Ellen Steiber
Das Nest
Roman

Band 5
Les Martin
Der Zirkus
Roman

Weitere Romane in Vorbereitung

vgs verlagsgesellschaft

Die NEUEN unheimlichen
Fälle des FBI:
AKTE X
Der Comic-Hit zur Kultserie!
Spannungsgeladene Action-
Abenteuer der Special-Agents Fox und
Mulder. Die nicht verfilmten Fälle
des FBI - exklusiv bei CARLSEN.
PETRUCHA
ADLARD
DIE UNHEIMLICHEN FÄLLE DES FBI
AKTE X
WIR SIND NICHT ALLEIN
CARLSEN
Akte X –
Die unheimlichen
Fälle des FBI
Band 2
DM 19,90/öS 147,–/sFr 19,90
Ab Juni '96 im
Comic- und Buchhandel
erhältlich.
CARLSEN COMICS

Agent
Dana Scully
Agent
Fox Mulder
THE X FILES
Cinemabilia
ALLES ÜBER FILM & KINO
Wir haben alles über die unheimlichen Fälle des FBI. Bei uns gibt's Poster, Bücher, Kalender, Videofilme, Comics, T-Shirts und vieles mehr. Versandkatalog für 4 Mark in Briefmarken anfordern: Cinemabilia, Kennwort "Akte X", Postf. 106551, 28065 Bremen
Cinemabilia Versand: 28065 Bremen · Postfach 106551 · Tel. (0421) 17490-0
Cinemabilia Filmläden: 28195 Bremen · Martinistraße 57 · Tel. (0421) 17490-60
26122 Oldenburg · Staulinie 17 · Tel. (0441) 9250096 · neben VOBIS

135. Juan Arsuaga, *Breve storia della Terra (con noi dentro)*
136. Maria Ressa, *Come resistere a un dittatore*
137. Teresa Cremisi, *Cronache dal disordine*
138. Quentin Tarantino, *Cinema speculation*
139. Ed Yong, *Un mondo immenso*
140. Antonio Di Grado, *La brigata delle ombre*
141. Vittorio Sgarbi, *Scoperte e rivelazioni*
142. Arthur Shopenhauer, *Controstoria della filosofia*
143. Cesare Brandi, *Le due vie*
144. Johann Hari, *L'attenzione rubata*

Finito di stampare
nel mese di giugno 2023
presso
Puntoweb s.r.l.
Via Variante Cancelliera – Ariccia (RM)

Printed in Italy

hindurch. „Kannst du die Luke schließen?“ Er hält ihr eine Lampe hin. „Hier, damit du etwas sehen kannst. Ich sehe mal nach, ob wir eine Pumpe haben. Wir müssen so viel Wasser aus dem Rumpf rausbekommen, dass wir wieder halbwegs gerade liegen.“

Sie nickt, schluckt. Jeremiah bewegt sich, wacht aber nicht auf. „Was ist mit …“

„Ich weiß es auch nicht“, sagt ihr Vater bedauernd und sie sieht die Sorge in seinem Blick. „Vielleicht geht es ihm in ein paar Minuten schon wieder gut. Aber vielleicht muss er auch schnellstens in ein Krankenhaus, wenn er eine Gehirnblutung hat. Davon gehen wir jetzt aber nicht aus, es ist nur …“

Annie wischt sich Tränen aus dem Gesicht. Ihr Vater drückt ihre Schulter. „Das Beste, was wir jetzt gerade für ihn machen können, ist, dieses Boot wieder flottzukriegen.“

Ja, das ist jetzt ihre Aufgabe.

Sie nickt und geht hinaus in die Dunkelheit. Es ist schon fast grausam, wie plötzlich sich der Sturm beruhigt hat, er zieht einfach weiter, als hätte er sie nicht gerade eben noch fast verschluckt und nur mit knapper Not wieder ausgespuckt. Die Luft ist neblig-feucht, aber es regnet kaum noch. Die Wellen sind wie Zwerge, gerade mal dreißig oder vierzig Zentimeter hoch, unvorstellbar, dass sie eben noch meterhohen Brechern ausgesetzt waren.

Aber der Himmel ist immer noch wolkenverhangen. Vielleicht sind sie kilometerweit vom Kurs abgekommen. Möglicherweise sind sie schon in kanadischen Gewässern und auf der Höhe von Neuschottland. Sie schaltet die Lampe ein, die rot aufleuchtet und zu der offenen Luke führt.

Scharniere knarren warnend. *Zu nahe*, scheinen sie zu sagen, während sie näher zum Bug kriecht, wo die Wellen immer noch über die Reling spritzen und Kälte versprühen.

Sie kniet sich hin und schiebt ein Stück des Taus in die Kammer, um damit einen kleinen Blecheimer zu angeln. Dann schöpft sie das Wasser aus der Ladeluke, verstaut den Eimer und schließt die Luke fest zu.

Damit wäre diese Aufgabe erledigt und sie sollte schleunigst zu ihrem Vater zurückgehen. Aber etwas drängt sie, noch einen Moment hier zu verweilen, noch näher an die Reling zu treten. Sie umfasst die metallenen Stangen, die sich hier vorn am Bug treffen, steht da und wartet, der Wind bauscht ihre vom Sturm verwehten Locken im Nacken auf.

Ihre Lampe schickt einen Lichtstrahl in die Dunkelheit. Es gibt nur sie, die Nacht … und die Wellen, die alles mit feiner Gischt überziehen.

Diese Wassertaufe lässt sie frösteln. Sie wünscht sich den Sandboden, den Bob damals für sie gemacht hat. Etwas Festes, auf dem man hier draußen sicher stehen kann. In der Ferne heult der Wind, sein hohles Geräusch zieht sie auf die Knie und sie presst die Hände auf die Planken.

Irgendwo zwischen dem Jammern des Windes und dem gleichmäßigen Platschen der dunklen Wellen, ganz nahe, dass sie es fast schmecken kann … fühlt sie es. Das Flüstern einer Wahrheit, die wie eine Melodie ertönt.

„Wer diesem Felsen fest vertraut, der hat auf keinen Sand gebaut …"

Sie spreizt die Finger, sehnt sich nach dem Trost von festem Grund unter den Füßen.

„Mein Glaube fest sich bauen kann, auf das, was Gott für mich getan. Ein froh Gefühl gar bald zerstäubt, Christus, der ew'ge Felsen bleibt. Wer diesem Felsen fest vertraut, der hat auf keinen Sand gebaut."

Sie wird ganz ruhig, bekommt eine Gänsehaut, spürt, dass etwas Besonderes geschieht.

Hier, mitten in der Dunkelheit, auf schwankenden Wellen und ohne Land in Sicht, begegnet sie dem Fels der Ewigkeit.

„Was ist das?", flüstert sie.

Am Horizont werden die Wellen zu einem nur noch leicht bewegten schwarzen Teppich aus Samt, in dem sich silbern das Mondlicht spiegelt.

„Bitte", betet sie und ihre Stimme ist so klein unter diesem weiten Baldachin der Nacht, „bitte bring uns nach Hause."

Es herrscht vollkommene Stille. Sie steht an einem finsteren, tödlichen Abgrund, umgeben von endlosen Wellen, und sie fleht zu ihrem Schöpfer.

Und dann ertönt aus der Stille der Klang der Hoffnung. Ein Rumpeln, aber kein Donnerschlag, es kommt von unter ihr. Ihre Handflächen auf den Bodenbrettern spüren ein Vibrieren.

Der Motor.

Gott sei Dank! Doch etwas verschließt ihr die Kehle, die Worte wollen nicht kommen. Auch wenn der Motor wieder rund und kräftig läuft, das heißt noch nicht, dass sie schon zu Hause wären. Trotzdem – sie schaut die unberechenbaren Wellen an, ohne von der alten Angst erfasst zu werden. Wellen, die vorhin hoch waren wie Wände. Aber auch Wellen, die ihren Großvater in die Ewigkeit getragen und ihre Mutter wieder dem Leben zurückgegeben haben, noch bevor sie selbst geboren war. Die Wellen, die Annie als Baby in den Schlaf schaukelten, hatten ihr ihre Eltern nicht nur entführt, sie hatten beide auch immer wieder zurückgebracht. Dieses Meer hatte ihr das Herz zerrissen, aber als sie jetzt wieder nach Ansel gekommen war, hatte es ihr Herz mit Liebe umfangen. Sie sieht wieder das dunkle Wasser vor sich, mit blauem Funkeln durchsetzt, als Jeremiah ihre Hand genommen und das Meer sein Lichtgeheimnis preisgegeben hatte. Ein Aufschrecken, dann Schönheit und Gnade.

Diese Wellen hatten sie nach Hause gebracht, zu diesen Menschen, an diesen Ort … mitten hinein ins Leben.

Ihre salzigen Tränen mischen sich mit Salzwasserspritzern. Sie hat den Kopf gesenkt.

Da kommt die Stimme, stark und sicher, und sie spricht ihr mitten ins Herz.

Kopf hoch, Annie Bliss.

Das waren die Worte, die Josef Krause hörte, als er hier auf dem Meer in Seenot geriet. Es ist die Geschichte eines Gottes, der so konkret und persönlich handelt, dass es fast wie ein Märchen anmutet.

Und doch … Sie öffnet die Augen, hebt den Blick, der Nebel lichtet sich und ... da sieht sie es.

Ein unglaubliches Feuer. Hell wie die Sonne lodert es, oben auf einem Turm. Sie sind ganz nahe an der Küste, vielleicht nur wenige Kilometer entfernt.

Zu Hause.

Flammen züngeln, Schatten tanzen, Bäume drehen sich im Kreis. Bob taumelt auf die Klippe zu, stützt sich an einen Baum, weit genug vom Abgrund entfernt. Er schaut aufs Meer hinaus.

Er ist ganz versunken, Geist und Seele, Denken und Fühlen, alles ist so gedämpft, als wäre er unter Wasser. Nur sein Puls lässt erkennen, wie die Zeit vergeht.

„Bitte." Er kann seine eigene Stimme nicht hören, trockene Lippen formen das Wort.

„Bitte." Wie aus Schutt und Geröll muss er das Gebet freischaufeln.

Nichts zeigt sich am Horizont. Die Wolken weichen auseinander, der Regen lässt nach, das Feuer brennt nieder, verzehrt die letzten Reste des Brennbaren.

Auch Bobs Muskeln haben alle Kraftvorräte aufgezehrt. Er sinkt auf die Knie. Finger krallen sich in die Erde, krallen sich fest an der Hoffnung.

„Bitte." Egal wie heftig der Sturm tobt, es gibt einen Herrn der Welt, der Wind und Wellen lenkt. Es sind seine Wellen. Er steht über allem, auch das Meer ist sein. Bei friedlichem Wetter und im tosenden Orkan.

Dann hört er die Stimme wieder. Wie an dem Tag, als er den Auftrag bekam zu bauen. Worte, die von außen kommen und sich ihm aufs Herz legen. *Kopf hoch, Robert Bliss.*

Er gehorcht.

Es ist dunkel. Wellen – schwarz, Mondlicht – weiß. Alles ist leer. Er ermahnt sich selbst weiterzuatmen, seine müden Lungen sollen sich füllen. Alles verschwimmt vor seinen Augen. Und dann … dann kommt zwischen den Inseln der dunkle Schatten eines Bootes in Sicht.

Die Wellen unter der Klippe sind laut und stark und immer in Bewegung, sie verändern und verwandeln sich, bis sie als Nebel aufsteigen. Er versucht, den anderen zuzuhören, die sich irgendwo hinter ihm unterhalten. In seine Wahrnehmung der Zeit schleichen sich immer mehr dunkle Flecken ein, während tiefe Erschöpfung ihn überfällt. Einmal kommt es ihm so vor, als würde er auf der Lichtung Annie sehen, die mit wildem Blick nach ihm sucht. Wunderbar unversehrt. Und da ist eine große Gestalt neben ihr, mit Verband um den Kopf, die Annies Hand hält. Die beiden eilen auf ihn zu. Bob versucht, ihnen entgegenzublicken. Aber ein Wirbel von Nacht und Rauch, Licht und Steinen dreht sich um ihn. Er kauert auf dem verkohlten Boden, wo vor langer Zeit das Lagerfeuer der beiden Brüder brannte … Er kann nicht mehr darum kämpfen, wach zu bleiben. Alles, was ihm an Kraft noch blieb, hat er in einem anderen Kampf verausgabt.

Doch bevor die schwere Müdigkeit ihn vollends übermannt, da fühlt er, wie starke Arme seine schwachen Glieder – Glieder, die früher Steine zusammengefügt haben – umfassen. Mit der letzten verbliebenen Kraft, die er noch aufbringen kann, hebt er die Augenlider … und schaut in blaue Augen.

William.

Die Arme des Babys, die aus einem Korb auf dem Küchentisch in die Luft griffen, sind jetzt die Arme eines erwachsenen Mannes. Sie ziehen Bob an eine Brust, in der ein starkes Herz heftig klopft. Dann redet er, nur vier Worte.

„Ich halte dich, Bob."

Auch wenn seine Stimme voller und tiefer geworden ist, sie erinnert immer noch stark an die Stimme des Jungen, der damals auf Bobs Türschwelle saß. Es ist die Stimme des jungen Mannes, die zitterte, als er erzählte, wie schwer es war, Fahrradfahren zu lernen. Allein. Wie sehr er damals diese Worte gebraucht hätte. Bob gebraucht hätte.

„Ich halte dich."

Nachwort

Zehn Monate später

In diesem großen alten blauen Meer erzählt jede Welle eine Geschichte."

Es ist lange her, seit Bob mir das sagte, mit dieser Stimme, die Wind und Wasser rau gemacht hatten.

Ich erinnere mich, wie ich als kleines Mädchen lachte und versuchte, die Wellen zu zählen, bevor sie wieder verschwanden. Unmöglich, dachte ich – damals. Heute denke ich, wenn es nicht geht, dann nur, weil sie zu kostbar sind, diese Geschichten, um sie alle zu erfassen. Wunderbar unmöglich.

Es ist Frühling in Ansel und das bedeutet zweierlei: Bess fängt wieder an zu backen … und die Stadt sucht nach Konzepten, wie sie mit dem Strom der Touristen umgehen soll.

Es begann im letzten Sommer, nach dem Sturm. Der *Pier Review* brachte einen Bericht über den Leuchtturm und unsere wunderbare Rettung. Die Wetterexperten bestätigten, dass es wirklich ein Wunder war, dass wir überlebt haben.

Daraufhin erschien der Artikel in den Zeitungen von Jonesport, dann Bangor und Portland. Schließlich in der *New York Times*. Jemand hatte uns vom Ufer aus gefilmt, kurz bevor wir endgültig im Sturm verschwanden – die Wellen, die sich hinter uns auftürmten, sahen wirklich aus, als wollten sie uns verschlingen. Das Video wurde in den sozialen Medien tausendfach geteilt. Schließlich kam ein Reporter des *Time Magazine* für ein Interview her.

Bob gab dem Journalisten die Speicherkarte von seiner „neumodischen Digitalkamera“, mit ein bisschen Nachhilfe von Rich, der nicht stolzer hätte aussehen können.

Am Schluss wurde dann aber das Bild von Bob aus den *Time*-Archiven verwendet, das entstanden war, als damals sein Gedicht bekannt wurde. Daneben ein großformatiges Bild des Leuchtturms, aus einem perfekten Blickwinkel vom Wasser her aufgenommen. Das fertige Bauwerk, strahlend schön.

Von da an kamen sie. Dieses Mal nicht Steine, sondern Menschen. Witwen. Witwer. Söhne. Töchter. Enkel. Urenkel. Sie kamen, um sich dieses Zeugnis für den Mut und das Vermächtnis ihrer Angehörigen anzusehen, die für die Freiheit gekämpft hatten und deren Gedenksteine jetzt, mit Mörtel verbunden und zu einem Turm zusammengefügt, Licht spendeten und Leben retteten.

Die Pilger drängten sich im Bootshaus, wo die Briefe und Fotos sorgfältig archiviert waren. Manchen Dokumenten sah man noch an, dass sie durchnässt worden waren, als ein tapferer junger Mann hier versuchte, allein ein Feuer zu löschen. Alle waren sorgfältig geordnet von den Händen, die schon damals diese Arbeit begonnen hatten. Dieselben Hände hatten eine echte Linse auf dem Turm installiert und sie stützen Bob jeden Tag auf dem Weg zum Bootshaus, nachdem die Ärzte endlich eingewilligt hatten, ihn zu entlassen. Dad und Bob haben Seite an Seite gearbeitet, bis sie das Bootshaus in das schönste Museum verwandelt hatten, das ich kenne. Es ist eine rustikale, lebendige, lichtdurchflutete Halle geworden, ein authentisches historisches Zeugnis.

Nur der kalte Winter hier oben in Maine bremste den Besucherstrom dann eine Zeit lang. Doch jetzt ist nicht nur der Winter, sondern auch die matschige Jahreszeit vorbei und die Gästezahlen nehmen wieder zu.

Mitten im Winter erreichte mich ein Paket – es kam von der anderen Seite des Atlantiks. Darin war ein Foto mit den vertrauten Gesichtern aus Alpenzell, die den *Time*-Artikel hochhielten und in die Kamera strahlen. Der Bürgermeister schrieb dazu: *Wir sind stolz darauf, ein Teil Ihrer Geschichte zu sein. Und wir sind stolz darauf, dass Sie ein Teil unserer Geschichte sind.* Auch wenn unser gemeinsamer Anfang damals holprig verlaufen war, war daraus inzwischen doch eine Erfolgsgeschichte geworden. Die Alpenzeller hatten umgesetzt, was sie aus den ersten Erfahrungen lernen konnten, hatten ihre Angebote an zeitliche Bedingungen geknüpft und vereinbarten nun eine stufenweise Auszahlung der Fördermittel. Seither grifft das Konzept und das Dorf blühte auf.

Bob hat diesen Brief gerahmt und aufgehängt. Jedes Mal, wenn er mich darauf anspricht, werde ich rot – und er macht sich einen Spaß daraus. Aber wir kennen beide die Wahrheit, die dahintersteckt. Wenn man Scherben aufsammelt und auf Versagen und Zerbruch etwas Neues baut, dann ist das ein Erfolg, der einen demütig macht. Und der umso kostbarer ist.

Arthur kommt und hilft uns oft, außer wenn er auf dem Meer ist. Auch Ed kommt regelmäßig vorbei, er strahlt immer übers ganze Gesicht. Sein Strahlen hat wohl auch etwas mit dieser Frau zu tun, die aus den Bergen kommt und in einer riesigen alten viktorianischen Villa wohnt und deren Besteck neue Klänge in seine Welt bringt. Sully sieht man nun oft mit ihm zusammen, wie sie sich bei ihm unterhakt und ihr langer weißer Zopf seine Hand streichelt.

Gestern kamen schließlich zwei Besucher vorbei, die den langen Weg von Mississippi zurückgelegt haben. Hosea Jones und sein Enkel Jimmy sind angereist, um einen bestimmten Stein zu sehen. Sie strahlen von einem Ohr zum anderen. Es ist eine ganz besondere Freude, Jimmy zu beobachten, der ständig von seiner Bewerbung für eine der neu geschaffenen Stellen in Ansel redet. Mit staatlichen Geldern sollen in Zukunft die mündlich überlieferten Lebensgeschichten der Soldaten, die im Turm verewigt sind, erfasst werden. Mich hat es viel Mut gekostet, diesen Antrag auf öffentliche Fördermittel zu stellen. Umso mehr freue ich mich, dass der Plan jetzt ausgerechnet für Jimmy maßgeschneidert zu passen scheint.

Bleibt noch zu berichten, wie es mit Jeremiah und mir weiterging. Die ersten Tage nach dem Sturm ging er mir aus dem Weg. Bis wir die Küste erreicht hatten, war er wieder zu Bewusstsein gekommen und beharrte darauf, keine medizinische Behandlung zu brauchen. Am selben Abend verlegte er seinen Anlegeplatz. Als Bobs Zustand sich wieder stabilisiert hatte und er unter Shirleys Obhut wieder in der Seemannsklause war, suchte ich zwei Tage lang, bis ich Jeremiahs Boot endlich fand. Es lag vor Eds Insel, am Strand vor der Treibholzhütte.

Als ich ihm dann, noch etwas später, endlich gegenüberstand, dachte ich, die Verletzung hätte sich entzündet. Ich traf ihn in der alten Hütte an, wo er im Kreis herumlief, als wäre er im Fieberwahn oder als wolle er einen Graben in die Erde laufen.

Er stand in der Tür, hob den Blick, sah mich kurz an und erstarrte. Er war voller Kratzer und Schrammen, die Haare waren feucht vom Meerwasser und er trug dieses T-Shirt, in dem ich ihn zum ersten Mal sah. *Besser, du gehst.* Das Wort *Bitte*, das er nachträglich daruntergeschrieben hatte, war verblasst.

Sein Gesichtsausdruck passte dazu. Grimmig, mit vor Wut blitzenden Augen, auch verzweifelt. Als sehne er sich nach etwas – oder jemandem –, was unerreichbar war.

Der Brief lag ausgebreitet auf dem Kaminsims, mit einem Stein beschwert.

Also drehte ich mich um und wollte wieder gehen. Er sollte meine Tränen nicht sehen, die ich trotz größter Anstrengung nicht zurückhalten konnte. Was hatte ich auch gedacht? Nur weil wir zusammen einen Sturm überlebt hatten und nur weil er mir einen Sonnenaufgang gezeigt hatte – natürlich auch, weil er mir sein stacheliges, störrisches, wahnsinnig *viel verstehendes* Herz geöffnet hatte –, dass er mich deshalb lieben könnte?

Er brauchte seinen Freiraum und der stand ihm auch zu. Diesen Gefallen konnte ich ihm zumindest tun.

So ging ich zur Seemannsklause zurück und fing an, meine Sachen zu packen. Dad und Bob verbrachten viel Zeit zusammen. Jeremiah wollte in Ruhe gelassen werden. Und ich? Keine Ahnung, was für mich jetzt dran war. Auf jeden Fall musste ich zurück nach Chicago und meine Kündigung einreichen. Nach allem, was ich erlebt hatte, konnte ich nicht mehr in die Welt der Tabellen, Kalkulationen und Analysen zurückkehren. Ich hatte den Herzschlag dieses kleinen Hafenstädtchens gefühlt, das Leben geschmeckt, hatte angefangen, selbst zu leben … Nach diesen Erfahrungen konnte ich nicht mehr so weitermachen wie bisher.

Hier war der Ort, an den ich gehörte.

Vielleicht musste ich Jeremiah nur eine Weile aus dem Weg gehen, um mich daran zu gewöhnen, dass wir gute Freunde sein konnten. War es nicht viel wert, so einen Freund zu haben? Natürlich, es war *ausgesprochen viel wert.* Seine Freundlichkeit, sein unverblümter, trockener Humor, sein Einfühlen und Mitdenken, auch als Freund … Natürlich war diese Freundschaft es wert, alle anderen Gefühle, die in mir immer mehr Raum einnahmen, zu begraben.

Und dann klopfte es.

Alle waren in der Stadt zum Abendessen. Ich war ganz allein in dem alten knarrenden Haus. Ich öffnete die Tür und da stand Jeremiah.

Es war gar nicht so sehr sein Gesichtsausdruck. Seine gesamte Ausstrahlung war irgendwie elektrisch aufgeladen – schon allein die Art, wie er die Hände in den Hosentaschen stecken hatte, als wären sie Gefangene. Sein ganzes Wesen schien von einer Kraft gefangen gehalten zu werden, die er nur mit Mühe im Zaum halten konnte.

Er sagte kein Wort. Die Luft knisterte. Ich fragte mich, ob der Blitz irgendwie in dem Mann stecken geblieben war, als er in das Boot eingeschlagen war.

Langsam senkte er den Blick und sah zu Boden. Versuchte er, mir mit seinem Schweigen etwas mitzuteilen?

„Jeremiah?“, fragte ich schließlich.

Er hob eine Augenbraue und sah mich an – mit einem Funkeln, in dem Hoffnung und Schalk blitzten. Sofort senkte er den Blick wieder.

Aber er sah gar nicht auf den Boden. Er sah auf sein T-Shirt und zog am Saum, als wolle er selbst noch einmal lesen, was da stand. Dann kratzte er sich am Kopf. Ich fand mich in der unangenehmen Rolle wieder, Teil eines Theaterstücks zu sein, aber meinen Text vergessen zu haben und die Stichworte, die man mir gab, nicht zu verstehen.

Besser, du gehst. Immer noch dasselbe alte Shirt, mit diesem verblassenden Wort *Bitte* dazugekritzelt. Aber im gedämpften Licht der Lampe über dem Hauseingang sah ich schließlich, dass noch etwas dazugekommen war. Ein frischer Schriftzug am Ende der oberen Zeile. *Nicht.*

Besser, du gehst nicht. Bitte.

Ich schluckte. Mein Herz fing an zu beben. Hatte ich vielleicht doch Grund zu hoffen?

Er nahm meine Hand, legte beide Hände darum. Warm … sicher.

Leicht nach vorn gebeugt ergänzte er: „Niemals."

Wir sahen einander in die Augen. Bestimmt sah er alle meine Fragen. Meinte er das jetzt ernst? Oder war er im Fieberwahn? Wollte er das wirklich? Oder brauchte er eher dringend einen Arzt?

Er ließ sich auf einem Knie nieder und nahm auch meine andere Hand. „Bitte, Annie Bliss, geh nicht. Geh nie wieder."

Auch ich sank vor ihm auf die Knie, meine Hand strich über sein Gesicht und ich fragte mich, *wie in aller Welt* es möglich war, dass dieser Mann mir seine Liebe schenken wollte.

Die Mauer um Jeremiahs Seele war gefallen. Nichts trennte uns mehr, nur die Luft zum Atmen war zwischen unseren klopfenden Herzen. Ich sah ihm forschend in die Augen und las darin ein *Für immer.*

„Von ganzem Herzen ja, Jeremiah Fletcher."

Er zog mich in seine Umarmung, mit der unser gemeinsames Leben begann. Von da an schlugen unsere Herzen miteinander und füreinander. Dann schob er etwas auf meinen Finger. Es war nicht nur glatt und warm, es trug die Versprechen vergangener Jahrhunderte.

„Ich habe Bob und deinen Vater gefragt", erklärte er schließlich, „und zuerst haben sie mir gesagt, ich solle mir das gut überlegen, ob ich mich wirklich für immer mit dir verbinden will. Und dann", zärtlich strich er über den Ring aus Holz, der jetzt an meinem Finger steckt, „dann haben sie mir das gegeben."

Es war der Ring meiner Großmutter Jenny. Dad hatte ihn mir im Lauf der Jahre immer wieder einmal gezeigt. Ich war traurig, weil ich diese Frau nie kennengelernt hatte, und gleichzeitig erfreute ich mich an den Geschichten über die tiefe Liebe, die sie und mein Großvater Roy füreinander empfunden hatten. Auch wenn sie nur so wenig Zeit zusammen hatten.

Es war ein großes Erbe, mit dem wir unser gemeinsames Leben begannen.

Ich sah meinen Sanitäter-Briefträger an, nahm seine Hände und legte meine darum, um uns auf der Stelle miteinander zu verbinden.

Sein Name ist jetzt auch mein Name. Jeremiah und Annie Fletcher. Wir bauen gerade ein Haus auf einer gewissen Insel. Es wird unsere Aufgabe sein, einen Leuchtturm zu betreuen – und alle Geschichten, die mit ihm verwoben sind. Wir öffnen das Bootshaus für alle, die von nah und fern anreisen, um sich mit den Geschichten ihrer Familien zu beschäftigen. Mit unserem Boot befördern wir sie über die Bucht, wir zeigen ihnen unsere Insel, und wenn sie wollen, können sie bis zum Abend bei uns bleiben, bis es dunkel wird. Dann leuchtet unser Turm hell und sendet seine Strahlen in einer ganz besonderen Taktung: lang-lang-kurz-kurz-kurz. Zweimal nacheinander. Dann einmal aussetzen.

Es ist unser Morsecode für die, die das verstehen. Die Zahl siebenundsiebzig – sie steht für die Geschichte eines Lebens, einer Liebe – einer hart erkämpften Hoffnung, die auf einem kleinen Zettel stand, der aus einem Kriegsschiff geborgen wurde – nur ein paar Zeichen: 77 Klafter.

Anmerkung der Autorin

Ich stelle mir gern das kleine Postamt von Ansel vor, mit dem Briefschlitz aus mattiertem Messing in der Eingangstür. Der Wind, der vom Meer kommt, bewegt die Klappe und das rhythmische Knarren ähnelt einer Melodie.

Wäre ich jetzt dort, würde ich diesen Brief hineinschieben:

Liebe Leserin, lieber Leser,

mit diesem Buch habe ich Ihnen mein Herz geöffnet. Herausgekommen sind Worte, die ich mit Tränen gesät habe – Tränen des Schmerzes und Tränen der Freude – und die ich mit der aufrichtigen Hoffnung verknüpfe, dass sie doch zumindest ein kleines Geschenk für Sie sind.

Wenn ich überlege, wo die Geschichte ihren Ursprung hat, dann liegt auch für mich vieles im Dunkeln. Aber in einer Sache bin ich mir sicher: Ich habe aus der Perspektive eines Menschen geschrieben, der sich gehalten weiß. Als eine, deren sämtliche Bruchstücke von Gott aufgesammelt wurden, nachdem ich durch großes Leid gegangen und völlig zerbrochen war. Gott schloss mich in seine Arme und drückte mich an sein Herz. Mitten in meiner Dunkelheit schaute ich auf die Nägelmale in seinen Händen. Seine Liebe zu mir ließ ihn einen Weg gehen, auf dem er verletzt wurde, er selbst ging den Weg des Zerbruchs. Ich weiß es, ich habe seine Narben gesehen. Mit diesen vernarbten Händen fügte er meine Scherben wieder zusammen, während sein Herz meinen Schmerz teilte. Es ist ein Herz, es sind

Hände, die sich kümmern, die heilen, die alles Zerbrochene nehmen und es auf ihre eigene Weise, sanft und doch stark, zu etwas Neuem zusammenfügen. Er hat ein Licht in der Dunkelheit für mich leuchten lassen. Und Hoffnung.

Darum bete ich. Auch wenn Sie durch tiefe Täler gehen, durch Trauer, Trennung, Widrigkeiten aller Art, durch all die Phasen, die uns brechen und ihre Spuren hinterlassen, dann mögen auch Sie wissen: Gott selbst ist schon in Ihren Schmerz eingetaucht. Er hat sich selbst „hineingegeben", wie Liesl und Luka sagen würden. Er starb, damit wir leben können. Er allein kann aus unseren Scherben etwas Gutes machen, die Bruchstücke wieder zusammenfügen.

In seiner Geschichte von *Narnia* lässt C. S. Lewis den Löwen Aslan erklären, dass es einen tieferen Zauber gibt, den man in der Finsternis vor der Zeiten Dämmerung erspähen kann: „Wenn sich einer, der nichts verbrochen hat, freiwillig für einen Schuldigen opfert, dann weicht der Tod zurück."[3] Wenn der Schuldlose mitten in unserem Zerbruch seine Narben hinhält, dann kann neues Leben entstehen. Auch Tolkien hat darüber geschrieben, er prägte den Begriff der Eukatastrophe, der Wendung zum Guten: „Christi Geburt ist die Eukatastrophe der menschlichen Geschichte."[4] Jesus sagt von sich selbst, dass er dafür gekommen ist: „[…] Ich aber bringe Leben – und dies im Überfluss" (Johannes 10,10).

Deswegen: Kopf hoch! Fassen wir Mut. Unser Leben ist oft stürmisch, das wissen wir alle nur zu gut. Aber der eine, der Wind und Wellen lenkt, der sorgt auch für uns. Geborgen in seinen Händen können wir dem Sturm mutig entgegensehen. Wir sind eingehüllt in eine Liebe, die klaftertief ist – unendlich viele Klafter tief.

Er liebt uns bedingungslos. Oder, um es mit Roys Worten zu sagen: *„Es gibt so viel Licht."*

Möge sein Licht auch Ihr Herz erhellen.

Mit Segenswünschen,

Amanda Dykes

Personen dieses Buches

Familie Bliss

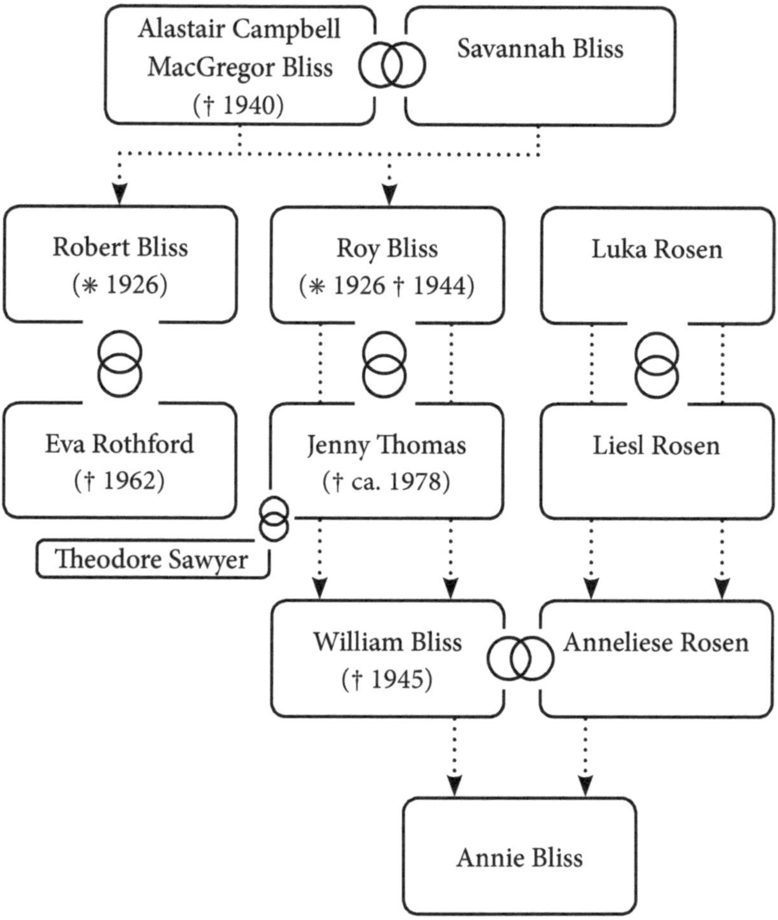

Weitere wichtige Personen

Jeremiah Fletcher	Postschiffer und Sanitäter in Ansel, Besitzer der *Glad Tidings*
Bess Stevens	Wirtin der *Kombüse*
Ed Carpenter	Freund von Bob, Farbiger aus den Südstaaten, erblindet
Arthur Baxter	Freund von Bob
Sylvia Phelps, auch:	
Sully (vom Berg)	bewohnt Everleas Landsitz, Insel-Nachbarin von Ed
Richard Wilkins (Rich)	Ehemaliger New Yorker, der sich in Ansel-by-the-Sea angesiedelt hat, Besitzer eines Suchscheinwerfers
Margie Lillian	Vorsitzende des Stadtrats von Ansel-by-the-Sea
Spencer T. Ripley	Vertreter des Komitees zur Förderung der Exzellenz im Bereich der maritimen Poesie
Shirley	Krankenschwester
Jim	Shirleys Mann, hatte einen Arbeitsunfall beim Fischen

Anmerkungen

1 „Bí Thusa 'mo Shúile"; Dichter: Dallan Forgaill, 8. Jh.; Englische Übersetzung: Mary Elizabeth Byrne, „Be Thou My Vision", 1905; Singweise: Irische Volksmelodie, „Slane"; Deutsche Übersetzung: Wolfgang Müller, 1992. Quelle: http://www.liederschatz.net/musik/Steh%20mir%20vor%20Augen.htm.

2 „My Hope Is Built on Nothing Less"; Dichter: Edward Mote, (1797–1874); Komponist: William Batchelder Bradbury, (1816–1868); Deutsche Übersetzung: C. A. Daniel. Quelle: http://www.liederschatz.net/musik/Mein%20Glaube%20fest%20sich%20bauen%20kann.htm.

3 Mühling, Markus: *Gott und die Welt in Narnia. Eine theologische Orientierung.* Vandenhoeck & Ruprecht, Göttingen 2005, S. 106f.

4 https://de.wikipedia.org/wiki/Eukatastrophe (Zugriff am 10.12.2019).

MIX
Papier aus verantwortungsvollen Quellen
FSC® C014496
www.fsc.org

Die amerikanische Originalausgabe erschien im Verlag Bethany House Publishers,
11400 Hampshire Avenue South Bloomington, Minnesota 55438, U.S.A.,
unter dem Titel „Whose Waves These Are".

Bethany House Publishers ist ein Imprint der Baker Publishing Group,
Grand Rapids, Michigan 49516, U.S.A.

1. Auflage 2020
Bestell-Nr. 817659
ISBN 978-3-95734-659-9

Umschlaggestaltung: Hanni Plato
Umschlagfoto: Ashraful Arefin / Arcangel
Clubausgabe: Jenny Sturm / Shutterstock
Illustration „Landkarte": Najla Kay
Satz: Apel Verlagsservice, Bad Fallingbostel
Druck und Verarbeitung: GGP Media GmbH, Pößneck
Printed in Germany

www.gerth.de